HEYNE

ZUM BUCH

Durch ihre Großmutter Elisabeth hat Buchbloggerin Meike schon als Kind ihre Liebe zu Büchern entdeckt. Eines Tages verschwindet Elisabeth jedoch spurlos. Am Morgen backt sie noch einen Butterkuchen für ihren Mann, mittags packt sie ihre Koffer und verlässt ihn. Niemand weiß, warum Elisabeth nach über fünfzig Jahren ihre Ehe einfach so beendet und wo sie sich nun aufhält. Nur ihrer Enkelin Meike hinterlässt Elisabeth einen Brief. Darin entdeckt Meike einen Hinweis auf Omas Aufenthaltsort – und macht sich auf den Weg nach Amrum. Als Meike sich dort in den wortkargen Insulaner Barne verliebt, wird ihr Leben ordentlich auf den Kopf gestellt. Und sie erkennt, dass sie mit ihrer Großmutter noch mehr gemeinsam hat als die Liebe zu Büchern …

ZUR AUTORIN

Anna Rosendahl wurde im November 1968 in Bottrop geboren. Sie studierte Kunstpädagogik und arbeitet heute als Lehrerin in einer Förderschule. Gemeinsam mit ihrem Mann lebt sie in einem kleinen Dorf in der Lüneburger Heide. Dort hat sie neben ihrer Liebe zur Kunst auch die zum Schreiben entdeckt.

LIEFERBARE TITEL

Acht Zimmer, Küche, Meer

ANNA
ROSENDAHL

MEERBLICK INKLUSIVE

ROMAN

WILHELM HEYNE VERLAG
MÜNCHEN

Sollte diese Publikation Links auf Webseiten Dritter enthalten, so übernehmen wir für deren Inhalte keine Haftung, da wir uns diese nicht zu eigen machen, sondern lediglich auf deren Stand zum Zeitpunkt der Erstveröffentlichung verweisen.

MIX
Papier aus verantwortungsvollen Quellen
FSC® C014496

Verlagsgruppe Random House FSC® N001967

2. Auflage
Originalausgabe 04/2017

Printed in Germany
Redaktion: Eva Philippon
Umschlaggestaltung: Eisele Grafik Design, München
unter Verwendung von Istockphotos (fotandy);
Depositphotos (juweber, Tachen1); BigStock (Al_Kan)
Satz: KompetenzCenter, Mönchengladbach
Druck und Bindung: GGP Media GmbH, Pößneck

ISBN 978-3-453-41835-6
www.heyne.de

»Wan't so hiarag uun a loft as,
do fu'f üülag wedern!«

»Wenn es am Himmel so haarig ist,
dann bekommen wir stürmisches Wetter!«

Gewidmet

Jens Peter Bork und Theodor Flor,
den beiden Rettungsmännern, die während
eines Einsatzes im Jahr 1890 mit dem
Rettungsboot *Theodor Preusser* bei
Hörnum verunglückt sind.

1.

Zuerst habe ich nur zugehört. Ich war gerade ein paar Wochen alt, als Oma mir das erste Mal vorlas. Daran kann ich mich natürlich nicht erinnern, aber sie hat mir oft mit einem Lächeln in den Augen davon erzählt. Ich litt als Baby angeblich unter schlimmen Dreimonatskoliken, nichts half, ich schrie ununterbrochen, bis sie auf die Idee kam, mir etwas vorzulesen. Oma hat Humor. Sie entschied sich für *Vom Winde verweht.* Das ungewöhnliche Heilmittel hat innerhalb kürzester Zeit gewirkt. Nach kaum fünf Minuten sei ich still gewesen, sagt sie, und völlig entspannt.

Das mit dem Vorlesen hat Oma die Kindheit über beibehalten. Ich habe, seit ich denken kann, die Momente geliebt, in denen wir uns still mit einem Buch in eine gemütliche Ecke zurückgezogen haben. Ihre warme Stimme, dazu der leichte Geruch von Rosenseife, nach der sie immer duftete, gaben mir das Gefühl von Geborgenheit. Mein absolutes Lieblingsbuch war *Heidis Lehr- und Wanderjahre.* Wie habe ich mitgelitten, als meine kleine Heldin im kalten Frankfurt landete und sich nichts sehnlicher wünschte, als endlich wieder ihrem Großvater oben auf der Alm in die Arme fliegen zu dürfen. Ich weiß nicht, wie oft Oma mir aus dem Buch vorgelesen hat, immer wieder habe ich sie gebeten, mir die Szene herauszusuchen, in der Heidi sich auf dem Dachboden ein Bett aus Heu macht. Und abends habe ich dann wach gelegen und mir vorgestellt, auch ich würde irgendwo weit oben auf einem Berg in meinem duftenden Schlafgemach liegen und könne durch das Fenster die Sterne sehen und die Tannen rauschen hören.

Bücher spielten immer eine große Rolle in meinem Leben. Ich war überglücklich, als ich endlich lesen lernte. Durch meine Vorstellungskraft formten sich geschriebene Worte zu Bildern, erst durch mich wurde die Geschichte zum Leben erweckt. Und das fühlt sich immer noch magisch an. Es ist für mich wie ein Wunder, wenn aus Buchstaben Worte werden und daraus aneinandergereiht Sätze entstehen, die mich einladen auf eine Reise in die Fantasie. Es gibt so viele Bücher mit Seele, die gelesen werden wollen. Und mit meinem Blog gebe ich ihnen eine Stimme. So wie der Roman, über den ich nun gerade schreibe. Es ist eine Herzensempfehlung, denn er soll auch andere Menschen glücklich machen.

Eine Tasse Kaffee steht bereit, mein Notebook wartet auf mich.

Ihr Lieben, willkommen auf meinem Blog »Bücher mit Seele«.
Heute möchte ich euch zum Thema »Alte Bücher, neu entdeckt« ein Werk ans Herz legen, das mir sehr viel bedeutet. Ihr wisst ja, bisher habe ich euch ausschließlich lesenswerte Neuerscheinungen vorgestellt, aber das soll sich ändern. Ich will mich von nun an auch um die vergessenen Schätze kümmern.
»Licht« von Christoph Meckel ist die wohl schönste und zugleich traurigste Liebesgeschichte, die ich je gelesen habe.

Das dünne Taschenbuch steht seit Jahren in meinem Bücherregal, total abgegriffen und leicht zerfleddert wartet es darauf, mal wieder von mir in die Hand genommen zu werden. Und jedes Mal ergreift mich der Zauber, der diesem Buch innewohnt: Sehnsucht in Worte gefasst!
»Sehr gerne würde ich etwas für dich tun, dir eine Zeitung mit guten Nachrichten kaufen, Frühstücksbutter aus deinem Mundwinkel küssen, vielleicht deine Kniekehlen streicheln, irgendwas …«
So beginnt der Liebesbrief, den Gil im Laub auf der Terrasse findet, verfasst von seiner Frau Dole – nie abgeschickt und geschrieben an einen anderen Mann. Gil behält den Brief, erzählt Dole nicht, dass er von seiner Existenz und dem enormen Verrat weiß, der sich dahinter verbirgt. Er beginnt zu zweifeln. »Dole kann jetzt sagen, was sie will – nichts mehr ist glaubhaft.« Gleichzeitig erinnert er sich: »Dole in roten Stiefeln auf der Portobello Road, mit hochgekrempelten Hosen im nassen Gras, und sie drehte sich um, wenn ich rief, und wartete, lächelnd.« Gil denkt an die gemeinsame wunderschöne Zeit, an die unbeschwerten Urlaube in Frankreich, das Nachtleben, die Liebe mit Dole. Er erinnert sich voller Sehnsucht und unbeschreiblicher Zärtlichkeit. Doch seine Zweifel und die ohnmächtige Eifersucht führen zu einer schleichenden Entfremdung …
Ein schlichtes Buch voller Poesie, das sich lohnt, immer wieder aus dem Regal gezogen zu werden!
Eure Meike.

Ich streiche über das stimmungsvoll gehaltene Titelblatt – zwei Liebende sitzen in den Pariser Tuilerien am Ende einer

Allee auf einer Bank, die Köpfe aneinandergelehnt. Oder küssen sie sich? Man kann es nicht genau erkennen.

Ich lese noch mal die Zeilen, die ich gerade verfasst habe, überprüfe ein letztes Mal, ob sich auch kein Tippfehler eingeschmuggelt hat, und drücke dann auf Senden. Nur wenige Augenblicke später erscheint der neue Eintrag online.

Laut klopft es gegen die Tür, und im nächsten Moment steht mein Vater im Zimmer. Er fährt sich mit der Hand durch sein immer noch volles dunkelblondes Haar, in das sich mittlerweile ein paar graue Strähnen gemogelt haben. Das macht er immer, wenn er ein ernstes Thema ansprechen will. Ich rechne damit, dass er mich wieder davon überzeugen möchte, als Assistentin in seiner Firma für Gummiwarenartikel anzufangen, und verschränke vorsorglich schon mal die Arme vor der Brust. Mein Vater hat nie verstanden, dass ich keinerlei Interesse daran habe, in den Betrieb einzusteigen, um ihn später mal übernehmen zu können.

»Morgen habe ich ein Vorstellungsgespräch in einer Buchhandlung«, erkläre ich, bevor er etwas sagen kann. Der kleine Kölner Bücherladen, für den ich gearbeitet und in den ich mein Herzblut gesteckt habe, hat Insolvenz angemeldet. Und das genau zwei Wochen nachdem Tom und ich uns getrennt haben. Wir mussten die gemeinsame Wohnung kündigen, da keiner von beiden sie allein hätte finanzieren können. Deswegen bin ich schweren Herzens wieder bei meinen Eltern in Oberhausen eingezogen, vorübergehend natürlich, bis ich einen neuen Arbeitsplatz gefunden habe und mir eine eigene Bleibe leisten kann. Erst habe ich meinen Freund und mein Zuhause verloren, und dann meinen Job. Manchmal kommt eben alles auf einmal.

Meinen Vater scheint das mit dem Bewerbungsgespräch gar nicht zu interessieren. Er nickt abwesend und streicht sich ein weiteres Mal durchs Haar.

»Meike … Oma ist weg«, sagt er. »Hast du was von ihr gehört?«

»Was meinst du damit, Oma ist weg?« Mein Herz fängt ein kleines bisschen schneller an zu klopfen.

»Opa hat gerade angerufen. Sie ist gestern Morgen aus dem Haus und seitdem nicht wieder zurückgekommen.«

»Gestern? Und da meldet er sich jetzt erst?« Meine Knie fühlen sich auf einmal wackelig an, obwohl ich sitze. Ich starre meinen Vater an und weiß nicht, was ich sagen soll. Das Bild meiner Oma taucht vor mir auf. Das kurze graue Haar, ordentlich mit Klettwicklern über Nacht zu leichten Wellen gelegt. Das fein geschnittene, fast aristokratisch wirkende Gesicht, der dunkelgrüne Mantel, um den Hals eines ihrer selbst gestalteten Seidentücher. Ich habe sie doch gestern noch gesehen! Es muss etwa elf Uhr gewesen sein, als ich gerade aus dem Schreibwarenladen in der Innenstadt kam, bewaffnet mit einem Stapel Bewerbungsmappen. An der Ampel, nur ein paar Schritte von dem Geschäft entfernt, hielt ein Linienbus. Oma saß vorne, gleich neben der Fahrertür. Als ich sie entdeckte, habe ich gewunken, aber sie hat mich nicht gesehen. Und dann war der Bus auch schon über die Kreuzung davongefahren. Ich habe mich noch gewundert, dass sie mit öffentlichen Verkehrsmitteln unterwegs ist. Sie hat keinen Führerschein, aber normalerweise fährt Opa sie, wenn sie irgendwohin möchte, beispielsweise zum Arzt oder zum Friseur. Weitere Gedanken darüber habe ich mir nicht gemacht, warum auch? Und jetzt soll sie weg sein?

»Sie hat ihn verlassen«, erklärt mein Vater, noch bevor ich ihm von der Begegnung gestern erzählen kann. »Einfach so.«

»Wen?« Ich verstehe absolut nicht, was er mir da gerade erzählt.

»Oma, sie hat Opa verlassen. Er kam nachmittags nichtahnend von seinem Schachklub zurück, und Oma war weg. Sie hat sich nicht einmal von ihm verabschiedet, nur einen kurzen Brief hinterlassen. Hast du davon etwas gewusst?«

Sie hat ihn verlassen? Ich habe schon ein Polizeiaufgebot den Park hier in der Nähe durchkämmen sehen, habe befürchtet, meiner Oma könne irgendetwas Schlimmes zugestoßen sein! Aber das ist typisch mein Vater. Warum hat er nicht einfach von Anfang an deutlich gesagt, was Sache ist? Erleichterung macht sich in mir breit, denn zumindest ist Oma dann nichts zugestoßen. Und gleichzeitig spüre ich Wut auf meinen Vater aufkommen, weil er mir eine Heidenangst eingejagt hat. Aber es bringt absolut nichts, mich jetzt wieder mit ihm zu streiten.

»Mir hat sie nichts erzählt«, sage ich. »Ich wusste noch nicht einmal, dass die beiden Probleme haben. »Vielleicht hatten sie einen Streit?« Mein Vater steht in der Mitte meines alten Kinderzimmers, ich sehe von meinem Schreibtischstuhl zu ihm auf. »Was sagt Opa denn dazu?«

»Du weißt doch, wie er ist. Er sagt nicht viel, und am Telefon schon mal gar nicht, eben nur, dass sie weg ist und angedroht hat, auch nicht zurückzukommen. Sie hat nicht gesagt, wo sie hin ist.«

»Aber so etwas macht man doch nicht einfach so. Nicht in dem Alter! Und außerdem, Oma schon gar nicht. Du weißt doch, wie sie ist. Da muss auf jeden Fall was vorgefallen sein.« Ich bin mir sicher, Opa hat sich ein dickes Ding geleistet, denn Oma ist so schnell nicht aus der Ruhe zu bringen. Ich kenne keinen geduldigeren und verständnisvolleren Menschen als sie.

Mein Vater zuckt mit den Schultern. »Wie gesagt, mehr weiß ich auch nicht. Auf jeden Fall … ich wollte dich fragen, ob du mal bei Opa vorbeifahren könntest, um nach dem Rechten zu sehen. Ich habe um drei noch einen Termin. Es geht um einen großen Auftrag.« Er setzt ein wichtiges Gesicht auf. »Für die Bundeswehr. Die brauchen Gummistopfen für ihre Schlauchboote.«

Mein Vater hat seine Firma aus dem Nichts aufgezogen. Er hat in jungen Jahren einige Zeit in einem branchenähnlichen Betrieb gearbeitet, hat sich dabei das nötige Wissen angeeignet – und sich dann selbstständig gemacht. Heute hat er mehrere Angestellte und steht nicht mehr hinter den Maschinen. Er ist weitestgehend im Außendienst unterwegs, um Aufträge zu generieren und neue Geschäftsbeziehungen aufzubauen. Er kann zu Recht stolz auf sich sein, zumindest was seine Firma angeht. Als Vater habe ich allerdings nie wirklich viel von ihm gehabt. Ich glaube nicht, dass er sich jemals ernsthaft für mich interessiert hat. Und für seine eigenen Eltern interessiert er sich anscheinend auch nicht.

»Am besten, du fährst direkt los«, sagt er und klingt entschieden. »Mamas Smart steht in der Garage. Vollgetankt ist er auch.«

Bis zu meinen Großeltern ist man knapp zehn Minuten mit dem Auto unterwegs. Sie wohnen etwas außerhalb von Oberhausen, in einem gepflegten Stadtteil, in dem alle Besorgungen für den täglichen Bedarf gut zu Fuß zu machen sind. Vor drei Jahren haben sie ihr großes Eigenheim verkauft, um es sich in einer kleineren Eigentumswohnung im Erdgeschoss eines Vierfamilienhauses mit Gartenanteil gemütlich zu machen. Oma war nie richtig berufstätig, zumindest nicht in einem Arbeitsverhältnis, von der Tätigkeit als Pflegerin für eine ältere Nachbarin mal abgesehen. Sie hat sich um den Haushalt, um Opa und um meinen Vater gekümmert, später dann um mich. Meine Mutter hat meinen Vater in der Firma unterstützt, die beiden hatten so gut wie keine Zeit für mich. Erst musste die Firma aufgebaut werden, und als sie dann gut lief, mussten die Aufträge pünktlich abgearbeitet werden. Opa war als Elektriker für eine Zeche tätig. Er ging früh aus dem Haus und kam in der Regel müde wieder nach Hause. Meine Kindheit habe ich also die meiste Zeit mit Oma alleine verbracht.

Opa ist jetzt schon seit einigen Jahren zu Hause und bekommt eine recht passable Rente. Mit dem restlichen Geld aus dem Hausverkauf wollten die beiden es sich im Alter so richtig gut gehen lassen. Oma hat mir letztens noch von einer geplanten Kreuzfahrt auf der Aida erzählt. Und jetzt soll sie so mir nichts, dir nichts ausgezogen sein? Da stimmt irgendwas nicht! Oma hätte uns auf jeden Fall vorher Bescheid gesagt, damit wir uns keine Sorgen machen. Zumindest bei mir hätte sie sich abgemeldet. Sie weiß doch, wie sehr ich an ihr hänge, sie hat mich sozusagen großgezogen.

Ich werfe einen Blick auf die Uhr. Wir haben jetzt halb zwei. Das heißt, mein Vater hätte locker eine halbe Stunde Zeit, um sich um Opa zu kümmern. Er könnte doch wenigstens kurz bei ihm vorbeifahren, schauen, wie es ihm geht, und mal mit ihm reden. Es ist immerhin sein Vater. Und es ist seine Mutter, die verschwunden ist! Aber das mit dem Kümmern hat er ja noch nie wirklich gut verstanden. An erster Stelle kommt auch heute noch immer seine Firma. Und Mama ist mit ihrer Freundin Gaby im Wellnessurlaub auf Mallorca, sie kann also auch nicht.

»Okay, ich fahr sofort los«, sage ich und klappe den Laptop zu. »Rufst du ihn schon mal an und sagst Bescheid?«

2.

Opa öffnet mir in seinen besten Hosen und gebügeltem Hemd die Tür. Er scheint gar nicht unglücklich, sondern eher fröhlich zu sein. Zumindest wirkt er so, als er mich strahlend anlächelt.

»Hallo, Meike, mein Schatz, komm rein.« Opa drückt mich kurz, und ich nehme den unverkennbaren Duft seines Rasierwassers wahr, frisch und leicht zitronig. Er läuft vor mir her ins Wohnzimmer, wo er schon den Kaffeetisch mit Omas blauem Friesengeschirr gedeckt hat, das sie so gern mag. Exakt in der Mitte des runden Esstisches steht die große Porzellankanne, Löffel und Gabel liegen auf gleicher Höhe akkurat neben den Tellern, die Tassen etwas höher und seitlich versetzt daneben. Opa hat sich wirklich Mühe gegeben. »Setz dich doch, Kind.«

Was? Oma ist weg, und er will nett mit mir Kuchen essen? Ich habe bisher noch kein Wort gesagt. Die Situation kommt mir noch unwirklicher vor, als ich den Kuchenduft aus der Küche bemerke.

»Ist Oma wieder da?«, frage ich. Das würde natürlich Opas gute Laune erklären. Ich rechne jeden Moment damit, dass sie in ihrer gestärkten Schürze aus der Küche kommt, und linse zur Tür.

»Nein, ist sie nicht«, sagt er zu meiner Überraschung. »Sie hat den Butterkuchen gestern noch gebacken. Ich habe ihn zum Aufwärmen nur noch mal kurz in den Ofen geschoben.« Er schüttet uns eine Tasse Kaffee ein, dann verschwindet er in Richtung Küche. Ich schaue ihm hinterher, nippe dabei an der heißen schwarzen Flüssigkeit und verziehe das Gesicht. Der Kaffee ist viel zu stark und schmeckt total bitter. Ich will nicht wissen, wie viel Pulver Opa in die Maschine gehauen hat.

Er kommt lächelnd mit dem Kuchen zurück, schneidet ihn in Stücke und legt mir und sich selbst ein Stück auf den Teller. Dann setzt er sich und sieht mich erwartungsvoll an. Der Butterkuchen schmeckt wirklich einmalig gut. Auf den locker leichten Hefeteig hat Oma Puddingcreme gestrichen. Darauf befindet sich eine Schicht zuckriger, knuspriger Mandelblättchen. So einen saftigen Butterkuchen habe ich noch nie gegessen.

»Lecker!«, sage ich.

Opa nickt und schiebt sich eine Gabel in den Mund. Er isst sehr langsam, in der für ihn typischen Art, die er *Schmauen - Schmecken und Kauen* - nennt. Seitdem er vor einigen Jahren mal eine Reportage über gesunde Ernährung gesehen hat, kaut er jeden Bissen besonders intensiv, sodass er sich schon im Mund in seine für die Verdauung nötige chemische Form verwandelt. Mit der Zeit habe ich mich an Opas Essgewohnheit gewöhnt. Er unterhält sich dabei nicht, sondern konzentriert sich ganz und gar auf seine Mahlzeit. Heute fällt mir das Geduldigsein allerdings schwer, außerdem habe ich das Gefühl, dass er bewusst noch langsamer kaut als sonst. Mein Stück habe ich inzwischen längst verputzt. Also warte ich einfach ab.

Bestimmt ist es ihm unangenehm, mit mir über Oma zu sprechen. Die Bestätigung für meine Vermutung folgt prompt. Als er den letzten Bissen verspeist hat, packt Opa ungefragt jedem von uns noch ein weiteres Stück Kuchen auf den Teller.

»Was macht denn deine Suche nach einer neuen Arbeitsstelle?«, fragt er. »Hat sich da schon etwas ergeben?«

Ich möchte Opa nicht mit Omas Verschwinden überrumpeln, deswegen lasse ich mich auf sein kleines Ablenkungsmanöver ein. »Ja, morgen habe ich ein Vorstellungsgespräch, hier in Oberhausen. Sie suchen ab sofort eine Buchhändlerin. Du kannst mir vormittags die Daumen drücken.«

Opa nickt. »Die wären verrückt, wenn sie dich nicht nehmen würden. Bei der Erfahrung, die du mitbringst. Du bist ja sozusagen mit Büchern groß geworden.«

Damit hat er mir das Stichwort gegeben. »Ja, das habe ich Oma und ihrer Liebe zur Literatur zu verdanken. Aber jetzt erzähl mir doch mal bitte, was hier überhaupt los ist. Habt ihr euch gestritten? Oma backt dir doch nicht einen Kuchen, nur um kurz darauf abzuhauen, oder?«

»Doch.« Opa steht auf, geht zur Kommode im Flur. Als er zurückkommt, schiebt er mir wortlos ein Blatt Papier hin. Ich erkenne Omas kleine, geradlinige Handschrift sofort.

Erich,
man lügt sich immer an. Es wird Zeit, damit aufzuhören. Deswegen gehe ich. Warte nicht auf mich, denn ich komme nicht wieder zurück.
Den Butterkuchen musst du eine Viertelstunde bei etwa 100 Grad im Ofen aufwärmen. Dann schmeckt er besser. Im Kühlschrank findest du einen großen Topf Gulasch.

Dazu kannst du dir Makkaroni oder Reis kochen. Und in der Gefriertruhe sind noch verschiedene Suppen und Kohlrouladen.

Sag Meike bitte, dass es mir gut geht und sie sich keine Sorgen machen muss. (Ich weiß, dass sie es sein wird, die dich nach der Nachricht meines Verschwindens besuchen wird.) Und dass ich mich bald bei ihr melden werde.

Elisabeth

Ich lese den Brief zweimal, dreimal … *Man lügt sich immer an.* Ein eigenartiger Briefanfang. Er klingt so unpersönlich und gar nicht nach Oma. Was meint sie damit? Hat Opa sie belogen? Aber warum hat sie dann so verallgemeinernd formuliert? Tom fällt mir ein. Er hat zwar andere Worte benutzt, als er sich von mir getrennt hat, aber es kommt der Sache nahe. Wir hatten einen an sich harmlosen Streit, weil ich seiner Meinung nach zu viel für Kleidung und Bücher ausgebe. Wir saßen uns am Küchentisch gegenüber, wollten noch einmal in Ruhe miteinander sprechen, als er mich mit diesem ernsten und zugleich traurigen Blick ansah. In dem Moment ahnte ich, was passieren würde, aber es traf mich trotzdem völlig unvorbereitet. Und es hat mir komplett den Boden unter den Füßen weggefegt.

»Ach, Meike, seien wir doch mal ehrlich. Wir machen uns was vor«, hat er gesagt – und damit das Ende unserer Beziehung eingeleitet. Lügt man sich an, wenn man sich was vormacht? Meint Oma das damit?

Ganz unrecht hatte Tom damit zugegebenermaßen nicht, wir haben unsere Beziehung monatelang sträflich vernachlässigt. Nach einer echt turbulenten Anfangszeit, in der wir sehr verliebt waren, hielt schnell der Alltag bei uns Einzug.

Dazu gesellten sich finanzielle Probleme, Stress im Job … und irgendwann blieb auch die Sexualität weitestgehend auf der Strecke. Also haben wir uns in beiderseitigem Einvernehmen getrennt, zumindest sieht Tom das so. Ich hätte gerne an unseren Schwierigkeiten gearbeitet und die Beziehung gerettet, aber Tom hat mir keine andere Wahl gelassen, als der Trennung zuzustimmen.

Was entgegnet man, wenn die einst große Liebe einem eröffnet, dass das Gefühl nicht mehr vorhanden und deswegen ein Ende besser sei, als sich weiterzuquälen? Nichts, wenn man neben der Liebe nicht auch noch die Selbstachtung verlieren möchte. Wir waren fünf Jahre ein Paar, und somit war es die längste Beziehung, die ich bisher hatte, und wenn Tom mir nicht gesagt hätte, dass er mich nicht mehr liebt, wäre ich noch immer mit ihm zusammen. Fünf Jahre … Meine Großeltern sind mittlerweile über fünfzig Jahre verheiratet. Die schmeißt man doch nicht einfach so weg!

»Und ihr habt euch wirklich nicht gestritten?«, hake ich noch einmal nach. Irgendwas muss da doch vorgefallen sein.

»Nur das Übliche.« Opa schüttelt den Kopf. »Alte Kamellen. Oma ist wie ein Elefant, vergisst nie etwas. Und im richtigen Augenblick tischt sie längst vergangene Geschichten wieder auf, in allen Einzelheiten.«

Also doch! »Und was sind das für alte Geschichten?«, frage ich, und mir ist fast klar, dass Opa darauf nicht antworten wird, aber versuchen kann ich es wenigstens. »Ist es sehr lange her?«

Er winkt ab, sein Gesichtsausdruck wird hart. »Das ist längst vorbei. Und außerdem wird sie sowieso bald wieder vor der Tür stehen. Ich gebe ihr maximal drei Tage, mehr auf gar keinen Fall. Wo soll sie denn hin? Sie ist nichts ohne mich! Alleine kommt sie niemals klar. Und finanziell schon mal gar nicht. Sie hat doch nichts und wird es bereuen, ganz sicher! Und dann kann sie froh sein, wenn ich sie überhaupt wieder zurücknehme.«

Dass mein Großvater und mein Vater sich auch in Bezug auf ihre Frauen so ähnlich sind, überrascht mich. So habe ich zumindest Opa noch nie reden hören. Optisch kann man das Vater-Sohn-Verhältnis jedenfalls sofort erkennen. Auch Opa hat noch sehr volles Haar, allerdings ist es grau. Beide haben die gleiche schlaksige Statur, sind groß gewachsen. Aber dass Opa einen ähnlich harten Blick aufsetzen kann, wusste ich bisher nicht. Und auch, dass er anscheinend davon überzeugt ist, Oma sei ohne ihn nichts wert, ist mir neu. Aber es kommt mir sehr bekannt vor. Eine ähnliche Nummer hat mein Vater auch schon mal gebracht. »Was bist du schon?«, hat er meine Mutter in einem Tonfall gefragt, der mir fast das Blut in den Adern gefrieren ließ. So abfällig habe ich ihn noch nie reden hören, schon gar nicht über meine Mutter. Ich war achtzehn. Das weiß ich noch genau, weil ich an dem Tag eine meiner Abiturprüfungen geschrieben habe.

Ich stand im Hausflur, habe jedes seiner Worte ganz genau mitbekommen, und auch, dass meine Mutter einfach nur schwieg. Ich habe damals so getan, als hätte ich nichts gehört, und bin mit meinen Infos über die Prüfung einfach ins Wohnzimmer geplatzt, um die Situation zu entspannen. Ich weiß, dass mein Vater das Leben meiner Mutter belächelt. Das lässt er zumindest hin und wieder mal durchklingen. Aus eigener Kraft beruflich Bedeutendes geschaffen wie mein Vater hat sie nie. Sie hat zwar ganztags als Bürokraft in der Firma gearbeitet, aber das zählt für ihn bis heute nicht. Für das bisschen Schreibarbeit hätte er von Anfang an genauso gut eine kostengünstige Sekretärin beschäftigen können. Die hat er dann im letzten Jahr tatsächlich eingestellt. Mama ist seitdem nur noch stundenweise in der Firma und schaut dort nach dem Rechten. Außerdem kümmert sie sich um die Steuer. Ansonsten verreist sie viel, meistens mit ihrer Freundin Gaby, die schon in Frührente ist. Sie sagt, sie habe Papa lange genug den Rücken freigehalten, und nun wolle sie sich auch mal um sich selbst kümmern.

Ich bin mir nicht wirklich sicher, ob Mama es war, die von sich aus kürzertreten wollte, oder ob Papa sich mit dem Wunsch nach einer Sekretärin endlich durchgesetzt hat. Auf jeden Fall herrscht seitdem eine merkwürdige Stimmung zwischen den beiden. Als ich arbeitslos geworden bin, hat mein Vater mir sofort angeboten, die Sekretärin wieder zu feuern und dafür mich einzustellen. Aber ich habe dankend abgelehnt. Es reicht schon, dass meine Eltern Stress wegen der Firma haben. Da muss ich nicht auch noch mitmischen. Außerdem möchte ich nicht, dass er meine Mitarbeit in ähnlicher Weise belächelt.

Den Spruch über Oma, sie wäre nichts ohne ihn, hätte Opa sich wirklich sparen können. Der war fies. Vielleicht ist es auch nur die verletzte Eitelkeit, die da gerade in ihm aufkeimt. Er ist verlassen worden. Wie weh das tut, weiß ich ja nun aus eigener Erfahrung, vor allem, wenn es so plötzlich und völlig unerwartet kommt.

Ich betrachte Opa von der Seite. Er verzieht keine Miene, als er von dem bitteren Kaffee trinkt. Ob es das erste Mal war, dass er welchen gekocht hat? Ich habe ihn zumindest noch nie an der Kaffeemaschine gesehen. Oma hat ihn immer von vorne bis hinten bedient. Soweit ich weiß, hat sie ihm den Kaffee wie in einem guten Café direkt vor die Nase gesetzt. Sogar der Zucker war schon drin, ein gehäufter Teelöffel, natürlich umgerührt und aufgelöst, sodass Opa einfach nur noch trinken musste.

Dass Oma nicht alleine klarkommt, kann ich mir kaum vorstellen. Sie hat doch schon immer den ganzen Laden hier geschmissen. Opa ist zwar arbeiten gegangen und hat Geld verdient, aber Oma hat sich um alles gekümmert, um die Familie, den Garten und das Haus. Und später dann auch um mich. Opa hat noch nie die Waschmaschine bedient, geschweige denn das Bügeleisen. Ab und zu hat er früher mal den Staubsauger geschwungen. Aber auch nur dann, wenn Oma ihn direkt vor seine Nase gestellt hat, sodass er fast darübergestolpert ist. Meistens hat Opa mir aber diese Aufgabe überlassen und mir dafür etwas Extrataschengeld zugesteckt. Den Müll hat er morgens rausgebracht, wenn er zur Arbeit gegangen ist, da lag die Tonne ja sozusagen auf dem Weg. Ich bin mir sicher, dass Oma auch diese Aufgabe mittlerweile selbst erledigt. Opa hat mit Haushalt absolut nichts zu tun. Seine Kochkünste beschränken sich darauf, mal ein paar Reste aufzuwärmen. Und dabei muss er noch aufpassen, dass sie nicht anbrennen. Die Frage ist, was aus *ihm* wird, wenn sie ihn nicht mehr will. Oma wird nämlich meiner Meinung nach durchaus klarkommen. Unklar ist mir nur, wie sie das finanziell schaffen will, da hat Opa recht – und wo sie wohnen wird, wenn sie wirklich nicht zurückkommt.

Hinter jedem erfolgreichen Mann steht eine starke Frau,

liegt mir auf der Zunge, aber das behalte ich lieber für mich. Stattdessen sage ich: »Ach komm, jetzt habt ihr fast ein ganzes Leben miteinander verbracht, da bekommt ihr den Rest doch auch noch hin. Bestimmt wird sich alles irgendwie aufklären.« Ich nippe an dem Kaffee und versuche es mit einem Scherz: »Und wenn Oma zurück ist, sollte sie dir zuallererst beibringen, wie man vernünftigen Kaffee kocht. Deiner schmeckt furchtbar.«

»Findest du?« Opa zieht die Stirn in Falten.

Ich nicke. »Oma nimmt für zwei Tassen einen gehäuften Messlöffel. Er liegt in der Besteckschublade, im Fach bei den Schälern und der Knoblauchpresse.«

Opa versucht, ein Lächeln hinzubekommen. Es gerät zwar etwas schief, aber so gefällt er mir schon viel besser. Ich vermute, dass er tief in sich drin ganz sicher leidet. Aber das würde er wahrscheinlich niemals zugeben. »Und wenn du Hilfe brauchst, solange Oma weg ist, ruf mich ruhig an. Dann komme ich kurz vorbei. Ich habe ja Zeit.«

»Ach, ich komm schon klar. Ich werde schon nicht verhungern. Aber danke, ich weiß dein Angebot zu schätzen.« Opa sieht mich nachdenklich an. »Du siehst zwar deiner Mutter ähnlich, aber in dir fließt eindeutig Nickelsches Blut. Vom Wesen her kommst du nach Oma. Wir Männer waren schon immer für Zahlen und Logik da, ihr Frauen fürs Gefühl.« Er zeigt auf meinen Teller. »Aber jetzt iss erst mal den Kuchen, solange er noch warm ist.«

Ich esse das zweite Stück Butterkuchen auf. Wenn ich Oma wiedersehe, muss ich sie unbedingt nach dem Rezept fragen. Was wohl wirklich in Opa vorgeht? Eigentlich kenne ich ihn kaum. Er war zwar immer da, aber einen tieferen Bezug habe ich nie zu ihm gehabt, genauso wenig wie zu meinem Vater. Dass ich zwar das Aussehen meiner Mutter, aber den Charakter meiner Oma geerbt habe, hat Opa schon oft gesagt. Und gewissermaßen hat er damit recht. Mein Haar ist dunkelblond wie das meines Vaters. Ansonsten komme ich optisch eher nach meiner Mutter. Ich habe ihre grünen Augen und die vollen Lippen geerbt. Von der schlanken groß gewachsenen Gestalt meines Vaters habe ich leider nichts abbekommen, ich komme auch da nach meiner Mutter und bin eher weiblich gebaut, mit der Tendenz zu Übergewicht. Als Kind hatte ich eine Menge Speck auf den Rippen. Das hat sich geändert, nachdem Oma mich als Teenager im Schwimmverein angemeldet hat und sich schnell herausstellte, dass ich durchaus talentiert bin. Durch hartes Training schmolzen die Pfunde. Auch heute ziehe ich noch regelmäßig meine Bahnen. Mein Gewicht muss ich trotzdem ständig kontrollieren – und ab und an die Notbremse ziehen, wenn ich die mir gesetzte Schallgrenze überschreite. Ich koche und esse einfach leidenschaftlich gerne. Und ich liebe Süßes, insbesondere Nougat in allen Variationen. Durch den Trennungsstress der letzten Monate habe ich allerdings ordentlich abgenommen. So schlank war ich schon lange nicht mehr. Und was mein Wesen angeht … Ich habe Oma schon mal gefragt, ob meine Eltern mich vielleicht adoptiert hätten, weil ich so gar nichts mit ihnen gemein hätte. Da hat Oma mich vor den Spiegel gestellt und gesagt: »Du hast wirklich Glück gehabt, hast du doch von beiden sozusagen nur das Beste bekommen. Zumindest äußerlich kann man die Ähnlichkeit nicht leugnen.«

»Möchtest du noch ein Stück?« Opa reißt mich aus meinen Gedanken. »Es ist noch genug da.«

»Nein danke, die zwei reichen mir dicke. Wenn ich noch

eins esse, dann platze ich.« Ich schiebe den Teller von mir weg.

Warum hat Oma noch einen Kuchen für Opa gebacken, bevor sie ihn verlassen hat? Das spricht doch eigentlich für eine ungeplante, sehr spontane Aktion.

»Sag mal, Opa, hat Oma eigentlich viele Sachen mitgenommen?«, frage ich. »Hast du mal in ihrem Kleiderschrank nachgeschaut? Und hat sie vielleicht auch Papiere oder andere persönliche Dinge eingepackt?«

»Ach, was weiß ich! Der Schrank ist brechend voll. Da fällt das eine Teil mehr oder weniger doch gar nicht auf. Oma konnte sich noch nie gut von Dingen trennen. Sie hebt doch alles auf.«

»Dann ist es umso eigenartiger, dass sie alles hinter sich lässt, finde ich. Darf ich mir den Schrank mal ansehen?«

»Warum nicht? Du weißt ja, wo er steht.«

Opa hat recht. Es sieht wirklich nicht so aus, als hätte Oma viel mitgenommen, genau genommen sogar so, als würde gar nichts fehlen. Ihre Unterwäsche liegt fein übereinandergestapelt in einem Fach, ihre Blusen hängen ordentlich nebeneinander auf Bügeln …

»Hat sie einen Koffer genommen oder eine Reisetasche?«, rufe ich ins Wohnzimmer.

»Die Koffer sind noch da, der Trolley auch. Taschen haben wir gar nicht. Nur Unmengen an Plastiktüten, weil sie jedes Mal vergisst, ihren Korb mitzunehmen.« Opa steht in der Schlafzimmertür und beobachtet mich. »Es fehlt nix. Ich sag doch, sie ist bald wieder da. Aber auf ihre Spielchen lasse ich mich nicht ein. Sie will mich damit nur unter Druck setzen.«

Ich kann mir nicht vorstellen, dass Oma mit so einer

ernsten Sache taktiert. Es ist Jahre her, da haben wir zusammen einen Film im Fernsehen gesehen, in dem eine Frau für eine Weile in ein Baumhaus gezogen ist, weil sie sozusagen gestreikt hat. Sie hat nicht mehr für ihre Familie gekocht, nicht gewaschen, nicht gebügelt ... Oma hat sich dabei köstlich amüsiert. So eine Aktion würde ich ihr auch zutrauen, aber einfach so die Koffer packen und gehen? Da steckt mehr dahinter, ganz sicher.

»Ich weiß nicht, Opa«, sage ich und setze mich aufs Bett. »Gestern Vormittag war ich in der Innenstadt, und da hab ich Oma gesehen, im Bus. Es war nach elf. Wo ist sie denn hingefahren?«

Opa überlegt. »Im Bus, sagst du? Zu Uschi vielleicht? Das hatte ich sowieso schon vermutet.«

»Was? Seit wann ist die denn wieder da?« Uschi ist Omas beste Freundin. Vor einem halben Jahr ist ihr Mann gestorben, und sie ist vorübergehend zu ihrer Tochter nach Braunschweig gezogen. Soviel ich weiß, hatte sie vor, für immer dort zu bleiben, um sich um ihre Enkelkinder zu kümmern. Oma war deswegen sehr traurig.

»Ach, seit ein paar Wochen. Sie hat sich wohl mit ihrem Schwiegersohn verkracht. Das war vorauszusehen, wenn du mich fragst. Ehrlich gesagt, mochte ich Uschi noch nie. Sie ist fürchterlich vorlaut, richtig unangenehm. Und sie hat ihren Egon ständig bevormundet und drangsaliert. Kein Wunder, dass er so früh das Zeitliche gesegnet hat, bestimmt wollte er endlich seine Ruhe haben. Ganz sicher hat sie Oma gegen mich aufgewiegelt, jetzt, wo sie ganz alleine dasteht. Ich kenne sie doch. Sie hat schon immer gerne Unruhe gestiftet.«

Ich mag Uschi. Dass sie schlechte Stimmung gegen Opa

gemacht hat, kann ich mir nicht vorstellen. Und wenn, hätte sich Oma ganz sicher nicht davon beeinflussen lassen. Natürlich hat Uschi ein lautes Organ und drängt sich gerne in den Vordergrund. Aber sie ist lustig – und Omas beste Freundin.

»Warum hast du das denn nicht gleich gesagt, dass Uschi wieder da ist?« Erleichtert atme ich auf. »Dann ist Oma doch bestimmt bei ihr.« Zumindest wäre damit die Wohnungsfrage geklärt. Uschi hat ein großes Haus – und sicher ein Gästezimmer. »Am besten fahr ich gleich mal hin.«

»Wenn du meinst …« Opa zuckt mit den Schultern.

Irgendwie ist die ganze Sache merkwürdig. Der Butterkuchen, der volle Kleiderschrank, das sieht auf den ersten Blick gar nicht nach einer Trennung aus. Spielchen spielt Oma nicht, aber vielleicht will sie einfach mal ein Zeichen setzen und wartet nur darauf, dass Opa sie zurückholt? So wie ich, als ich nach dem Gespräch mit Tom für ein paar Tage bei meiner Freundin Doro geschlafen habe, um erst einmal Abstand zu bekommen und wieder einen klaren Gedanken fassen zu können. Die klaren Gedanken blieben aus. Stattdessen hoffte ich einfach nur, dass Tom mich zurückholen würde, er mit einem riesigen Strauß roter Rosen plötzlich vor der Tür steht, alles bereut und sich nichts sehnlicher wünscht, als mit mir den Rest seines Lebens zu verbringen. Vielleicht tickt Oma ja ähnlich?

»Willst du nicht zu Uschi fahren?«, frage ich ihn. »Das wäre doch eigentlich eine schöne Idee. Was meinst du? Oma freut sich doch bestimmt, wenn du …«

»Niemals!« Opa schneidet mir das Wort ab. »Ich soll ihr nachlaufen? Vergiss es! Das fehlt mir gerade noch.«

Eine Viertelstunde später drücke ich den Klingelknopf an Uschis Haustür, doch es macht niemand auf. Die Rollos sind heruntergelassen, ein Prospekt steckt noch im Briefkasten. Es sieht nicht so aus, als wäre Uschi schon aus Braunschweig zurück. Opa muss sich geirrt haben.

Und jetzt? Ich bin davon ausgegangen, Oma bei ihrer Freundin aufzufinden. Dass sie nicht hier ist, wundert mich. Sie hat keine Verwandten, zu denen sie noch Kontakt hat, und auch keine anderen engen Freundinnen.

Nebenan fällt eine Tür zu, und eine alte Dame kommt mit dem Mülleimer heraus. Als sie mich sieht, ruft sie neugierig zu mir herüber: »Wollen Sie zu Frau Kaufmann? Da haben Sie leider Pech. Die ist nämlich seit gestern verreist.«

3.

Ich stehe ratlos vor Uschis Haustür und bin unschlüssig, was ich machen soll. Momentan spricht alles dafür, dass die beiden gemeinsam losgezogen sind. Zumindest wäre es ein großer Zufall, wenn sie einzeln verreist sind. Der Gedanke beruhigt mich zwar etwas, aber es ist trotzdem mehr als merkwürdig, dass Oma sich bisher nicht gemeldet hat. Was, wenn ihr doch etwas zugestoßen ist? Das glaube ich zwar eigentlich nicht, aber solange ich nicht wenigstens ein Lebenszeichen von ihr erhalten habe, mache ich mir Sorgen. Das müsste sie doch wissen!

Das tiefe Motorengeräusch eines Busses, der die Straße entlangfährt, reißt mich aus meinen Gedanken – und bringt mich auf eine Idee. Etwas oberhalb des Schreibwarenladens, in dem ich gestern einkaufen war, befindet sich eine Bushaltestelle. Ich muss nur nachsehen, wohin der Bus gefahren ist, in dem Oma gestern saß.

Ich sprinte zum Smart und stehe nur wenig später vor den Linienfahrplänen. Es sind gleich drei Busse, die hier vorbeikommen und auch halten. Und einer davon fährt zum Hauptbahnhof. Das könnte passen, wenn die beiden tatsächlich miteinander verreist sind. Aber die Info hilft mir nicht wirklich weiter. In der Regel fährt man von Oberhausen mit der Regionalbahn nach Duisburg oder Essen, manchmal muss man auch bis nach Düsseldorf. Dort steigt man in den Fernzug um, um letztendlich an das gewünschte Ziel zu gelangen. Es sei denn, Oma ist nach Holland gefahren. Dieser Zug fährt von Oberhausen aus durch. Sie könnte also überallhin sein.

Enttäuscht fahre ich zurück zu meinen Eltern und parke den Smart in der Garage. Wir haben mittlerweile halb sechs. Der Mercedes meines Vaters steht nicht da, wahrscheinlich wird er erst spät am Abend wieder zurück sein. Das ist gut. Ich brauche etwas Zeit für mich, um nachdenken zu können. Dass Oma irgendwo in der Welt herumschwirrt, ohne irgendjemandem zu sagen, wo, beunruhigt mich doch sehr. Es passt einfach nicht zu ihr. Und Opas Verhalten eben war auch sehr eigenartig.

Ich schließe die Haustür auf und nehme den Stapel Post mit, den mein Vater für mich auf das Sideboard gelegt hat. Darunter sind mehrere flache Päckchen, Rezensionsexemplare, die mir von Verlagen für meinen Blog zugeschickt werden. Ich bin in vielen Verteilern und bekomme oft Neuerscheinungen zur Besprechung zugeschickt. Ich bin gespannt, was sich darunter befindet, und lege die Päckchen auf den kleinen Holztisch, der neben meinem Lieblingssessel vor der großen Glasfront zum Garten hin steht. Dann hole ich aus meinem Zimmer den Laptop und bereite mir schließlich mit der Hightechkaffeemaschine meines Vaters einen leckeren Milchkaffee zu. Opas Gebräu war wirklich fürchterlich.

Mit der Tasse in der Hand mache ich es mir im Schneidersitz auf dem Sessel gemütlich und schaue hinaus in den Garten. In den letzten Tagen hat es nur geregnet, aber heute steht zum ersten Mal wieder die Sonne am Himmel. Draußen blühen die ersten Margeriten, und der große Fliederbusch mit seinen weißen Blüten wird auch bald seinen Duft verströmen. Oma liebt gut duftende Blumen, ganz besonders Rosen, Freesien und Flieder. Ich habe ihr jedes Jahr einen riesigen Strauß im Garten gepflückt und zu ihr gebracht. In ein paar Tagen wäre es wieder so weit gewesen …

Gedankenverloren trinke ich einen Schluck Kaffee. Ich kann mir Opa gar nicht ohne Oma vorstellen. Umgekehrt funktioniert es jedoch schon. Opa hat zwar seinen Schachklub, aber Freunde hat er nicht. Er verbringt die meiste Zeit vor dem Fernsehapparat. Oma kann sich gut alleine beschäftigen. Sie interessiert sich für Kunst, malt gerne, geht auch mal mit Uschi ins Theater oder in eine Ausstellung. Außerdem ist sie oft mit dem Fahrrad draußen unterwegs. Langeweile kennt sie nicht. Sie backt sehr gerne, vertreibt sich ihre Zeit im Garten – oder aber mit einem guten Buch.

Ich greife nach dem ersten, etwas größeren Päckchen und ziehe ein dickes Backbuch heraus. Der Schokoladenkuchen auf dem Cover sieht lecker aus, aber man soll ja nicht übertreiben. Normalerweise rezensiere ich nur Romane, aber während meines letzten Gesprächs mit der Pressemitarbeiterin des Verlags habe ich erwähnt, dass ich auch ganz gerne mal über der Rührschüssel stehe, jedoch an die Backkünste meiner Oma bei Weitem nicht herankomme. Das hat sie wohl nicht vergessen, denke ich schmunzelnd und blättere ein wenig durch die mit ansprechenden Hochglanzfotos bestückten Seiten.

Der nächste Umschlag ist recht dünn, und ich traue meinen Augen kaum, als ich die kleine, geradlinige Handschrift unter die Lupe nehme. Die Anschrift hat ganz eindeutig

Oma darauf geschrieben. Ich drehe das Kuvert um, doch einen Absender finde ich nicht. Stattdessen hat sie oben links eine kleine Lokomotive mit ein paar Anhängern gezeichnet und … *von unterwegs* … daneben geschrieben. Sie ist also wirklich mit dem Zug gefahren. Der Poststempel ist aus Oberhausen. Oma muss den Brief gestern an mich losgeschickt haben, bestimmt vom Bahnhof aus. Ich sehe sie in Gedanken vor mir, wie sie durch die Halle geht, den Brief in den gelben Postkasten schmeißt und dann nach oben auf die digitale Anzeigentafel schaut, auf der die Abfahrtszeiten der Züge angezeigt werden. Sie zieht einen schweren Lederkoffer auf Rollen hinter sich her. Ich weiß, dass sie ein solches Exemplar oben auf dem Dachboden aufbewahrt, vollgepackt mit alten Büchern, für die sie seit dem Umzug in die kleinere Wohnung keinen Platz mehr hat. In der Beziehung geht es mir wie Oma. Ich kann mich auch schlecht von Büchern trennen, muss aber von Zeit zu Zeit aussortieren, weil ich einfach nicht mehr weiß, wohin damit. Momentan lagern meine Bücher ordentlich eingepackt in Umzugskartons im Keller. Mein Traum ist, irgendwann in einem Haus mit einer eigenen Bibliothek zu wohnen, mit Regalen, die bis unter die Decke reichen. Aber davon bin ich momentan hier in meinem alten Kinderzimmer weit entfernt.

Oma ist also tatsächlich auf und davon, denke ich. Ich reiße den Umschlag auf und ziehe ein dünnes Buch hervor. Es ist farblich dezent gehalten, fast trist, ähnlich dem Taschenbuch *Licht*, das ich erst heute besprochen habe. Zurückhaltende Blau- und Grautöne, ein wenig Schwarz, etwas Türkis. Eine Rolle Nähgarn, ein paar Knöpfe … *Alle meine Wünsche* steht in weißer Schreibschrift auf dem Buchcover. Der Autor heißt Grégoire Delacourt. Ein Franzose. Von dem Buch habe ich noch nie gehört. Aber ich weiß jetzt schon, dass ich darin etwas Bedeutsames erfahren werde. Weil Oma es mir geschenkt hat und weil alle Bücher, die ich von ihr bekommen habe, immer eine kleine Weisheit enthalten. Ich schlage das Buch auf und finde zwischen Deckel und erster Seite einen zusammengefalteten Brief und eine Postkarte mit einem Motiv von Claude Monet. *Windmühle in Zaandam* steht klein unter dem Bild. Ob Oma vielleicht doch in den Zug nach Holland gestiegen ist? Ich drehe die Karte um.

Baue Windmühlen, mein Kind! steht darauf.

Omas Friesengeschirr fällt mir plötzlich ein und die Windmühlen darauf in ihrer Lieblingsfarbe. Oma liebt Blau, aber nicht das kräftige Dunkelblau, sondern eher ein zurückhaltendes, weiches Blau mit einem Hauch Grau darin. Sie wollte in ihrem alten Haus immer Fensterrahmen und die Holztür in einem solchen Farbton streichen, aber Opa war dagegen. Und dann sind sie in die Eigentumswohnung gezogen, und das Thema hat sich endgültig erledigt. Die Fensterrahmen sind aus Plastik und sollen einheitlich bleiben.

Die Farbgebung, mit der das Cover gestaltet ist, passt zu Oma, denke ich und falte gespannt den Brief auseinander.

Meine liebe Meike,
wenn der Wind der Veränderung weht, bauen die einen Mauern und die anderen Windmühlen. Ich will mich nun endlich an den Windmühlen versuchen. Sei nicht böse, dass ich dir nicht vorher Bescheid gesagt habe. Du bist die Einzige, die mich hätte zurückhalten können, deswegen musste ich ohne Abschied fortgehen. Ich kann dir jetzt

noch nicht erzählen, wo ich hingehe und warum, aber wenn die Zeit kommt, werde ich es tun und dir alles erklären. Und wir sehen uns schon schneller wieder, als du denkst. Ich werde dich vermissen! Mach dir keine Sorgen, mein Engel. Mir geht es gut, und ich habe dich sehr lieb. Anbei ein schönes Buch für dich. Denk an mich, wenn du es liest. Es wird dir helfen, mich zu verstehen.
Oma

Tränen laufen mir über das Gesicht. Oma meint es wirklich ernst. Sie wird nicht wieder zurückkommen. Aber wo ist sie? Und was ist vorgefallen? Sie hat sich nie beschwert, weder über ihr Leben noch über Opa.

Es dauert eine ganze Weile, bis ich mich wieder beruhigt habe. Der Kaffee ist lauwarm, als ich das Buch aufschlage und den ersten Satz lese. Unwillkürlich halte ich den Atem an.

Man lügt sich immer an.

Die erste Zeile aus dem Abschiedsbrief … Das gibt es doch nicht! Oder doch, es ist typisch Oma, sie will mir etwas mitteilen. Neugierig lese ich weiter, erfahre Jocelynes Geschichte, die im nordfranzösischen Arras einen kleinen Kurzwarenladen führt und nebenbei einen Blog betreibt, in dem sie Tipps rund um Nadel und Faden gibt. Sie ist verheiratet mit einem Mann, der die männliche Kurzform ihres Namens hat, Jocelyn. Sie liebt ihn trotz seiner ungehobelten Art, zumindest glaubt sie das. Sie träumt davon, er könne sie eines Tages schön finden, aber sie weiß, dass das nie passieren wird.

Man lügt sich immer an … Ich weiß um die seltene Schönheit unter meinen Kleidern. Aber Jo sieht sie nie …

Trotz allem ist Jocelyne mit ihrem bescheidenen Leben recht glücklich. Bis sie eines Tages achtzehn Millionen Euro im Lotto gewinnt …

Ich lese die wenigen Seiten in einem Rutsch durch und habe statt der Heldin Jocelyne Oma vor Augen. »Sie ist nichts ohne mich!«, hat Opa gesagt. Ist Oma deswegen gegangen? Weil sie es nicht mehr ertragen hat, *nichts* für ihn zu sein? Und weil sie weiß, dass das nicht stimmt? Opa ist derjenige, der sich etwas vormacht. Und ich bin mir sicher, dass er das schon sehr bald merken wird.

Ich habe mir nie Gedanken über die Ehe meiner Großeltern gemacht. Sie schienen mir glücklich zu sein, zumindest aber wähnte ich beide zufrieden. Klar war Opa manchmal etwas schroff und hatte so eine Art, Oma manchmal von oben herab zu behandeln. Aber sie nahm es immer gelassen. Ich kenne sie eigentlich nur mit einem Lächeln auf dem Gesicht. Es war genau diese stille Überlegenheit, die ich immer an ihr bewunderte. Sie wusste, dass sie die Stärkere ist, hat das aber nie nach außen durchscheinen lassen, so wie Opa es immer mal wieder versucht hat, besonders wenn es ums Autofahren ging. Er hat sie zwar immer gefahren, aber manchmal hat Oma auch mich darum gebeten. Zum Beispiel, wenn sie einfach mal was Schönes ohne ihn unternehmen wollte, wie eine Kunstmesse besuchen oder andere kulturelle Veranstaltungen, auf die Opa keine Lust hatte. Prompt hatte er einen Termin im Schachklub, oder es lief genau da eine interessante Fernsehreportage.

Mir kam es immer so vor, als wären das kleine Machtspielchen, die er da mit ihr betrieb. Darüber habe ich mich oft geärgert, aber Oma regte sich nicht auf. Notfalls fuhr sie einfach mit dem Taxi, worüber er sich dann wieder geärgert hat und ihr vorwarf, mit dem Haushaltsgeld nicht wirtschaften zu können. Ich weiß, dass Oma sich für schlechte Zeiten immer mal ein paar Euro zurückgelegt hatte. Ob sie den Notgroschen jetzt mitgenommen hat? Und was ist mit ihrem Notebook? Meine Eltern haben ihr vorletztes Jahr zu Weihnachten ein richtig schickes Teil samt Vertrag für mobile Internetnutzung geschenkt. Von mir bekam Oma einen Gutschein für eine Oma-Enkeltochter-Schulung. Sie hatte einen Heidenspaß dabei, und ich auch. Seitdem sie einigermaßen mit der Technik umgehen kann, liest sie immer meine Rezensionen, sie ist mein größter Fan. Ganz sicher möchte sie wissen, wie mir die Geschichte gefallen hat. Wenn ich das Buch in meinem Blog bespreche, weiß sie, dass ihre Nachricht bei mir angekommen ist. Vielleicht wartet sie sogar darauf …

Meine lieben Blogbesucherinnen,
hier kommt die zweite Rezension an diesem Tag. Das Buch bekam ich heute von einem geliebten Menschen geschenkt, der mir sehr viel bedeutet.
»Alle meine Wünsche« von Grégoire Delacourt ist ein nur hundertachtundzwanzig Seiten langes Buch, das vom ersten Moment an verzaubert. Der französische Autor schreibt aus Sicht einer Frau, und das gelingt ihm ausgesprochen gut. Die siebenundvierzigjährige Jocelyne ist Inhaberin eines Kurzwarenladens. Nebenbei betreibt sie einen Blog. Sie ist verheiratet mit Jocelyn. Die Ähnlichkeit ihrer ungewöhnlichen Namen ist frappant, und die Wahrscheinlichkeit, dass das Paar sich begegnet ist, gleicht einem Lottogewinn …
Die beiden haben zwei erwachsene Kinder, ein drittes hat

Jocelyne verloren, was zeitweise zu einer Krise führte. Aber sie scheinen nun zufrieden mit dem, was sie haben. Dass ihr Mann größere Ansprüche hat, weiß Jocelyne. Sie träumt davon, ihm irgendwann all seine Wünsche erfüllen zu können, einen Porsche, eine Kreuzfahrt oder eine exquisite Uhr. Sie selbst hingegen ist sich sicher, dass ihr eigener Wunsch niemals Gehör finden wird … dass ihr Mann sie schön findet. Als Jocelyne plötzlich in der Lotterie eine ungeheure Millionensumme gewinnt, hat sie auf einmal die Möglichkeit, ihren Mann glücklich zu machen, so wie er das gerne möchte. Aber wenn Geld ins Spiel kommt, offenbaren die Menschen ihren wahren Charakter … Mehr möchte ich jetzt nicht verraten.
Lest selbst, es lohnt sich!
Eure Meike
PS: Oma, ich verstehe dich und bin in Gedanken bei dir. Ich wünsche mir ein Lebenszeichen von dir …

Ob es eine gute Idee ist, Oma sozusagen öffentlich über meinen Blog anzusprechen? Ich schiebe die Bedenken zur Seite und lasse den Nachsatz drin. Oma hat mir das Buch schließlich nicht ohne Grund zugeschickt. Sie hat eine Botschaft für mich, und darauf habe ich reagiert. Außerdem ist ihre Antwort nicht für die Öffentlichkeit ersichtlich, falls sie mir schreiben sollte. Alle Antworten landen zuerst in meinem E-Mail-Postkorb, damit sich keine Werbung oder unerwünschten Kommentare einschleichen. Ich muss sie erst freigeben, damit sie auf dem Blog erscheinen.

Ich stelle die Rezension samt Nachricht an Oma online – und weiß jetzt schon, dass ich jede halbe Stunde meine E-Mails checken werde, um zu überprüfen, ob sie darauf reagiert hat. Deswegen schalte ich kurzerhand die Benachrichtigungsfunktion meines Smartphones ein, damit ich automatisch über eingehende Mails informiert werde. Bisher habe ich mich geweigert, mich noch abhängiger von dem Gerät zu machen, als ich es ohnehin schon bin. Seitdem WhatsApp und Co auch in mein Leben getreten sind, kann ich mir ein Dasein ohne Handy kaum noch vorstellen. Wie zur Bestätigung piept das Ding prompt. Die Nachricht kommt von Tom. Muss er sich ausgerechnet heute bei mir melden?

Es gelingt mir, sie zu öffnen, ohne dass sich dabei der Kloß in meinem Hals verdichtet. Unser Trennungsgespräch ist jetzt drei Monate her, und die Emotionen überwältigen mich immer noch oft. Tom hat die Möbel behalten und wohnt während der Kündigungsfrist noch in der Wohnung. Dafür bekomme ich das Auto, das wir uns gemeinsam angeschafft haben. Da ich momentan keins brauche und Tom noch kein neues hat, fährt er es noch. Aber demnächst, spätestens Anfang Juni, wird es in meinen Besitz übergehen. Seit etwa vier Wochen habe ich nichts mehr von ihm gehört. Und er nicht von mir. Das hatten wir so vereinbart, um die Trennung für uns beide nicht unnötig schwerer zu machen, als sie sowieso schon ist. Wir sind nicht im Streit auseinandergegangen, es hat für Tom nur einfach nicht mehr gepasst.

Mich nicht zu melden fällt mir ungemein schwer. Ich überlege jeden Tag mehrmals, ob ich ihm nicht doch eine Nachricht schreibe. Manchmal tippe ich ein paar Worte ein, um sie im nächsten Moment wieder zu löschen. Insgeheim warte ich immer noch darauf, dass Tom es sich anders überlegt. Bis vor Kurzem habe ich ständig mein Handy kontrolliert, bin auf Toms Profil gegangen, habe überprüft, wann er das letzte Mal online war. Und war er es zufällig genau während einer meiner Internetstreifzüge, war ich todunglücklich, wenn er mir nicht geschrieben hat. Natürlich habe ich auch seiner Facebook-Seite regelmäßig einen Besuch abgestattet, habe seinen Beziehungsstatus gecheckt, nach neuen Freunden und vor allen Dingen Freundinnen gesucht. Ich habe also all das gemacht, was man tunlichst vermeiden sollte, wenn man über eine gescheiterte Beziehung hinwegkommen möchte.

Doch dann hat mir Doro den Kopf gewaschen, und ich habe ihr versprochen, mit dem Stalken aufzuhören. Ich habe mit ihr ausgemacht, sie sofort anzurufen, wenn ich auch nur ansatzweise das Gefühl habe, rückfällig werden zu können, damit ich gar nicht erst wieder auf den Gedanken komme, ihn weiter auszuspionieren. Jetzt bin ich seit einer Woche sozusagen clean, und schon taucht Tom wieder auf. Dass ich seine Nachrichten nicht lesen darf, habe ich nicht mit meiner Freundin vereinbart. Mein Herz klopft etwas schneller, als ich sie öffne.

Hey, du! Ich habe heute ein paar alte Fotoalben von dir gefunden. Außerdem auch ein paar Bücher, die sich hier noch versteckt hatten. Die möchtest du doch bestimmt haben, nicht wahr? Soll ich sie dir zuschicken oder lieber so lange aufheben, bis wir uns nächsten Monat wiedersehen? Wie du magst … Geht es dir gut? Tom

Na super! Wir haben vier Wochen nichts voneinander gehört, und dann kommt er mit ein paar Sachen um die Ecke, die ich längst vergessen habe. Kein *Ich vermiss dich, du fehlst mir …* Enttäuschung macht sich in mir breit. Jetzt ärgere ich mich, dass ich die Nachricht überhaupt geöffnet habe. Und dann auch noch sofort nachdem sie bei mir eingetroffen ist.

Nun sieht es so aus, als hätte ich nur darauf gewartet, dass er mir endlich schreibt. Ob ich einfach nicht antworte oder mir wenigstens damit etwas Zeit lasse? Nein, er ist gerade online, wie ich an seiner Statusmeldung erkennen kann. Und er sieht, dass ich es auch bin und seine Nachricht gelesen habe. Wenn ich jetzt nicht antworte, denkt er bestimmt, dass es mir was ausmacht, so plötzlich wieder von ihm zu hören. Und überhaupt … Was soll die Nummer?

Die Sachen sind bei dir gut aufgehoben, schreibe ich. *Bestimmt findest du noch ein paar andere Dinge, die wieder in meinen Besitz wandern sollten. Pack sie einfach ins Auto, okay?*

Gerne, antwortet Tom und schickt gleich noch eine Nachricht hinterher. *Du hast nicht auf meine andere Frage geantwortet. Wie geht es dir?*

Typisch Tom. Er hat Dinge schon immer hinterfragt und denkt jetzt, ich wäre der Frage absichtlich ausgewichen. Es juckt mir in den Fingern, ihm von Omas Verschwinden zu erzählen. Und dass mein eigenes kleines Unglück mir gar nicht mehr so wichtig erscheint, auch wenn es gerade gehörig wehtut, mit Tom auf diese belanglose Art zu kommunizieren. Aber ich überlege es mir anders und schicke ihm stattdessen ein Smiley. Dann schreibe ich:

Mir geht es gut! Morgen habe ich ein Vorstellungsgespräch. Und wenn ich endlich bei meinen Eltern raus bin, hat das Leben mich zurück.

Früher habe ich mir nie Gedanken gemacht, wenn ich Tom geschrieben habe. Ich habe auch immer sofort geantwortet, wenn eine Nachricht von ihm eingetroffen ist. Aber jetzt überlege ich mir jedes Wort dreimal, bevor ich die Nachricht losschicke, besonders wenn es um meine Gefühle geht. Dass ich unter der Trennung noch immer leide, soll Tom auf keinen Fall wissen. Immerhin bin ich zweiunddreißig Jahre alt und war darauf nicht vorbereitet. Ich setze noch ein *Und du? Wie geht es dir?* dahinter und drücke auf Senden.

Alles so weit okay, antwortet Tom. *Würde gerne noch mal in Ruhe mit dir reden. Hat aber auch Zeit bis Juni. Ich pass bis dahin gut auf deine Sachen auf. Viel Glück mit der Bewerbung. Ich drücke beide Daumen!*

Danke!, antworte ich schlicht. Wenn das Gespräch noch so lange warten kann, scheint es ja nicht wirklich wichtig zu sein. Zumindest deutet es nicht darauf hin, dass er unsere Trennung rückgängig machen will. Das Schlimme ist, dass ich das eigentlich ganz genau weiß, aber wie heißt es so schön? Die Hoffnung stirbt immer zuletzt.

Ich starre noch ein paar Minuten auf mein Handy, aber es bleibt still. Tom ist nicht mehr online. Was er wohl gerade macht? Jetzt nicht wieder in alte Verhaltensmuster zurückfallen, denke ich. Es fällt mir zwar schwer, aber ich lege mein Handy zur Seite und beschließe, in der Küche nach etwas Essbarem Ausschau zu halten. Ich habe komplett die Zeit vergessen. Es ist schon halb neun Uhr abends, und außer einer kleinen Portion Müsli am Morgen und Omas Butterkuchen habe ich heute noch nichts gegessen. Mir steht der Sinn nach etwas Herzhaftem.

Gerade als ich den Kühlschrank öffne, höre ich meinen Vater die Auffahrt zum Haus hinauffahren. Manchmal trinkt er nach einem langen Tag erst einmal ein Gläschen Wein und nascht dabei ein paar Oliven, etwas Käse und ein paar Cracker. Und danach ist mir jetzt auch zumute. Dann kann ich ihm auch gleich erzählen, wie es bei Opa war.

Ich öffne gerade den Wein, als mein Vater in der Tür steht.

»Gute Idee«, sagt er, nimmt das Tablett, auf dem ich ein paar Leckereien platziert habe, und geht damit ins Wohnzimmer. Wir setzen uns an den großen Pinienholzesstisch.

Er hebt das Glas, schwenkt es ein paarmal, dann nimmt er den ersten Schluck, und sein Blick entspannt sich etwas. »Das Geschäft mit der Bundeswehr machen wir.« Er greift nach einer Olive. »Wie geht es Opa?«

»Ganz gut. Zumindest habe ich mit Schlimmerem gerechnet …« Ich berichte ihm kurz, was ich von Opa erfahren habe. Dass Oma mir geschrieben hat, behalte ich erst einmal für mich.

Mein Vater ist ein guter Zuhörer. Schade, dass es viel zu wenige Momente wie diesen gab, seit ich wieder im Haus wohne. Ab und zu stellt er im richtigen Moment eine kurze Zwischenfrage, aber ansonsten unterbricht er mich nicht, isst und trinkt und wartet, bis ich zu Ende erzählt habe.

»Alte Geschichten, meint Opa?«, fragt er schließlich stirnrunzelnd. »Damit kann er nur die Sache mit dieser Frau damals gemeint haben. Auf der anderen Seite … das ist jetzt über dreißig Jahre her! Da dürfte das doch eigentlich kein Thema mehr sein.«

»Was für eine andere Frau, was meinst du?« Ich kann nicht glauben, was mein Vater da gerade sagt. Hat Opa Oma etwa betrogen?

»Ach, Opa hatte da mal so einen Kurschatten, als er wegen seines Herzens eine Auszeit nehmen musste«, erzählt mein Vater. »Er hat damals sogar eine Zeit lang mit ihr zusammengewohnt. Oma ist ausgezogen, und die andere Frau hat sich gleich bei Opa eingenistet. Aber das Ganze ging nicht lange gut, nur ein paar Monate. Opa hat schließlich Reue gezeigt. Er hat die andere rausgeschmissen, und Oma ist wieder zurückgekommen.«

Nur ein paar Monate? Vor ungefähr dreißig Jahren? Da muss Oma knapp über vierzig gewesen sein. Und mein Vater Anfang zwanzig. Mir fehlen die Worte. Ihm jedoch nicht.

»Sie hatte rotes Haar, war sehr extrovertiert, ein ganz anderer Typ als Oma. Wie hieß sie noch gleich?«, überlegt er laut. »Ach ja … Anita. Sie kam irgendwo aus der Gegend von München. Auf jeden Fall hatte sie einen ganz breiten Dialekt.«

Und die vorlaute Uschi kann er nicht leiden, denke ich grimmig. »Wo hat Oma denn in der Zeit gewohnt?«

»Sie ist erst mal zu ihrer Freundin gezogen, zu Uschi. Soweit ich weiß, hat sie sich eine Wohnung angemietet, aber da ist sie nie eingezogen, weil Opa sich vorher mit ihr ausgesöhnt hat. Das Ganze begann im Sommer, und kurz vor Weihnachten war Oma wieder zurück.«

»Und diese Anita hat so richtig mit Opa zusammengelebt? Das ist ja dreist!«

»Ja, sie hat ihm jeglichen Verstand geraubt. Da sind wohl die Hormone mit ihm durchgegangen. Aber er hat es bereut, und Oma hat ihm verziehen.«

Diese Anita hat Omas Platz eingenommen, wenn auch nur für ein paar Monate! Hätte Tom so eine Nummer mit mir abgezogen, hätte ich ihm das nie verziehen. Einen bedeutungslosen Fehltritt vielleicht, aber nicht in unserer Wohnung, und schon gar nicht in unserem gemeinsamen Bett. Ich hätte nie wieder darin schlafen können, weil ich mir ständig Gedanken gemacht hätte, was er mit der anderen Frau darin getrieben hat.

»So was hätte ich Opa gar nie zugetraut«, sage ich. »Es muss schlimm für Oma gewesen sein.« Und wenn ich dann noch rausgefunden hätte, dass das Ganze über eine längere Zeit lief, hätte ich ohne viele Worte meine Koffer gepackt und wäre gegangen. So wie Oma das jetzt auch gemacht hat …

»Meinst du, er hat vielleicht wieder eine Geliebte?« Opa ist jetzt Mitte siebzig. Ich kann mir das in seinem Alter zwar kaum vorstellen, aber ganz sicher bin ich mir auch nicht. Vielleicht ist er ein Wiederholungstäter. Wer einmal fremdgeht, tut es wieder. Heißt es nicht so?

Mein Vater leert sein Glas. »Das glaube ich nicht. Wie gesagt, er hat die andere Frau damals während der Kur kennengelernt. Seitdem war er meines Wissens nicht wieder alleine unterwegs. Die beiden verbringen doch die meiste Zeit gemeinsam.« Mein Vater dreht sein leeres Weinglas in den Händen und sieht mir dann in die Augen. »Und außerdem können Menschen sich ändern. Jeder macht mal Fehler.«

Oma nicht, schießt mir spontan durch den Kopf. Aber etwas im Blick meines Vaters sagt mir, dass er sich selbst damit meint. Ich schenke uns noch etwas Wein nach. Ob er mir etwas darüber erzählen wird?

Er lächelt mich an. »Der Wein ist gut – vollmundig und weich, einer meiner Kunden hat ihn mir empfohlen. Schade, dass ich dich nicht davon überzeugen kann, bei uns einzusteigen.«

Ich trinke vom Wein und lächle zurück. »Du hast das Thema gewechselt.«

»Ich hätte dir nicht von Opas Fehltritt erzählen dürfen«, sagt mein Vater. »Es ist jetzt so lange her. Außerdem ist es eine Sache zwischen den beiden, das geht uns nichts an.

Also lassen wir das jetzt lieber. Alte Geschichten sollte man besser nicht aufwärmen.«

»Von alten Kamellen hat Opa allerdings auch gesprochen«, werfe ich ein. »Irgendwas muss da auf jeden Fall vorgefallen sein, sonst wäre Oma doch nicht einfach so gegangen.«

»Dann solltest du sie am besten selbst fragen, bevor wir hier irgendwelche Behauptungen aufstellen, die vielleicht gar nichts mit der Wirklichkeit zu tun haben.«

»Das mache ich auch. Sobald Oma wieder auftaucht, frage ich sie.«

»Und du weißt wirklich nicht, wo Oma jetzt steckt?«, fragt mein Vater. »Das wundert mich.«

»Nein, ich habe absolut keine Ahnung«, antworte ich. Und wenn ich es wüsste, würde ich es dir ganz sicher nicht verraten, denke ich. Denn dann würde es Opa auch erfahren. Aber so wie es aussieht, will Oma im Moment nicht gefunden werden. Ich muss nur noch herauskriegen, was dahintersteckt.

4.

Eine halbe Stunde später sitze ich in meinem Zimmer vor dem Laptop und starre den Blogeintrag an, den ich zuletzt verfasst habe. Oma hat nicht darauf reagiert. Ein paarmal hat mein Handy mich über eingegangene Mails informiert, aber es waren nur uninteressante Werbenachrichten, die in meinem Postkorb gelandet sind. Ich muss Opa morgen unbedingt fragen, ob Oma das Notebook überhaupt mitgenommen hat.

Mein Blick fällt auf Christoph Meckels *Licht*, das immer noch auf meinem Schreibtisch liegt. Dole betrügt Gil … Wie würde ich mich fühlen, wenn ich herausfinden würde, dass mein Partner fremdgeht? Vielleicht würde ich ihm verzeihen, aber würde ich ihm jemals wieder vertrauen können? Oder würde es mir wie Gil gehen, der nach der Entdeckung des Betrugs die Aufrichtigkeit jedes einzelnen ihrer Schritte infrage stellt? Und hat das, was da vor dreißig Jahren passiert ist, eventuell wirklich etwas mit Omas Verschwinden zu tun? Oder geht es bei der ganzen Sache doch um etwas ganz anderes?

Ich stelle das Buch zurück ins Bücherregal und schaue mich in meinem Zimmer um. Dass ich in meinem Alter wieder nach Hause ziehe, hätte ich niemals gedacht. Aber ich stehe hier, in meinem alten Kinderzimmer, schlafe auf derselben Matratze mit dem großen Kaffeefleck, den Doro vor ewigen Zeiten verursacht hat. Am Kopfende sitzt immer noch der Teddybär mit dem festgenähten roten Plüschherz zwischen seinen Pfoten. Auch den habe ich meiner besten Freundin zu verdanken. Sie hat ihn damals auf der Kirmes gewonnen und mir geschenkt.

Sogar die rot-grau karierte Bettwäsche ist immer noch dieselbe. Nur der alte knarrende Kleiderschrank ist mittlerweile durch ein anderes Modell ersetzt worden. An der Wand gegenüber steht jetzt ein überdimensional großer Bauernschrank, in dem meine Mutter normalerweise Handtücher und Tischdecken aufbewahrt. Die hat sie kurzerhand ausgeräumt, nachdem ich meinen Eltern eröffnet habe, dass ich erst mal zu ihnen zurückkomme.

»Ich wusste, dass es nicht dein Letzter sein würde«, sagte sie, und ich wunderte mich, wie sie darauf käme. »Und jetzt mach dir mal keine Gedanken. Komm erst mal wieder zu dir, dann kümmerst du dich um eine Arbeit … und irgendwann verliebst du dich auch wieder.«

Zumindest das Berufliche geht voran, denke ich, immerhin habe ich ein erstes Vorstellungsgespräch. Zwar würde ich lieber in einem kleineren Laden anstatt in einer großen Buchhandelskette arbeiten, aber es wäre ein Anfang.

Ich öffne den Schrank und überlege gerade, was ich morgen zum Bewerbungsgespräch anziehen soll, als mein Handy auf dem Nachttisch klingelt. Es ist Doro, wie mir das blinkende Display verrät. Bestimmt hat sie gemerkt, dass ich gerade an sie gedacht habe. Das war früher schon so, von Anfang an waren wir irgendwie telepathisch miteinander verbunden. Und ganz oft denken wir auch heute noch im selben Moment genau das Gleiche.

»Hi, Doro!« Ich lasse mich mit dem Telefon am Ohr aufs Bett plumpsen.

»Sag mal, was ist mit deiner Oma? Ist irgendwas passiert?« Doro fällt sofort mit der Tür ins Haus. »Ich hab gerade deinen Blogeintrag gelesen.«

»Sie hat Opa verlassen …« Ich erzähle Doro in allen Einzelheiten, was sich heute ereignet hat.

Als ich fertig bin, schnauft meine Freundin laut auf. »Und du bist bis jetzt nicht auf die Idee gekommen, dich mal deswegen bei mir zu melden?«, beschwert sie sich. »Warst du schon bei der Polizei? Und hast du mal das Anrufprotokoll bei ihr zu Hause gecheckt? Mit wem hat sie vor ihrem Verschwinden telefoniert? Oder haben deine Großeltern etwa immer noch den grünen alten Apparat, der nichts aufzeichnet?«

Ich kenne Doro, also warte ich einen Moment, bis sie sich wieder beruhigt hat.

»Deiner Oma geht's bestimmt gut, Meike«, sagt sie prompt mit sanfter Stimme. »Die kommt sicher gut zurecht. Machst du dir große Sorgen?«

»Ja und nein. Ich weiß, dass sie alleine klarkommt, allerdings würde es mir guttun, wenn ich wenigstens mal ihre Stimme hören würde. Aber deswegen gleich zur Polizei gehen? Sie ist ja nicht einfach so verschwunden, sie hat sich von meinem Opa getrennt und einen Abschiedsbrief hinterlassen, vergiss das nicht. Trotzdem, das passt alles so gar nicht zu ihr, irgendwie bin ich beunruhigt.«

»Verstehe ich … Was willst du jetzt machen? Kann ich dir irgendwie helfen? Sollen wir uns nach deinem Bewerbungsgespräch in der Stadt treffen? Ich habe morgen Spätschicht.«

Doro arbeitet im Krankenhaus und hat auch mal tagsüber Zeit.

»Ja, das können wir machen. Gegen elf am Haupteingang vom *CentrO*? Länger wird es wohl nicht dauern. Dann kannst du noch ein bisschen shoppen, falls ich mich verspäte.«

Wir verabschieden uns, und ich starre mein Handy an. Doro hatte schon immer gute Ideen. Dass ich nicht selbst darauf gekommen bin, mal die Anrufliste zu checken! Oma und Opa haben das gleiche Telefon wie meine Eltern. Die Nummern müssten demnach noch gespeichert sein – es sei denn, Oma hat sie gelöscht, was ich mir nicht vorstellen kann. Sie weiß mit Sicherheit noch nicht einmal, dass man die Möglichkeit dazu hat. Aber das werde ich morgen auf jeden Fall herausfinden.

In dem Moment trifft eine Benachrichtigung über den Eingang einer E-Mail ein. Irgendjemand hat auf meinen Blogeintrag geantwortet. Mit klopfendem Herzen setze ich mich an den Schreibtisch, öffne die Mail, und kurz darauf bin ich enttäuscht, weil sie nicht von meiner Oma ist. Die Nachricht ist von *letterandmore,* einer meiner emsigsten Leserinnen. Sie hat auf meine Buchrezension zu *Alle meine Wünsche* einen Kommentar hinterlassen.

Liebe Meike,
das war wieder eine sehr schöne Besprechung. Das Buch hab ich mir sofort in der Buchhandlung bestellt … Ich möchte nicht indiskret sein, aber die Zeilen an deine Oma haben mich sehr berührt. Wenn ich irgendwie helfen kann, melde dich bei mir.
Liebe Grüße, Heike.

Die Enttäuschung löst sich in Luft auf. Ich kenne Heike alias *letterandmore* nicht. Bisher haben wir kein einziges privates Wort gewechselt. Aber ihre Anteilnahme tut gut. Freigeben kann ich den Beitrag natürlich nicht, aber zumindest kann ich ihr antworten.

Danke dir, das ist wirklich nett! Hab mich sehr über deine Nachricht gefreut … Meike

Normalerweise schalte ich mein Handy in den Ruhemodus, wenn ich schlafen gehe. Ich überlege, ob ich es heute anlasse, entscheide mich aber dagegen, weil prompt wieder eine Werbemail eintrifft.

Es ist elf Uhr, als ich endlich im Bett liege. Ich denke an Oma, an den Butterkuchen, an das Buch, das sie mir geschickt hat. Ich hoffe wirklich, dass sie sich bald meldet. »Ich schicke dir einen guten Gedanken durch die Nacht«, sage ich leise. Und dann fällt mir plötzlich Opa ein. Wie es ihm wohl geht, so ganz alleine?

Mein Haar habe ich ordentlich hochgesteckt, ich trage enge schwarze Hosen und darüber eine weiße Bluse mit ausgefallenen Puffärmeln. Klassisch, aber mit etwas Pfiff. Als ich sie im Schaufenster der sündhaft teuren Boutique gesehen habe, habe ich mich sofort in sie verliebt. Dann habe ich drei Tage mit mir gekämpft, bevor ich sie gekauft habe. Als ich sie dann am nächsten Tag gut gelaunt zum ersten Mal getragen habe, haben Tom und ich uns deswegen gestritten. Er meinte, ich würde zu viel Geld für Klamotten ausgeben, sei von zu Hause zu verwöhnt worden. Ich weiß bis heute nicht, was auf einmal mit ihm los war. Wir hatten immer getrennte Konten und haben uns diesbezüglich auch nie kontrolliert. Und dann kommt er plötzlich mit dem Vorwurf um die

Ecke, ich sei verschwenderisch. Ein Wort ergab das andere … und auf einmal war unsere Beziehung beendet. Vielleicht bringt das schicke Teil mir wenigstens heute Glück, denke ich. Es ist ganz allein meine Sache, für was ich mein Geld ausgebe. Ich habe Tom schließlich auch nicht kritisiert, als er sich das neueste Handymodell, ein zweites Tablet oder eine neue teure Laufuhr angeschafft hat, obwohl die alte noch bestens funktionierte.

Seit fast einer Stunde kämpfe ich mich nun schon durch das Bewerbungsgespräch. An der Wand gegenüber hängt eine große Uhr, deren Zeiger unaufhörlich von Minute zu Minute weiterspringt.

»Welches Buch würden Sie mir empfehlen, wenn ich etwas Spannendes suchen würde?«, fragt Frau Kramer, die Geschäftsführerin der Buchhandlung.

Eigentlich müsste ich jetzt aufstehen, mich für das nette Gespräch bedanken und gehen. Mein Bauch sagt mir, dass ich mit dieser Frau als Chefin niemals klarkommen würde. Und ich kann gar nicht mal genau begründen, woran das liegt. Ob es ihre Stimme ist, die leicht keifend und auf jeden Fall viel zu hoch klingt? Sie ist freundlich und scheint wirklich interessiert an mir zu sein. Immerhin hat sie sogar meinen Blog besucht, meine Rezensionen gefallen ihr. Die von gestern scheint sie jedoch nicht zu kennen, zumindest hat sie kein Wort darüber verloren. Erwartungsvoll lächelt sie mich an, wirkt dabei aber irgendwie kühl, genau wie der Laden mit den weitläufigen Regalen, die mir wahllos mit Büchern vollgestopft scheinen.

»Das kommt darauf an, wie Sie Spannung definieren«, antworte ich, weil ich dringend einen Job suche und immer noch absagen kann, wenn sie mich überhaupt nimmt. »Es gibt nervenaufreibende Thriller, sympathische Heimatkrimis, aber auch ein Liebesroman kann durchaus spannend sein …« Ich habe den kleinen Buchladen in Köln geliebt, in dem ich die letzten fünf Jahre gearbeitet habe. Er war sehr liebevoll eingerichtet, hatte Stil und Atmosphäre … Aber leider lag er nicht günstig, und trotz aller Bemühungen lief er von Jahr zu Jahr schlechter. Und jetzt sitze ich hier, obwohl ich dazu eigentlich gar keine Lust habe. Aber zum Glück habe ich es nun anscheinend geschafft.

»Danke, Frau Ritter. Wir haben zwar heute und morgen noch andere Interessenten, aber ich kann Ihnen sagen, dass mir das mit Ihnen heute recht gut gefallen hat. Nun ja, wir werden sehen, Anfang nächster Woche hören Sie von uns – so oder so.«

»Vielen Dank für das nette Gespräch, Frau Kramer«, sage ich und drücke ihre ausgestreckte Hand.

Da fragt sie mich noch: »Was ist eigentlich Ihr absolutes Lieblingsbuch?«

»Ach, da gibt es viele …«, antworte ich ausweichend, aber das ist gelogen. Oma hat es mir geschenkt, als ich vierzehn Jahre alt war. Seitdem hüte ich es wie meinen Augapfel, zusammen mit anderen Geheimnissen und Erinnerungsstücken, die ich in einer schönen alten Holzkiste aufbewahre, deren Deckel mit weißen Muscheln beklebt ist.

»Gute Antwort.« Frau Kirchner lächelt mich ein letztes Mal an und entlässt mich dann nach draußen.

Das Gespräch hat über eine Stunde gedauert, es ist nach halb elf, das habe ich ganz gut eingeschätzt. Zwanzig Minuten später warte ich vor dem großen Einkaufszentrum auf Doro. Sie kommt in der Regel pünktlich, da es für sie nichts Schlimmeres gibt, als auf jemanden zu warten. So ist es auch heute. Um zwei Minuten vor elf steht sie plötzlich hinter mir und fällt mir um den Hals.

»Ich hab mir noch eine von diesen Bauchweg-Leggings gekauft«, erzählt sie grinsend. »Jetzt, wo endlich die Sonne kommt und die Kleidersaison wieder beginnt.« Dann seufzt sie. »Größe XL, und man braucht mindestens zehn Minuten, bis man sich reingequetscht hat, aber es lohnt sich. Das Ding mogelt locker drei bis vier Kilo weg, und alles bleibt in der richtigen Form.«

»Du hast eine tolle Figur, das brauchst du doch gar nicht.« Das meine ich wirklich ernst. Doro hat zwar ein paar Pfunde zu viel auf den Rippen, wie sie selbst immer sagt, aber sie sitzen genau an den richtigen Stellen. Sie hat ein tolles Dekolleté, eine schmale Taille und einen schönen runden Hintern. Die Männer rennen ihr scharenweise hinterher. Und dazu hat der liebe Gott ihr auch noch rote Locken geschenkt, die ihr bis auf die Schultern fallen und in der Sonne in verschiedenen Kupfertönen glänzen.

»Das sagt die Richtige.« Doro betrachtet mich prüfend. »Wie viel hast du mittlerweile abgenommen?«

»Neun Kilo, aber Abnehmen wegen Liebeskummer ist eine schreckliche Diät. Glaub mir, ich würde gerne mit dir tauschen.«

Doro klopft mir auf die Schulter. »Willst du nicht, Meike. Jan ist nämlich auch ein Idiot, so wie alle Männer. Stell dir vor, er ist gestern Abend mal wieder auf der Couch eingeschlafen, und als ich ihn aufwecken wollte, hat er mich frech angemault. Du kannst dir nicht vorstellen, wie eklig er sein kann, wenn er müde ist. Also habe ich ihn im Wohnzimmer schlafen lassen. Und jetzt ist er sauer auf mich, weil ihm der Rücken wehtut. Dabei habe ich echt versucht, ihn aufzuwecken. Der spinnt!« Meine Freundin betrachtet mich kritisch. »Du musst jetzt echt langsam aufpassen, dass du nicht zu dünn wirst.«

»Keine Angst, ich fall schon nicht vom Fleisch. Gestern habe ich jedenfalls zwei Stücke Butterkuchen gegessen.«

»Na also, geht doch.« Sie hakt sich bei mir unter. »Lass uns zum Kaffeeladen gehen und was zum Mitnehmen holen. Dann setzen wir uns schön in die Sonne. Und jetzt erzähl erst mal von deinem Vorstellungsgespräch … Wie ist es gelaufen? Hast du den Job?«

Ich liebe meine Freundin. Dafür, dass sie immer für mich da ist, wenn ich sie brauche. Und dafür, dass mit ihr die Zeit wie im Flug vergeht.

Wir holen uns einen Kaffee, setzen uns in die Sonne und essen die Brownies, die Doro noch mitgenommen hat. Dabei überlegen wir, was Oma wohl dazu bewegt haben könnte, Opa zu verlassen.

»Ich glaube, dass es vielen Frauen dieser Generation so geht, dass sie ihren Stinkstiefel von Mann eigentlich gerne auf den Mond schießen würden«, sagt Doro. »Wenn ich nur daran denke, wie mein Opa meine Oma manchmal behandelt … Seitdem er nicht mehr arbeitet, hat er sich zu einem richtigen Despoten entwickelt. Früher war er nicht so, aber jetzt kommandiert er Oma ständig herum, weiß alles besser. Stell dir vor, er mischt sich auf einmal sogar in den Haushalt ein. Damit meine ich nicht, dass er mal selbst zum Putzlappen greift. Nein, er kontrolliert sie und schnüffelt überall herum, sogar im Putzschrank! Letztens hat er sämtliche Inhaltsstoffe der Reinigungsmittel studiert und Oma vorgeworfen, sie wolle ihn umbringen mit den schädlichen Stoffen darin … Opa weiß nichts Besseres mit sich anzufangen, als den ganzen Tag an Oma herumzumeckern oder vor der Glotze zu hängen. Das Ding läuft von morgens bis abends, in Turbolautstärke, weil der eitle Gockel keine Lust hat, sein Hörgerät zu tragen. Ich weiß echt nicht, wie Oma das aushält. So geht es doch vielen Frauen. Ich denke, die meisten haben einfach nicht den Mut dazu, ihren Mann zu verlassen. Ganz ehrlich, das hört sich jetzt vielleicht krass an, aber manchmal denke ich, dass es einen Sinn macht, dass Männer im Alter so ekelig werden.«

»Der da wäre?« Ich warte gespannt auf die Antwort meiner Freundin, die so tut, als müsste sie noch einmal darüber nachdenken.

»Hm, in der Regel sind die Kerle ja ein paar Jahre älter als ihre Frauen«, sagt Doro. »Na ja, und dann sterben sie auch noch früher, zumindest wenn alles der Statistik nach geht. Die Lebenserwartung ist niedriger, das ist ja allgemein bekannt. Das heißt, uns bleiben im Alter ein paar Jahre ohne Mann, die wir genießen können. Auf jeden Fall ist es für uns Frauen leichter, mit dem Verlust klarzukommen, wenn die Männer fies sind. Um ein Ekel trauerst du nicht so lange, da bist du schneller drüber weg.«

Ich muss über Doros Erklärung lachen. »Mein Opa hat gestern genau das Gegenteil behauptet. Er sagt, dass Männer früher das Zeitliche segnen, weil sie es zu Hause nicht mehr aushalten.«

»Pah!«, schnaubt Doro. »Nie im Leben. Die sterben doch nicht freiwillig, den Gefallen tun die uns nicht. Ich sag dir, die werden einfach nur ungemütlich. Und wir Frauen leben dann noch mal richtig auf, wenn die Kerle endlich weg sind. Meine Oma hat verwitwete Freundinnen, die im Alter erst richtig aktiv geworden sind. Sie verreisen gemeinsam, gehen auf Tanzabende, treffen sich zum Kegeln. Und was macht meine Oma? Sie trägt ihrem Mann immer noch alles hinterher und bleibt brav bei ihm zu Hause sitzen. Ich bin mir sicher, sie hat sich ihren Lebensabend anders vorgestellt.«

»All die Jahre mit einem Griesgram zusammenzuleben, bis er dann mal ins Gras beißt, stell ich mir auch ganz schön zermürbend vor.«

»Ist es auch. Wie gesagt, das beste Beispiel dafür ist meine Oma. Ganz ehrlich, die geht kaputt an der ganzen Situation. So gesehen, ist deine echt bewundernswert.«

»Ja, das ist sie.« Ich werfe einen Blick auf mein Handy. »Aber sie hat sich immer noch nicht gemeldet. Sie ist jetzt schon zwei Tage weg …«

Doro leert ihren Kaffeebecher. »Lass uns zu deinem Opa fahren und das Telefon checken. Er muss es ja nicht mitbekommen. Du redest mit ihm, und ich frage, ob ich mal telefonieren darf, weil der Akku meines Handys alle ist oder so. Was meinst du?«

»Okay.« Dann kann ich gleich zwei Fliegen mit einer Klappe schlagen. Ich habe sowieso schon ein schlechtes Gewissen, weil ich mich heute noch nicht bei ihm gemeldet habe. Ich hätte wenigstens mal kurz anrufen können. Aber ein Besuch ist natürlich noch besser. Außerdem mag er Doro. Er freut sich bestimmt, wenn ich sie mitbringe. »Wo steht dein Wagen?«

»Im hinteren Parkhaus.« Doro steht auf und hält mir die Hand hin.

Ich greife zu und lasse mich von ihr hochziehen. »Dann fahren wir mit meinem, ich steh gleich vorne.«

»Hast du dir endlich dein Auto geholt? Wurde aber auch Zeit!«

»Nein, ich bin mit dem Smart meiner Mutter da. Tom braucht das Auto noch, um damit zur Arbeit zu fahren. Aber es dauert ja nicht mehr lange, dann gehört es nur noch mir.«

Doro sieht mich streng an und schüttelt den Kopf. »Du bist echt zu gut für diese Welt, weißt du. Der Typ schießt dich eiskalt ab, und du lässt ihm zur Belohnung alle Möbel – und dein Auto noch dazu.«

»Na ja, ganz so ist es ja nicht. Es war unser Auto und die Möbel …«

»Eben, und jetzt hat er beides.«

»Aber das wird sich bald ändern. Lass uns losfahren. Wir können das Schiebedach aufmachen.« Ich werfe einen Blick auf meine Uhr. »Halb eins, Opa wird gerade zu Mittag essen.«

Doch Opa macht nicht auf. Sein Audi steht allerdings im Carport. Das ist eigenartig, denn ohne Auto ist er eigentlich nie unterwegs, er dürfte also zu Hause sein. Ich klingele noch mal, diesmal mehrmals hintereinander. Als es hinter der Tür weiterhin still bleibt, werde ich unruhig.

»Vielleicht werkelt er im Garten herum«, sagt Doro.

Ich kann mir Opa absolut nicht bei der Gartenarbeit vorstellen, das hat immer Oma gemacht. »Wenn überhaupt, dann sitzt er gemütlich auf der Terrasse. Da würde er die Klingel aber hören, er hat sie extra so laut gestellt, dass man sie auch draußen mitbekommt. Lass uns mal durchs Fenster schauen.«

Wir gehen um das Haus herum zum Küchenfenster, das im Hochparterre zur Straßenseite hin liegt.

Doro macht eine Feuerleiter, sodass ich einen Blick hineinwerfen kann. Auf dem Tisch steht Geschirr, auf dem

Herd ein großer Topf, aber von Opa keine Spur. Jetzt mache ich mir echt Sorgen.

»Und?«, fragt Doro.

»Nichts!« Ich klopfe ein paarmal kräftig gegen die Scheibe. »Opa?«

Das bringt Doro aus dem Gleichgewicht. Sie kann mich nicht mehr halten, und ich lande unsanft auf meinem Hintern.

»Autsch!« Das hat wehgetan. Als ich mich wieder aufrappele, fällt mein Blick auf den Smart.

»Warte mal …« Ich laufe zum Auto und öffne das Staufach unter dem Radio. Meine Mutter hat letztens mal die Blumen gegossen, als Oma und Opa eine Woche verreist waren. Wenn mich nicht alles täuscht, deponiert sie den Ersatzschlüssel im Wagen, damit sie nicht extra erst nach Hause fahren muss, wenn sie mal schnell was für die beiden erledigen soll.

»Bingo!« Ich halte den Schlüssel in die Luft und komme zu Doro zurück.

Doch als ich den Schlüssel ins Schloss stecke und herumdrehe, fühle ich mich fast wie ein Eindringling.

»Ich hoffe, dass Opa nicht wieder eine Affäre hat und wir ihn in flagranti erwischen«, sage ich.

»Nette Vorstellung.« Doro grinst mich an.

»Na dann, Hauptsache, es geht ihm gut.« Ich öffne die Tür und rufe laut: »Opa, bist du da?«

Keine Antwort.

Gemeinsam mit Doro inspiziere ich die Wohnung. Ich bin froh, dass ich nicht alleine bin. Wir gehen durch alle Zimmer, schauen in den Garten, sogar im Keller sehen wir nach. Aber Opa finden wir nicht.

Erleichtert atme ich auf, weil ich insgeheim auch befürchtet habe, ihm sei vielleicht etwas zugestoßen. Er ist zwar für seine fünfundsiebzig Jahre noch erstaunlich fit, aber man weiß ja nie …

»Gulasch«, sage ich zurück in der Küche, nachdem ich den Deckel des Topfes auf dem Herd hochgehoben habe. »Noch nicht ganz aufgetaut.«

»Pass mal auf, der ist ganz sicher los, um irgendwas zu besorgen.«

Opa fährt normalerweise auch die kurze Strecke bis zum Supermarkt mit dem Auto, aber vielleicht ist er heute tatsächlich mal zu Fuß gegangen. »Lass uns die Gunst der Stunde nutzen«, sage ich. »Ich muss eben noch was im Wohnzimmer nachschauen, dann überprüfen wir das Telefon.«

Oma hat einen kleinen Sekretär im Wohnzimmer stehen, ihren Laptop bewahrt sie in der Regel in dem Fach unter der Schreibfläche auf. Es ist leer. Allerdings liegt das Aufladekabel fein säuberlich zusammengerollt darin. Ich schaue mich im Rest des Wohnzimmers um und werfe auch einen Blick ins Schlafzimmer, aber ich kann das Notebook nirgends entdecken. Ob Oma es ohne Ladekabel mitgenommen hat? Das könnte erklären, warum sie sich bisher noch nicht auf meine Rezension hin gemeldet hat.

Ich hole das Telefon aus dem Flur und gehe zurück in die Küche. Wir setzen uns an den Tisch, stecken die Köpfe zusammen und checken zuerst die Anrufliste, aber ich kann keine ungewöhnlichen Nummern darin entdecken. Nur die meiner Eltern und mehrmals eine andere Oberhausener Nummer, wahrscheinlich Uschis. Ich tippe sie in mein Handy ein, um später dort durchzuklingeln.

Dann drücke ich die Wahlwiederholungstaste des Festnetzanschlusses und stelle fest, dass Opa heute noch nicht telefoniert hat. Gestern hat er jedoch meine Eltern angerufen, davor eine Oberhausener Nummer, allerdings eine andere als die, die ich schon bei mir gespeichert habe. Am Tag von Omas Verschwinden, also am Montag, wurde gar nicht telefoniert, am Sonntag allerdings schon.

»04682 …«, lese ich vor. »Das müsste irgendwo im Norden sein, Richtung Hamburg. Der Anruf ging um Viertel nach elf raus. Das muss Oma gewesen sein. Opa ist um diese Uhrzeit normalerweise im Schachklub.«

»Gib mal die komplette Nummer. Ich sehe mal nach.« Doro tippt sie sofort in ihr Smartphone, während ich weiter die Listen durchforste.

»Die Nummer wurde dreimal angewählt«, stelle ich fest. »Am Sonntag und den Freitag davor noch zweimal, am frühen Abend. Da spielt Opa auch immer Schach.«

»Amrum!« Doro hält mir ihr Handy unter die Nase. »Das ist die Vorwahl von Amrum.«

»Echt jetzt?«

Meine Freundin nickt.

In dem Moment hören wir das Klacken der Haustür. Ich drücke schnell die Wahlwiederholungsliste weg und gehe in den Flur, das Telefon in der Hand. Opa steht vor mir.

»Da bist du ja«, sage ich und gehe auf ihn zu. »Ich hab mir schon Sorgen gemacht.« Ich drücke ihn, und er klopft mir liebevoll auf die Schulter.

»Hab den Smart gesehen und mir gedacht, dass du hier bist.«

Zum Glück ist er nicht böse, weil ich einfach so in die Wohnung eingedrungen bin.

»Wo warst du denn?« Eine Einkaufstasche trägt er nicht, wie ich blitzschnell feststelle.

»Na, wenn Oma auf Trallafitti geht, darf ich das wohl auch.« Opa zieht seine Geldbörse hinten aus der Hosentasche und legt sie auf die Kommode. »Ich war um die Ecke, bei *Mattecki*. Die haben Mittagstisch.«

»Hallo, Herr Ritter, ich bin auch hier.« Doro kommt aus der Küche und begrüßt Opa mit einer Umarmung. Schnell stelle ich das Telefon auf die Aufladestation zurück.

Kurz darauf sitzen wir zusammen am Küchentisch.

»Kaffee?«, fragt Opa.

Ich schüttele den Kopf. »Danke, wir hatten gerade schon einen großen Becher voll.«

»Kuchen ist auch noch da …«

»Das ist lieb, aber wir haben schon was gegessen. Hast du was von Oma gehört, Opa?«

»Nein, die stellt sich stur. Mal schauen, wie lange sie das aushält.« Opa schiebt den einzelnen leeren Teller zur Seite. »Und das eingefrorene Essen taugt auch nichts. Das Gulasch hat Gefrierbrand.«

»Das sieht aber doch ganz lecker aus«, sage ich.

»Weil die Eiskristalle mittlerweile weggetaut sind. Ich bin mir sicher, es ist ungenießbar.«

Das kann ich mir zwar nicht vorstellen, aber Opa jetzt zu widersprechen hätte keinen Sinn. Ich kenne seinen stoischen Blick, der keine Argumente zulässt, die ihn vom Gegenteil überzeugen könnten.

»Ist das Restaurant gut, in dem Sie gerade essen waren?«, fragt Doro.

Opa nickt. »Der Mittagstisch für acht neunzig, da kann man echt nicht meckern. Mit Suppe und Salat. Von Omas

Haushaltsgeld könnte ich locker jeden Tag essen gehen. Morgens und abends dann eine Schnitte Brot, mehr brauch ich nicht. Oma konnte noch nie gut mit Geld umgehen.«

Schön, da haben wir ja noch was gemeinsam, Oma und ich. Ich überlege gerade, ob ich mich auf eine Diskussion mit ihm einlassen soll, als plötzlich die Türglocke geht.

»Das muss die Haushaltshilfe sein von Frau Machule, unserer Nachbarin. Sie soll sehr gut arbeiten.« Opa steht auf und geht zur Haustür.

Verdattert schaue ich ihm nach.

»Das sieht aber nicht so aus, als würde er wirklich daran glauben, dass deine Oma bald wiederkommt«, flüstert Doro.

»Das denke ich auch. Komm, lass uns gehen.«

Die Haushaltshilfe ist eine kleine, dralle Frau mit kurzem, rot gefärbtem Haar in einem fürchterlichen Mahagoniton. Ihre Augenbrauen sind komplett ausgezupft und mit einem dunklen Kajal nachgezeichnet, genau wie ihre Lippen, die sie mit einem Konturenstift umrandet hat. Sie steht mit Opa im Flur und kichert. Anita, schießt mir durch den Kopf, aber den Gedanken verwerfe ich schnell wieder, als sie mich anlächelt und eine Reihe schiefer Zähne sowie eine riesige Lücke im Unterkiefer zeigt. Opa hat einen Sinn für Ästhetik. Er hat noch all seine Zähne und lässt sie sich sogar regelmäßig bleichen, auf eine Frau mit solch einem Gebiss würde er sich niemals einlassen.

»Meinst du, deine Oma ist nach Amrum gefahren?«, fragt Doro, als wir ins Auto einsteigen.

»Ich weiß nicht, ich glaub eher nicht. Sie kommt zwar von der Insel und ist dort aufgewachsen, aber soweit ich weiß, hat sie keine guten Erinnerungen an die Zeit dort. Sie wollte jedenfalls nie wieder dorthin.« Schon wieder eine Gemeinsamkeit, aber den Gedanken schiebe ich schnell zur Seite.

»Vielleicht hat dein Opa ja auch die Nummer gewählt, und sie hat gar nichts damit zu tun. Kann doch sein, dass er an den beiden Tagen gar nicht Schachspielen war, oder?«

»Am besten rufe ich dort an und finde es heraus«, sage ich und schaue zum Haus meiner Großeltern hinüber. Opa ist gerade dabei, eine Haushaltshilfe einzustellen. Er scheint wirklich kein bisschen geknickt zu sein, weil Oma weg ist. Oder ist er ein so guter Schauspieler? Mich würde jedenfalls brennend interessieren, was da zwischen den beiden vorgefallen ist.

Ich starte den Motor, halte aber an der nächsten Ecke an und hole mein Handy aus der Tasche.

»Es geht niemand ran«, sage ich enttäuscht, als ich die Amrumer Nummer getippt und eine Weile gewartet habe.

»Versuch die anderen Nummern, ich schau mal nach, ob ich was über die Rückwärtssuche herausfinden kann. Vielleicht ist der Teilnehmer im Telefonbuch eingetragen.«

Auch bei der Oberhausener Nummer, hinter der ich Uschi vermutet habe, ertönt nur das Freizeichen. Allerdings meldet sich bei der letzten Nummer, die Opa gestern gewählt haben muss, eine männliche Stimme.

»Oh, äh, Entschuldigung, da habe ich mich wohl verwählt«, stottere ich in den Hörer und drücke das Gespräch schnell weg.

»Was ist, wer war das?«

Ein flaues Gefühl macht sich in meiner Magengegend breit. »Das Polizeipräsidium Oberhausen. Opa muss gestern dort angerufen haben.«

»Das bedeutet wahrscheinlich gar nichts«, sagt Doro. »Er

macht sich eben doch Sorgen. Ist doch ganz normal. Deine Oma hätte ja auch wenigstens mal kurz anrufen können, zumindest bei dir. Ich mein, wahrscheinlich gibt es für alles eine Erklärung, und ihr geht es gut, aber irgendwie komisch ist es schon, oder?«

Ich nicke stumm.

»Die Amrumer Nummer steht übrigens nicht im Telefonbuch. Ich finde, das mit der Polizei ist eine gute Idee. Das war von Anfang an mein erster Impuls. Vielleicht können die uns helfen.« Doro wirft einen Blick auf die Uhr. »Es ist halb zwei. Eine Stunde Zeit bis Schichtbeginn habe ich noch. Wollen wir?«

»Okay.« Der Gedanke gefällt mir zwar gar nicht, aber Doro hat recht. Wir können wenigstens mal nachfragen, was man in solch einer Situation am besten macht.

5.

»Guten Tag, mein Name ist Meike Ritter«, sage ich zu der blonden Polizeibeamtin. »Ich hoffe, Sie können mir helfen. Es ist nämlich so … Meine Oma, Elisabeth Ritter, ist verschwunden. Nun mache ich mir doch langsam Sorgen.«

Sie lächelt mich freundlich an. »Seit wann genau ist Ihre Großmutter denn verschwunden?«

»Seit Montagmorgen. Sie ist vor zwei Tagen aus dem Haus gegangen und nicht wieder zurückgekommen.«

»Wie alt ist sie?« Die Frau greift nach einem Stift, um sich Notizen zu machen.

»Zweiundsiebzig.«

»Und Sie sind die nächste Angehörige?«

»Nein, da sind noch mein Opa und mein Vater …« Ich erzähle der Beamtin, was in den letzten zwei Tagen passiert ist.

Sie hört aufmerksam zu, dann schüttelt sie den Kopf. »Das tut mir leid, solange nicht der Verdacht eines Verbrechens besteht, kann ich Ihnen nicht helfen. Wenn Ihre Oma sich entschieden hat, ihren Mann zu verlassen, ist das allein ihre Sache.«

»Das stimmt natürlich, aber es ist so merkwürdig, dass sie sich gar nicht meldet. Können Sie uns wenigstens mit einer

Telefonnummer helfen? Sie muss sie vor ihrem Verschwinden angerufen haben, aber es geht keiner ran. Und im Telefonbuch steht diese Nummer auch nicht.«

»Die Vorwahl ist von Amrum«, sagt Doro. »Kann man sie nicht eventuell bei der Telefongesellschaft erfragen?«

Wieder schüttelt die Beamtin den Kopf. »Auch dafür müsste der Verdacht eines Verbrechens bestehen. Oder Sie müssten gleich eine Vermisstenanzeige erstellen. Das wäre allerdings nur möglich, wenn Ihre Großmutter nicht mehr im Vollbesitz ihrer geistigen Kräfte wäre. Das hört sich meiner Meinung allerdings nicht danach an. Vielleicht macht Ihre Oma einfach einen Spontanurlaub auf Amrum. Versuchen Sie es doch später noch mal mit der Nummer. Irgendwann geht bestimmt jemand ran.«

Wir verabschieden uns und stehen kurz darauf wieder auf der Straße. Schweigend machen wir uns auf den Weg zum Auto.

Meine Oma hat nie viel über ihre Kindheit und Jugend auf Amrum gesprochen. Sie hat immer gesagt, sie erinnere sich nicht gerne daran. Ich weiß, dass sie dort aufgewachsen ist, dass ihr Vater bei einem Unfall ums Leben kam und es nicht leicht gewesen war. Als dann auch noch die große Sturmflut das Familienhaus weitestgehend zerstörte, packte Omas Mutter kurz entschlossen die Koffer, um mit den drei Kindern vorübergehend nach Hamburg zu entfernten Verwandten zu ziehen. Von dort aus wollten sie weiter nach Amerika. Oma war damals knapp achtzehn Jahre alt. In Hamburg lernte sie jedoch Opa kennen und entschied sich spontan, bei ihm zu bleiben … So machte sich ihre Mutter mit den beiden Brüdern allein auf den Weg in die USA.

Dass es Oma nach so vielen Jahren plötzlich nach Amrum

zieht, kann ich mir schlecht vorstellen. Ich war als Jugendliche nur einmal auf einem Tagesausflug mit meinen Eltern dort. Mein Vater wollte Oma damals überreden, mit uns zu kommen, aber sie weigerte sich.

»Sie wird sich bestimmt bald melden.« Doro streicht mir über den Arm und deutet hinunter zum Hauptbahnhof. »Ob sie von dort aus aufgebrochen ist?«

»Ich hoffe es. Komm, wir müssen los, nicht dass du noch zu spät in die Klinik kommst.«

Doro schaut auf die Uhr und seufzt. »Ich hab so was von keine Lust! Der Job macht mich echt fertig. Irgendwann machen wir uns mit einer kleinen Pension selbstständig, an einem Ort, wo es warm ist. Oder wir studieren doch beide noch, was meinst du?«

»Ja, wir sollten wirklich was verändern …«

Doro hat nach dem Abitur eine Ausbildung zur Krankenschwester gemacht, danach wollte sie eigentlich Medizin studieren. Und ich wollte nach meiner Buchhändlerlehre Germanistik studieren, um später als Lektorin für einen Verlag arbeiten zu können. Aber beide haben wir irgendwie die Kurve nicht bekommen und sind in unseren Ausbildungsberufen hängen geblieben. Jetzt sind wir schon Anfang dreißig, Doro ist unzufrieden mit ihrem Job – und ich bin arbeitslos.

Ich bringe Doro ins Parkhaus zu ihrem Auto und winke ihr zum Abschied noch einmal zu.

»Schick mir bloß eine Nachricht, wenn sich irgendwas wegen deiner Oma tut …«, ruft sie mir noch hinterher.

Ich weiß, dass Doro ihre Arbeit auf der Intensivstation eigentlich gerne ausübt, aber die Verantwortung, die sie täglich trägt, belastet sie. Da ist mir mein Job als Buchhändlerin lieber, immerhin habe ich mein Hobby zum Beruf gemacht. Mein Vater hätte mich gerne in seinen Schuhstapfen gesehen. Er wollte unbedingt, dass ich Verfahrenstechnik studiere, damit ich später mal die Firma übernehmen kann. Aber für seine Gummiteile habe ich mich noch nie interessiert. Es war Oma, die mich unterstützt und mich in meiner Entscheidung bestärkt hat, meinen eigenen Weg zu gehen. Sie hat immer prophezeit, ich würde irgendwann mal meinen eigenen kleinen Buchladen eröffnen – und damit glücklich sein. Aber das steht momentan in weiter Ferne, zumindest was die Selbstständigkeit angeht.

Ich parke den Smart in der Garage und gehe den gepflasterten Weg hinauf zum Haus. Schon von Weitem kann ich die dicken Umschläge sehen, die der Postbote vor die Tür gelegt hat, weil sie nicht in den Briefkasten passen. Ob vielleicht wieder etwas von Oma dabei ist?

Ich schaue schnell die Umschläge durch, doch diesmal finde ich kein weiteres Lebenszeichen von ihr. Allerdings fällt mir eine Postkarte in die Hände, die meine Mutter uns von Mallorca geschickt hat. Sie schreibt, dass sie tolles Wetter haben und das Essen sehr gut ist, die üblichen Floskeln. Ob mein Vater ihr schon gesagt hat, dass Oma verschwunden ist? Eigentlich haben Mama und Oma immer ein ganz gutes Verhältnis zueinander gehabt. Zumindest habe ich die beiden nie negativ übereinander reden hören.

Ich schließe die Tür auf und balanciere den Stapel Umschläge auf meinem Arm, lege ihn dann auf dem kleinen Holztisch ab. Auf dem Weg in die Küche fällt mir das blinkende Telefon auf, das einen Anruf in Abwesenheit anzeigt. Ob das schon die Buchhandlung ist, in der ich heute mein Bewerbungsgespräch hatte?, frage ich mich.

Ich drücke die Anruferliste und halte kurz darauf die Luft an. *04682 …* Es ist die Nummer aus Amrum. Das kann nur Oma gewesen sein, denke ich, und rufe sofort zurück. Das Freizeichen erklingt etliche Male an meinem Ohr. Ich will gerade wieder auflegen, als der Hörer doch noch abgenommen wird.

»Godei.« Die Stimme hört sich zittrig an, etwas brüchig, so als würde sie zu einer sehr alten Frau gehören. Damit habe ich nicht gerechnet. Irgendwie bin ich automatisch davon ausgegangen, Oma am anderen Ende der Leitung zu haben. Dabei hätte mir doch klar sein müssen, dass sie, wenn sie wirklich auf Amrum ist, nur bei irgendjemand zu Besuch sein kann.

»Guten Tag, mein Name ist Meike Ritter. Ich habe Ihre Telefonnummer hier bei uns im Display gefunden. Deswegen rufe ich zurück«, erkläre ich.

»Wat?«, ertönt es schallend aus dem Hörer zurück. Die Frau scheint mich nicht zu verstehen. Ob sie schwerhörig ist?

»Kann ich bitte Frau Ritter sprechen?«, sage ich laut und deutlich.

»Ik witj ei, huar het as.« Die Antwort klingt wie eine Mischung aus Niederländisch und Englisch, ganz sicher ist es aber Friesisch. Oma hat mir früher mal ein Kinderbuch auf Friesisch vorgelesen und mir auch ein paar Wörter beigebracht.

»Elisabeth Ritter«, wiederhole ich noch einmal, *»Ualmam*, meine Oma«, an das Wort erinnere ich mich noch gut. »Sie kommt aus Oberhausen.«

Die Frau hustet, dann räuspert sie sich und sagt: *»Die is rüber, uun't Kraankenhûs.«*

Das kann doch nicht wahr sein! Ich komme mir vor, als würde ich quer über den Atlantik und nicht über die Nordsee telefonieren. Die Frau muss doch in der Lage sein, ganz normales Hochdeutsch zu sprechen, auch wenn sie sehr alt zu sein scheint!

»Entschuldigung, aber ich verstehe kein Friesisch«, sage ich.

»*Wi snake öömrang*«, kommt die Antwort und schließlich: »Auf Amrum spricht man Öömrang. Aber im Notfall klappt es auch auf Deutsch.«

Erleichtert atme ich auf. »öömrang verstehe ich leider auch nicht. Wie gesagt, ich suche meine Oma ...«

»Die ist im Krankenhaus.«

»Was? Elisabeth Ritter?«, frage ich noch einmal, bekomme aber keine Antwort mehr. Unser Gespräch wird unterbrochen, und das Besetztzeichen ertönt.

Ich drücke sofort die Wahlwiederholungstaste, komme aber nicht mehr durch.

»Mist!« Ich versuche es etliche Male in kurzen Abständen, dann warte ich ein paar Minuten, bevor ich die Nummer erneut wähle, aber die Leitung bleibt besetzt.

Ich schnappe mir meinen Laptop und suche nach dem Krankenhaus in Amrum. Aber auf der Insel finde ich nur zwei Einträge für Mutter-Kind-Kurkliniken und eine Kinder- und Jugendrehabilitationsklinik für Mukoviszidosekranke und Atemwegserkrankungen. Das nächste allgemeine Krankenhaus befindet sich auf der Nachbarinsel Föhr. Das kenne ich, denn dort war ich während eines Sommerurlaubs an der Nordsee zwei Tage lang zur Beobachtung.

Ich atme tief durch, dann wähle ich die Nummer der Föhrer Klinik. Eine nette Angestellte gibt mir die Auskunft, eine Elisabeth Ritter sei nicht in der Klinik eingeliefert worden. Für den ersten Moment beruhigt mich das, aber meine Gedanken kreisen trotzdem weiter um das seltsame Telefonat mit der älteren Frau.

Ich gebe den Nachnamen *Godei* und *Amrum* in die Suchmaschine ein, danach versuche ich es mit *Gudei*, da ich mir nicht wirklich sicher bin, wie die Frau ihren Namen ausgesprochen hat. Aber außer dem Hinweis *Meinten Sie Amrum Guide*? finde ich keine brauchbaren Ergebnisse. Und die Nummer ist weiterhin besetzt, wie ich wieder feststelle. Entweder wird dort ein Dauergespräch geführt, oder der Hörer wurde nicht richtig aufgelegt.

»Die ist im Krankenhaus«, hat die Frau gesagt. Ich greife erneut zum Hörer und rufe meinen Vater in der Firma an. Ausnahmsweise habe ich Glück, er hat keinen Termin, und seine Sekretärin stellt mich sofort durch.

Ich erzähle meinem Vater von dem Anruf in Amrum und der seltsamen Auskunft der Frau. Falls Oma tatsächlich im Krankenhaus ist, sollte er es wissen, auch wenn ich vielleicht dadurch ihren Zufluchtsort verrate.

»Meike, jetzt mach dir mal keine Sorgen«, sagt mein Vater. »Oma geht's gut, da bin ich mir ganz sicher. Du hast doch selbst gesagt, die Frau hat dich gar nicht richtig verstanden. Allerdings … dass sie nach Amrum gefahren ist, kann ich mir gut vorstellen. Oma wollte da zwar nie wieder hin, aber irgendwann zieht es jeden zurück zu seinen Wurzeln. Wie gesagt, wundert es mich nur, dass sie sich bisher nicht bei dir gemeldet hat, wo ihr doch ein besonderes Verhältnis zueinander habt.«

Sofort macht sich ein schlechtes Gewissen in mir breit. Ich habe gestern ein Lebenszeichen von Oma erhalten, habe es aber weder meinem Vater noch Opa erzählt. Zumindest der macht sich Sorgen, sonst hätte er nicht bei der Polizei angerufen.

»Oma hat mir ein Buch geschickt«, sage ich ihm nun. »Und einen kurzen Brief beigelegt, dass es ihr gut geht und ich mir keine Sorgen machen muss. Allerdings ohne Absender und mit einem Poststempel aus Oberhausen.«

»Na, siehst du!«, sagt mein Vater und scheint zufrieden. »Hat sie noch irgendwas geschrieben?«

Dass sie Windmühlen bauen will, denke ich. »Nein, aber immerhin hat sie sich gemeldet. Am besten ich ruf Opa gleich noch mal an.«

»Ja, mach das, mein Schatz. Er freut sich bestimmt. Und halt mich auf dem Laufenden. Ich muss jetzt noch mal in die Fabrikation, eine unserer Maschinen macht Mucken. Aber du kannst mir ja jederzeit eine Nachricht auf die Mailbox sprechen. Ich ruf dann sofort zurück.«

Ich verabschiede mich von ihm und versuche es erst noch einmal bei dem Amrumer Anschluss. Das Besetztzeichen ist einem Freizeichen gewichen, aber das bringt mich auch nicht weiter, denn es geht niemand ran. Aber dafür habe ich bei Opa Glück. Er hebt sofort ab.

»Opa, hier ist Meike, ich wollte dir nur sagen, dass Oma sich gemeldet hat. Sie hat mir ein Buch geschickt. Es scheint ihr gut zu gehen.«

»Natürlich geht es ihr gut. Sie ist auf Amrum«, antwortet er trocken.

»Was? Woher weißt du das denn?« Ob er auch auf die Idee gekommen ist, im Telefonregister nachzuforschen?

»Sie hat mit ihrem Laptop nach einem Zimmer auf der Insel gesucht. Ich habe den Suchverlauf überprüft.«

Für einen Moment bin ich sprachlos. Opa hat Handys und Laptops, und ganz besonders das Internet, immer verteufelt. »Das Internet lügt«, war einer seiner Lieblingskommentare, wenn Oma Zeit hinter dem Bildschirm verbracht hat. Er hat sich bisher immer geweigert, sich mit dieser Art von Medien auseinanderzusetzen. Das heißt, dass er definitiv keine Ahnung hat, wie man mit einem Laptop umgeht, geschweige denn, darin Nachforschungen anstellen kann, auf welchen Seiten Oma sich aufgehalten hat. Und trotzdem weiß er, dass sie nach einem Zimmer gesucht hat.

»Ich dachte eigentlich, Oma hätte das Notebook mitgenommen.«

Opa schnauft. »Nein, das ist hier bei mir. Frau Machules Sohn hat mir geholfen, das Ding zum Laufen zu bringen. Er kennt sich mit so was aus.«

»Warum hast du denn nicht mich gefragt?«

»Weil es eine spontane Entscheidung war«, erklärt er.

»Hm …« Irgendwas ist merkwürdig an der ganzen Geschichte. »Und habt ihr rausgefunden, wo genau Oma sich aufhält?«

»Nein, sie hat sich verschiedene Dinge angesehen, alles auf Amrum.«

»Kann ich mir das auch mal anschauen?« Es gefällt mir nicht, in Omas Computer herumzuschnüffeln, aber die Sache mit dem Krankenhaus lässt mir keine Ruhe. Vielleicht habe ich Glück und finde unter den Anbietern eine Familie Godei oder die Telefonnummer aus dem Display.

»Wenn du willst, komm vorbei«, sagt er.

Das ist jetzt schon das zweite Mal heute, dass ich bei Opa bin. Er steht hinter mir und schaut mir über die Schulter, als ich den Laptop aufklappe. Ich tippe ein A in die Suchmaschine, tatsächlich erscheint *Amrum Pension* in der Anzeigeleiste. Oma hat sich verschiedene Ferienunterkünfte angesehen, fast alle davon in Norddorf, einige in Nebel.

»Wo genau ist Oma aufgewachsen?«, frage ich. Für mich war es bisher einfach immer nur Amrum. Jetzt ärgere ich mich, dass ich nie genauer nachgefragt habe.

»Norddorf«, sagt er.

»Hm, ist ja schon irgendwie komisch. Warum sollte sie nach so vielen Jahren auf einmal wieder nach Amrum wollen? Hat sie mal irgendwas erwähnt?«

»Nein, nichts. Ich weiß auch nicht, warum sie auf einmal so verrückt spielt.«

Ich finde weder eine Familie Godei noch die Telefonnummer unter den Anbietern, nach denen Oma gesucht hat. Also klicke ich mich weiter durch den Suchverlauf und gehe alphabetisch vor. Dabei wird mein schlechtes Gewissen von Buchstabe zu Buchstabe größer. Es ist Omas Notebook! Ich tippe ein H in die Suchmaschine und beschließe, mit der Spioniererei aufzuhören, doch da lese ich: *Herzinfarkt, Herzinsuffizienz, Herzinfarkt Symptome.*

Mein Opa steht immer noch hinter mir. Er hat vor drei Jahren einen Herzschrittmacher eingesetzt bekommen, und seitdem geht es ihm blendend, wie er immer wieder betont. Ich drehe mich zu ihm um und betrachte ihn aufmerksam. »Oma hat sich über Herzkrankheiten informiert. Ist bei dir alles in Ordnung?«

»Mir geht's gut. Du weißt doch, ein Herz kann schlapp machen, aber mit dem Schrittmacher läuft es unaufhörlich weiter.«

»Hm … und Oma? Ist bei ihr alles in Ordnung?«

»Ich glaube schon.« Opa kratzt sich am Kinn. »Sie war die letzten Tage allerdings öfter beim Arzt.«

»Und weswegen?«

»Herzrasen.«

»Was? Und warum wissen wir nichts davon? Was sagt denn der Arzt dazu?«

»Alles in Ordnung. Das EKG war einwandfrei. Sie hat sich da wohl in was reingesteigert. Der Arzt sagt, sie sei kerngesund – zumindest körperlich.« Opa dreht sich um und geht in Richtung Tür.

»Jetzt warte mal!« Ich springe auf. »Was heißt das, *zumindest körperlich?*«

Er zuckt mit den Schultern. »Sie war auf einmal so streitlustig, hat die ganze Zeit an mir herumkritisiert. Und beschimpft hat sie mich auch. Was sie gesagt hat, wiederhole ich jetzt allerdings nicht. Du bist immerhin ihre Enkeltochter. Da kann ich sie nicht schlechtmachen. Auf jeden Fall kenne ich sie so gar nicht. Ich habe ihr vorgeschlagen, sie soll mal ihre Hormone überprüfen lassen. Was weiß ich, was bei euch Frauen da noch los sein kann … Vielleicht gibt es ja so was wie die zweiten Wechseljahre, einen zweiten Frühling soll es schließlich auch geben. Sie hat sich auf jeden Fall verhalten wie ein junges Mädchen. Ich habe sie gar nicht mehr wiedererkannt.« Opa zeigt an mir vorbei auf den Laptop. »Du kannst sagen, was du willst. Das Ding ist schuld. Sie hat viel zu viel Zeit damit verbracht. Die letzten Tage hat sie nur noch davorgesessen.«

Mir fällt das Buch ein, das Oma mir geschickt hat, *Alle meine Wünsche.* Sie muss genauso unglücklich gewesen sein wie Jocelyne, sonst hätte sie Opa nicht verlassen. Aber der sucht den Grund anscheinend nicht bei sich. Erst war Uschi die Schuldige, die Oma aufgewiegelt haben soll, und jetzt soll es das Notebook sein.

Opa ist größer als ich. Wir stehen uns gegenüber und schauen uns in die Augen. »Ich mach mir Sorgen, Opa. Ich glaube, Oma hat versucht, mich anzurufen. Zumindest war eine Amrumer Nummer bei uns auf dem Display. Und als ich die zurückgerufen habe, war eine alte Frau am Telefon, die gesagt hat, Oma sei im Krankenhaus. Was ist, wenn sie doch etwas mit dem Herzen hat? Warst du mit beim Arzt?«

»Nein, ich habe sie nur hingefahren und wieder abgeholt, wie immer. Oma hat nichts mit dem Herzen, da bin ich mir sicher. Sie ist einfach nur streitsüchtig.«

»War sie beim Borges?«

Er nickt. Oma geht schon seit Jahren zum selben Arzt. Und bevor ich nach Köln gezogen bin, war ich dort auch Patientin. Doktor Borges kennt mich, seit ich ein kleines Kind bin.

»Ich fahre da eben vorbei, vielleicht krieg ich was raus.« Ich schaue auf die Uhr, wir haben Viertel nach fünf. Wenn ich mich beeile, könnte ich es noch schaffen.

Ich will gerade Opa fragen, ob er mitkommen möchte, da sagt er: »Mach das! Ich fahre noch mal rüber in den Schachklub.«

Bin ich hier die Einzige, die sich wirklich Sorgen macht? Aber warum hat Opa dann in ihrem Laptop herumgeschnüffelt? Und warum hat Oma das Gerät nicht mitgenommen? Das hat sie doch sonst auch immer gemacht, wenn sie, zumindest innerhalb Deutschlands, unterwegs war.

Ich klappe den Deckel zu. »Sag mal, Opa, hast du was dagegen, wenn ich das Teil mitnehme? Ich möchte gerne noch mal in Ruhe nachsehen, ob ich etwas herausfinden kann.« Das stimmt so nicht, aber ich greife gewissermaßen zu der kleinen Notlüge, weil ich auf einmal das Gefühl habe, Omas Notebook vor Opa in Sicherheit bringen zu müssen. Aber er merkt glücklicherweise nichts von meinen Absichten.

»Wenn du meinst«, sagt er, und damit scheint die Sache für ihn erledigt.

»Meine Oma ist verreist«, sage ich wenig später bei Doktor Borges in der Praxis. Dass sie Opa verlassen hat, erwähne ich lieber nicht. Das ist allein ihre Sache. »Und jetzt habe ich erfahren, dass sie vorher wegen ihres Herzens bei Ihnen war. Ich mache mir Sorgen, dass ihr etwas passiert sein könnte.«

Doktor Borges ist alt geworden, denke ich, sein Haar ist grau, und ordentlich zugelegt hat er auch. Ich habe ihn etwa zehn Jahre nicht mehr gesehen.

Er sieht mich über seine Brille hinweg an. Seine etwas schroffe und direkte Art habe ich immer gemocht.

»Mädchen, schon mal was von ärztlicher Schweigepflicht gehört?«, fragt er.

»Natürlich, aber es handelt sich ja sozusagen um einen Notfall.«

Er schüttelt den Kopf. »Tut mir leid, ich kann dir da nicht weiterhelfen. Aber mach dir mal nicht allzu viele Sorgen. Diener Oma wird die Nordseeluft guttun. Sie wird sich auf Amrum hervorragend erholen.«

Ich schaue ihn einen Moment lang perplex an. Von der Insel habe ich ihm nichts erzählt. »Sie hat Ihnen erzählt, dass sie nach Amrum will? Wissen Sie auch, warum?«

Er überlegt einen Moment. »Urlaub? Du siehst auch etwas blass um die Nase herum aus. Eine Luftveränderung würde dir guttun ...«

Kurz danach stehe ich wieder vor der Praxis. Es ist kurz vor sechs. Tom wird noch im Büro sein, denke ich. Ich hole mein Handy aus der Tasche und wähle spontan seine Nummer. Er meldet sich sofort.

»Tom, es tut mir leid, aber ich brauche heute unbedingt noch mein Auto«, sage ich. »Du findest doch bestimmt eine andere Möglichkeit, um zur Arbeit zu kommen. Früher bist du ja auch öffentlich gefahren.«

»Was, wieso das denn jetzt auf einmal?«

»Es geht nicht anders. Ich bin spätestens um acht bei dir. Ich erkläre es dir später.«

Amrum ist nicht sehr groß, etwa zehn Kilometer lang und zwei Kilometer breit. Viele Einwohner gibt es dort nicht, es sind etwas mehr als zweitausend. Da wird es ja wohl möglich sein, anhand eines Namens und einer Telefonnummer die Adresse einer Person ausfindig zu machen. Irgendjemand wird diese Frau Godei ja wohl kennen.

Ich werde sie finden – und Oma auch!

6.

»Deine Oma hat sich einfach so aus dem Staub gemacht?« Tom sitzt kopfschüttelnd auf der Couch und fährt sich durch sein blondes Haar, das er ungewöhnlich kurz trägt.

»Sie wird ihre Gründe dafür haben«, sage ich ausweichend und betrachte Tom unauffällig.

Wir haben uns jetzt vier Wochen nicht gesehen, aber mir kommt es vor, als wäre es erst gestern gewesen.

»Hast du selbst mit dem Rasierer Hand angelegt?«, frage ich.

Er nickt. »Sieht man das? Sieben Millimeter. Ich dachte, es sei ganz praktisch, jetzt, wo es warm wird.«

Tom hat ein markantes Gesicht, er würde wahrscheinlich auch mit einer Glatze gut aussehen. Trotzdem gefällt er mir besser mit ein paar Haaren mehr auf dem Kopf – und einem vernünftigen Schnitt. Mit den Stoppeln wirkt er irgendwie hart.

»Es ist schon arg kurz«, sage ich.

»Es wächst ja wieder. Du siehst übrigens toll aus. Die paar Kilo weniger stehen dir.« Er lächelt mich an.

Ich trage wieder meine alte ausgewaschene Jeans, die ewig lang im Schrank lag, weil ich den Knopf nicht mehr schließen konnte, und von der ich mich nicht trennen konnte.

Während unserer Beziehung habe ich acht Kilo zugenommen. Und seit der Trennung neun abgenommen, eine ganz gute Bilanz – und wenigstens etwas Positives an der ganzen Sache. Das weiße schlichte T-Shirt trage ich *in* der Hose, und nicht, wie noch vor drei Monaten, im Lagenlook mit einem längeren Teil darunter, um die lästigen Seitenspeckrollen zu vertuschen. Mein Haar ist offen, zum Seitenscheitel frisiert und etwas verwuschelt, so wie es Tom immer am besten gefallen hat.

Ich weiß, dass es Blödsinn ist, aber ich möchte, dass er sich wenigstens ein kleines bisschen ärgert, dass er eine Frau wie mich einfach so hat gehen lassen. Und irgendwie existiert da ja auch noch der kleine Funke Hoffnung, dass er es sich vielleicht anders überlegt, wenn er mich so sieht. Die Strategie scheint aufgegangen zu sein.

»Danke! Ich fühle mich auch gut.« Zumindest körperlich ist das ja nicht gelogen.

»Das sieht man.« Tom steht auf. »Dann hol ich mal den Schlüssel.« Ich schaue ihm nach, als er in den Flur zu der Holzkommode geht, die wir gemeinsam gekauft und aufgebaut haben. Er ist bald wahnsinnig geworden, als er, nachdem wir fast fertig waren, feststellte, dass einige der Löcher falsch vorgebohrt waren und wir das blöde Ding wieder abbauen und umtauschen mussten. Die Aktion hat uns einen ganzen Tag gekostet und zu unserem ersten Beziehungsstreit in der neuen Wohnung geführt, weil Tom überhaupt nicht verstand, dass ich darüber lachen konnte.

Bei dem Gedanken muss ich schmunzeln.

»Was hast du?«, fragt Tom, als er wieder zurückkommt.

Ich zeige auf die Kommode. »Wegen der Aufbauaktion. Weißt du noch?«

»Wie könnte ich das je vergessen?« Toms schelmisches Lächeln hat mich früher schon regelmäßig dahinschmelzen lassen. Mein Herz macht einen kleinen Hopser. Genau dieser Blick hat mich vor fünf Jahren bei unserem Kennenlernen schwach werden lassen, als er in die Buchhandlung kam und nach einem passenden Geschenk für seine Mutter fragte, die ihre Zeit am liebsten in der Küche verbringen würde. Die ganze Aktion war total verrückt. Er kaufte das Kochbuch, das ich ihm spontan empfohlen hatte, und nur eine Woche später war ich dabei, als er es ihr zum Geburtstag schenkte. Es fühlte sich ganz normal an, so mir nichts, dir nichts Teil seiner Familie geworden zu sein.

Als Tom mir jedoch demonstrativ den Schlüssel vor die Nase hält, macht sich ein ganz anderes Gefühl in mir breit. Ob das ein Rausschmiss werden soll?

»Die Fotoalben habe ich in den Kofferraum gelegt. Außerdem deine braune Strickjacke und ein paar Kleinigkeiten, die ich noch im Keller gefunden habe. Zum Beispiel die bunten Weihnachtsbaumkugeln.« Er grinst. »Du wirst dir doch bestimmt wieder eine Palme zulegen, die du damit schmücken kannst.«

Ein kleiner Stich zieht durch meinen Körper. Ich weiß noch ganz genau, wie Tom sich in unserer ersten gemeinsamen Weihnachtszeit darüber amüsiert hat, als ich beschloss, aus Platzmangel auf einen Tannenbaum zu verzichten und stattdessen die Topfpalme mit einer Lichterkette und den Kugeln zu schmücken. Doch dann war er begeistert.

Mein Blick fällt auf die Palme im Wohnzimmer, das sich etwas verändert hat, wie mir schon beim Eintreten aufgefallen ist. Der kleine schwarze Ikea-Couchtisch hat einem schönen, etwas größeren Holztisch Platz gemacht. Und über dem Esstisch hängt ein neues großes Bild, eine Schwarz-Weiß-Fotografie des Eiffelturms, auf Leinwand gedruckt. Tom wollte immer mal mit mir nach Paris fahren, mit mir in dem Café frühstücken, in dem er jeden Morgen seinen Kaffee und ein Brioche zu sich nahm, auf dem Weg zur Uni, als er ein Auslandsemester dort studierte. Aber über das Planen sind wir nie hinausgekommen. In der Realität gab es sie in unserer Beziehung nicht, die wunderschönen Momente, an die Gil sich in *Licht* sehnsuchtsvoll erinnert. Auf einmal halte ich es kaum noch aus, ihm wieder so nahe zu sein.

»Ich muss mal eben zur Toilette«, lüge ich, damit ich mich einen Moment sammeln kann und nicht wieder in Tränen ausbreche, so wie beim letzten Mal.

Die Badezimmertür hatte von Anfang an keinen Schlüssel. Eigentlich hatten wir den Vermieter darauf ansprechen wollen, doch stattdessen haben wir das grüne Holzschild gebastelt, das noch immer an der Klinke baumelt und das ich nun auf »Besetzt« drehe. Tom hat es regelmäßig übersehen – oder schlicht ignoriert, aber nun wird er sich wohl daran halten und nicht einfach so hereinplatzen.

Ich lasse mich auf den Badewannenrand sinken und reibe meine Schläfen. Dabei fällt mein Blick auf ein Buch, das auf dem kleinen weißen Schränkchen unter dem Fenster liegt. Das in Rosa und Hellblau gehaltene Cover springt mir sofort ins Auge. Tom liest nicht. Und wenn, dann allenfalls ein Fachbuch oder mal eine Zeitschrift. Ich kann nicht anders, ich bin viel zu neugierig, um nicht danach zu greifen. Es ist auf jeden Fall keins von den Büchern, die ich hier vergessen habe, der Titel, *Freundinnensommer,* sagt mir gar nichts. Die Seiten sind etwas aufgeweicht, so als hätte das Buch ein wenig zu viel Wasserdunst abbekommen, was zum Beispiel passieren kann, wenn man das gute Stück mit in die Badewanne nimmt, wie ich aus eigener Erfahrung weiß. Die Leserin – dass es Toms Buch ist, ist ausgeschlossen – ist bis Seite einhundertachtzig gekommen, wie mir das lilafarbene Lesezeichen mit den silbernen Ornamenten zeigt, das zwischen den Seiten steckt. Einhundertachtzig Seiten, die irgendeine Frau wahrscheinlich gelesen hat, während sie in Toms Wanne lag. Die Wanne, die auch mal meine war.

Ich lasse meinen Blick durch das Badezimmer schweifen, auf der Suche nach anderen Indizien für weiblichen Besuch. Auf dem Waschbecken steht eine einzelne Zahnbürste im Becher. Übernachtet hat sie hier anscheinend also nicht, es sei denn … Ich öffne die Tür des Spiegelschranks. Mein Gefühl hat mich also nicht getäuscht. Die zweite Zahnbürste liegt auf dem Regalbrettchen, gemeinsam mit einer Packung Tampons, einem Vanille-Deo, einer Feuchtigkeitscreme, einigen Schminkutensilien – und einem Lederband, an dem unverkennbar ein kleines silbernes Eulenamulett hängt.

Mein Magen zieht sich augenblicklich zusammen. Tom hat die Sachen ganz sicher mit Absicht weggeräumt, damit ich sie nicht sehe. Ich nehme das Schmuckstück heraus und lasse es in der Luft baumeln. Eindeutig, ich kenne diese Kette. Sie gehört Corinna, Toms bester Freundin. Die beiden kennen sich aus Grundschultagen, alles total harmlos, wie Tom immer wieder betont hat. Außer Händchenhalten in der vierten Klasse sei damals nicht viel passiert. Nach dem Schulwechsel haben sie sich aus den Augen verloren, bis sie sich vor einem Jahr über Facebook wiedergefunden haben. Genauer gesagt, Corinna hat Tom angeschrieben. Zuerst haben die beiden sich nur gemailt, dann haben sie sich getroffen, um über alte Zeiten zu quatschen. Dabei haben sie festgestellt, wie viele gemeinsame Interessen sie noch haben und dass sie immer noch beste Freunde sind.

Und jetzt liegt Corinnas Kette in dem Badezimmerschrank, den ich damals gekauft habe. Am liebsten würde ich das Teil kurzerhand abschrauben und mitnehmen, genauso wie den kleinen weißen Mülleimer, in den ich gerade Corinnas Sachen stopfe.

»Sie ist wirklich nur eine gute Freundin. Es ist Zufall, dass sie eine Frau ist, sie könnte genauso gut ein Mann sein. Dann wäre ich auch für ihn da.« Das waren Toms Worte, als er damals bis spät in die Nacht bei Corinna hockte, um sie zu trösten, weil ihr Freund sie verlassen hatte. Das war, ungefähr zwei Monate bevor er denselben Schritt mit mir gemacht hat …

Ich bin ja so was von doof, sage ich leise zu mir selbst, umschließe die Kette mit der Hand und gehe zurück ins Wohnzimmer. Hier fällt mir wieder der neue Couchtisch auf. Ich hätte gleich skeptisch werden sollen, auch die Fotoleinwand spricht nicht dafür, dass Tom hier bald ausziehen wird. Es müssten doch eigentlich Umzugskisten herumstehen in Anbetracht der Tatsache, dass er angeblich in drei Wochen ausziehen wollte.

»Sag mal, du hast mir doch letztens geschrieben, dass du noch mal in Ruhe mit mir reden willst. Worüber eigentlich?«

Tom reibt Daumen und Zeigefinger aneinander und richtet den Blick darauf, so als würde er seine Hand zum ersten Mal im Leben sehen. Ich kenne Tom und auch die untrüglichen Anzeichen, wenn ihm etwas unangenehm ist.

»Ach, das können wir dann machen, wenn du von Amrum zurück bist. Jetzt solltest du dich erst einmal um deine Oma kümmern.«

Ich strecke die Hand aus und halte ihm die Kette unter die Nase.

Tom wird rot. »Ich wollte es dir ja sagen, aber …«

»Was?«, frage ich. Die letzten drei Monate war ich nur traurig, aber jetzt macht sich schlagartig eine wohltuende Wut in mir breit.

»Es hat sich einfach so entwickelt, Meike. Ehrlich, ich weiß auch nicht, wie das auf einmal passiert ist. Wir beide hatten kaum noch Zeit füreinander, haben uns auseinandergelebt, und dann …«

»Hattet ihr schon was miteinander, als wir beide noch ein Paar waren?«

Tom schweigt, aber die Röte in seinem Gesicht spricht für sich.

»Wann hat es angefangen?«, frage ich und blicke ihn durchdringend an.

»Ist das noch wichtig?«

»Ja, ist es, mir zumindest.« In der Woche vor unserer Trennung hatten wir das letzte Mal Sex. Ob er da auch schon mit Corinna geschlafen hat?, frage ich mich.

Tom schweigt.

»Wann?«, wiederhole ich.

»Ich weiß nicht, irgendwann, nachdem mit ihrem Freund Schluss war.«

Mein Kopf arbeitet auf Hochtouren. »Mensch, das war vor unserer Trennung! Ich hoffe, ihr habt wenigstens ein Kondom benutzt …« Mir wird richtiggehend schlecht bei dem Gedanken, dass Tom mit einer anderen Frau intim war, obwohl er auch noch mit mir geschlafen hat …

»Ja, natürlich. Außerdem verträgt Corinna die Pille nicht, deswegen müssen wir sowieso auf diese Methode …«

»Du bist so ein Arsch, Tom! Du hättest es mir sagen müssen, und zwar gleich nachdem es passiert ist! Das war damals unsere Abmachung, erinnerst du dich nicht?«

»Doch.«

Mehr sagt er nicht. Und das muss er auch nicht. Denn alles, was er jetzt noch sagt, hat keine Bedeutung mehr.

Ich lasse die Kette auf den Holztisch fallen. Es hätte mich gleich skeptisch machen müssen, dass Tom die Wohnung umgestaltet hat. Er ist normalerweise gut organisiert und hasst es, Dinge auf den letzten Drücker zu erledigen.

»Ich gehe davon aus, dass du nicht ausziehst. Oder hast du die Umzugskisten etwa im Schlafzimmer gestapelt?«

»Ach, Meike …«

»Wohnt sie schon hier?« Soviel ich weiß, ist Corinna damals aus der Wohnung ihres Freundes vorübergehend in ein möbliertes Apartment gezogen. Eine Möglichkeit, über die ich auch nachgedacht habe, bevor ich mich aus finanziellen Gründen dazu entschied, zu meinen Eltern zu ziehen.

»Na ja, noch nicht wirklich, aber sie hat ihr Zimmer gekündigt. Du musst mir glauben, Meike, das war wirklich nicht von Anfang an so geplant.«

»Und was ist mit deiner neuen Wohnung, in die du angeblich ziehen wolltest? Hast du den Mietvertrag gar nicht unterschrieben? Oder habt ihr gleich gemeinsam einen neuen für die Wohnung hier gemacht, nachdem wir gekündigt haben?«

»Na ja, darüber wollte ich ja noch mal in Ruhe mit dir reden. Es ist nämlich so … Bis jetzt habe ich die Kündigung noch nicht abgeschickt. Ein neuer Vertrag hätte doch bestimmt eine Mieterhöhung zur Folge gehabt …«

Ich ringe um Fassung. Mit einer solchen Dreistigkeit hätte ich nicht gerechnet. »Also war es doch geplant! Du wusstest von Anfang an, dass du in der Wohnung bleibst. Deswegen warst du auch so erpicht darauf, die Möbel zu bekommen. Und ich war so naiv, zu glauben, dass du dich mir zuliebe darauf eingelassen hast.«

»Ganz so war es nicht, Meike, ehrlich. Die Ereignisse haben sich einfach überschlagen. Manche Dinge kann man nicht voraussehen. Das musst du mir echt glauben.«

Ich weiß nicht, was ich momentan glauben soll, aber mein Gefühl sagt mir, dass Tom hier nicht die ganze Wahrheit sagt. Diese angeblich so spontane Aktion passt einfach nicht zu ihm, plant er doch immer alles bis ins kleinste Detail voraus.

Ich reibe mir meine Schläfen, versuche, mich einen Moment zu sammeln und wirklich zu verstehen, was ich gerade erfahren habe – und was das bedeutet. Tom hat mich nicht nur verlassen, er hat mich auch betrogen und mit der Wohnung hintergangen.

»Ich stehe also offiziell noch im Mietvertrag, obwohl du mit Corinna hier wohnen wirst? Du bist wirklich ein Arschloch, Tom«, sage ich. »Und ein Feigling noch dazu, sonst hättest du von Anfang an mit offenen Karten gespielt.« Ganz ruhig spreche ich die Worte aus, lasse ihn dabei nicht aus den Augen. Auf einmal kommt er mir ganz eigenartig fremd vor. Noch vor einer Viertelstunde wäre ich fast wieder seinem Charme zum Opfer gefallen.

Ich habe immer sehr große Stücke auf Tom gehalten, für ihn war Ehrlichkeit immer ganz wichtig, aber davon ist zumindest momentan nicht mehr viel übrig. Dass er auf meine Anschuldigungen nichts erwidert, bedeutet, dass ich recht damit habe. Wäre es anders, würde Tom versuchen, mich so lange vom Gegenteil zu überzeugen, bis mir keine Argumente mehr einfallen. Sein Schweigen spricht Bände. Tom wollte nie hier ausziehen. Die beiden haben mich ganz geschickt ausgetrickst.

»Klär das mit dem Mietvertrag«, sage ich. »Ich will ab Juni nicht mehr drinstehen, so wie wir das vereinbart hatten.«

»Okay, das kann ich verstehen …«

»Weißt du was? Ich denke, es ist besser, wenn ich dem Vermieter selbst mitteile, dass ich ausgezogen bin. Dann weiß ich wenigstens, dass alles seine Richtigkeit hat.«

Ich gehe zur Tür, dann bleibt mein Blick an der Palme hängen. Oma hat sie mir vor vielen Jahren geschenkt. Sie ist unverwüstlich, obwohl ich das mit dem Gießen nie richtig ernst genommen habe. Ich gehe in die Knie und hebe den Topf auf. »Die nehme ich mit. Lass mal, ich find schon raus …«

Als ich die Haustür hinter mir zuziehe, fängt mein Herz auf einmal wie verrückt an zu rasen. Und wie auf Kommando laufen mir Tränen über das Gesicht. Jetzt ganz schnell weg hier!

Ich nehme zwei Treppenstufen auf einmal, drei Etagen lang. Die Palme ist sehr schwer, aber ich schaffe es, sie heil nach unten zu bringen. Im Hausflur vor den Briefkästen steht unsere Nachbarin, die auf derselben Etage wohnt und in unserem Alter ist. Als ich sie das letzte Mal gesehen habe, war sie hochschwanger, jetzt hat sie ein Babytragetuch vor ihre Brust gebunden. Ich mochte sie eigentlich immer ganz gerne, ab und zu haben wir mal miteinander geplauscht, wenn wir uns im Hausflur oder in der Waschküche getroffen haben, aber mehr als ein nachbarschaftliches Verhältnis hat sich nie zwischen uns entwickelt.

Als sie mich jetzt sieht, lächelt sie mir freudig zu. Obwohl ich eigentlich nichts lieber machen würde, als schleunigst zu verschwinden, bleibe ich einen kurzen Moment bei ihr stehen.

»Oh je«, sagt sie, als sie meinen Zustand bemerkt. »So schlimm?«

Ich nicke und stelle die Palme auf dem Boden ab.

»Hier! Gerade gekauft.« Sie greift in ihre Einkaufstasche und öffnet eine bunte Pappbox mit Kosmetiktüchern.

»Danke.« Ich zupfe mehrere der Tücher heraus und wische mir damit über das Gesicht. »Ein Mädchen oder ein Junge?«, frage ich, als ich ein leises Wimmern aus dem Tragetuch vernehme.

»Ein Mädchen.« Der Blick meiner Nachbarin wird weich. »Mila.«

»Schön ...« Ich streiche einmal sanft über Milas kleinen Kopf. »Alles Gute für euch.«

»Für dich auch, Meike! Ich weiß, es ist ein abgedroschener Spruch, aber es geht irgendwann vorbei.«

Ich lächle sie an und nehme die Palme, da fällt mir noch etwas ein. »Sag mal, es hat nicht lange gedauert, bis meine Nachfolgerin oben zu Hause war, oder?« Schon in dem Moment, in dem ich es ausgesprochen habe, bereue ich die Frage, denn eigentlich kenne ich die Antwort und muss es nicht extra bestätigt bekommen. »Ach, schon gut, ist ja auch egal ...«, schiebe ich hinterher, aber mein Rückzug kommt zu spät.

»Ihr Auto steht jeden Morgen vor dem Haus – seitdem du weg bist.«

Corinna fährt einen giftgrünen Mini mit Düsseldorfer Kennzeichen. Er wäre mir sofort aufgefallen, wenn sie auch heute hier geparkt hätte. Aber Tom hat sie ja vorsorglich ausquartiert.

Ich verabschiede mich von der Nachbarin, trete vor das Haus und lasse meinen Blick durch die Straße schweifen. Es könnte durchaus möglich sein, dass sie das Auto irgendwo versteckt hat, so wie die Kosmetikartikel im Spiegelschrank, und irgendwo auf Abruf in einem Café sitzt und nur darauf wartet, dass ich wieder verschwinde. Aber dem scheint nicht so, der auffällige Mini ist weit und breit nicht in Sicht. Allerdings verhält es sich mit meinem Auto auch so, es ist stinknormal silbern und fällt nicht gleich auf. Ich habe vergessen, Tom zu fragen, wo er den Wagen geparkt hat. Suchend laufe ich die Straße ab.

»Mist!«, fluche ich und greife zum Telefon. »Wo steht es?«, fahre ich ihn an, als er rangeht.

»Gegenüber der Eisdiele um die Ecke. Aber hau doch nicht einfach so ab, Meike. Ich finde es schade, wenn wir jetzt so auseinandergehen.«

Das finde ich allerdings auch, aber es ist schließlich nicht meine Schuld. Und ich verspüre überhaupt kein Bedürfnis, mich weiter mit Tom zu unterhalten. Ich drücke das Gespräch weg und atme tief durch.

Ich muss das Kennzeichen ändern, denke ich, als ich auf das Auto zugehe. Nach Köln ziehe ich ganz sicher nicht mehr. K-MT 1806: Meike und Tom haben am 18.06. ihre erste gemeinsame Nacht in Köln verbracht. Am besten gehe ich möglichst bald zum Straßenverkehrsamt in Oberhausen, damit ich nicht jeden Tag an Tom erinnert werde, wenn ich das Kennzeichen sehe.

Ich manövriere die Palme ins Innere und drehe den Zündschlüssel. Dass dabei die Tankanzeige rot aufleuchtet, wundert mich nicht. Tom hat sich immer aufgeregt, wenn ich zu viel Geld ausgegeben habe, er selbst hat jedoch dafür gesorgt, dass seine Ausgaben sich auf ein Minimum beliefen, selbst als er endlich den festen Job hatte, in dem er wesentlich mehr verdient hat als ich. Ich habe mich oft gefragt, wie er es geschafft hat, dass in der Regel ich diejenige war, die das Auto mit Benzin füttern musste, obwohl er wesentlich mehr damit gefahren ist. Immer war ich diejenige, bei der die Tankanzeige plötzlich aufleuchtete. »Mistkerl!«, entfährt es mir.

Ich habe ihn durch sein Studium gebracht, ihn während der Prüfungsphase unterstützt, war immer für ihn da – und von den Früchten profitiert jetzt eine andere. Und das Schlimme ist: Sie war die ganze Zeit über schon da, und eigentlich hätte ich es kommen sehen müssen. Aber ich habe Tom vertraut. Wir hatten gleich zu Anfang unserer Beziehung vereinbart, immer ehrlich zueinander zu sein und uns einen eventuellen Seitensprung sofort gegenseitig zu beichten. Dass er mich angelogen hat, und zwar über eine längere Zeit hinweg, ist fast noch schlimmer als der eigentliche Betrug. Das hätte ich niemals von ihm erwartet. Und es tut weh! Genauso wie der Gedanke, dass Tom jetzt Corinna küsst anstatt mich. Dass sie in unserer Wanne liegt – und wahrscheinlich auf meiner Bettseite schläft, will ich mir lieber gar nicht vorstellen. Zudem ich weiß, wie sie aussieht, und ich auch noch ein ganz konkretes Bild von ihr im Kopf habe.

»Blöde Kuh!«, sage ich laut, wische mir die Tränen aus dem Gesicht – und fahre zur nächsten Tankstelle.

Als ich den Zapfhahn in den Tank stecke, vibriert mein Handy in der Hosentasche. Bestimmt Tom, denke ich, und beschließe, die Nachricht zu ignorieren. Aber das halte ich nicht lange durch. Die Neugierde packt mich, und ich schaue nach. Doro hat mir geschrieben.

Wie geht es dir? Gibt es was Neues von deiner Oma?

Nichts Neues, aber eine Neue!, antworte ich ihr. *Corinna ist bei Tom eingezogen! Ich bin noch in Köln, hab eben mein Auto geholt. Ich bin so wütend, Doro! So ein Scheißkerl! Morgen fahre ich nach Amrum …*

Es dauert keine dreißig Sekunden, da klingelt mein Telefon.

»Ich hab nicht lange Zeit«, sagt Doro, »ich muss gleich wieder auf Station. Aber ein paar Minuten habe ich.«

Das Gespräch mit Doro tut gut. Vor allem, als sie sagt: »So ein erbärmliches Arschloch. Sei froh, dass du den los bist. Der hat dich doch gar nicht verdient. Und diese Corinna konnte ich noch nie leiden. Ich habe von Anfang an das Gefühl gehabt, dass sie eine falsche Schlange ist. Und hässlich ist sie auch. Ihre Augen stehen viel zu eng beieinander. Außerdem hat sie ein fliehendes Kinn und viel zu große Zähne. Sie sieht aus wie ein Pferd, Meike! Davon mal abgesehen ist sie total dürr. An der ist doch gar nix dran. Sie hat noch nicht mal ansatzweise Brüste. Du bist viel schöner, weiblicher – und netter! Und intelligenter bist du sowieso. Der weiß nicht, was er mit dir verloren hat!«

Dass Corinna hässlich ist, stimmt natürlich nicht, obwohl Doro zumindest mit den großen Zähnen nicht ganz unrecht hat, auch wenn sie blendend weiß sind und wie aus einer Zahnpastawerbung aussehen. Aber es tut trotzdem gut, Doro so reden zu hören.

»Du hast recht«, sage ich und nehme den Zapfhahn aus dem Tank. »Soll er mit dem blöden Gaul glücklich werden.

Hätte ich das früher gewusst, wäre ich wahrscheinlich längst drüber weg. Stattdessen habe ich mir die ganze Zeit Gedanken darüber gemacht, was ich falsch gemacht habe, habe die Fehler wieder mal nur bei mir selbst gesucht.« Ich schnaufe tief durch und setze mich ins Auto. »Doch jetzt sind andere Dinge wichtig, um die ich mich kümmern muss. Morgen früh mache ich mich auf den Weg nach Amrum.« Omas Brief fällt mir ein. »Windmühlen bauen.«

»Klingt gut, auch wenn ich nicht genau weiß, was du damit sagen willst. Ich dachte, auf Amrum geht man eher fischen. Vielleicht lernst du ja sogar einen netten Fischer kennen, so einen richtigen Naturburschen, wie in dem Buch, von dem du früher total geschwärmt hast. Wie hieß es noch gleich? Es ist auch verfilmt worden.«

»*Salz auf unserer Haut.* Aber von Kerlen habe ich erst einmal genug, denen werde ich tunlichst aus dem Weg gehen.«

Doro lacht. »Mach das. Genau dann stehen sie plötzlich Schlange. Ist doch immer so. Suchst du einen, ist keiner in Sicht. Versteckst du dich vor ihnen, finden sie dich. Aber die Idee mit Amrum finde ich wirklich gut. Und wenn doch ein süßer Fischer seine Angel nach dir auswirft …«

»Dann beiße ich ganz bestimmt nicht an. Außerdem fischen die meines Erachtens mit Netzen. Aber weißt du was, das Buch von Benoîte Groult nehme ich mit. Dann habe ich auf der Fähre was zu tun. Die Überfahrt dauert immerhin zwei Stunden.«

»Gute Idee! Und wenn du deine Oma findest, sag ihr ganz liebe Grüße von mir und dass ich sie toll finde. Um wie viel Uhr willst du denn …«

Lautes Hupen unterbricht unser Gespräch. Ich blockiere die Zapfsäule, kein Wunder, dass der Fahrer hinter mir ungeduldig wird und wild mit den Armen gestikuliert, wie ich im Rückspiegel sehen kann. »Da will jemand tanken hinter mir. Ich melde mich später noch mal.«

Ich parke mein Auto vor dem Haus meiner Eltern, bleibe noch einen kurzen Moment sitzen, atme tief durch, dann steige ich aus und öffne den Kofferraum. Das war's, das Kapitel Tom ist endgültig abgeschlossen. Er hat die letzten Fundstücke unserer Beziehung in einen großen Pappkarton gepackt, auf den er mit einem roten Edding *Meike* geschrieben hat. »Idiot«, sage ich, als ich den Karton heraushebe, der schwerer ist, als ich vermutet habe.

Ich schleppe ihn die Treppe runter in mein Zimmer. Gerade als ich die Palme abstelle und den Karton öffnen will, steht mein Vater plötzlich im Türrahmen.

»Ist alles in Ordnung, Meike?«, fragt er. »Du hast ja dein Auto geholt, habe ich gesehen. Ich hab mich schon gewundert, wo du bist … Geht es dir gut, mein Schatz?«

Die plötzliche Anteilnahme rührt mich. Als ich wieder zu Hause eingezogen bin, hat sich mein Vater tunlichst von mir ferngehalten. Und jetzt fragt er plötzlich, wie es mir geht.

»Ach, keine Ahnung, wie es mir geht. Traurig, wütend – einfach alles.«

Mein Vater fährt sich durchs Haar, und ich bin gespannt, was jetzt wieder kommt.

»Nun kann ich es dir ja sagen. Tom war nie mein Fall. Er hat sich selbst viel zu wichtig genommen, sich und sein Studium, dachte, er sei was Besseres. Dabei muss man kein Akademiker sein, um im Beruf Erfolg zu haben. Du findest einen Netteren, ganz sicher!«

Tom hat meinen Vater immer dafür bewundert, dass er

seine Firma praktisch aus dem Nichts aufgezogen hat. Und er hat sich auch nie für etwas Besseres gehalten. Dass er ehrgeizig war und Ziele hatte, habe ich immer an ihm geliebt. Und manchmal habe ich mir gewünscht, mir eine Scheibe von ihm abschneiden zu können. Insofern tut mein Vater Tom damit unrecht, aber das behalte ich lieber für mich. Ich weiß nämlich, dass mein Vater derjenige ist, der hier eigentlich das Problem hat. Er hätte nämlich gerne Abitur gemacht, war aber nicht gut genug in der Schule. Das hat Oma mir erzählt, als wir über meine berufliche Zukunft gesprochen haben und mein Vater mich unbedingt zu einem Studium überreden wollte.

»Dann freue ich mich auf den Netteren«, sage ich, »irgendwann.«

Ein kleines Lächeln huscht über sein Gesicht. »Gut! Solltet ihr euch jedoch wieder vertragen, nehme ich das natürlich zurück.«

Das Gespräch mit meinem Vater und der kleine Scherz bauen mich ein wenig auf. Ich lächle zurück. »Keine Sorge, das wird ganz sicher nicht passieren.« Mir liegt auf der Zunge, meinem Vater zu erzählen, dass Tom längst Ersatz für mich gefunden hat, aber er wechselt plötzlich das Thema.

»Ach übrigens, ich soll dir ganz liebe Grüße von deiner Mutter bestellen. Sie hat vorhin angerufen und meldet sich noch mal bei dir.«

»Okay, danke. Weiß sie, dass Oma verschwunden ist?«

»Jetzt ja. Ich habe es ihr erzählt.«

»Und was sagt sie dazu?«

»Das wird sie dir bestimmt gleich selbst erzählen. Aber wo Oma sich versteckt hält, weiß sie auch nicht, falls du das meinst.«

»Schade.« Aber ich habe auch nichts anderes erwartet, sonst hätte ich sie längst angerufen.

»Möchtest du noch ein Glas Wein mit mir trinken und eine Kleinigkeit essen?«

Was ist denn mit dem los? Ich denke einen kurzen Moment über das Angebot nach, lehne dann aber ab, weil ich noch einige Sachen erledigen muss.

»Ich fahre morgen nach Amrum, Papa. Opa hat mir erzählt, dass Oma wegen einer Herzgeschichte beim Arzt war. Und dann der komische Anruf der alten Frau mit dem Öömrang-Dialekt. Das lässt mir irgendwie keine Ruhe. Und solange ich noch keinen neuen Job habe, habe ich ja Zeit. Ich will früh los, deswegen möchte ich heute Abend noch meine Sachen packen.«

»Gut!« Mein Vater scheint gar nicht überrascht zu sein. »Schön, dass du dich so um sie kümmerst. Du findest sie bestimmt. Ihr hattet doch schon immer eine besondere Bindung zueinander. Es würde mich nicht wundern, wenn sie schon auf dich wartet.«

»Genau, wahrscheinlich steht sie am Fähranleger und holt mich dort ab«, sage ich. »Aber jetzt mal ernsthaft … Oma ist doch auf Amrum aufgewachsen, sie hat aber so gut wie gar nichts darüber erzählt. Zumindest mir nicht. Weißt du irgendwas? Vielleicht wo sie in Norddorf gewohnt hat, ob sie da noch Freunde hat oder so?«

Mein Vater reibt sich das Kinn. »Hm, ehrlich gesagt, nein. Oma hat von sich aus nichts erzählt. Und ich habe auch nie nachgefragt. Ich weiß auch nicht, warum. Es war einfach nie ein Thema. Opa und Oma haben immer viel von ihrer Zeit in Hamburg geredet, aber nie über die Zeit davor.«

»Er weiß auch nicht viel, das hat er mir heute gesagt. Ist doch schon irgendwie merkwürdig, oder?« Tom und ich haben uns schon nach sehr kurzer Zeit unsere kompletten Lebensgeschichten erzählt. Er weiß fast alles über mich und ich über ihn. »Wie ist das bei dir und Mama? Weißt du viel über ihre Kindheit und Jugend?«

»Ja, ich denke schon. Gerade zu Beginn unserer Beziehung haben wir viel geredet.« Er schmunzelt. »Na ja, es war vielmehr so, dass sie die ganze Zeit erzählt hat und mir im Gegenzug jedes Wort aus der Nase ziehen musste. Du weißt ja, wie deine Mutter ist.«

Ich lächle meinen Vater an. »Ja, und ich weiß auch, wie du bist. Du bist Opa ähnlich. Der redet auch nicht sehr viel. Aber Oma eigentlich schon …« Sie ist wie ich, schießt es mir durch den Kopf. Ich wirke auf andere Menschen offen und herzlich, aber wenn mich etwas wirklich belastet, mache ich es auch eher mit mir aus, anstatt es in die Welt hinauszuposaunen. Die Einzige, die wirklich alles über mich weiß, ist Doro. Irgendwas muss da auf Amrum geschehen sein, etwas, über das Oma nicht sprechen möchte.

»Meinst du, sie ist dort?«, frage ich.

»Ich glaube schon. Es spricht jedenfalls alles dafür.« Mein Vater greift in die Hosentasche und zieht seine Geldbörse heraus. Sie ist, wie immer, mit mehreren Geldscheinen bestückt. Er zahlt nicht gerne mit EC-Karte, deswegen ist er immer gut mit Barem ausgestattet. Er zieht dreihundert Euro heraus und hält sie mir hin. »Hier, nimm, für die Reisekosten, Benzin, Hotel und so weiter.«

Ich zögere einen Moment, dann greife ich zu. Mit meinem Arbeitslosengeld komme ich zwar recht gut klar, weil ich hier keine Miete zahlen muss, aber ich möchte auch irgendwann wieder in eine eigene Wohnung ziehen. Da kann ich jeden Euro gut gebrauchen.

»Danke.«

»Ach was, es ist ja schließlich meine Mutter, der du da hinterherreist. Wenn du noch mehr brauchst, überweise ich dir etwas, okay?«

»Ja, dann meld ich mich.«

Mein Vater nickt mir zu und lässt mich dann alleine.

Ich widme mich dem großen Umzugskarton und ziehe die Pappdeckel auseinander. Mein Blick fällt auf einen weißen Briefumschlag, den Tom auf die kläglichen Reste unserer fünfjährigen Beziehung gelegt hat. Einem ersten Instinkt folgend, möchte ich ihn ungeöffnet direkt in den Abfalleimer befördern, aber die Neugierde siegt, und ich lese ihn doch.

Meike,
Ich danke dir für die schöne Zeit.
Und ich wünsche dir alles Gute
und dass du glücklich wirst!
Tom

Tom hat mir neben den letzten Resten auch ein paar Abschiedszeilen mit in den Karton gepackt. An sich eine nette Geste, wäre die Sache mit Corinna nicht aufgeflogen. Ich hätte wissen müssen, dass sich zwischen den beiden mehr entwickelt. Sie haben sich in letzter Zeit recht häufig gesehen, und außerdem hatten sie ständig über Handy Kontakt. Das war teilweise echt nervend, aber ich wollte ja tolerant sein und habe nie etwas dazu gesagt. Wenn mein Handy vibriert, ist es in der Regel Doro, aber wir schicken uns nicht großartig lange Nachrichten, manchmal hören wir tagelang nichts voneinander, und wenn dann eine von uns Sehnsucht nach der anderen bekommt, telefonieren wir lieber. Bei Corinna und Tom war das anders. Die beiden haben sich täglich mehrmals geschrieben, teilweise auch, wenn ich abends mit Tom gemütlich auf der Couch lag. Und jetzt kenne ich auch den Grund. Ganz sicher war Corinna schon längere Zeit hinter Tom her. Und das Beste ist, dass sie sich auch noch bei mir eingeschleimt hat und einen auf Freundin gemacht hat. Jetzt liegt sie mit ihm auf der Couch. So ein Aas! Aber den Gedanken schüttele ich lieber ganz schnell wieder ab. Stattdessen lösche ich die beiden lieber aus meinem Leben und zuallererst aus meinem Handy.

Ich wühle in meiner Tasche nach dem Telefon, kann es aber nicht finden. Bestimmt habe ich es im Auto liegen lassen.

Ich sprinte die kleine Treppe nach oben und bleibe an der Wohnzimmertür stehen. Mein Vater sitzt auf der Couch, in der einen Hand ein Glas Wein, in der anderen sein Handy. Er bemerkt mich gar nicht, so angeregt ist er in das Gespräch vertieft.

»Ist das Mama?«, frage ich.

Mein Vater schüttelt den Kopf. »Warte einen Moment, ja?« Seine Stimme klingt weich, fast zärtlich. Aber er meint nicht mich, sondern seinen Gesprächspartner. Oder ist es vielleicht eine Sie? Das Verhältnis zwischen meinen Eltern würde ich eher als kühl bezeichnen. Zärtlichkeiten zwischen ihnen habe ich nicht mitbekommen, seitdem ich wieder zu Hause wohne. Er wendet sich an mich und hebt das Glas in die Höhe. »Hast du es dir anders überlegt? Möchtest du einen Wein?«

»Nein, ich hol nur mein Handy.«

Mein Vater nickt, und ich höre ihn lachen, als ich weitergehe. Ob er auch ein Verhältnis hat? Nein, das kann ich mir nicht vorstellen. Er arbeitet zwar lang, aber er verbringt die Abende immer zu Hause. Meine Mutter hingegen ist oft ohne ihn unterwegs, auch an den Wochenenden, oder so wie jetzt im Urlaub. Wenn, dann hätte sie eher die Gelegenheit dazu. Aber würde ich ihr das zutrauen?

Fakt ist, dass die beiden so gut wie gar nichts miteinander unternehmen. Ob sie noch glücklich miteinander sind? Immerhin sind sie noch verheiratet, aber das heißt ja nichts, Opa und Oma sind es schließlich auch. Und trotzdem hat Oma nach mehr als fünfzig Jahren das Weite gesucht. Und ich? Ich bin noch bis vor drei Monaten davon ausgegangen, dass ich auch demnächst eine Ehefrau sein werde. Zumindest hatten wir es so geplant, im ganz klassischen Sinn. Sobald Tom einen sicheren Job hat, setze ich die Pille ab, wenn ich schwanger bin, heiraten wir, und sobald das Kind da ist, nehme ich Erziehungsurlaub. Aber so ist das eben mit Plänen, sie gehen nicht immer auf. Der Job war da, aber auf einmal wollte Tom noch warten, bis er Fuß darin gefasst hat. Deswegen habe ich die Pille vorerst nicht abgesetzt. Und auf den ersehnten Heiratsantrag habe ich auch umsonst gehofft. Das wird Corinna bestimmt nicht passieren. Sie nimmt keine Pille, das weiß ich ja jetzt. Und ich weiß auch, dass sie sich wünscht, möglichst bald Mutter zu werden. Das hat sie mir mal erzählt, als wir beide uns über unsere Zukunftspläne unterhalten haben. Ich bin gespannt, wie lange es dauert, bis sie bekommt, was sie will. Vermutlich wird es nicht lange dauern. Aber das werde ich höchstwahrscheinlich gar nicht mehr mitbekommen. Ich möchte Tom nie wiedersehen.

Mein Handy liegt auf dem Beifahrersitz, und es zeigt eine Nachricht in Abwesenheit an, von Tom.

Ich habe vergessen, deine Strickjacke dazuzulegen. Und einen dunkelblauen Wollpulli habe ich auch noch gefunden. Aber du warst so schnell weg.

Ich beschließe, nicht darauf zu antworten, und suche in meinen Kontakten nach Corinna. Sie starrt mich von ihrem Profilfoto aus mit ihren eng anliegenden Augen an. Ich habe noch nie verstanden, warum manche Menschen ihren Gefühlszustand oder irgendwelche anderen privaten Dinge über ihre Statusanzeige bekannt machen. *Verliebt!* Steht unter Corinnas Foto. Daneben prangt ein kleines rotes Herzchen.

»Na dann!« Ich gehe auf *Profil löschen*, und Sekunden später ist sie aus meinem Blickfeld verschwunden. Genauso verfahre ich danach auch mit Tom. Ich lösche ihn und beschließe, ihm nicht weiter nachzuweinen. Anders verhält es sich allerdings mit der Strickjacke. Sie war mein Lieblingsstück für kühlere Tage, schön leicht, aber wegen des hohen Cashmereanteils trotzdem warm und kuschelig. Da sie etwas teurer war, habe ich sie mir zu meinem letzten Geburtstag von meinen Eltern gewünscht. Und gerade jetzt könnte ich sie gut gebrauchen. Tagsüber ist es um die Jahreszeit schon recht warm, aber abends noch sehr frisch.

Ich reibe meine Arme, über die sich eine leichte Gänsehaut zieht. Auf Amrum ist es bestimmt einige Grad kälter, wenn der Wind über die Insel zieht. Ein paar wärmere Kleidungsstücke einzupacken wäre da auf jeden Fall angebracht. Ich gehe zurück in mein Zimmer und telefoniere kurz mit Opa, der, wie nicht anders zu erwarten, keinen blassen Schimmer hat, wo Oma genau in Norddorf gelebt hat.

Hätte sie es mir nicht selbst erzählt, würde ich mittlerweile daran zweifeln, dass sie wirklich auf der Insel aufgewachsen ist. Aber mein Gefühl sagt mir, dass ich sie dort finden werde. Und daran ist nicht nur das eigenartige Telefonat mit der alten Dame schuld. Oma verbindet mehr mit der Insel als einfach nur die Tatsache, dass sie dort ihre Kindheit und Jugend verlebt hat. Dass sie nie darüber geredet und bisher kein einziges Mal ihre alte Heimat besucht hat, hat einen Grund. Und dass sie ausgerechnet jetzt verschwunden ist, auch.

Ich schmeiße meinen PC an und suche nach einer Unterkunft, zumindest für die erste Nacht. Da momentan keine Schulferien sind, wäre es zwar kein Problem, morgen direkt vor Ort zu mieten, aber mir ist es lieber, wenn ich es jetzt schon klären kann. Dann habe ich wenigstens eine erste Anlaufstelle. Es ist zwar schon halb zehn, aber vielleicht finde ich ein Zimmer, das ich online buchen kann. Auch nach den Fährverbindungen von Dagebüll nach Amrum muss ich mich noch erkundigen. Das Auto werde ich wohl auf dem Festland stehen lassen. Amrum ist nicht groß, dort kann man alles bequem mit dem Fahrrad oder dem Bus erreichen.

Eine halbe Stunde später habe ich alles erledigt. In Norddorf wartet ein Zimmer mit dem hübschen Namen *Heide* in der Pension *Üns Eilun* auf mich. Ich habe es erst einmal für zwei Nächte reserviert. Je nachdem, wie lange ich auf der Insel bleibe, kann ich mir dort vor Ort etwas anderes suchen, falls mir die Unterkunft nicht zusagen sollte. Die Fährverbindungen habe ich samt Routenbeschreibung ausgedruckt. Ich fahre zwar mit Navi, aber falls das mal nicht funktionieren sollte, bin ich wenigstens vorbereitet. Die Strecke führt die letzten Kilometer über Landstraßen, und ich habe keine Lust, mich zu verfahren.

Es ist kurz nach halb elf, ich packe gerade meinen Koffer, als mein Handy klingelt. Doro, denke ich, sie hat jetzt Dienstschluss. Aber es ist meine Mutter, wie ich überrascht feststelle. Ich hatte sie schon fast wieder vergessen.

»Meike, mein Schatz, wie geht es dir? Papa hat mir alles erzählt. Ihr seid ja lustig! Oma verschwindet, aber keiner von euch hält es für nötig, mich darüber zu informieren. Wenn ich heute nicht angerufen hätte, hätte ich es erst erfahren, wenn mein Urlaub vorbei ist. Warum hast du dich denn nicht mal bei mir gemeldet?«

»Ich bin davon ausgegangen, dass Papa es dir gesagt hat.«

»Nein, das hat er nicht, zumindest nicht gleich. Davon mal ganz abgesehen, hat er schon immer zu Opa gehalten. Aber das ist jetzt unwichtig. Wichtig ist, dass Oma endlich den Absprung geschafft hat. Das war längst überfällig. Du musst dir keine Sorgen um sie machen, Meike. Sie kommt ganz sicher klar.«

»Ich mach mir aber Sorgen. Und was soll das denn heißen, dass es längst überfällig war? Was ist denn überhaupt los? Opa rückt nicht mit der Sprache raus, und Papa hat eine Affäre ins Spiel gebracht, die allerdings schon Ewigkeiten her sein soll. Keiner spricht mit mir vernünftig darüber. Ich bin doch kein Kind mehr.«

»Nein, das bist du nicht. Allerdings wäre es Omas Sache gewesen, mit dir darüber zu sprechen – wenn sie es gewollt hätte. Aber wenn Papa sowieso schon geplappert hat … Die Frau hieß Anita, sie hat Oma das Leben zur Hölle gemacht. Auch noch Jahre später, nachdem die Sache zwischen Opa und ihr beendet war.«

»So was in der Art hat Papa auch schon erzählt. Scheint ja eine nette Person gewesen zu sein.«

»Ich hab sie nur einmal gesehen, aber ich kann mich noch ganz genau an sie erinnern. Sagen wir mal … Sie war sehr besitzergreifend, vor allen Dingen aber äußerst manipulativ. Sie hat es geschafft, immer wieder einen Keil zwischen Oma und Opa zu treiben, hat Briefe geschrieben, angerufen … Dann war eine Zeit lang Ruhe, bis plötzlich, nach Monaten oder sogar Jahren, wieder ein Lebenszeichen von ihr auftauchte. Einmal hat sie Oma sogar eine Geburtstagskarte in den Briefkasten gesteckt. Daran erinnere ich mich noch ganz genau. Auf dem Umschlag stand kein Absender, außerdem war er unfrankiert. Das heißt, dass sie die Karte eigenhändig eingeworfen haben muss. Und das, obwohl sie zu der Zeit eigentlich in München wohnte. Ich war dabei, als Oma den Brief geöffnet hat. Darin steckte eine von den grässlichen Karten, bei denen beim Öffnen eine Melodie ertönt. Während das Ding also *Hoch sollst du leben* quietschte, las Oma den Grußtext. Dann warf sie die Karte in den Mülleimer. Ich habe sie gefragt, ob die Karte von Anita sei. Ja, hat sie gesagt, von der Irren. Und dass sie hoffe, dass bald endgültig Schluss damit ist. Und das war dann auch so. Irgendwann hörte es endlich auf, aber alles in allem zog sich die ganze Sache bestimmt an die zehn Jahre hin.«

»Wow, das ist ja krass. Arme Oma, das hat sie nicht verdient.«

»Ja, da hast du wohl recht. Ich glaube, sie hat es nie richtig überwunden, was ich absolut verstehen kann. Und jetzt muss irgendwas passiert sein, was die alten Wunden wieder hat aufbrechen lassen. Es würde mich nicht wundern, wenn diese Anita da wieder ihre Finger im Spiel hat. Sie war ein ganzes Stück jünger als Oma, bestimmt zehn Jahre. Das heißt, sie dürfte heute um die sechzig sein. Zutrauen würde ich es ihr auf jeden Fall.«

»Nach so vielen Jahren? Meinst du? Hat Oma denn irgendwas darüber gesagt?«

»Nicht direkt, aber ich habe sie noch mal besucht, kurz bevor ich geflogen bin. Opa war auch da, und es herrschte eine eisige Stimmung zwischen den beiden, so als hätten sie gerade gestritten. Ich bin nicht lange dageblieben, aber als Oma mich zur Tür gebracht hat, habe ich sie gefragt, ob irgendwas passiert sei. *Ja,* hat sie gesagt, *die Vergangenheit hat mich eingeholt.*«

»Ich weiß nicht«, sage ich. »Irgendwie glaube ich nicht, dass es was mit dieser Frau zu tun hat. So wie es aussieht, ist Oma nach Amrum gefahren. Das würde auch mit der Aussage zusammenpassen, dass die Vergangenheit sie eingeholt hat. Immerhin ist sie dort aufgewachsen.«

»Amrum? Das könnte natürlich sein!«, ruft meine Mutter und klingt plötzlich ganz aufgeregt. »Ich weiß nicht genau, wie lange es her ist, aber es war auf jeden Fall irgendwann gegen Ende des letzten Jahres, da hat eine Frau bei uns angerufen und nach Oma gefragt. Sie hat gesagt, sie sei auf der Suche nach Elisabeth Nickels und eine alte Freundin von ihr. Da sie den Geburtsnamen deiner Oma kannte, bin ich davon ausgegangen, dass das stimmt, und habe ihr die Telefonnummer deiner Großeltern gegeben.«

»Und woher hatte sie unsere Rufnummer? Dann muss sie ja gewusst haben, wie Oma jetzt heißt und hätte gleich bei ihr anrufen können.«

»Deine Großeltern stehen nicht im Telefonbuch, wir aber«, erklärt meine Mutter. »Nach dem Telefonterror, den die irre

Anita veranstaltet hat, haben sie die Nummer geändert und nicht mehr eintragen lassen.«

»Echt? Oh Mann!« Dass ausgerechnet Opa sich so ein doofes Ding geleistet hat, will mir nicht in den Kopf. Er kann froh sein, dass Oma überhaupt mit ihm zusammengeblieben ist. »Weißt du noch, wie die Anruferin hieß?«

»Nein, das ist so lange her. Und du weißt ja, dass ich mir absolut keine Namen merken kann. Allerdings hat sie von Amrum aus angerufen, zumindest habe ich mir das gemerkt.«

»Sagt dir der Name Godei etwas?«, hake ich nach.

»Nein, nichts, warum fragst du?«

Ich erzähle meiner Mutter von dem Telefonat und was sich hier sonst noch alles ereignet hat. »Und deswegen fahre ich jetzt nach Amrum«, beende ich meine Ausführungen.

»Gut!«, sagt meine Mutter. »Nimm auf jeden Fall eine Regenjacke mit, und pack auch ein paar wärmere Sachen ein.«

»Mach ich.«

Sie seufzt am anderen Ende der Leitung. »Da bin ich einmal für ein paar Tage weg, und schon bricht Chaos aus. Unser Rückflug geht am Sonntag. Willst du nicht so lange warten, bis ich wieder da bin? Dann könnten wir gemeinsam fahren. Das wäre doch nett.«

»Heute ist Mittwoch, das sind noch vier Tage …« Ich überlege einen Moment. Der Gedanke, nicht alleine loszumüssen, ist verlockend. Aber möchte ich wirklich mit meiner Mutter fahren? Ich wohne jetzt schon ein paar Wochen wieder zu Hause, aber wir haben bisher nichts gemeinsam unternommen, obwohl wir immer mal wieder geplant haben, wenigstens mal shoppen und danach einen Kaffee trinken zu gehen. Aber dazu ist es nie gekommen. Ein paar Tage gemeinsam auf Amrum wäre eine gute Gelegenheit, bei der wir uns etwas näherkommen könnten. Allerdings möchte ich ungern bis Sonntag warten.

»Eigentlich eine schöne Idee, aber sei mir nicht böse, ich fahre lieber schon morgen«, erkläre ich. »Ich hab sonst keine Ruhe.«

»Quatsch, warum sollte ich böse sein. Meld dich sofort, wenn du Oma gefunden hast. Oder wenn du irgendwie Hilfe brauchst. Wie gesagt, ich bin ab Sonntag wieder im Lande.«

»In Ordnung.«

»Und Meike, was ich dir noch sagen wollte … Ich finde es gut, dass du Oma nachreist. Wir Frauen, wir müssen zusammenhalten!«

7.

Die Fähre schiebt sich behäbig durch die graue Nordsee. Ich habe einen der Liegestühle vor der Fensterfront ergattert, mit direktem Blick auf das Wasser, und lausche der Unterhaltung des Paares, das sich neben mir niedergelassen hat.

»Sauber sieht das Meer hier ja nicht gerade aus«, sagt eine Frauenstimme. »Die Brühe ist total trüb. Ob man hier überhaupt baden kann? Vielleicht hätten wir doch lieber in den Süden fliegen sollen.«

Verstohlen werfe ich einen Blick zur Seite. Die schlanke Frau mit den raspelkurz geschnittenen blonden Haaren, ich schätze sie auf mein Alter, greift nach der Hand ihres Begleiters. »Aber ich bin froh, dass wir wenigstens mal ein paar Tage nur für uns haben.«

»Ich auch, mein Hase.«

Die Antwort des Mannes erinnert mich an Tom. So hat er mich auch oft genannt, sogar der Tonfall klang ähnlich. Optisch hat er mit ihm jedoch rein gar nichts zu tun. Der Kerl neben der hübschen Blondine hat schwarzes Haar, dazu ist er relativ breit gebaut, fast massig. Auch im Liegen ist sein Bierbauch nicht zu übersehen. Ein ungleiches Paar, denke ich, da lächelt mir die Frau plötzlich zu. Meine Inspektion ist ihr wohl aufgefallen.

»Kennen Sie sich zufällig aus auf den Inseln hier?«, fragt sie mich. »Wir machen Inselhopping. Zuerst geht's drei Tage nach Föhr, dann nach Amrum und zum Schluss noch nach Sylt.«

»Nein, nicht wirklich. Sylt kenne ich gar nicht. Ich war zwar schon mal für eine Woche auf Föhr, aber da war ich erst vierzehn. Ich kann mich kaum daran erinnern.« Davon mal ganz abgesehen, habe ich zwei Tage davon im Krankenhaus verbracht, aber das behalte ich für mich.

»Von Föhr aus haben wir einen Tagesausflug über das Watt nach Amrum unternommen. Eigentlich eine schöne Sache, aber wie gesagt, ich war ein Teenager, und damals fand ich es einfach nur anstrengend. Aber die Strände sind sehr schön ...« Dass ich gelauscht habe, ist mir etwas unangenehm, auf der anderen Seite war das Gespräch zwischen den beiden nicht zu überhören. »Ich habe zufällig gehört, was Sie über die Farbe der Nordsee gesagt haben ... Das Wasser ist nicht wirklich schmutzig, das sieht nur so aus, weil die See relativ flach ist und der Sand dadurch leichter aufgewühlt wird als in den tiefen Gewässern des Mittelmeeres oder gar der Ozeane. Außerdem ist die Nordsee sehr nährstoffreich und voller Plankton. Und wenn sich die Sonne in den Schwebstoffen spiegelt, wirkt das Wasser oft trüb. Aber es ist sauber, und man kann auf den Inseln normalerweise herrlich schwimmen gehen. Allerdings wird die Wassertemperatur jetzt noch relativ niedrig sein.«

»Freiwillig geh ich da eh nicht rein«, sagt die Frau. »Mir wird schon bei dem Anblick kalt. Und das mit den Schwebstoffen wusste ich nicht. Da habe ich ja wieder mal was dazugelernt.« Sie dreht sich zu ihrem Begleiter um. »Hast du das gehört, Mucki? Zum Baden ist es auf jeden Fall zu kalt.«

Mucki richtet sich aus seinem Liegestuhl auf. Strahlend blaue Augen blitzen mich schelmisch an. Wow, denke ich, der Typ hat wider Erwartung Ausstrahlung.

»Sie würde auch bei einer Badetemperatur von fünfundzwanzig Grad keinen Fuß ins Wasser setzen, zumindest nicht freiwillig!« Er lacht.

»Wage es nicht! Komm nicht mal ansatzweise auf den Gedanken, sonst …« Die Frau boxt ihm in die Seite.

Ob die beiden verheiratet sind?, frage ich mich. Zumindest tragen sie einen Ring. Ich verfolge noch einen kurzen Augenblick ihre liebevollen Neckereien und schicke Tom dabei gedanklich auf den Mond. Ich weiß, dass ich noch etwas Zeit brauche, um ihn zu vergessen und wirklich darüber hinwegzukommen. Und auch, dass meine Mutter recht hat und ich mich irgendwann wieder verlieben werde. Aber gerade jetzt im Moment fehlt er mir. Oder ist es eher das Gefühl, alleine zu sein, das mir zu schaffen macht? Ich bin noch nie ohne Begleitung verreist. Aber ich mache ja auch keinen Urlaub, ich bin detektivisch unterwegs! Und ich hoffe, Oma auf Amrum zu finden.

Das Paar neben mir unterhält sich jetzt leise, aber unsere Stühle stehen so dicht beisammen, dass ich trotzdem noch jedes Wort mitbekomme. Sie überlegen, wo sie im Spätsommer ihren nächsten Urlaub verbringen werden, ob sie wieder auf die Kanaren fliegen, und wenn ja, auf welche der Inseln. Teneriffa kenne ich, da war ich schon mal, mit Oma. Sie wollte eigentlich mit Opa verreisen, aber er hatte keine Zeit. Doch während des Urlaubs habe ich begriffen, dass Opas plötzlicher Zeitmangel nur ein Schachzug war und Oma von Anfang an mit mir alleine fliegen wollte. Ich war damals achtzehn, und seit dem Föhrurlaub mit meinen Eltern war ich nie wieder am Meer gewesen. Oma dachte, ich habe Angst davor. Deswegen hat sie ein Hotel direkt am Strand gebucht, Meerblick inklusive. Aber zu dem Zeitpunkt war ich durch das Training im Schwimmverein bereits eine sehr gute Schwimmerin. Und es war nicht das Wasser, wovor ich Angst hatte.

Ich werfe einen Blick auf die endlos wirkende Nordsee. Mich fröstelt auf einmal, als ich daran denke, dass ich beinahe einmal darin ertrunken wäre. Damals haben mich während eines Ausflugs auf einem Boot drei Typen derart bedrängt, dass ich völlig panisch ins Wasser gesprungen bin, um an Land zu schwimmen. Und dann ließen irgendwann meine Kräfte nach. Hätte mich nicht ein Surfer entdeckt, wäre ich wahrscheinlich jetzt nicht mehr am Leben. Aber letztendlich ist alles noch mal gut gegangen. Bis auf die zwei Nächte, die ich zur Beobachtung im Krankenhaus verbracht habe, hat meine Schwimmeinlage keine weiteren Folgen gehabt, zumindest keine körperlichen.

Wie sagt meine Oma immer so schön? Was uns nicht umbringt, macht uns stärker. Außerdem war ich zu dem Zeitpunkt fast noch ein Kind, heute bin ich eine erwachsene Frau. Was mir damals passiert ist, wird nie wieder geschehen, habe ich mir vorgenommen. Weil ich mich schlicht nicht mehr in eine solche Situation begeben würde – und weil ich mich wehren könnte, falls ich doch noch mal unfreiwillig hineingeraten würde.

Laute Kinderstimmen reißen mich aus meinen Gedanken. Ein paar Jungs vertreiben sich die Fahrtzeit mit Versteckspielen, und einer von ihnen hat sich nur ein paar Zentimeter von mir entfernt flach auf den Bauch gelegt und sieht mich verschwörerisch an. Doch es dauert nicht lange, bis er entdeckt wird und sich schimpfend aufrappelt.

Ich werfe einen Blick auf die Uhr, wir haben halb vier. Die Fähre ist wegen des Niedrigwassers etwas zu spät abgefahren und wird auch länger brauchen, bis sie in Wittdün auf Amrum anlegt, also bleiben mir gut zwei Stunden, die ich mir mit meiner Reiselektüre vertreiben will. Ich hole das Buch aus meinem Rucksack, setze mir Kopfhörer auf die Ohren und suche in meinem Smartphone nach der passenden Musik, die mich beim Lesen begleiten soll. Bin ich alleine, mag ich es am liebsten ganz still, wenn ich zu einem guten Buch greife. Aber wenn es um mich herum unruhig ist, leisten die Kopfhörer gute Dienste, besonders seitdem ich wieder zu Hause wohne. Meine Mutter kann mit Stille nämlich überhaupt nichts anfangen. Ihre erste Tat am Morgen ist das Einschalten des Radios. Es läuft den ganzen Tag, auch wenn sie mal aus dem Haus geht. Außerdem telefoniert sie sehr oft – und laut – meistens mit einer ihrer Freundinnen.

Mein Zimmer befindet sich zwar im Souterrain, aber die Wände sind dünn, und ich bekomme von oben alles mit. Zudem steht mein Bett direkt an der Wand, die an den Haushaltsraum grenzt. Dort geben die altersschwache Waschmaschine und das monotone Surren des Trockners ihr Bestes. Früher hat mich diese Geräuschkulisse nicht gestört, heute treibt sie mich fast in den Wahnsinn. Deswegen ist meine Musiksammlung in den letzten Wochen ständig angewachsen. Ich habe mir einen Spaß daraus gemacht, für jedes Buch das passende Lied oder zumindest eine Musikrichtung zu finden.

Der Roman, den ich gerade in der Hand halte und von dem Doro gesprochen hat, spielt in der Bretagne. Ich war noch nie an der französischen Küste, obwohl ich, gleich nachdem ich das Buch das erste Mal gelesen hatte, unbedingt dorthin wollte. Bretonische Musik hat keltische Wurzeln. Dazu fällt mir spontan die Sängerin Nolwenn Leroy ein, die den Titelsong zu *Die Wanderhure* gesungen hat. Den Film habe ich gemeinsam mit Doro gesehen – während Tom Corinna tröstete, die zu diesem Zeitpunkt Stress mit ihrem Freund hatte. Daran, dass sie jetzt meinen Freund hat, möchte ich momentan allerdings nicht weiter erinnert werden. Also entscheide ich mich gegen Nolwenn und für Van Morrison. Der kommt zwar aus Irland, aber seine weich klingende Musik passt eigentlich zu jedem Buch, und Tom bringe ich nicht mit ihm in Verbindung. Er hatte einen ganz anderen Musikgeschmack, mochte lieber Elektro oder Hip-Hop.

Während die ersten Klänge von *Into the mystic* mein Ohr erreichen, mache ich mich an die Geschichte von *Salz auf unserer Haut*, die meiner Meinung nach mit einem der schönsten ersten Sätze beginnt, die ein Buch überhaupt haben kann: »*Ich war achtzehn, als Gauvin in mein Herz und für immer in mein Leben getreten ist …*«

Als eine Zeit später ein Ruck durch die Fähre geht, schaue ich überrascht auf. Wir sind auf Föhr angekommen, der Zwischenstation, bevor es weiter nach Amrum geht. Ich habe mich so in die Liebesgeschichte zwischen der Pariserin George und dem bretonischen Fischer Gauvin vertieft, dass ich gar nicht bemerkt habe, wie sich das Deck geleert hat. Das Pärchen, das gerade noch neben mir saß, steht bereits in der Warteschlange vor dem Ausgang, wie ich mit einem Blick nach unten erkennen kann. Wenn ich ein gutes Buch lese, vergesse ich alles um mich herum, dann bekomme ich nicht mit, was in nächster Nähe passiert. Ich habe es sogar schon mal geschafft, wegen eines spannenden Buches einen Zug zu verpassen. Und das, obwohl ich auf einer Bank am richtigen Bahngleis wartete. Ich war zwanzig Minuten zu früh da, vertiefte mich in die Zeilen, und als ich wieder aufblickte, sah ich nur noch die Rücklichter. Ich hatte weder die Ankunft noch die Abfahrt des Zuges oder die Lautsprecheransage mitbekommen. Also musste ich eine ganze Stunde auf den nächsten Zug warten.

Die Tür öffnet sich, und die Menschen strömen nach draußen. Ich kann mich kaum an den Urlaub auf Föhr erinnern, das ist immerhin knapp zwanzig Jahre her. In erster Linie verbinde ich die Insel mit meinem Krankenhausaufenthalt. Und mit dem Übergriff der aufdringlichen Jungs, die mich zu der Bootsfahrt überredet hatten, die ganz anders verlief, als ich es mir erhofft hatte. Einer von ihnen hielt mich fest, während der andere seine Hand unter meinen Rock in den Slip schob … Heute würde ich die ganze Angelegenheit mit einem gezielten Tritt erledigen, aber damals war ich wie gelähmt, unfähig, mich zu wehren. Ich hatte einfach nur Angst und sah erschrocken in ihre Gesichter … Scheiß Typen, denke ich und rappele mich in meinem Liegestuhl auf.

Alle Föhrurlauber sind mittlerweile vom Schiff verschwunden, und ein paar wenige neue Passagiere kommen an Bord, um weiter nach Amrum zu fahren. Ein Mann und ein etwa vierzehnjähriges Mädchen kommen in meine Nähe, allem Anschein nach Vater und Tochter. Beide haben rötlich blondes Haar und sind sehr groß, der Mann ganz sicher über einen Meter neunzig, und das schlanke Mädchen ist bestimmt eins achtzig. Mit ihren langen Beinen hat sie definitiv Modelmaße. Sie scheinen eine Meinungsverschiedenheit gehabt zu haben, denn das Mädchen sitzt mit überkreuzten Armen vor der Brust da, nagt an ihrer Unterlippe und sieht trotzig zur Seite, obwohl ihr Vater vor ihr steht und auf sie einredet.

Einen kurzen Augenblick denke ich darüber nach, die Musik etwas leiser zu stellen. Irgendwie interessiert mich, über was der Mann da gerade einen Vortrag hält. Es ist das Tattoo auf seinem linken Oberarm, das mich neugierig macht. Es blitzt unter dem Ärmel des grauen T-Shirts hervor, das sich eng um seinen gut definierten Körper spannt. Die tätowierte filigrane Elfe passt so gar nicht zu dem ansonsten eher robust wirkenden Mann, den ich auf ungefähr Ende dreißig schätze. Unter dem Tattoo steht etwas geschrieben, es sieht ganz nach einem Namen und einem Datum aus. Genau entziffern kann ich es nicht, der Blickwinkel passt nicht richtig. Da zuckt er mit den Schultern, lässt sich auf einem der Liegestühle nieder und schließt die Augen. Das Mädchen zieht eine Grimasse.

Als ich das sehe, muss ich lachen – und ernte dafür einen grimmigen Blick von ihr. Genau in dem Moment ist das Lied zu Ende.

»Ach, komm schon, Ylvie«, höre ich den Vater, und ich muss schmunzeln, weil ich an *Wickie und die starken Männer* denke. »Du willst immer, dass man dich wie eine Erwachsene behandelt, dann verhalte dich auch so.«

Doro und ich haben uns früher gerne gemeinsam die alte Fernsehserie angesehen, wobei wir uns stundenlang den Kopf darüber zerbrochen haben, ob Wickie tatsächlich ein Junge – und ob Ylvie Wickies Schwester, Freundin oder Cousine ist.

»Hat dir schon mal jemand gesagt, dass du nervst?«, kontert Ylvie.

Ich werfe ihr einen verstohlenen Blick zu. Rein optisch gesehen passt der Name zu dem Mädchen. Das füllige blonde Haar mit dem leichten Rotstich, das weit bis über ihre Schultern fällt, die helle Haut und die zarten Sommersprossen lassen sie fast nordisch wirken. Auf jeden Fall aber ist sie bildschön, auch wenn sie weiterhin einen trotzigen Blick aufsetzt und stoisch auf die Nordsee sieht.

Als ich in ihrem Alter war, hätte ich alles dafür gegeben, wenn ich auch nur ansatzweise so ausgesehen hätte wie sie. Und auch für ihr trotziges Verhalten ihrem Vater gegenüber hätte ich sie bewundert. Das hätte ich mich damals nie getraut. Ich war eher schüchtern, schämte mich für meine feste Zahnspange und die vielen Kilos, die ich mit mir herumschleppte. Oma war schuld an meiner rundlichen Figur, das behauptete zumindest meine Mutter oft. Immerhin bin ich weitestgehend bei Oma aufgewachsen, habe bei ihr zu Mittag gegessen und oft auch zu Abend. Oma war auch dafür verantwortlich, dass ich meine Zeit lieber in der Bibliothek und mit Büchern verbracht habe anstatt mit Freundinnen draußen vor der Tür. Und dann hat sie mir auch noch Kochen und Backen beigebracht. All das führte wohl dazu, dass ich in jungen Jahren ordentlich Hüftspeck ansetzte. Dabei aß ich bei Oma gar nicht viel. Es waren eher die heimlichen Naschereien, die mich auseinandergehen ließen. Ich hatte schon damals ein Faible für Schokolade. Oma war diejenige, die mich dann regelrecht dazu gezwungen hat, in den Schwimmverein einzutreten. Dafür bin ich noch heute dankbar, denn dort habe ich Doro kennengelernt, die auf meiner Schule in die Parallelklasse ging. Bis zu dem Moment hatte ich noch nie ein Wort mit ihr gesprochen, aber ich hatte sie schon häufiger auf dem Schulhof beobachtet und war schlichtweg begeistert von ihrer Art. Sie hat sich nichts gefallen lassen, von niemand.

Als ich in der Umkleidekabine auf sie traf, tat ich so, als würde ich sie nicht erkennen, aber umgekehrt war das nicht der Fall. »Du gehst doch in die 8a«, hat sie gesagt. Und auf mein Nicken hin reagierte sie mit einem Lächeln. »Du Arme, dann bist du ja mit den blöden eingebildeten Puten in einer Klasse. Ich meine die Törtchen, die in der Pause immer im Klo vor dem Spiegel rumhängen, um sich die Nasen zu pudern. Die gehen ja gar nicht!« Doro sprach mir aus der Seele. Ich war überglücklich, als sie sich am nächsten Tag wie selbstverständlich auf dem Schulhof zu mir gesellte. Und auch am nächsten und übernächsten Tag … Wir wurden unzertrennlich. Doro ist der Mensch, dem ich auch heute noch meine skurrilsten Gedanken anvertrauen kann.

Als sie nach drei Jahren mit dem Schwimmen aufhörte, weil sie unbedingt Judo lernen wollte, musste sie mich gar nicht groß davon überzeugen, sie zu ihrem ersten Training zu begleiten. Ich habe sofort zugesagt – und mich dann auch angemeldet. Dass ich gelernt habe, mich selbst zu verteidigen, hat mir eine gehörige Portion Selbstvertrauen eingebracht. Eigentlich schade, dass ich mit beiden Sportarten aufgehört habe, nachdem ich mit Tom zusammengezogen bin. Unabhängig davon, dass ich auch deswegen wieder kontinuierlich an Gewicht zugelegt habe, hat mir das Training in der Gruppe doch sehr viel Spaß gemacht. Aber erst seitdem ich erneut in Oberhausen wohne, habe ich zumindest mit dem Schwimmen wieder angefangen. Jeden Sonntag treffe ich mich mit Doro in der Schwimmhalle. Und wenn ich es schaffe, gehe ich zusätzlich zweimal die Woche alleine, ganz früh am Morgen, bevor der allgemeine Betrieb losgeht.

Ich wende mich wieder meinem Buch zu, aber schon nach kurzer Zeit merke ich, dass ich mich nicht mehr auf George und Gauvin einlassen kann. Mir schwirren viel zu viele Gedanken auf einmal im Kopf herum, und immer wieder ende ich bei Tom. Ich verstehe einfach nicht, warum er nicht ehrlich zu mir war und die Beziehung gleich beendet hat, nachdem das mit Corinna passiert ist … Ich klappe das Buch zu und lege es auf meinen Bauch, die Hände darüber gefaltet. Aus meinen Kopfhörern ertönt die warme angenehme Stimme Van Morrisons.

These are the days of the endless summer. These are the days, the time is now. There is no past, there's only future …

Ich schließe die Augen und nehme mir fest vor, nach vorne zu schauen und im Jetzt zu leben. Aber ich weiß, dass das nicht einfach sein wird. Die Vergangenheit holt uns letztendlich doch wieder ein, so wie das bei Oma auch geschehen ist. Sie ist auf Amrum aufgewachsen, und jetzt ist sie wieder dort. Zumindest gehe ich davon aus. Aber was, wenn ich mich täusche? Wenn sie sich gar nicht auf Amrum aufhält?

8.

Etwas Schweres liegt auf meiner Schulter. Ich blinzele mit den Augen und nehme unscharf die Konturen eines kantigen männlichen Gesichts wahr, das mich von oben herab anstarrt. »Amrum.«

Sofort bin ich hellwach. Es ist die Stimme des rotblonden Wikingers, die ich gerade vernommen habe. Und es ist seine große Hand, die auf meiner Schulter lastet. Er zieht sie zurück, als ich die Kopfhörer herunternehme. Ich bin eingeschlafen, und zwar so tief und fest, dass ich nicht mitbekommen habe, dass die Fähre auf der Insel angelegt hat und die Passagiere sich langsam zum Ausgang bewegen.

»Danke! Vielleicht hätte ich die Musik doch lauter stellen sollen …« Ich greife nach meinem Rucksack, dabei rutscht mir das Buch auf den Boden.

Wir bücken uns gleichzeitig und knallen mit den Köpfen so fest aneinander, dass ich augenblicklich wieder auf dem Stuhl lande.

»Oh Mann«, entfährt es mir, »warum müsst ihr Kerle auch so harte Schädel haben?«

Der Wikinger streckt mir die Hand entgegen, um mir aufzuhelfen. Sie fühlt sich hart und schwielig an. Mein Blick fällt auf den Ring an seinem Finger.

»Geht's?«, fragt er, als ich zugreife und er mich hochzieht.

»Ja. Und bei Ihnen?«

Er nickt wieder und sieht mich mit seinen hellen Augen eindringlich an. Durch seine buschig rotblonden Brauen, durch die sich auch einige sehr helle Härchen ziehen, wirkt er fast grimmig. Seine Haut ist tief gebräunt bis auf die feine weiße Linie der Stirnfalte, die sich tief in seine Haut gegraben hat. Unter seinem linken Auge zeichnet sich eine kleine Narbe ab. Ob er sie sich bei einer Prügelei zugezogen hat? Das würde irgendwie passen, überlege ich, als plötzlich Ylvie sich dazwischendrängt und ihren Vater vorwurfsvoll ansieht.

»Kommst du?« Ihr genervter Tonfall ist nicht zu überhören. Sie hebt das Buch, das immer noch auf dem Boden liegt, auf und drückt es mir in die Hand, ohne mich dabei eines Blickes zu würdigen. »Oder willst du vielleicht mit der Fähre direkt wieder zurückfahren? Keine schlechte Idee übrigens, wenn du mich fragst.« Mit diesen Worten dreht sie sich um und geht strammen Schrittes auf den Ausgang zu.

Der Wikinger zuckt mit den Schultern. Er macht keinerlei Anstalten, ihr zu folgen. Stattdessen fixiert er mich weiter, so als würde er auf irgendetwas warten, als hätte er mir eine Frage gestellt, auf die er bisher keine Antwort erhalten hat.

Habe ich irgendwas überhört? Hat der Zusammenprall vielleicht meinen Hörsinn lahmgelegt? Nein, so schlimm war es auch wieder nicht. Mir liegt auf der Zunge, einfach zu fragen, warum er mich so eindringlich ansieht, aber ich verkneife es mir. Stress hatte ich in der letzten Zeit genug, ich möchte einfach nur in Ruhe auf Amrum ankommen.

»Na dann«, sage ich und verstaue das Buch in meinem Rucksack. »Die Insel wartet.«

»Wenn Ihnen im Lauf des Tages schwindelig wird oder Sie starke Kopfschmerzen bekommen, dann gehen Sie auf jeden Fall sofort zum Arzt.«

Ah, er kann also doch in ganzen Sätzen sprechen. Wenn wir allerdings noch lange hier herumstehen, bringt uns die Fähre am Ende tatsächlich wieder zurück ans Festland. Aber ich möchte nicht unhöflich sein, denn immerhin scheint er sich Sorgen zu machen.

Vorsichtig betaste ich meine Stirn. Eine kleine Beule wird mir der Zusammenstoß ganz sicher einbringen, aber das ist nicht weiter tragisch.

»Mit einer Gehirnerschütterung ist nicht zu spaßen«, fügt er hinzu und rührt sich keinen Zentimeter.

»Ja, ich weiß.« Langsam wird mir die Situation etwas unangenehm. Ich zeige an ihm vorbei auf die Tür, durch die gerade die letzten Passagiere verschwinden. »Wir sollten jetzt wohl besser gehen.«

Der blonde Hüne greift, ohne ein weiteres Wort zu verlieren, nach meinem Koffer.

»Er hat Rollen«, protestiere ich. »Das bekomme ich auch alleine hin«, aber das interessiert ihn nicht. Schweigend trägt er das Teil die Treppen hinunter, als wäre es ein leichtes Handgepäck.

Das nennt man dann wohl nordischen Charme, denke ich und laufe hinter ihm her.

Als wir über die Landungsbrücke gehen und ich wieder festen Boden unter den Füßen spüre, ertönt eine dunkle Stimme vom Schiff herunter. »Barne? *Teew ans gans*!«

»*Wat as luas*?«, ruft er zurück.

Das hört sich eindeutig nach Friesisch an, wahrscheinlich sogar öömrang. Der Mann, der gerade meinen Koffer von Bord getragen hat, scheint also hier von der Insel zu sein. Und sein Name ist Barne.

Ich folge seinem Blick. Es ist der Kapitän, der nun »*Kkemm huuch*!« zurückschmettert. Dafür spricht zumindest sein weißes, kurzärmeliges Hemd mit dem runden Emblem in Brusthöhe.

»*Jo*!«, brüllt Barne zurück, und ich habe das Gefühl, dass sich nicht nur seine Sprache von Hochdeutsch nach öömrang, sondern auch der Tonfall seiner Stimme gewandelt hat. Sie klingt wesentlich tiefer, was sicher nicht nur an der Lautstärke liegt, in der die beiden Männer miteinander kommunizieren. Da wendet Barne sich an mich.

»Ich muss noch mal an Bord. Dauert nicht lange. Ich bin gleich wieder zurück, dann nehme ich Sie mit dem Wagen mit. Wo müssen Sie denn hin?«

Ich schaue ein paar Meter weiter die Straße hinauf, wo der Bus steht, der nach und nach die Passagiere aus der Fähre aufnimmt. Im Internet habe ich gelesen, dass es nur eine Buslinie gibt, die längs über die gesamte Insel führt. Meine Haltestelle ist die vorletzte. Ich muss in *Norddorf, Sturmmöwe* aussteigen. Und das werde ich auch machen. Ich fahre ganz bestimmt nicht mit dem kauzigen Typen und seiner halbwüchsigen, launischen Tochter mit.

»Das ist nett, aber ich nehme den Bus«, erkläre ich. »Meine Pension ist ganz in der Nähe der Haltestelle. Das passt schon.« Aus den Augenwinkeln beobachte ich, wie der Inselbus immer voller wird. Jetzt ist Eile angesagt, wenn ich ihn nicht verpassen will. »Danke noch mal fürs Wecken.« Ich schnappe mir meinen Koffer. »Und fürs Schleppen.«

Der Typ nickt mir zu, und ich mache mich auf den Weg zur Haltestelle. Die letzten Meter lege ich im Laufschritt zurück. Ich steige in den Bus und krame gerade die zwei Euro vierzig für die Fahrkarte aus der Tasche, als ich plötzlich jemanden sagen höre: »Wenn Sie gerne Van Morrison hören, sollten Sie unbedingt mal einen Abstecher in die *Blaue Maus* machen, am besten montags, da ist *Maustag* bei den Insulanern.«

Die Busfahrerin nimmt die Münzen und grinst an mir vorbei. »Moin, Barne«, sagt sie und gibt mir das Ticket. Dann startet sie den Motor. »Tut mir leid, ich muss los. Bin schon spät dran.«

Als ich mich umdrehe und noch einmal in die hellen Augen unter den buschigen Brauen schaue, geht auch schon die Tür zu. Wikinger Barne vergräbt seine Hände in den Hosentaschen und zuckt mit den Schultern, als der Bus auch schon anrollt.

»Blaue Maus?«, frage ich die Busfahrerin.

»Die beste Whiskybar Deutschlands«, erklärt sie und schaut in den Rückspiegel. »Die vierte Haltestelle, knapp fünf Minuten von hier entfernt.«

Der Bus ist brechend voll, ich bleibe vorne im Mittelgang stehen und stütze mich auf meinem Koffer ab. Vom Fähranleger aus fahren wir in Richtung Wittdün. Mit einem letzten Blick zurück sehe ich Ylvie, die mit dem Handy am Ohr über die Straße geht. Sie hat also nicht auf ihren Vater gewartet und ist lieber allein losgezogen.

Wir fahren die Hauptstraße von Wittdün entlang, an kleinen Cafés, Restaurants und einer Buchhandlung vorbei, der ich ganz sicher einen Besuch abstatten werde. Für Lesefutter ist also gesorgt, wenn ich meine Reiselektüre ausgelesen habe. Meinen Kindle habe ich zu Hause gelassen, der ist zwar sehr praktisch, aber ich nutze ihn in der Regel nur für berufliche Zwecke. Zumindest in der Beziehung bin ich sehr altmodisch. Ich mag bedrucktes Papier und das leise Rascheln, das es beim Umblättern erzeugt.

Als wir aus dem Ort fahren, legt die Busfahrerin ein erstaunliches Tempo auf der relativ schmalen Straße vor, sodass ich ein paarmal zusammenzucke, als uns ein Auto entgegenkommt und wir meiner Meinung nach gefährlich nah am Straßenrand entlangbrausen. Und dann landen wir tatsächlich für ein paar Sekunden lang auf dem holprigen Schotterweg, sodass ich ordentlich durchgerüttelt werde und mich mit beiden Händen festhalten muss. Bei dieser Gelegenheit macht sich mein Koffer selbstständig. Er rollt langsam auf eine grauhaarige Dame zu, die mit dem Rücken zu mir steht und nach draußen schaut.

»Achtung!«, rufe ich, aber es ist schon zu spät. Mein Gepäck landet unsanft in ihren Kniekehlen.

»Oh, das tut mir aber leid!« Ich sprinte zu ihr, um noch Schlimmeres zu verhindern.

Die Frau dreht sich zu mir um, und ich bin einen kurzen Moment überrascht, als ich die Ähnlichkeit zwischen ihr und Oma erkenne. Fast könnte man meinen, Omas Schwester stünde vor mir. Sie hat ein ebenso fein geschnittenes Gesicht, ähnlich geschwungene Lippen … Allerdings hat Oma keine Schwester, sondern nur zwei Brüder. Aber zu ihnen hat sie schon lange keinen Kontakt mehr, sie sind vor vielen, vielen Jahren nach Amerika ausgewandert. Die Ähnlichkeit jedoch ist verblüffend, ich starre die Frau mit offenem Mund an.

Sie zieht die Augenbrauen hoch, lächelt aber. Zum Glück

scheint ihr nichts passiert zu sein. »Keine Sorge, junge Dame. Es sind schon stärkere Geschütze nötig, um mich umzuwerfen.«

Den unverkennbaren bayrischen Akzent erkenne ich sofort. Sie kommt ganz sicher nicht hier von der Insel. Außerdem ist sie mit einer größeren Gruppe unterwegs, wie ich nur kurz darauf feststelle.

Wir halten am *Badeland,* und sie verlässt mit mehreren gut gelaunten Damen den Bus. Nachdenklich schaue ich ihr hinterher. Ich hoffe wirklich, Oma hier zu finden. Aber wenn ich ehrlich bin, habe ich noch keinen vernünftigen Plan, wie ich das anstellen soll. Ich kann ja schlecht von Haus zu Haus gehen und nach ihr fragen. Oder doch?

Der Bus setzt sich wieder in Bewegung. Es sind einige Plätze frei geworden, aber ich bleibe am Fenster stehen und lasse die Dünen an mir vorbeiziehen. Hinter ihnen liegt das Meer … Der Mann von der Fähre fällt mir wieder ein, Barne. Er scheint ja hier auf der Insel zu leben. Wenn er nicht so unsympathisch gewesen wäre, hätte ich ihn vielleicht gefragt, ob er mir helfen kann. Oder zumindest, ob er vielleicht eine Idee hat, wo ich am besten mit der Suche anfangen könnte.

»Nächste Haltestelle *Blaue Maus*«, kündigt prompt die Busfahrerin an.

Gespannt schaue ich nach draußen und entdecke das große, rot geklinkerte Haus mit dem Reetdach, das etwas zurückversetzt zur Straße liegt. Auf dem weißen Schild über dem Eingangstor steht in blauen Buchstaben der Name der Bar geschrieben. Die Wein trinkende blaue Maus auf dem runden Schild an der Häuserwand scheint das Markenzeichen der Kneipe zu sein. Mit ihrem weißrot karierten Pulli und dem Leuchtturm im Hintergrund erinnert sie mich ein bisschen an Käpt'n Blaubär. »Freitags ist Maustag«, hat Barne gesagt. Ob das etwa eine Einladung war? Nein, unmöglich. Es war wahrscheinlich schlicht ein Tipp, weil ich anscheinend Musik höre, die dort gespielt wird.

Der Bus fährt am Zeltplatz und am Leuchtturm vorbei. Wir stoppen in Süddorf und an mehreren Haltestellen in Nebel. Als wir in Norddorf ankommen, ist der Bus schon fast leer. Ich bin die Einzige, die bei der *Sturmmöwe* aussteigt. Wir haben halb sieben, ich bin jetzt seit über zehn Stunden unterwegs. Obwohl ich auf der Fähre etwas geschlafen habe, fühle ich mich auf einmal schlapp und müde. Zudem brummt mein Kopf jetzt wirklich ein bisschen. Ich hoffe, dass die Ursache dafür die lange Autofahrt und der Stress der letzten Tage ist und nicht etwa der unsanfte Zusammenprall mit dem blonden Hünen. Wenn alle Leute hier so charmant sind wie er, werde ich zusehen, dass ich schleunigst wieder von hier verschwinde. Man sagt den Norddeutschen ja tendenziell eher Verschlossenheit und Reserviertheit nach … Aber erst einmal muss ich zusehen, dass ich etwas über Omas Verbleib herausfinde.

Ich greife zum Handy und wähle die Nummer der alten Dame. »Bitte geh ran«, murmele ich, aber mein Wunsch bleibt unerfüllt. Es ist nur das Freizeichen, das ich zu hören bekomme. Enttäuscht stecke ich das Telefon wieder ein und ziehe meinen Koffer über das Kopfsteinpflaster zur Pension, die zum Glück nur wenige Meter von der Bushaltestelle entfernt ist. *Üs Eilun* bedeutet »Unsere Insel«, so viel habe ich im Internet schon herausgefunden.

Als ich das Gartentor öffne, geht schon die Haustür auf. Eine etwa fünfzigjährige Frau mit kurzen schwarzen Haaren kommt mir entgegen. Sie scheint schon auf mich gewartet zu haben.

»Frau Ritter, herzlich willkommen in *Üs Eilun.*« Sie breitet lächelnd ihre Arme aus, so als würde sie mich umarmen wollen, hält aber kurz vor mir inne und greift stattdessen nach meiner Hand, die sie einen Moment lang festhält. »Schön, dass Sie da sind. Ich bin Suzanna. Der Eingang zu Ihrem Zimmer befindet sich im Anbau hinter dem Haus. Hatten Sie eine gute Überfahrt?« Meine Vermieterin dreht sich um und geht vor mir her. Sie hat einen drolligen Akzent, denke ich. Suzanna zeigt mir eine Getränkestation im Eingangsbereich, die von den Gästen genutzt werden kann. Auf einem Tisch steht ein Wasserkocher, einige Tassen, verschiedene Teesorten, eine Thermoskanne mit Kaffee, Zucker, Honig. »Im Kühlschrank sind Saft, Wasser und Milch. Schmeißen Sie einfach ein paar Cent in das kleine Körbchen hier, wenn Sie sich bedient haben. Das machen alle Gäste so, und es hat bisher immer gut geklappt.«

»Okay, danke.« Ich schiele in das Körbchen, in dem sich schon einige Eurostücke angehäuft haben. Die unkomplizierte Zahlungsmethode und die Selbstbedienung gefallen mir. Zumal ich seit der Autofahrt nichts mehr getrunken habe, was mir jetzt erst auffällt. Einer meiner Schwachpunkte, was meine Ernährung angeht. Ich nehme zu wenig Flüssigkeit zu mir, manchmal vergesse ich es schlicht. Vielleicht habe ich genau deswegen auch Kopfschmerzen bekommen.

Mein Zimmer, das *Heide,* befindet sich unter dem Dach, eine schmale Treppe führt dorthin. Die Decken sind so niedrig, dass ich an manchen Stellen gerade so aufrecht stehen kann. Für größere Menschen wäre dieser Raum eindeutig ungeeignet. Ein Mann wie Barne oder mein Vater würde sich ständig den Kopf stoßen. Aber es sieht sehr gemütlich aus. Eine der Wände ist dem Namen entsprechend in einem kräftigen Rosalilaton gestrichen. Die weißen Möbel wirken mit ihren geschwungenen Ornamenten wie Barockmöbel. Auf dem kleinen Couchtisch steht eine flache Schale mit rosafarbenen Bonbons, daneben eine kleine weiße Vase mit ein paar zartgrünen Gräsern. Durch die Dachschrägen und die verspielte Einrichtung wirkt meine Unterkunft fast wie ein Prinzessinnenzimmer.

»Kann ich noch irgendetwas für Sie tun? Brauchen Sie Inselpläne oder vielleicht einen Veranstaltungskalender? Es ist zwar noch keine Saison, aber ein bisschen was unternehmen kann man hier immer.«

»Danke, ich packe erst einmal aus. Oder doch, eine Frage hätte ich noch …« Ich lege meinen Rucksack aufs Bett. Warum sollte ich nicht gleich mit meiner Suche anfangen? »Kennen Sie zufällig eine Frau Godei? Eine ältere Dame hier auf Amrum, vermutlich aus Norddorf, aber ganz sicher bin ich mir nicht. Sie könnte auch in Nebel oder woanders auf der Insel wohnen.«

»Nein, das tut mir leid. Ich bin erst vor zwei Jahren auf die Insel übergesiedelt und kenne nicht alle Bewohner hier.«

»Sie sind aus der Schweiz, nicht wahr?«, frage ich.

Meine Vermieterin nickt. »Aus Zürich. Wenn Sie Fragen hier zur Insel haben, sollten Sie sich besser an einen der alteingesessenen Insulaner wenden. Die kennen alles und jeden hier. Ob das alles stimmt, weiß ich allerdings auch nicht. Hier wird manchmal viel erzählt. Aber ein paar von ihnen sind hier geboren und haben die Insel angeblich noch nie verlassen.«

»Was? Noch nicht einmal rüber nach Föhr?«

Sie lacht. »Da bin ich mir nicht sicher. Föhrer und Amrumer schätzen sich und sind auf vielfältige Weise verwandt und verschwägert. Ich habe aber, ehrlich gesagt, nicht viel mit der Nachbarinsel zu schaffen.«

Sehr sympathisch, denke ich, weil mir prompt die Föhrer Jungs von dem Bootsausflug damals in den Sinn kommen. »Dann werde ich mich morgen mal weiter umhören. Danke erst mal.«

»Keine Ursache. Und wenn irgendwas fehlt, finden Sie mich unten, einfach an meiner Wohnungstür anklopfen.«

Na super, denke ich, als ich mich auf das Bett setze und meinen Blick durch mein rosa Reich wandern lasse. Ich bin automatisch davon ausgegangen, dass es sich bei der Inhaberin der Pension um eine Amrumerin handelt, die mir ein paar gute Ratschläge für meine Suche geben kann. Und wo lande ich? Bei einer Schweizerin! Aber wenigstens ist sie technisch auf einem guten Stand. Auf dem kleinen Tisch neben dem Bett finde ich neben einigen Infobroschüren auch das Passwort für den WLAN-Zugang. Da kann ich später selbst noch ein bisschen was über die Insel rausfinden, meine Mails checken und sogar meinen Blog weiterführen, wenn ich Zeit dazu finde.

Ich lasse mich auf das Bett fallen und schließe für einen Moment die Augen. Es fühlt sich wirklich eigenartig an, hier so ganz alleine zu sein. Wenn ich genau darüber nachdenke, war ich eigentlich immer in Begleitung unterwegs. Entweder mit meinen Eltern, mit Oma, Doro oder mit Tom. Ähnlich verhält es sich mit meiner Wohnsituation. Von meinen Eltern bin ich in eine WG gezogen, danach direkt gemeinsam mit Tom nach Köln. Und nun wohne ich wieder bei meinen Eltern. Ich hatte demnach immer Leute um mich herum, von den Zeiten mal abgesehen, in denen Tom mit Freunden unterwegs war und auch mal über Nacht oder für ein Wochenende wegblieb.

Das waren Momente, die ich immer sehr genossen habe. Aber da wusste ich auch, dass er wieder zurückkommen wird. Das hier ist jedoch etwas ganz anderes. Mein Verstand sagt mir, dass es mir bestimmt guttun wird, ein paar Tage hier zu sein, und zwar unabhängig davon, ob ich Oma finden werde oder nicht. Aber tief in mir schlummert das Gefühl des Verlassenseins, das besonders in ruhigen Momenten wie diesem wieder an die Oberfläche schwappt.

9.

Es ist nicht viel los hier. Auf meinem Weg nach Norddorf hinein ist mir keine Menschenseele begegnet. Und im Ortskern ist es auch nicht viel belebter. Ein paar Urlauber schlendern die Straße entlang, begutachten die Schaufenster der wenigen Geschäfte. Ich habe gehofft, irgendwo einen Imbiss zu finden, eine kleine Fischbude, in der ich mir ein belegtes Brötchen kaufen kann, Backfisch oder vielleicht Matjes, aber ich habe kein Glück. Wir haben erst kurz nach acht, doch die kleineren Läden haben alle schon geschlossen. Oder sie haben gar nicht erst aufgemacht. Außerhalb der Saison läuft hier anscheinend nicht viel. Nach einem gediegenen Abendessen in einem der größeren Hotelrestaurants steht mir nicht der Sinn, deshalb bin ich froh, als ich das italienische Restaurant entdecke, in dem ich mir eine Pizza Margherita zum Mitnehmen bestelle.

Mit meinem Abendessen mache ich es mir wenig später in einem der Strandkörbe bequem, die auf einer Grünfläche gleich hinter der Bushaltestelle zum Verweilen einladen. Von hier aus habe ich einen guten Blick. Es ist frisch geworden ohne die wärmende Sonne am Himmel. Und windig ist es auch. Zum Glück habe ich meinen dicken Pulli dabei. Ich lasse mich tief in den Strandkorb sinken und beobachte ein älteres Pärchen, das sich die Filmplakate des kleinen Inselkinos anschaut. Sie stehen eng beieinander. Bevor sie Arm in Arm langsam weitergehen, beugt sich der Mann etwas nach unten, um der Frau einen leichten Kuss auf die Stirn zu geben. Die sanfte Szene berührt mich. Die beiden wirken auf eine Art vertraut miteinander, wie ich meine Eltern oder Großeltern nie erlebt habe. Überhaupt kann ich mich an Zärtlichkeiten zwischen ihnen kaum erinnern. Haben Opa und Oma sich jemals in meiner Gegenwart geküsst? Oder taten sie das nur, wenn sie alleine waren? Oder vielleicht gar nicht? Wie war es wohl, als die beiden frisch verliebt waren? Oma war knapp achtzehn Jahre alt, als sie von Amrum weg ist. Sie hat Opa in Hamburg kennengelernt und wurde kurz darauf prompt schwanger. Zumindest damals muss es also ordentlich zwischen den beiden gefunkt haben.

Ich schaue dem Paar nach, bis es um die Ecke in die Straße verschwindet, die hinunter zu den Dünen und zum Meer hinführt. Meine Pizza habe ich mittlerweile verdrückt. Und jetzt? Es ist halb neun. Gegen zehn will Doro sich bei mir melden, gleich nach ihrem Dienst. Ich habe ihr vorhin kurz geschrieben, dass ich gut angekommen bin, aber sie brennt natürlich darauf, zu erfahren, wie der Stand der Dinge ist. Ich habe auch noch einmal versucht, jemanden unter der Amrumer Nummer zu erreichen. Aber da ist, wie die Male davor, niemand rangegangen. Genauso wie mein Opa. Und auch meinen Vater habe ich nicht erwischt, weder am Festnetz noch am Handy. Ob er noch unterwegs ist? Um diese Uhrzeit dürfte er eigentlich schon zu Hause sein, es sei denn, er ist geschäftlich irgendwo weiter weg und mit dem Auto unterwegs. Aber dann hätte er zumindest meinen Anruf auf dem Display seines Handys sehen und mich zurückrufen können. Ob er etwa anderweitig beschäftigt ist? Jetzt sind ja alle aus dem Haus. Mama ist auf Mallorca, ich bin auf Amrum, Oma ist verschwunden. Also hat er sozusagen sturmfrei. Genau wie Tom, der ja anscheinend auch nur darauf gewartet hat, dass ich aus der Wohnung ausziehe. Aber nur weil Tom ein Idiot und Opa damals fremdgegangen ist, bedeutet das noch lange nicht, dass mein Vater Ähnliches im Sinn hat. Vielleicht hat er einfach noch nicht auf sein Handy geschaut.

Ich versuche es also erneut, und diesmal geht er sofort ran.

»Hallo Papa, ich wollte dir nur sagen, dass ich heil auf Amrum angekommen bin.«

»Das ist gut. Ich hab schon gesehen, dass du versucht hast, mich zu erreichen. Ich wollte mich auch gleich bei dir melden.«

»Was ist los? Ist irgendwas passiert?« Normalerweise begrüßt mich mein Vater am Telefon immer mit einem »Meike, mein Schatz, schön, dass du anrufst«. Außerdem klingt seine Stimme irgendwie bedrückt. Oder habe ich ihn vielleicht doch in einer ungünstigen Situation erwischt, und er ist nicht alleine?

»Nein, alles so weit in Ordnung«, sagt er. »Aber sag mal, hat Opa dir vielleicht erzählt, ob er heute was Besonderes vorhatte?«

Im meinem Kopf rattern sofort alle Räder auf Hochtouren. Was hat diese Frage denn zu bedeuten? »Nein, ich hab ihm gestern gesagt, dass ich nach Amrum fahre, seitdem habe ich ihn nicht mehr gesprochen. Wieso, was ist denn jetzt schon wieder los?«

»Na ja, ich will dich nicht beunruhigen, ich dachte nur, du weißt vielleicht irgendwas.«

Na super! Mit seinen vagen Andeutungen erreicht mein Vater genau das Gegenteil. »Mensch, Papa, du bist echt unmöglich!«, entfährt es mir. »Jetzt sag endlich, was Sache ist!«

»Wie gesagt, wahrscheinlich ist das kein Grund, sich Sorgen zu machen, aber Opa ist nicht da.«

Ich atme tief durch. »Bestimmt ist er noch im Schachklub. Du weißt doch, wie er ist, wenn er ein Spiel begonnen hat. Dann vergisst er schon mal die Zeit.« Oma hat nicht nur einmal mit dem Essen auf ihn gewartet. Das waren einige der wenigen Augenblicke, in denen ich sie verärgert erlebt habe. Ich erinnere mich sogar an eine Situation, in der sie Opas Abendbrot komplett im Mülleimer hat verschwinden lassen. Dabei fällt mir das aufgetaute Gulasch mit dem angeblichen Gefrierbrand wieder ein. »Oder er ist bei *Mattecki*, da geht er neuerdings mittags zum Essen hin. Vielleicht gönnt er sich heute auch mal ein Abendessen dort.«

»In der Kneipe ist er nicht, da war ich gerade. Und auf die Idee mit dem Schachklub bin ich auch schon gekommen. Da habe ich nachgefragt, dort hat ihn heute noch niemand gesehen.«

Wenn mein Vater durch die Gegend fährt, um nach Opa zu suchen, scheint er sich wirklich Sorgen zu machen. »Dann ist er eben woanders essen«, versuche ich, ihn zu beruhigen. »Mir hat er gesagt, wenn Oma auf Trallafitti geht, dann kann er sich auch mal was gönnen.«

»Ja, vielleicht hast du recht. Es ist nur so, dass ich schon den ganzen Tag versucht habe, ihn zu erreichen. Heute früh gegen neun das erste Mal, dann immer mal wieder zwischendurch. Außerdem steht sein Auto vor der Tür.« Mein Vater seufzt. »Wahrscheinlich mache ich mir viel zu viele Gedanken.«

Merkwürdig ist das schon. Als Oma verschwunden ist, hat mein Vater das erstaunlich gelassen hingenommen. Aber kaum ist Opa mal ein paar Stunden aus dem Haus, benimmt er sich wie eine Glucke auf der Suche nach ihren verloren gegangenen Küken. Ob da vielleicht doch mehr dahintersteckt?

»Sag mal, du vermutest doch nicht etwa, dass Opa sich was angetan haben könnte, oder so?«, hake ich nach. Bei dem Gedanken wird mir ganz komisch zumute.

»Gott bewahre, nein! Er wird schon wieder wohlbehalten hier auftauchen. Weit weg kann er ja nicht sein, sonst wäre er sicher mit dem Wagen gefahren. Vielleicht ist er ja bei einem Nachbarn.«

»Da sagst du überhaupt was! Hat Opa dir von seiner Putzhilfe erzählt? Die hat er von seiner Nachbarin empfohlen bekommen. Wie hieß sie noch gleich? Sie hatte so einen komischen Namen ... Irgendwas mit M... Machnik? Ihr Sohn hat Opa jedenfalls mit Omas Laptop geholfen. Sie scheinen also irgendwie näher Kontakt miteinander zu haben. Sie muss im Nachbarhaus wohnen. Ich weiß allerdings nicht, auf welcher Seite. Vielleicht ist er ja bei ihr.«

Immerhin ist Opa verlassen worden. Als Tom sich von mir getrennt hat, saß ich auch kurz darauf bei Doro, um mich auszuheulen. Opa wirkte zwar sehr gefasst, aber wer weiß schon, was wirklich in ihm vorgeht. Vielleicht kann er auch schlecht alleine sein und sucht Trost oder Ablenkung.

»Gut, ich schau mal nach, ob ich da was rausfinde. Weißt du was, ich melde mich bei dir, sobald ich was von ihm höre. Dann musst du dir wenigstens darum keine Gedanken machen. Ich kümmere mich um Opa und du dich um Oma.«

Mein Vater hat Nerven! Natürlich mache ich mir nun Gedanken. Kein Wunder, dass ich immer noch Kopfschmerzen habe. Hoffentlich taucht Opa schnell wieder auf. Erst Oma und jetzt er … Dass ich mir mal in dieser Art Sorgen um meine Großeltern machen würde, hätte ich nie für möglich gehalten. Ich habe immer mal wieder darüber nachgedacht, dass sie alt werden, vielleicht krank, und ich mich zu gegebener Zeit für immer von ihnen verabschieden muss, besonders nachdem Opa wieder mal wegen seines Herzens im Krankenhaus lag. Aber dass Oma einfach so abhaut und Opa dann auch noch verschwindet, ist schon ein starkes Stück! Die beiden sind über siebzig, sie müssten doch zumindest wissen, dass wir uns Sorgen um sie machen. Ob Opa wirklich bei seiner Nachbarin steckt? Das wäre die einfachste Lösung, dann hat mein Vater ihn schnell gefunden.

Ich beschließe, mein Smartphone in der Hand zu behalten, anstatt es in die Tasche zu stecken, damit ich bloß nicht verpasse, wenn es klingeln sollte. Es ist jetzt neun Uhr, noch eine Stunde, bis Doro sich meldet. Zeit genug für einen Spaziergang, um die Pizza, vor allem aber das Gespräch mit meinem Vater, zu verdauen. Eigentlich wollte ich mich erst morgen früh auf den Weg ans Wasser machen, aber es ist schön mild und immer noch hell draußen.

»Je oller, je doller!« Kopfschüttelnd entsorge ich die Pizzapappschachtel im nächsten Mülleimer und ertappe mich dabei, dass ich mit mir selber spreche. Jetzt tick ich schon wie Oma, denke ich, die brabbelt auch manchmal vor sich hin, wenn sie in Gedanken ist.

Ich gehe in die Richtung, in der auch das ältere Paar vorhin verschwunden ist, und biege in den *Strunwai* ein. *Wai* heißt Weg, so viel habe ich schon herausgefunden. Ob das aus dem Englischen kommt? *Way – Wai*? Ich bleibe kurz vor einem Bekleidungsgeschäft stehen, betrachte die Schaufensterauslage, schlendere weiter an der Eisdiele und einer gemütlich wirkenden Crèperie vorbei, die leider beide geschlossen haben. Dass sich nur wenige Meter weiter auch hier im Ort eine kleine Buchhandlung befindet, freut mich. Dann muss ich nicht erst nach Wittdün fahren, um Lesefutter zu bekommen. Im Schaufenster entdecke ich neben Büchern aus dem aktuellen Taschenbuchprogramm auch liebevoll gestaltete Kinderbücher, die zweisprachig verfasst wurden, auf Amrumer Friesisch und auf Hochdeutsch. *At Hasenskuul – In der Häschenschule*, das hat Oma mir früher auch vorgelesen, allerdings nicht im Dialekt. Eine so alte Geschichte, zeitlos und wunderschön und immer noch lieferbar. Daneben entdecke ich einen von Astrid Lindgrens Klassikern, auch auf Friesisch: »*Ik wal uk tu skuul gung*«, lese ich laut, *Ich will auch zur Schule gehen*. Ein Sprachgenie war ich noch nie, zumindest was Fremdsprachen angeht, dafür habe ich das Vokabellernen viel zu sehr verabscheut. Für mich klingt das Amrumer Friesisch irgendwie nach Schwedisch, aber doch scheint auch ein Bezug zum Englischen zu bestehen. *School – skuul, to – tu, way – wai …*

»Das ist es!«, rufe ich auf einmal laut aus. *Day – daii*, die alte Dame am Telefon, die ich unter der Amrumer Nummer erreicht habe, heißt gar nicht Godei. Ich gebe *öömrang* und *Guten Tag* in die Suchmaschine meines Smartphones ein und habe kurz darauf Gewissheit. Die Frau am Telefon hat sich nicht mit ihrem Namen gemeldet, sie hat mich begrüßt. *Guddai* heißt *Guten Tag* auf Öömrang.

Einen kurzen Moment freue ich mich darüber, dass ich ganz von selbst das Namensrätsel gelöst habe. Aber dass ich die Begrüßung der alten Frau mit ihrem Nachnamen verwechselt habe, wird meine Suche nach Oma nicht gerade erleichtern. Ich weiß nicht, wie sie heißt. Jetzt bleibt mir nur noch die Telefonnummer, die ich schon so oft erfolglos angewählt habe. Ich versuche es trotzdem wieder, lasse es, wie sonst auch, so lange durchklingeln, bis das Besetztzeichen ertönt. Aber auch diesmal hebt niemand ab. Wenn ich gleich zurück in der Pension bin, muss ich mir unbedingt einen Plan überlegen. Vielleicht kann ich aufgrund der Nummer wenigstens herausfinden, in welchem Ort sich der Anschluss befindet. Die Vorwahl für Amrum ist überall gleich, aber eventuell lassen sich die darauf folgenden Ziffern irgendwie zuordnen.

Oma hat nach Unterkünften in Norddorf und Nebel gesucht. Aber wo genau ist sie aufgewachsen, steht ihr Elternhaus noch? Dann wäre es naheliegend, zuerst dort nach ihr zu suchen. Oder hat die große Flut im Jahr 1962 das Familienhaus ganz zerstört? Oma hat erzählt, dass sie nach dem verheerenden Sturm die Insel verlassen haben …

Auf meinem Weg hinunter zum Meer wird mir bewusst, wie wenig ich über das Leben meiner Großmutter weiß. Ich würde zu gerne in Erfahrung bringen, wie es den Menschen damals auf Amrum ergangen ist. Warum wollte die Familie Anfang der Sechzigerjahre auswandern? Tourismus gab es wohl noch nicht, zumindest nicht in der ausgeprägten Form wie heute. Wovon haben sie also gelebt? Ausschließlich vom Fischfang? Amrum ist eine kleine Insel, ringsherum die Nordsee, da bietet sich das Fischen doch geradezu an. Aber was ist mit Landwirtschaft? Ich meine mich zu erinnern, dass Omas Vater bei einem Unfall mit einem Traktor ums Leben kam, das klingt nicht nach Fischfang und großen Seefahrten auf dem Meer. Die Insel ist nicht groß, da kannte man sich damals doch sicher untereinander. Und bestimmt ist das heute noch so. Meine Oma, Elisabeth Nickels, wurde am 24. Juni 1944 hier auf Amrum geboren. Mit achtzehn hat sie gemeinsam mit ihrer Mutter und ihren beiden Brüdern die Insel verlassen, um nach Amerika auszuwandern. Daran wird sich doch bestimmt jemand von den Insulanern erinnern.

Ich gehe an einem Kurheim und am Naturzentrum vorbei, nehme den Weg die Dünen hinauf… und bleibe wie angewurzelt stehen. Vor mir liegt der breite, helle Strand – und dahinter schließt sich das Meer an. Das Wasser rollt in sanften Wogen auf das feste Land zu, schwappt über den Sand, um sich dann träge wieder zurückzuziehen. Für einen Moment vergesse ich, warum ich hier auf der Insel bin und dass das Meer nicht nur seine faszinierende Seite hat, sondern auch bedrohlich sein kann. Der Anblick ist einfach wunderschön. Ich ziehe meine Strickjacke fester um meinen Körper. Es ist mittlerweile fast zehn Uhr, immer noch hell, aber ohne die wärmende Sonne ist es doch relativ kühl geworden. Außerdem ist Wind aufgekommen. Das ist mir im Ort gar nicht so aufgefallen, aber hier am Wasser weht eine frische Brise. Ich schließe die Augen, atme die salzige Brandungsluft ein und lausche dem Rauschen des Meeres, bis mein Handy mit seinem schrillen Klingelton einen Anruf meines Vaters ankündigt und so den Moment zerstört.

»Meike, mein Schatz, ich wollte dir nur eben sagen, dass Opa wieder da ist«, sagt er. »Du errätst nie, wo er gesteckt hat.«

Ich atme erleichtert auf. »Wo denn?«

»In Holland, auf einer Butterfahrt mit der Nachbarin. Sie

heißt übrigens Frau Machule. Warte, Opa steht neben mir, ich gebe ihn dir kurz.«

»Ich weiß gar nicht, warum ihr wegen der Sache so ein Aufheben macht«, sagt Opa einen Moment später vorwurfsvoll. »*Ich* bin nicht abgehauen. Ich habe lediglich das nette Angebot meiner überaus reizenden Nachbarin angenommen, sie auf einen Tagesausflug nach Holland zu begleiten.«

Das reicht! Es beruhigt mich zwar, seine Stimme zu hören und auch zu wissen, dass er wohlauf ist. Aber dass Opa mich noch nicht einmal anständig begrüßt und auch kein Verständnis dafür hat, wenn wir uns Sorgen um ihn machen, sondern stattdessen hier am Telefon rumblökt und mit seiner *überaus reizenden Nachbarin* prahlt, geht gar nicht.

»Hast du eine Kamelhaardecke gekauft?«, frage ich.

»Wie kommst du denn darauf? Ich würde doch nie …«

»Ach, ist ja auch egal, Hauptsache, du hattest Spaß. Und alle anderen sind dir egal. Stimmt doch, oder?«

Es ist sonst nicht meine Art, Gespräche einfach, ohne eine Antwort abzuwarten, zu beenden, aber dennoch ist es mir in kürzester Zeit gleich zweimal passiert, gestern mit Tom und jetzt mit Opa. Ich habe keine Lust mehr, mit ihm zu sprechen, und drücke ihn einfach weg. Anscheinend habe ich es nur mit Egoisten zu tun. Mir reicht es langsam! In Bezug auf Tom hat sich meine Traurigkeit letztendlich in Wut gewandelt, und die Sorgen um Opa machen gerade Platz für Aggressionen, die in mir hochsteigen. Normalerweise bin ich die Ruhe selbst. Ich habe immer für alles und jeden Verständnis, aber was zu viel ist, ist zu viel.

»Ich bin sauer!«, blaffe ich ins Telefon, als es erneut klingelt und ich das Gespräch annehme. »Lass uns lieber morgen reden, sonst …«

»Hier ist Doro und nicht etwa Tom oder welchen Idiot du auch immer damit meinst, Süße.«

»Ach, du bist es! Ich dachte schon, dass es Opa wieder ist.« Es tut wie immer gut, Doros Stimme zu hören. Und auch ihr herzhaftes Lachen, als ich ihr von Butterfahrt und Kamelhaardecke erzähle, lässt meine Welt gleich viel weniger kompliziert erscheinen. Während ich meiner Freundin von den Erlebnissen der letzten Stunden berichte, laufe ich langsam den Strand hinunter zum Wasser. Im ersten Abschnitt ist der Sand lose, ich sinke ein paar Zentimeter mit meinen Schuhen darin ein, aber je näher ich dem Wasser komme, desto grauer, feuchter und fester wird er.

»Warte mal kurz«, sage ich und gehe in die Knie, um mir meine Schuhe auszuziehen und die Hosenbeine hochzukrempeln. Dann laufe ich ein paar Schritte in das Wasser hinein. »Weißt du was? Ich steh verdammt noch mal mit nackten Füßen im Meer. Das Wasser ist so was von scheiße kalt. Ich könnte echt laut schreien!«

»Mach doch«, sagt Doro. »Das wird dir guttun.«

»Was?«

»Na, schreien! Erinnerst du dich an die Kommissarin, die am Anfang unseres Selbstverteidigungskurses mal für einige Stunden das Training übernommen hat?«

»Klar, die war echt krass drauf!« Wie könnte ich sie je vergessen? Äußerlich machte sie den Eindruck, der kleinste Windhauch könnte sie wegpusten, so zierlich war sie. Aber sie hatte eine wahnsinnige Energie. Ihre Augen funkelten richtiggehend, wenn sie uns immer wieder daran erinnerte, wie viel Power wir in uns tragen würden. Wir müssten uns nur trauen, uns mehr zu öffnen. An eine ihrer Übungen erinnere ich mich noch ganz genau. Wir sollten einfach drauflosschreien, ohne Hemmungen. Alle Mädchen haben gebrüllt wie die Löwen, Doro ganz besonders laut. Nur ich nicht. Ich konnte es einfach nicht und habe stattdessen angefangen, zu heulen wie ein Schlosshund. Danach habe ich mich ziemlich erbärmlich gefühlt.

»Ja, Frau Kommissarin war echt cool. Und die Übung war es auch. Es tut gut, mal alles aus sich rauszulassen. Wenn du das Bedürfnis zu schreien hast, dann mach es doch einfach.«

»Ich weiß nicht …« Ich schaue mich um. Es ist niemand in der Nähe, der es hören könnte.

»Versuch es, jetzt!«

»Meinst du?«

»Ja!«, sagt meine Freundin und legt auf.

Ich brauche noch einen Moment, um mich zu sammeln, schaue gebannt auf das Wasser hinaus. Dann balle ich meine Hände zu Fäusten, atme tief ein und … schreie, so laut ich kann.

Niemals hätte ich gedacht, dass es sich so verdammt gut anfühlen würde. Ich brülle nicht nur einmal, ich schreie zweimal, dreimal meine Enttäuschung und meine Wut über das Meer bis in den Horizont hinein. Bei jedem Mal werde ich noch ein wenig lauter. Als ich fertig bin, ist es still um mich herum. Ich höre nur das Rauschen des Wassers, bis sich mein Schluchzen mit dem Klang der Wellen mischt. Ich weine, diesmal jedoch nicht aus Verzweiflung, sondern aus Erleichterung. Und weil ich einen Schritt weiter bin und ein kleines bisschen stolz auf mich.

10.

Meine Lieben,
ich melde mich heute von der Insel Amrum und möchte euch heute von dem Roman »Salz auf unserer Haut« erzählen. Es ist eine hinreißende Liebesgeschichte zwischen George und Gauvain. Das Buch ist keine Neuheit, es erschien schon auf Deutsch Anfang der Neunzigerjahre, aber es gehört einfach in jeden Bücherschrank.
George, eine Pariser Intellektuelle, lernt in ihrer Jugend während eines Badeurlaubs in der Bretagne den Sohn eines Bauern kennen, Gauvin. Die beiden verbringen eine Nacht am Meer miteinander und können seitdem nicht mehr voneinander lassen. Immer wieder kreuzen sich im Laufe der Jahre ihre Wege, es entwickelt sich eine durch körperliche Anziehung und Leidenschaft geprägte Liebe. Doch sosehr sie sich auch zueinander hingezogen fühlen, können sie doch nicht in einer gemeinsamen Welt leben. Zu verschieden sind Herkunft, Erziehung und Ansichten.
George arbeitet in späteren Jahren als Dozentin für Philologie, Gauvin zieht als Fischer und Seemann über die Meere …
Benoîte Groult hat es wieder mal geschafft.
Ich weiß nicht, wie oft ich dieses Buch schon verschlungen

habe, sie hat mich ein weiteres Mal in ihren Bann gezogen, sodass ich bis spät in der Nacht gelesen habe, weil ich das Buch einfach nicht aus der Hand legen konnte. Nein, mir sind nicht die Augen zugefallen, ich habe durchgehalten bis zum Ende, das buchstäblich unter die Haut geht!
Benoîte Groult, »Salz auf unserer Haut«, ein alter Schatz, neu entdeckt – und eine absolute Leseempfehlung von mir!
Mitten in der Nacht von Amrum,
Eure Meike

Diesmal verzichte ich auf eine direkte Nachricht an Oma. Wenn sie das liest, weiß sie, dass ich hier bin. Dann wird sie sich vielleicht melden, und ich muss gar nicht erst nach ihr suchen. Große Hoffnung habe ich allerdings nicht, sie ist ja ohne ihren Laptop unterwegs. Also werde ich mich wohl morgen auf die Suche nach einem alteingesessenen Insulaner machen. Im Café könnte ich da eventuell Glück haben, es ist seit 1890 in Familienbetrieb. Das hat mir meine Schweizer Vermieterin erzählt, als ich ihr vorhin auf dem Weg nach oben in mein Zimmer noch mal über den Weg gelaufen bin.

Ich sitze im Schneidersitz auf meinem Bett, auf den Knien den Laptop. Durch das geöffnete Fenster höre ich einen Kauz, der sich ganz in der Nähe zum Haus aufhalten muss. Oma war oft mit mir in der Natur unterwegs und hat mir viel über Pflanzen und Tiere beigebracht. Im Frühling haben wir auf unseren Streifzügen Holunderblüten für Gelee gepflückt, im Sommer Erdbeeren und dann Brombeeren für Marmelade. Im Herbst sind wir regelmäßig mit Opa in den Wald bis nach Aachen gefahren, weil Oma dort die besten Plätze für Steinpilze kannte. Opa hat zwar immer rumgebrummelt, wenn er mit uns durch das Gehölz streifen musste, aber dafür hat er sich umso mehr über die leckeren Pilzgerichte gefreut, die Oma zubereitet hat, wenn unsere Suche erfolgreich war. Ob sie ihr Wissen auch von ihrer Großmutter vermittelt bekommen hat?

Eine Motte flattert emsig um die Lampe herum. »Dummerchen, das ist nicht der Mond«, sage ich, knipse das Licht aus und scheuche sie aus dem Fenster. Das Haus liegt zu weit entfernt vom Meer, um von hier aus den Wellen lauschen zu können. Es ist überhaupt sehr ruhig, draußen ist es mucksmäuschenstill, auch der Kauz gibt keine Geräusche mehr von sich. Eigentlich die beste Voraussetzung dafür, um gut schlafen zu können. Aber ich bin einfach nicht müde, obwohl wir gleich zwei Uhr haben. Außerdem brummt mein Kopf noch immer, ich habe dummerweise kein Aspirin eingepackt. Vorsichtig streiche ich mir über die Beule auf meiner Stirn. Wenn es mir morgen nicht besser geht, werde ich wohl oder übel zum Arzt gehen müssen. Nicht, dass ich mir doch eine leichte Gehirnerschütterung eingehandelt habe.

Ob ich einfach wach bleibe und die Nacht durchmache? Nein, dann bin ich nicht fit genug für meine Suche morgen. Oma hat mir immer abends eine heiße Milch mit Honig gemacht, wenn ich dort mal übernachtet habe. Ob eine kalte Variante des Schlummertrunks auch beim Einschlafen wirkt? Einen Versuch ist es auf jeden Fall wert. Da ich meine Schlappen nicht eingepackt habe, tapse ich barfuß die Holztreppe nach unten und versuche dabei möglichst wenig Krach zu machen. Aber das gelingt mir nicht ganz. Vielleicht liegt es aber auch an der Stille um mich herum, dass mir das Knarren der Stufen ungewöhnlich laut vorkommt.

Auch der Kühlschrank gibt ein unangenehmes Quietschen von sich, als ich ihn öffne. Mist! Hier unten befinden sich noch zwei weitere Zimmer, die beide vermietet sind. Hoffentlich habe ich niemanden geweckt. Ich schütte Milch in eine große weiß-blau geringelte Tasse, gebe etwas dickflüssigen und sehr aromatisch duftenden Honig dazu, rühre vorsichtig um … und lasse die Tasse beinahe vor Schreck fallen, als wie aus dem Nichts ein kleiner, zierlicher Mann vor mir steht, der auf den ersten Blick aussieht wie ein indianischer Medizinmann. Die Tür des Zimmers hinter ihm ist geöffnet, es scheint sich also um einen der Gäste hier zu handeln. Trotzdem kommt er mir vor wie ein Geist. Wie hat er es geschafft, über die Holzdielen zu laufen, ohne dass sie auch nur einen einzigen Ton von sich gegeben haben?

»Suzanna wird dein Zimmer morgen energetisch reinigen, dann kannst du besser schlafen«, sagt der Medizinmann. Ich weiß weder, was ich darauf erwidern soll, noch, ob der Mann real ist. Obenrum sieht er aus, als wäre er gerade einem Karl-May-Film entsprungen. Sein graues Haar trägt er zu zwei Zöpfen geflochten, die Stirn schmückt ein breites geflochtenes Lederband, an deren Seite ein paar Federn, so wie es aussieht, die einer Möwe, stecken. Auch die weiße Leinentunika mit den bunten Bordüren und das Lederhalsband mit dem flachen schwarzen Stein wirken indianisch. Allerdings passen die karierten Dreiviertel-Shorts und die grellgelben Sportschuhe so überhaupt nicht zu dem Rest der Erscheinung.

Mir fällt nichts Besseres ein, als freundlich zu lächeln, was bei meinem Gegenüber als eine Art Einladung anzukommen scheint.

»Darf ich?«, fragt er und sieht mir tief in die Augen.

»Was?« Ratlos sehe ich ihn an.

»Meine Hände auflegen, auf deinen Rücken. Keine Angst, es wird dir guttun.«

»O-kay …«, höre ich mich sagen, und er stellt sich hinter mich.

Ich habe keine Ahnung, warum ich dem komischen Kerl erlaube, mich anzufassen. Und ich kann mir nicht erklären, warum sich die Stellen, auf denen gerade seine Hände liegen, so verdammt warm anfühlen, fast als würde meine Haut prickeln. Aber ich lasse es zu.

Ich stehe mitten in der Nacht mit einem wildfremden Mann in der Teeküche und lasse mir von ihm über den Rücken streichen. Bei dem Gedanken, was Doro dazu sagen würde, wenn sie uns dabei beobachten könnte, muss ich grinsen. Die ganze Aktion hier ist einfach zu verrückt!

»Gut, das war schon mal ein Anfang.«

Der Zauber ist vorbei. Der Medizinmann geht zum Kühlschrank, holt eine Flasche Wasser heraus und verschwindet damit in Richtung seines Zimmers. In der Tür bleibt er noch einmal stehen. »Im Laufe des Tages sollten wir deine Aura reinigen«, sagt er. »Hast du schon mal meditiert?«

Ich schüttele den Kopf. Dass ich es schon mal versucht habe, erwähne ich nicht. Vor zwei Jahren hat ein buddhistisches Zentrum ganz in unserer Nähe in Köln eröffnet. Ich war neugierig und habe mich zu einer Probestunde für die Zen-Meditation angemeldet. Nach dem anderthalbstündigen Sitzen taten mir alle Knochen weh. Außerdem hat eine fette Fliege mich fast in den Wahnsinn getrieben. Sie brummte die ganze Zeit um meinen Kopf herum oder machte es sich auf meinem Körper bequem, bevorzugt auf den nicht bekleideten Stellen. Die ganze Prozedur kam mir vor wie eine Folter.

Der Medizinmann schenkt mir ein Lächeln. »Schlaf gut.«

Und das mache ich! Ich steige hinauf in mein Zimmer, trinke die Milch und lege mich bei weit geöffnetem Fenster ins Bett, lausche der Stille … und wache erst wieder auf, als ich eine Fahrradklingel und kurz darauf ein helles Lachen höre.

Es dauert einen Moment, bis ich realisiere, wo ich mich befinde. Durch das Fenster fällt helles Licht in mein rosa Prinzessinnengemach, auf dem weißen Regal steht ein kleiner rot-weiß geringelter Leuchtturm, das Wahrzeichen von Amrum.

Ich greife nach meinem Handy, um nach der Uhrzeit zu sehen, und bin gleich zweimal überrascht. Wir haben schon halb elf, und ich habe drei Nachrichten bekommen, von denen ich nichts mitbekommen habe, obwohl ich das Telefon nicht lautlos gestellt habe. Zwei sind von Doro, eine hat sie mir um neun geschickt, die nächste eine halbe Stunde später. Sie fragt, wie es mir geht, und dann schreibt sie, dass sie große Lust hat, ihre Koffer zu packen, um zu mir auf die Insel zu kommen. Entweder hat sie Stress im Job oder mit ihrem Freund Jan.

Was ist los, Mann oder Arbeit?, antworte ich. *Mir geht's gut! Vielleicht sollte ich jeden Tag ein bisschen das Meer anschreien. Ich würde mich wie Hulle freuen, wenn du auch kommst. Dann brüllen wir gemeinsam …*

Die dritte Nachricht wurde von einer Nummer übermittelt, die ich auf den ersten Blick nicht erkenne. Sie ist von Tom. Da ich seine Kontaktdaten gelöscht habe, erscheint er im Display als *Unbekannt.*

Wie geht es dir? Gibt's was Neues von deiner Oma? Ich habe heute Morgen ein Päckchen mit der Strickjacke an die Adresse deiner Eltern geschickt. Meld dich mal, wenn du magst.

Gut! Dann ist wenigstens die Strickjacke nicht verloren, aber melden mag ich mich trotzdem nicht. Was denkt der sich eigentlich? Fehlt nur noch, dass irgendwann die Frage kommt, ob wir Freunde bleiben wollen.

»Idiot!«

Ich schäle mich aus der Bettdecke, strecke mich einmal kurz und springe unter die Dusche. Frühstück gibt es bis elf, wenn ich mich beeile, schaffe ich es noch.

Der kleine Frühstücksraum befindet sich im Erdgeschoss des Hauptgebäudes. Auf dem Weg dorthin komme ich an der kleinen Teeküche vorbei und muss schmunzeln, weil mir der Medizinmann wieder einfällt. Ob er mich mit einem Schlafzauber belegt hat? Oder hat die kalte Milch mit Honig ihre Wirkung gezeigt? Ich fühle mich auf jeden Fall erholt – und irgendwie voller Energie. Auch die Kopfschmerzen haben sich in Luft aufgelöst.

»Kaffee oder Tee?«, fragt Suzanna, als ich mich an den liebevoll gedeckten Tisch mit dem einzelnen Gedeck setze. Das typische friesische Geschirr erinnert mich an das von Oma. Der gesamte Raum ist in Blau und Weiß gehalten. Die Einrichtung würde ihr gefallen.

»Kaffee, bitte.«

»Kommt sofort. Ich hab mir gedacht, dass du heute länger schläfst und hab extra alles stehen lassen. Hau rein, ich bin auf der Insel bekannt für mein gutes Frühstück.« Die Schweizerin verschwindet in der angrenzenden Küche. »Ist es okay für dich, wenn wir uns duzen?«, schallt es aus der geöffneten Tür.

»Ja, gerne. Ich bin Meike«, rufe ich zurück.

Suzanna hat nicht übertrieben, das Frühstücksbüfett lädt wirklich zum Schlemmen ein. Es gibt verschiedene Wurst- und Käsesorten, alles sehr appetitlich auf kleinen Tellern angerichtet. Außerdem Obstsalat, Eiersalat, Fischsalat, hausgemacht, wie ich auf den kleinen Zetteln lese, die jeweils vor den entsprechenden Schüsseln liegen.

Ich greife beherzt zu. Bisher habe ich nicht bemerkt, dass ich hungrig bin, aber bei dem Anblick der Köstlichkeiten läuft mir das Wasser im Mund zusammen. Mit einem gut gefüllten Teller lasse ich mich an meinem Tisch nieder, gebe etwas Fischsalat auf eine Scheibe Vollkornbrot und beiße genüsslich hinein.

»Du hast gestern Nacht Walter kennengelernt«, sagt Suzanna und stellt mir eine Kanne Kaffee auf den Tisch. »Er hat es mir erzählt.«

Sie muss den Medizinmann meinen, jemand anderen habe ich zumindest vergangene Nacht nicht getroffen. Ich nicke.

»Walter ist Feuerschamane. Du solltest sein Angebot annehmen und deine Aura reinigen lassen. Das wird dir bei deiner Suche helfen.«

Ein Feuerschamane, der Walter heißt. Ich verkneife mir ein Lachen, muss aber doch schmunzeln. Der Name passt genauso wenig zur Berufung des kleinen skurrilen Mannes wie die indianische Oberbekleidung zu der karierten Hose, die er heute Nacht getragen hat.

»Bist du auch empfänglich für solche Dinge?«, frage ich und bestreiche mir ein Brötchen mit Kräuterquark.

Suzanna lächelt mich an. »Ich bin Heilerin.«

Ich pfeife leise durch die Zähne. Das Aussehen einer

Heilerin habe ich mir anders vorgestellt, irgendwie extravaganter, zumindest was die Kleidung anbelangt. Im Gegensatz zu dem Schamanen sieht Suzanna jedoch ganz normal aus. Sie trägt Jeans und ein hellblaues T-Shirt. Aber das heißt nicht, dass sie deswegen keine besonderen Fähigkeiten haben kann. »Kannst du hellsehen?«, frage ich.

Suzanna zwinkert mir zu. »Ein bisschen. Außerdem bist du nicht die einzige Frau, die alleine auf der Insel Urlaub macht. Besonders um diese Jahreszeit, wenn das Wetter schon schön ist, aber noch keine Schulferien sind, zieht es Alleinreisende nach Amrum. Die meisten sind auf der Suche nach sich selbst, um wieder zu sich zu finden und aufzutanken. Der Ort ist ideal dafür, über der Insel liegt unheimlich viel positive Kraft, es ist wie ein Zauber oder eine Magie. Das hast du bestimmt schon gespürt.«

An der Sache mit der Kraft ist was dran. Seit heute Morgen fühle ich mich energiegeladen. Ob das tatsächlich an der Insel liegt? Oder einfach nur an der Tatsache, dass ich so tief und fest geschlafen habe wie schon lange nicht mehr?

»Ich suche nicht mich selbst, ich bin auf der Suche nach meiner Oma«, kläre ich Suzanna auf. »Sie hat vor ein paar Tagen ihre Koffer gepackt und nach über fünfzig Jahren Ehe ihren Mann, meinen Opa, verlassen. Niemand weiß, warum. Sie ist auf Amrum aufgewachsen, deswegen glaube ich, dass ich sie auch hier finden werde.«

Nachdem ich es ausgesprochen habe, macht sich sofort ein schlechtes Gewissen in mir breit. Ich habe einfach so Details aus Omas Privatleben ausgeplaudert. Dass sie sich von Opa getrennt hat, geht eigentlich niemand was an, zumal ich Suzanna eben erst kennengelernt habe. Das ist normalerweise gar nicht meine Art, es sei denn, ich habe etwas zu tief ins Glas geschaut. Dann neige ich dazu, mein Herz auf der Zunge zu tragen und schon mal peinliche Kommentare abzugeben, weswegen ich Alkohol weitestgehend meide.

»Wir haben alle unsere Geheimnisse«, sagt Suzanna und schließt die Augen. Ihre Hände hat sie übereinander flach auf ihren Bauch gelegt. Sie steht einfach so da, neben meinem Frühstückstisch, ohne sich zu bewegen.

Ich weiß nicht, was ich jetzt machen soll, traue mich nicht, in mein krosses Brötchen zu beißen, weil ich keine Geräusche von mir geben möchte, die sie stören könnten. Also warte ich einfach ab.

Im Zeiteinschätzen war ich noch nie gut. Es sind vielleicht ein oder zwei Minuten vergangen, als sie die Augen wieder öffnet und mich direkt ansieht. »Jemand hat ihr großes Unrecht angetan.«

»Meiner Oma?« Mit großen Augen sehe ich sie an.

Als sie meinen sorgenvollen Blick bemerkt, schiebt sie schnell hinterher: »Ja, aber das liegt weit zurück in der Vergangenheit, vielleicht sogar in einem ihrer früheren Leben. Momentan geht es ihr sehr gut.«

Ich weiß nicht, was ich von der ganzen Sache halten soll. Es ist nicht so, dass ich nicht an übersinnliche Fähigkeiten oder Wahrnehmungen glaube, ich habe bisher aber noch keinerlei Erfahrungen damit gemacht und stehe der ganzen Sache erst einmal skeptisch gegenüber. Mein Bauch sagt mir, dass Suzanna recht hat. Irgendetwas ist auf jeden Fall vorgefallen, und das muss nicht unbedingt mit Opa in Zusammenhang stehen. Ich habe ja schon die ganze Zeit vermutet, dass es in Zusammenhang mit der Insel steht. Es hat einen Grund, dass Oma nie von ihrer Vergangenheit erzählt hat. Und auch, dass es sie doch wieder hierhergeführt hat – vorausgesetzt natürlich, sie ist wirklich auf Amrum.

Dass es ihr gut geht, glaube ich auch. Außerdem stand es in dem Brief, den sie mir, gemeinsam mit dem Buch, geschickt hat. Hätte die alte Frau am Telefon nicht das Krankenhaus und Opa nicht die Sache mit dem Herzrasen ins Spiel gebracht, hätte ich mir nicht so große Sorgen gemacht und wäre jetzt nicht hier. Es ist mein Kopf, der mir immer wieder in die Quere kommt. Ich bin prädestiniert dafür, mir viel zu viele Gedanken zu machen. Es wäre sicher besser, wenn ich öfter auf meine Intuition hören würde. Im Nachhinein hat sich immer herausgestellt, dass ich mich auf mein Gefühl verlassen kann. Deswegen zweifle ich Suzannas Aussage jetzt auch nicht weiter an, zumindest nicht den Teil, in dem es darum ging, dass es Oma gut geht.

»Was meinst du damit, jemand hat ihr Unrecht angetan?«, hake ich nach.

»Da bin ich mir nicht ganz sicher. Das Bild ist sehr unscharf. Sie ist auf jeden Fall sehr verletzt worden.«

»Hm«, mache ich. Das ist eine Aussage, die auf nahezu jeden Menschen zutreffen könnte. Wir sind doch alle schon mal verletzt worden. Dass Suzanna jetzt mit einer derartig allgemeinen Aussage kommt, enttäuscht mich. Auch das mit dem vorherigen Leben kommt mir abgedroschen vor.

Suzanna schließt wieder die Augen.

Ich trinke vom Kaffee und schaue sie über den Tassenrand hinweg an, als sie sagt: »Es war eindeutig in einem früheren Leben, als es passiert ist. Es muss wirklich schlimm gewesen sein.« Sie schaut mich wieder an. »Ich befürchte, deine Oma ist ermordet worden – und zwar von einer Frau.«

Der Kaffee schmeckt auf einmal schal. Auch wenn es in

einem früheren Leben stattgefunden haben soll, kommt mir diese Behauptung ungeheuerlich vor. Mir fehlen die Worte.

»Ich gehe davon aus, dass die Frau in diesem Leben wiederaufgetaucht ist«, sagt Suzanna.

»Um Oma etwas anzutun?«, frage ich ungläubig.

»Nein, keine Angst, sie tut ihr nichts mehr. Aber es ist wohl auch in diesem Leben schon was vorgefallen.« Suzanna sieht nachdenklich aus dem Fenster. »Deine Oma ist hier, um ihr zu vergeben. Erst dann ist die Frau frei – und sie selbst auch.«

Es würde mich nicht wundern, wenn Suzanna jetzt noch sagen würde, dass die Frau rote Haare hat und Anita heißt.

Aber das macht sie nicht. »Deine Oma ist eine starke Persönlichkeit, so wie du«, sagt sie stattdessen lächelnd.

»Ich?« Ungläubig schaue ich sie an.

»Ja, du kommst ganz nach ihr. Ihr seid eng miteinander verbunden.«

»Das stimmt allerdings. Ich bin weitestgehend bei meinen Großeltern aufgewachsen.« Ich glaube allerdings nicht, dass unser gutes Verhältnis nur deswegen besteht, weil ich als Kind so viel Zeit mit Oma verbracht habe. Sie hat mir nicht nur ihre Zeit, sondern auch sehr viel Liebe geschenkt. Das ist es, was uns verbindet.

»Hast du richtige Bilder im Kopf?«, frage ich. »Ich meine, weißt du, wie meine Oma aussieht oder die andere Frau?« Gespannt sehe ich sie an.

Es ist merkwürdig, entgegen meines Verstandes sagt ein Teil von mir, dass Suzanna wirklich in die Vergangenheit sehen kann. Ich befinde mich nicht auf einem Jahrmarkt in einem abgedunkelten Raum, in dem eine Wahrsagerin mithilfe ihrer Glaskugel orakelt. Ich sitze in einem hellen freundlichen Frühstücksraum, und meine Vermieterin, die Heilerin Suzanna, sieht ganz normal aus. Warum sollte sie mir Lügen auftischen? Sie bekommt kein Geld von mir dafür, von der Miete für das Zimmer mal abgesehen.

»Nein, da sind keine konkreten Bilder. Etwas zu *sehen* bedeutet eher, es zu wissen.«

»Ach so … Und wie wird man denn Heilerin?«, frage ich. »Kann man das lernen?«

»Ja, aber nur bedingt. Wir tragen die Fähigkeit alle in uns, allerdings muss sie freigesetzt werden. Ich hatte dafür die Unterstützung einer weisen Frau, die mich ausgebildet hat.« Suzanna geht zu einem schmalen Tisch an der Wand, darauf steht eine merkwürdig geformte Tonplastik, ein Tier, soweit ich das von meinem Platz aus erkennen kann.

Sie legt ihre Hand auf das Hinterteil des Kunstwerkes. »Das ist Utz, mein Einhorn. Es erinnert mich immer wieder daran, dass ich annehme, was ist. Und daran, meinen eigenen Willen herauszunehmen. Ich habe ihn während eines Workshops im Tessin getöpfert. Er ist nicht perfekt und genau deswegen unbeschreiblich schön.«

Ich kneife die Augen etwas zusammen, um das Einhorn besser sehen zu können. Utz könnte auch eine Kuh sein, wäre da nicht das eigenartige, viel zu dicke Horn vorne auf dem Schädel. Aber Schönheit liegt nun mal im Auge des Betrachters.

Suzanna seufzt. »Ich wollte eigentlich eine Praxis in Zürich eröffnen. Aber manchmal ist uns ein anderer Weg vorbestimmt.«

»Praktizierst du denn nicht mehr als Heilerin?«

»Nein, nicht mehr, seit ich die Schweiz verlassen habe. Vor zwei Jahren bin ich für ein Yogaseminar nach Amrum gekommen, und von da an hat sich mein Leben komplett verändert. Schon als ich den ersten Schritt auf die Insel gesetzt habe, wusste ich, dass hier meine Heimat ist. Und als ich zufällig ein Gespräch zwischen zwei Insulanern mitbekam, dass die Pension hier zum Verkauf steht, konnte ich nicht widerstehen.« Suzanna schmunzelt. »*Zufällig* … Jetzt habe ich selbst das Wort gesagt, bei dem ich normalerweise jedem anderen widerspreche. Du weißt ja, es gibt keine Zufälle. Es sollte so sein, dass ich auf der Insel bleibe.«

»Du bist einfach so hiergeblieben?«

Suzanna lacht. »Ganz so einfach war es dann doch nicht, da gab es schon einige schwerwiegende Entscheidungen, die ich getroffen habe, ein paar Hindernisse, die aus dem Weg geräumt werden mussten … Und jetzt muss ich los, ein paar Einkäufe erledigen und vorher schnell noch die Küche machen. Was hast du denn heute vor?«

»Ich dachte, ich gehe erst mal in das Café. Vielleicht habe ich ja Glück und finde jemanden, der mir weiterhelfen kann. Und danach mache ich noch einen Spaziergang am Meer.«

Suzanna wirft einen skeptischen Blick nach draußen. »Ich würde an deiner Stelle zuerst spazieren gehen und die Sonne genießen. Später soll es nämlich regnen. Das Wetter wechselt recht schnell hier, und es kann durchaus passieren, dass man ordentlich nass wird. Die Prognose für die nächsten Tage sieht auch nicht gerade rosig aus.« Sie zuckt mit der Schulter. »Das ist nicht meine Meinung, das sagt schlicht die Wettervorhersage.«

Ich überlege einen Moment. »Eigentlich wollte ich mich ja sofort auf die Suche nach meiner Oma machen.«

»Die läuft dir nicht weg, die Sonne jedoch schon.«

»Das sagst du so«, scherze ich. »Sie hat es ja schon einmal

getan …« Aber Suzanna hat mich mit ihrer Prognose überzeugt. »Kann ich mir einen der Inselpläne ausleihen?«

»Selbstverständlich, schau dir zuerst mal die *Odde* an. Da hast du auf der Westseite den herrlichen weißen Kniepsand, und dann gehst du im Osten am Watt zurück und kommst wieder in Norddorf an. Bei *Schult* bestellst du dir dann zur Belohnung ein Stück Friesentorte. Die musst du hier einfach mal gegessen haben. Den Konditor erwischst du sowieso am besten nachmittags.«

Ich zeige auf den Teller, auf dem sich immer noch allerlei befindet. »Wenn ich das aufgegessen habe, bin ich pappsatt, aber danke für den Tipp.«

»Der Appetit kommt durch die Seeluft, du wirst sehen.« Suzanna klatscht in die Hände. »So, genug gequatscht, jetzt muss ich arbeiten!«

Das Klappern des Geschirrs hat etwas Vertrautes. Es ist schön, Suzanna nebenan in der Küche zu wissen. An der Wand, gleich in Utz' Nähe, hängt ein weißes Schild, auf dem in geschwungenen blauen Buchstaben *Herzlich willkommen* geschrieben steht. Das trifft den Nagel auf den Kopf. Ich fühle mich wohl hier, gut aufgehoben, gerade weil alles etwas ungewöhnlich ist. Und deswegen wundere ich mich auch nicht, als ich plötzlich laute Trommelklänge und indianisch anmutenden Gesang aus dem Nebengebäude zu uns herüberschallen höre.

Das kann nur Walter sein, der Feuerschamane, denke ich und häufe schmunzelnd etwas Eiersalat auf die letzte Scheibe Vollkornbrot.

11.

Es ist zwölf Uhr, die Sonne steht hoch am Himmel. Gekleidet in Jeans und einem kurzärmeligen T-Shirt gehe ich den Holzbohlenweg entlang, der sich durch die Dünen bis zum Meer hinzieht. Vorsichtshalber habe ich die Regenjacke um meine Taille gebunden. Falls es früher regnen sollte, bin ich wenigstens ansatzweise geschützt. Ganz wie Suzanna es mir empfohlen hat, werde ich am Wasser entlanglaufen und die Nordspitze, die *Amrumer Odde*, umrunden. Sie ist etwa zwei Kilometer lang und im Durchschnitt nur etwa zweihundert Meter breit, wie ich dem Inselplan entnehmen konnte. Ich habe für die Strecke, die um die fünf Kilometer lang ist, etwa eineinhalb Stunden eingeplant, ein paar Pausen eingerechnet.

Am Wegesrand huschen immer wieder Vögel durch das Dünengras. Und es sind auch jede Menge Kaninchen unterwegs, was mich wundert, denn bisher bin ich immer davon ausgegangen, dass die Tierchen erst in der Abenddämmerung aktiv werden. Aber hier auf Amrum scheinen die Uhren irgendwie anders zu ticken.

Ich halte mein Gesicht für ein paar Sekunden in die wärmende Sonne, dann lasse ich meinen Blick durch die wunderschöne weißsandige Dünenlandschaft schweifen. Ob Oma als Kind durch diese sanften Hügel gestreift ist, um

Tiere zu beobachten? Sie hat sich immer sehr für die Natur interessiert. Heute ist das Betreten aus Naturschutzgründen verboten, wie man auf den Hinweisschildern lesen kann, aber wie war das vor über sechzig Jahren?

Auf dem in die Landschaft eingebetteten Bohlenweg kommt mir eine ältere Frau in olivfarbenen Bermudas und einem weiß-rot karierten Hemd entgegen. Sie trägt einen Rucksack auf dem Rücken, um ihren Hals baumelt ein schwarzes Fernglas. Als sie an mir vorübergeht, lächelt sie mich an und grüßt mich mit einem herzlichen »Moin.«

Und es sind noch weitere Alleinreisende unterwegs. Vor ein paar Minuten ist mir eine ähnlich gekleidete Frau begegnet, allerdings hatte sie anstatt des Fernglases eine Kamera samt Stativ dabei. Und an der Bushaltestelle im Ort saß eine Urlauberin einfach so im Schneidersitz mitten auf dem Gehweg und verspeiste ein Butterbrot. Dabei inspizierte sie eine auf ihren Knien ausgebreitete Inselkarte. Es gefällt mir, dass ich nicht die Einzige bin, die ohne Begleitung über die Insel wandert. Ich weiß nicht genau, warum, aber irgendwie fühle ich mich mit den anderen Frauen verbunden. Suzanna hat recht, über der Insel scheint wirklich ein Zauber zu liegen. Die Menschen wirken freundlicher und entspannter als in der Großstadt. Ich positioniere mich vor der malerischen Dünenlandschaft, sodass man auch das Meer und den Bohlenweg sehen kann, und schieße ein Selfie. Das Foto schicke ich mit der Nachricht *Mir geht es gut* an Doro.

Die letzten drei Monate bin ich fast gestorben vor Kummer. Ich konnte nichts essen und habe schlecht geschlafen, weil ich ständig an Tom gedacht habe. Er fehlte mir so sehr, dass ich gar nicht mehr klar denken konnte. Aber seitdem ich hier bin, spüre ich, dass sich etwas ändert. Zum ersten

Mal vermisse ich ihn nicht. Seine Nachricht heute Morgen hat mich kurz an ihn erinnert, aber es hat nicht mehr wehgetan. Vielmehr habe ich mich einfach nur über ihn geärgert. Das liegt sicher nicht nur an der Insel, sondern auch an der Tatsache, dass ich maßlos enttäuscht von ihm bin. Und dass ich mir ein Leben an seiner Seite auch gar nicht mehr vorstellen kann.

Mein Handy vibriert, Doro hat sofort geantwortet. Sie schickt mir ein blinkendes rotes Herz und die Nachricht: *Siehst gut aus, erhol dich! Hab heute frei, bin auf dem Weg in die Sauna, muss auch mal die Seele baumeln lassen.*

Ja, mir geht es im Moment wirklich gut. Und das soll auch so bleiben. Plötzlich flammt aber eine Aggression in mir auf, da mir auf einmal wieder die blöde Kuh in den Sinn kommt, die meinen Platz an Toms Seite eingenommen hat. Corinna hat ihm zum Geburtstag eine Tageskarte für eine Therme in Köln geschenkt, inklusive Sauna und Hamam. Taktisch klug hat sie mich vorher gefragt, was ich davon halten würde. Ich fand die Idee gut. Bis ich begriffen habe, dass sie Tom begleiten und mein Okay dafür haben wollte. Dass ich von dem Gedanken, Tom gemeinsam mit seiner besten Freundin in der Sauna zu wissen, ganz und gar nicht begeistert war, habe ich für mich behalten. Ich hatte einfach ein ungutes Gefühl bei der Vorstellung, dass beide nackt und entspannt nebeneinander auf den Holzbohlen schwitzen. Das lag auch daran, dass ich noch ganz genau Toms Worte im Kopf hatte, die er mal über die sportliche Figur seiner besten Freundin losließ, nachdem sie uns im Sommer mit einem unangemeldeten Besuch am Sonntagmorgen überrascht hatte. Sie stand mit einer Tüte Brötchen bei uns vor der Tür, gekleidet in ihrem kurzen Laufdress, verschwitzt, aber gut gelaunt wie immer, und strahlte mich an, als ich verschlafen die Tür öffnete. Mir fiel nichts Besseres ein, als sie hereinzubitten. Tom, der normalerweise ein absoluter Morgenmuffel ist, hatte sofort gute Laune, als er Corinna mit den Brötchen sah.

»Nettes Figürchen«, sagte er grinsend, nachdem sie wieder verschwunden war. »Tolle, durchtrainierte Beine!«

Ich muss gestehen, dass ich eine gewisse Schadenfreude empfunden habe, als die blöde Kuh mit den tollen Beinen genau an dem Tag des geplanten Saunierens mit einer Blasenentzündung außer Gefecht gesetzt war. Und so wurde der Termin auf unbestimmte Zeit verlegt, und ich habe nicht mehr mitbekommen, ob sie mittlerweile den Gutschein eingelöst haben.

Tom hat es nie ausgesprochen, aber ich bin mir sicher, dass ich für seinen Geschmack zu rundlich bin. Wenn ich es mir recht überlege, hat er mir nie Komplimente gemacht. Überhaupt gehörten schöne Worte, Liebeserklärungen oder kleine Aufmerksamkeiten zwischendurch nicht unbedingt zu seinen Stärken. Die Beziehung am Laufen zu halten war meine Aufgabe. Tom war derjenige, der genommen hat, ich habe gegeben. Und irgendwann habe ich damit aufgehört, weil verdammt wenig von ihm zurückkam. Eigentlich hätte ich ihn verlassen müssen.

Doro hat recht. Tom hat mich nicht verdient.

»Und du? Suchst du deine Spielgefährten?«

Ein Kaninchen sitzt nicht weit von mir entfernt und schnuppert neugierig durch die Luft. Mir wird wieder klar, wie schön es hier ist, und dass ich meine Zeit keinesfalls damit vergeuden will, mir negative Gedanken über die Vergangenheit zu machen. Stattdessen sollte ich mich auf die

Zukunft und den Grund meiner Anwesenheit hier konzentrieren.

Ich gehe weiter, Schritt für Schritt, ganz bewusst, meinem neuen, selbstbestimmten Leben entgegen. Es macht mir nichts aus, alleine unterwegs zu sein, im Gegenteil, ich genieße es. Ich lächle nun auch die Menschen an, die mir auf dem Weg durch die Dünen begegnen, und grüße mit dem inselüblichen »Moin«. Der Zauber hat also auch vor mir nicht haltgemacht. Ich hätte allerdings nicht erwartet, dass es mich so schnell erwischen würde.

Als ich am Strand ankomme, ziehe ich wieder meine Schuhe aus, kremple mir die Hosen hoch und laufe barfuß bis zum Meer hin. Aber heute schreie ich es nicht an. Ich bleibe einfach stehen und lasse das kühle Wasser um meine Knöchel schwappen, dabei atme ich mehrmals tief ein und wieder aus, durchflute meine Lungen mit der frischen salzhaltigen Luft. So bleibe ich stehen, ein paar Minuten lang, die mir wie eine gefühlte Ewigkeit vorkommen. Dann mache ich mich weiter auf den Weg Richtung Norden.

Je länger ich unterwegs bin, desto weniger Menschen begegnen mir. Am Himmel haben sich mittlerweile erste Wolken gebildet, aber die Sonne findet immer noch den Weg durch sie hindurch. Trotzdem lege ich einen Schritt zu, damit ich nicht doch in den von Suzanna angekündigten Regenschauer hineingerate.

Ich habe etwa die Hälfte der Strecke hinter mir und müsste bald an der Nordspitze angekommen sein, als ich von Weitem eine erwachsene Person mit zwei kleinen Kindern am Strand stehen sehe, einige Meter vom Wasser entfernt. Es sieht so aus, als würde ein lebloses Tier, vielleicht ein Hund, vor ihnen auf dem Boden liegen.

Oh nein, denke ich, hoffentlich ist da nichts passiert.

Es ist eine Frau, wie ich feststelle, als ich näher herankomme. Sie winkt mir aufgeregt zu, so als würde sie Hilfe brauchen. Ich lege die letzten Meter im Laufschritt zurück.

»Es ist ein Babyseehund!« Ein etwa sechs Jahre alter Junge zeigt aufgeregt auf das Tier, das ich für einen Hund gehalten habe. »Wir müssen ihn zurück ins Meer tragen, sonst vertrocknet er«, erklärt er mit wichtiger Miene. »Und dann stirbt er.«

Wie auf Kommando gibt das unförmige Fellknäuel mit den großen dunklen Augen einen heiser klingenden Heulton von sich.

Das Mädchen, wahrscheinlich die kleine Schwester, hält die Hand ihrer Mutter fest umklammert und fängt an zu weinen.

»Keine Angst, Lisa, wir kümmern uns ja nun um ihn.« Die Frau sieht mich an. »Gut, dass Sie gekommen sind. Ich wollte telefonisch Hilfe rufen, aber mein Handy hat hier keinen Empfang.«

»Wir schaffen das auch alleine.« Der Junge geht einen Schritt auf den Heuler zu. »Wir müssen ihn ins Meer bringen.«

»Nicht, Max!«, ruft die Mutter.

Ich greife nach der Schulter des Jungen, um ihn davon abzuhalten, noch näher an das verlorene Seehundbaby heranzugehen. Er schubst meine Hand von sich, aber immerhin bleibt er stehen.

»Habt ihr das Tier schon angefasst?«, frage ich.

Max schüttelt den Kopf. »Mama hat uns erklärt, dass seine Mutter ihn dann nicht mehr annimmt, wenn er nach Mensch riecht.«

»Das ist gut!« Ich überlege, was wir tun könnten.

Der kleine Seehund ist wirklich süß. Mit seinen runden schwarzen Kulleraugen ergaunert er sich sekundenschnell einen Platz in meinem Herzen. »Was haltet ihr davon«, frage ich die Kinder, »dass wir etwas weiter zurückgehen, damit der arme Kleine sich nicht fürchtet? Und ihr beiden überlegt euch solange einen Namen für das Baby.«

Ich ziehe mein Handy aus der Tasche und überprüfe den kleinen Balken, der mir anzeigt, dass mein Netz zum Glück hier funktioniert. »Ich rufe solange Hilfe und frage, was wir am besten machen sollen.«

»Robby«, ruft Lisa, »er soll Robby heißen.«

»Quatsch, das ist doch voll langweilig.«

Die beiden Kinder verfallen in eine Diskussion um den richtigen Namen, während die Mutter sie noch ein paar Meter weiter abdrängt.

Wen ruft man an, wenn man ein mutterloses Seehundbaby am Strand entdeckt hat? Ich weiß, dass es Aufzuchtstationen gibt. Aber befindet sich eine in der Nähe? Die Naturschutzstation, an der ich gestern auf dem Weg zum Meer vorbeigegangen bin, fällt mir ein. Dort könnte ich es versuchen, aber dafür müsste ich erst einmal nach der Telefonnummer suchen. Das Seehundbaby gibt einen weiteren durchdringenden Heulton von sich. Ohne weiter darüber nachzudenken, wähle ich die 110.

»Guten Tag, ich weiß nicht, ob ich bei Ihnen richtig bin, aber ich bin auf Amrum und habe keine Ahnung, was ich mit dem kleinen Seehundbaby anstellen soll, das hier ganz alleine vor uns im Sand liegt. Können Sie mich vielleicht mit der hiesigen Polizeistation verbinden?«

Nur kurze Zeit später habe ich den richtigen Ansprechpartner am Apparat. Ich stelle mich ihm vor und erkläre ihm, wo wir uns befinden.

»Können Sie so lange warten, bis jemand vorbeikommt?«, fragt der Polizist. »Ich schicke den Seehundjäger vorbei. Länger als zwanzig Minuten dürfte es nicht dauern, maximal dreißig.«

»Ja, klar«, antworte ich, dann wird mir bewusst, was er da gerade gesagt hat.

»Den Seehund… jäger?«, sage ich, und mein Blick fällt auf das kleine hilflose Wesen, das im Sand festsitzt und sich ganz sicher fürchterlich hilflos und einsam fühlt.

»Keine Angst«, sagt der Polizeibeamte, »er schießt nur kranke und verletzte Tiere, die nicht mehr lebensfähig sind. Zwanzig bis dreißig Minuten, länger dauert es nicht.«

»Du schaffst das!«, rufe ich dem kleinen Fellknäuel zu, das ab sofort den Namen Neptun trägt, wie die Kinder beschlossen haben. Ich berichte ihnen von der nahenden Hilfe. Dass es auch schlecht für den Kleinen ausgehen kann, verschweige ich.

»Ich will ja nicht drängeln, aber…« Die Mutter zeigt nach oben in den Himmel, wo sich die Wolken immer mehr verdichten. »Wir machen eine Mutter-Kind-Kur. Lisa hatte eine schwere Atemwegserkrankung, und ich möchte ungern riskieren, dass wir in einen Regenschauer geraten und sie sich wieder erkältet.«

»Das verstehe ich. Gehen Sie ruhig. Ich kann auch alleine warten«, sage ich, worauf Max lautstark zu protestieren anfängt. Doch nachdem ich die Nummer der Mutter eingespeichert habe und ihm verspreche, ein Foto von der Rettung zu schicken, ziehen die drei ab.

Ich setze mich auf meine Regenjacke, das Seehundbaby

und das angrenzende Meer im Blick. Vielleicht taucht die Robbenmutter ja doch noch auf, um ihr Kind zurückzuholen.

Als ein älteres Ehepaar aus Richtung Norden am Wasser entlang immer näher kommt, bitte ich sie mit ausufernden Gesten, einen großen Bogen um Neptun zu machen, der in regelmäßigen Abständen Heultöne von sich gibt. Das tatenlose Warten macht mich fast wahnsinnig. Ich habe das Bedürfnis, beruhigend auf das Tier einzusprechen oder ihn wenigstens mit Meerwasser zu überschütten, damit er nicht doch noch austrocknet, wie Max es prophezeit hat.

Als die ersten Tropfen vom dunklen Himmel fallen, stehe ich auf und ziehe meine Jacke über. Da ich hier in unmittelbarere Nähe sowieso keinen Schutz vor dem Regen finde, setze ich mich einfach wieder in den Sand und warte ab.

12.

Es dauert über eine halbe Stunde, bis ich endlich ein Motorengeräusch höre und einen Jeep herannahen sehe. Ich winke ihm zu. Meine dünne Regenjacke ist durchgeweicht und klebt wie eine zweite Haut an meinem Körper, an meiner nassen Jeans pappt Sand. Der Wagen hält dicht bei mir an.

Ich erkenne den großen rotblonden Kerl mit den buschigen Augenbrauen sofort. Der Seehundjäger ist der Typ von der Fähre, der so ruppig mit seiner Tochter umgesprungen ist. Und er ist auch der Grund für die Kopfschmerzen, die mich gestern geplagt haben. Unauffällig fahre ich mir über die Beule an der Stirn. Ich hoffe inständig, dass er mich nicht erkennt.

Doch als er aussteigt und mich ungeniert von oben bis unten mustert, weiß er natürlich sofort, wer ich bin.

»So sieht man sich wieder«, sagt er prompt. »Was macht der Kopf?«

»Mir geht es gut«, antworte ich. »Und Neptun auch.« Ich zeige auf das kleine Seehundbaby, das ich ganz bewusst bei seinem Namen genannt habe, damit er es nicht so leicht erschießen kann, falls es doch zu schwach oder krank sein sollte.

Barne heißt der Typ, fährt es mir auf einmal durch den

Kopf. So hat die Busfahrerin ihn genannt. Er trägt Jeans und dunkelgrüne Gummistiefel, dazu nur ein T-Shirt. Es sieht ganz nach dem grauen aus, das er gestern auch schon getragen hat.

»Was passiert denn jetzt mit dem Kleinen?«, frage ich.

»Wir warten ab und hoffen, dass die Mutter auftaucht. Manchmal suchen sie nach ihren Kindern. Und wenn nicht …« Barne geht zu dem Seehundbaby hinüber, und ich folge ihm. Er betrachtet es eingehend. »Es ist noch nicht sehr groß. Normalerweise werden die Babys Ende Mai bis Ende Juni geboren. Es ist eigentlich etwas zu früh …«

»Er schafft es, das weiß ich. Ganz bestimmt!«

»Hm …« Barne läuft ein weiteres Mal um das Tier herum, dann geht er in die Knie und sieht es sich aus nächster Nähe an. »Verletzungen hat es nicht. Wieso bist du dir eigentlich so sicher, dass es sich um einen *Er* handelt? Es könnte genauso gut eine *Sie* sein.« Er dreht sich zu mir um und schaut von unten zu mir auf.

»Ich weiß nicht. Zwei Kinder und ihre Mutter haben ihn gefunden. Sie haben ihm den Namen gegeben …« Jetzt erst merke ich, wie kalt mir ist. Der Regen fällt unerbittlich auf uns nieder. Wenigstens vertrocknet das Baby dann nicht, denke ich. »Ist es denn ein Mädchen?«

»Das kann man so nicht feststellen, die Geschlechtsorgane liegen innen, sozusagen aus ergonomischen Gründen. Sie würden das reibungslose Gleiten im Wasser behindern. Deswegen haben Seehunde auch keine äußeren Ohren. Die Gehörgänge sind durch Muskelkontraktion schließbar. Das ist auch der Grund, warum Leistungssportler Badekappen tragen.«

»Und ich habe immer gedacht, ihr einziger Vorteil liegt in

der wärmeisolierenden Wirkung, damit der Kopf nicht so schnell auskühlt ...«, sage ich. »Was machen wir denn jetzt mit ihm – oder ihr?«

Barne antwortet nicht. Stattdessen steht er auf und geht zu seinem Wagen. Jetzt kann ich seine Tochter verstehen, die offensichtlich so ihre Probleme mit ihm hat. Mein Vater hat ja auch das seltene Talent, in wichtigen Momenten zu schweigen, aber Barne hat die Sache perfektioniert. Er guckt auch noch grimmig dabei.

Dann kommt er mit einem länglichen Gegenstand zurück, eingewickelt in ein rotes Tuch.

»Du willst ihn doch nicht etwa erschießen?«, frage ich erschrocken und stelle mich ihm in den Weg.

»Was? Wie kommst du denn darauf?« Er legt das Paket auf den Boden und zieht an dem Tuch. Mehrere dünne Eisenstangen kommen zum Vorschein, an denen kleine Fahnen befestigt sind. »Wir sperren die Fläche weiträumig ab, damit keine Touristen auf die Idee kommen, den Kleinen anzufassen. Wenn wir Glück haben, findet die Mutter ihn. Ein paar Stunden sollten wir ihr geben. Laut genug heulen kann er ja.«

Ich atme erleichtert auf. »Und wer passt solange auf ihn auf? Bleibst du hier?« Es schüttet mittlerweile wie aus Eimern. Ich würde Neptun wirklich gerne bewachen, aber vernünftiger wäre es, wenn ich schleunigst in die Pension zurückkäme, um dort sofort eine warme Dusche zu nehmen.

Barne schüttelt den Kopf. »Ich habe keine Zeit. Das passt schon. Bei dem Wetter ist sowieso niemand mehr unterwegs. Kontrolliert wird wieder am Abend. Wenn er dann immer noch da ist, wird er in die Aufzuchtstation nach Friedrichskoog gebracht.« Er lächelt mich an.

Ich bin überrascht. Wenn Barne lächelt, sieht er richtig nett aus.

»Keine Angst, der kleine Neptun schafft das schon.«

»Du gehst also auch davon aus, dass es ein Junge ist.«

»Ja«, sagt er, sonst nichts.

Wir stehen sehr dicht beisammen, sodass ich die kleinen Lachfältchen um seine Augen herum erkennen kann. Doro wäre begeistert von ihm, denke ich auf einmal. Sie steht auf richtig männliche, groß gewachsene Kerle. Und Barne ist zweifelsohne zumindest in der Beziehung ein Prachtexemplar. Der Regen hat ganze Arbeit geleistet. Sein mittlerweile nasses T-Shirt klebt an ihm wie eine zweite Haut, sodass man seinen gut durchtrainierten Körper darunter erahnen kann.

»Du kommst also heute Abend wieder hierher zurück?«, frage ich.

»Nein.«

»Was? Aber du hast doch eben noch gesagt, dass ...«

»Ja, aber das ist nicht meine Aufgabe. Ich bin hier nur eingesprungen.«

»Aha. Und wer macht das dann?«

Barnes Miene verfinstert sich. »Derjenige, der eigentlich dafür verantwortlich ist«, antwortet er.

Was ist denn mit dem auf einmal los?

»Und wer ist dafür verantwortlich?«, hake ich nach, doch es kommt nichts mehr.

Barne zuckt nur mit den Schultern und schweigt.

»Sag mal, muss man dir immer jedes Wort aus der Nase ziehen?«, schnauze ich ihn an. »Sprechen macht das Leben leichter, weißt du. Du könntest zum Beispiel sagen, ich bin hier nur eingesprungen. Aber mach dir keine Sorgen, mein

Kollege kommt nachher hier vorbei, um nach dem Rechten zu schauen. Er heißt übrigens XY, und wenn du willst, sage ich ihm Bescheid, dass er sich bei dir meldet, damit du erfährst, was aus dem kleinen Seehundbaby geworden ist.« Ich setze mich in den feuchten Sand und ziehe mir die Schuhe wieder an. Sie sind patschnass, wie alles andere auch.

Dachte ich eben noch, dass Barne durchaus auch nette Züge haben kann? Da habe ich mich wohl durch das kurz aufgeflammte Lächeln täuschen lassen, denn jetzt gibt er sich wieder wortkarg und unfreundlich.

»XY heißt Krisjan.« Barne schaut auf mich herunter.

Er scheint sich auf einmal wieder Mühe zu geben, aber das ist mir egal. Ich bin stinksauer, auf ihn, auf Tom, auf meinen Opa. Die spinnen doch, die Kerle!

»Fahren wir.« Barne dreht sich um und geht zu dem Jeep.

Neptun gibt einen jämmerlichen Heulton von sich, in der Ferne höre ich Donner grollen.

»Ich gehe zu Fuß zurück«, rufe ich und rappele mich auf. Das Gewitter scheint noch weit weg zu sein. Und der Regen stört mich auch nicht weiter, denn nass bin ich sowieso schon.

Barne setzt sich ins Auto, kurbelt die Scheibe herunter. »Sei nicht albern!«, ruft er mir zu und zeigt in den Himmel. »Das Gewitter kann schnell hier sein. Hier an der See tickt das Wetter anders.«

»Danke, wie gesagt, ich laufe lieber.« Es ist total unvernünftig, das Angebot abzulehnen, aber ich kann mich trotzdem nicht dazu überwinden, zu ihm in den Jeep zu steigen. Schnell schieße ich noch ein Foto von der Absperrung.

»An deiner Stelle würde ich mich beeilen«, ruft Barne. »Und nicht noch wild Bilder schießen.«

»Ich hab den Kindern ein Foto versprochen«, rufe ich zurück und ärgere mich im nächsten Moment. Ich muss mich hier nicht erklären.

Nach einem letzten skeptischen Blick nach oben gehe ich los. Bis zum Naturschutzzentrum schaffe ich es ganz bestimmt, und notfalls kann ich dort warten, bis das Wetter wieder besser wird.

Der Jeep rollt im Schritttempo neben mir her. Das darf doch wohl nicht wahr sein! Ob er die ganze Zeit an meiner Seite fahren wird?

Ich bleibe stehen und stemme meine Hände in die Hüften. »Auf die Gesellschaft eines schlecht gelaunten Aushilfsseehundjägers kann ich gerne verzichten!«, rufe ich ihm zu. »Hast du nichts Besseres zu tun?«

Barne fängt schallend an zu lachen und lehnt sich aus dem Fenster.

»Sehr witzig!« Ich ignoriere das nächste Grollen, das über den Himmel rollt, und gehe weiter.

»Du erinnerst mich an meine Nichte, Ylvie. Die hat auch so eine trotzige Art drauf und streitet gerne. Jetzt komm schon, steig ein!«, ruft Barne. »Wenn dir was passiert, verzeihe ich mir das nie.«

Seine Nichte? »Bist du schon mal auf die Idee gekommen, dass es an dir liegen könnte?« Wütend funkle ich ihn an. »Ich bin nämlich normalerweise echt harmoniebedürftig und streite so gut wie nie.«

Der Altersunterschied zwischen den beiden muss an die fünfundzwanzig Jahre sein, überlege ich. Kein Wunder, dass Ylvie sich ihm gegenüber respektlos verhalten hat. Er hat irgendwas an sich, was geradezu dazu verleitet, sich mit ihm zu streiten. Ich stapfe weiter durch den Sand. Der Jeep braust auf einmal an mir vorbei, aber nur, um wenige Meter weiter wieder anzuhalten. Barne steigt aus dem Auto und stellt sich mir in den Weg.

In der Ferne sehe ich einen hellen Blitz, der kurz über dem Meer aufleuchtet, und nur gleich darauf noch einen.

»Jetzt komm schon. Es tut mir leid, wenn ich schroff war. Es ist nur so … Ich hatte eigentlich wirklich was Besseres vor, als das Telefon klingelte. Und Krisjan …«

Ich winke ab. »Schon gut, ich fahre mit dir.« Große Lust auf seine Gesellschaft habe ich zwar immer noch nicht, aber lebensmüde bin ich auch nicht. Der Himmel wird immer dunkler, der Wind pfeift mir mittlerweile ordentlich um die Ohren. Und wenn ich eins gelernt habe, dann, dass man sich bei Gewitter möglichst nicht in der Nähe eines Gewässers aufhalten sollte.

»Na, du bist vielleicht hartnäckig!« Barne geht mit langen Schritten zum Wagen und hält mir grinsend die Beifahrertüre auf. »Bitte schön!«

»Danke schön.« Ich setze demonstrativ das beste unechte Lächeln auf, das ich unter diesen Umständen hinbekomme, und lasse mich auf den Sitz fallen.

Barne greift nach hinten auf die Rückbank, auf der, neben einem Kindersitz, eine ganze Menge Kleidungsstücke und ein paar Handtücher rumliegen. Er zieht ein großes Badetuch aus dem Haufen und hält es mir hin.

Das bringt mir zwar nicht wirklich viel, aber ich rubbele mir wenigstens einmal kurz durch das Haar, dann schiebe ich es mir unter den Po, damit sich der Stoffbezug nicht zu sehr vollsaugt.

»Wo wohnst du?«, fragt Barne.

»*Üüs Eilun.*«

»Bei der Schweizerin?«

»Ja. Kennst du sie?«

Barne startet den Wagen und fährt los. »Die kennt jeder hier. Sie fällt mit ihrem Dialekt sofort auf. Und außerdem ist sie – sagen wir mal – sehr speziell.«

»Ja, das ist sie, aber ich finde sie sehr nett.«

»Das eine schließt das andere nicht aus.«

»Da hast du wohl recht.« Ich betrachte Barne einen kurzen Moment von der Seite. Dabei fällt mir wieder die tätowierte Elfe auf, die mich von seinem Oberarm frech anzuschauen scheint. Jetzt kann ich auch entziffern, was in geschwungenen Buchstaben darunter geschrieben steht. *Tatje.*

Als Barne meinen Blick bemerkt, drehe ich schnell meinen Kopf und schaue auf das Meer hinaus. »Es ist echt usselig geworden«, sage ich. Etwas Small Talk über das Wetter erscheint mir angenehmer, als die restliche Fahrt über schweigend neben ihm zu sitzen.

»*Usselig* …«, sagt Barne amüsiert. »Es ist nicht zu überhören, dass du aus dem Ruhrgebiet kommst. Das schlechte Wetter hatte sich durch die Federwolken schon früh angekündigt. Hier auf Amrum sagt man: *Wan't so hiarig as, do fu'f üülag wedern!* Was so viel heißt wie: *Wenn es am Himmel so haarig ist, dann bekommen wir stürmisches Wetter.*«

Von haarigen Wolken ist am Himmel nichts mehr zu sehen. Er ist grau, fast dunkel, genau wie das Meer, das nicht mehr die Ruhe von vorhin ausstrahlt. Wie zur Bestätigung ertönt ein lautes, tiefes Donnergrollen, gefolgt von einem Blitz, der für einen kurzen Moment den Himmel erhellt. Jetzt bin ich wirklich froh, dass ich hier im sicheren Auto sitze. Beim Gedanken, dass ich bei dem Wetter ganz alleine am Strand entlangmarschieren wollte, wird mir ganz anders zumute.

Ich lasse meinen Kopf gegen die beschlagene Scheibe sinken. Wäre ich gleich ins Café gegangen, wie ich es ursprünglich vorhatte, würde ich jetzt gemütlich mit einem Stück Torte im Trockenen sitzen und hätte vielleicht auch schon etwas über Omas Verbleib herausgefunden. Aber dann hätte ich nicht bei der Rettung des Seehundbabys helfen können.

»Ich hoffe, die Robbenmutter kommt noch«, sage ich.

»Wenn sie nur ein Baby hat, das sie aus irgendeinem Grund aus den Augen verloren hat, stehen die Chancen ganz gut. Vielleicht sucht sie es tatsächlich. Hat sie zwei, sieht es schlecht aus. Wenn die kleinen Seehunde nämlich in verschiedene Richtungen schwimmen, hat die Mutter ein Problem. Sie muss sich entscheiden, bei welchem sie bleibt. War das der Fall, hat der kleine Neptun sozusagen Glück im Unglück gehabt, dass er gestrandet ist und entdeckt wurde. In der Aufzuchtstation päppeln sie ihn schon wieder auf.«

»Hoffentlich.« Ich ziehe am Ärmel meiner Regenjacke, sodass der Stoff sich spannt und nicht mehr so fest an meiner Haut klebt. »Wenigstens hat Neptun ein dickes Fell.«

Barne sieht zu mir rüber. »Ist dir kalt?«

»Ein bisschen.«

»Du solltest deine nasse Jacke ausziehen. Nicht, dass du noch krank wirst.« Er greift während des Fahrens wieder hinter sich und reicht mir einen türkisfarbenen Pullover. »Hier, nimm. Der dürfte passen.«

Meine Regenjacke hat nicht wirklich viel gebracht, auch mein T-Shirt ist klatschnass. Es fühlt sich kalt auf meiner Haut an. Kurz entschlossen schnalle ich mich ab und ziehe beides aus, um danach schnell in den Pulli zu schlüpfen. Er sitzt knapp, wahrscheinlich gehört er Ylvie. Ganz wohl ist mir bei der Sache nicht, aber es ist immer noch besser, als krank zu werden. Die Kleine hat einen teuren Geschmack. Der Pulli ist von derselben Marke wie die Strickjacke, die Oma mir mal geschenkt hat. Er ist weich, ganz sicher steckt ein hoher Kaschmiranteil in der Wolle. Allerdings riecht das Teil etwas unangenehm. Ich zupfe etwas am Bund und schnuppere an einem Ärmel. »Raucht deine Nichte?«

»Wenn ja, reiße ich ihr den Kopf ab! Ich habe es auch sofort gerochen, als sie vorhin ins Auto gestiegen ist. Sie hat behauptet, eine ihrer Freundinnen würde rauchen, und sie hätte nur neben ihr gesessen.«

»Kann doch gut möglich sein«, lenke ich ein. Jetzt habe ich ein schlechtes Gewissen, ich wollte Ylvie nicht verpetzen. »Ich heiße übrigens Meike«, schiebe ich hinterher, um vom Thema abzulenken. »Ich glaube, ich habe mich noch gar nicht vorgestellt.«

»Meike Ritter, ich weiß«, sagt Barne.

»Was, woher denn?«

»Die Insel ist verdammt klein.« Er grinst, und in dem Moment wird mir klar, wie er meinen Namen erfahren hat.

»Der Polizist hat es dir gesagt.«

»*Jo*!«

»Ich hoffe echt, dass das gut ausgeht für den Kleinen.«

Barne gibt ein Brummen von sich, dann schweigt er wieder.

Ich deute es als Zustimmung und schaue raus aus dem Fenster. Wir haben den Weg am Strand entlang schnell hinter uns gelassen und fahren mittlerweile wieder auf der Straße. Der Regen prasselt auf das Dach des Geländewagens, die quietschenden Scheibenwischer bewegen sich im gleichmäßigen Takt hin und her.

»*Üüs Eilun*«, verkündet Barne und hält vor der Pension an.

»Danke.« Ich schnalle mich ab und greife nach meinen nassen Sachen. »Wie erfahre ich denn jetzt, was aus dem Seehundbaby geworden ist?«

»Da rufst du am besten den Seehundjäger an. Der heißt Krisjan Jansen und steht im Telefonbuch.«

»Das mach ich, danke.« Ich öffne die Tür und steige aus. »Auch fürs Mitnehmen.« Bevor ich die Tür zuschlage, übermannt mich dann doch die Neugierde. »Bist du kein Seehundjäger?«, frage ich ihn.

»Ich bin Seenotretter«, antwortet Barne und dreht den Zündschlüssel.

Erst als ich in meinem Zimmer stehe, bemerke ich, dass ich noch den geliehenen Pulli anhabe.

13.

»Ein Seenotretter?«, ruft Doro begeistert aus. »Das ist ja noch viel besser als ein Fischer! Das ist einer von den Guten. Einer von denen, die bei jedem Wetter raus aufs Meer fahren, um Menschen zu retten und dabei sogar ihr eigenes Leben riskieren. Ich hab da mal ne Reportage darüber gesehen. Total spannend!« Sie holt Luft. »Und, wie sieht er aus? Erzähl! Ich will alles ganz genau wissen.«

Ich sitze eingewickelt in die warme Decke mit einem Handtuchturban auf dem Kopf im Bett, habe heiß geduscht und mich richtig aufgewärmt. Dann habe ich mir unten eine große Tasse Schwarztee aufgebrüht, mit einer ordentlichen Portion Kandis gesüßt.

»Er ist genau dein Fall«, sage ich lachend. »Groß, sehr gut gebaut, blondes Haar mit einem Stich Rot, unrasiert, schwielige Hände, wortkarg und stoffelig. Ein echtes Nordlicht.«

»Hast du ein Foto von ihm?«

»Quatsch! Warum sollte ich? Der Typ ist unmöglich! Außerdem trägt er einen Ring, und auf seinem Oberarm hat er sich eine Elfe mit dem Namen *Tatje* tätowieren lassen. Und im Auto war ein Kindersitz. So wie es aussieht, hat er Familie.«

»Komisch, dass dir der Ring aufgefallen ist«, sagt Doro. So leicht lässt sie sich nicht abspeisen. »Du achtest doch sonst nicht auf so was. Hast du seinen Nachnamen? Dann könnten wir ihn googeln und vielleicht rausfinden, ob er Frau und Kind hat.«

»Doro, er hat mir die Hand hingestreckt und mir hochgeholfen, als wir auf der Fähre mit den Köpfen zusammengestoßen sind. Deswegen habe ich auch seinen Ring gesehen.« Dass der Moment etwas länger als nötig dauerte, erzähle ich lieber nicht, sonst geht gleich wieder die Fantasie mit ihr durch. »Außerdem ist dieser Hüne absolut nicht mein Fall! Auch wenn er der einzige Single auf der ganzen Insel wäre, würde ich diesen Typen nicht mit der Kneifzange anfassen.« Ich nehme einen Schluck vom heißen Tee. »Und davon mal ganz abgesehen, muss ich erst einmal die Sache mit Tom verdauen. Mir steht absolut nicht der Sinn nach einem neuen Kerl. Und überhaupt … wenn ich mich verliebe, bleibe ich vielleicht auf der Insel, so schön ist es hier. Möchtest du das riskieren?«

Doro lässt sich von meiner kleinen Drohung nicht beeindrucken, im Gegenteil. »Ach, weißt du was, damit hätte ich kein Problem. Dann komme ich eben auch nach Amrum. Frag deinen Barne doch mal, ob die eine Krankenschwester auf dem Boot brauchen. Seefest bin ich.«

»Du bist echt verrückt«, sage ich.

Doro lacht. »Wer will schon normal sein? Du etwa? Außerdem, wer hat denn davon gesprochen, dass du ihn gleich heiraten sollst? Und? Hast du jetzt Barnes Nachnamen, oder nicht?«

Ich seufze auf. »Nein! Und wo wir schon mal beim Thema sind, was ist denn mit Jan?«

»Der spinnt, wie alle Kerle. Als ich heute Morgen aufgewacht bin und ihn neben mir schnarchen hörte, habe ich mir felsenfest vorgenommen, ihn zu verlassen. Dann ist mir eingefallen, dass ich morgen oder übermorgen meine Tage bekomme. Ich hab so was von PMS. Und du weißt ja, keine wichtigen Entscheidungen treffen während hormoneller Unzurechnungsfähigkeit, schon gar nicht, wenn es um Männer geht.«

»Stimmt, warte lieber noch eine Woche.« Ich kenne meine Freundin. Sie erleidet regelrechte Wutattacken, wenn sie in den Tagen vor den Tagen steckt. Während ich in dieser Zeit eher weinerlich und anhänglich werde, lebt Doro ihre Aggressionen aus. »Hab ich dir eigentlich erzählt, dass mein Opa denkt, Oma würde so etwas wie die zweiten Wechseljahre erleben?«

»Das ist ja mal wieder typisch«, schnaubt Doro. »Immer schön die Schuld bei der Frau suchen. Ich sag doch, die spinnen alle.«

»Siehst du! Und genau deswegen habe ich absolut keine Lust auf irgendeinen Mann, zumindest momentan nicht.«

»Meld dich auf jeden Fall, wenn es bei dir was Neues gibt, okay? Ich geh jetzt noch ne Runde schwitzen …«

Ich lehne mich zurück und trinke den süßen Tee aus. Da wird es auf einmal hell im Zimmer, die Sonne traut sich wieder an den Himmel, der Wind hat die Wolken vertrieben. Es ist gerade mal eine Stunde her, da blitzte und donnerte es, und nun ist der Himmel wieder blau. Wir haben drei Uhr, der richtige Zeitpunkt, um mich auf den Weg in die Konditorei zu machen. Ich werfe die Decke von mir und ziehe meine zweite Jeans aus dem Koffer. Gestern hatte ich keine Lust mehr, auszupacken, außerdem wusste ich noch nicht, ob ich hierbleiben werde oder mir eine neue Unterkunft suche. Aber es gefällt mir in meinem rosa Gemach. Hoffentlich ist das Zimmer noch nicht weitervermietet, ich würde gerne noch ein paar Tage Prinzessin spielen.

Ich schlüpfe in Unterwäsche und Hose, dann föhne ich mir im Bad die Haare trocken. Als ich Tom damals kennengelernt habe, trug ich einen frechen Kurzhaarschnitt. Doch dann zeigte ich ihm irgendwann ein Foto aus Zeiten, in denen ich mein Haar lang trug – und Tom war total begeistert. Also habe ich es ihm zuliebe wachsen lassen. Ob ich doch wieder zum Friseur gehen soll? Viele Frauen beginnen einen neuen Lebensabschnitt mit einem neuen Schnitt, das ist nach einer Trennung anscheinend ganz normal.

»Soll ich?«, frage ich mein Spiegelbild.

Grüne Augen schauen mich skeptisch an. Die längeren Haare stehen mir gut. Letztendlich würde ich mich ärgern, wenn ich sie abschneiden lassen würde, weil ich plötzlich das Gefühl hätte, meine Veränderung zu erzwingen. Ich beschließe, zumindest für den Moment optisch so zu bleiben, wie ich bin, und binde mir einen Pferdschwanz. Dabei fällt mir auf, dass ich tatsächlich während des Spaziergangs durch die Dünen etwas Farbe bekommen habe. Auch in der Beziehung komme ich ganz nach Oma. Ich werde schnell braun. Mit Sonnenbrand habe ich zum Glück normalerweise nie Probleme, ganz im Gegenteil zu Tom. Der sieht sofort aus wie ein gekochter Krebs, wenn er auch nur in die Nähe der Sonne kommt. Geschieht ihm recht, denke ich. Und dann schießt mir Barne durch den Kopf. Er ist auch blond. Und der Rotanteil in seinem Haar spricht dafür, dass er sonnenempfindlich ist. Aber er war alles andere als blass. Doch das bleibt wahrscheinlich nicht aus, wenn er viel auf dem Rettungsboot unterwegs ist. Wahrscheinlich passt die Haut sich mit den Jahren an. Ich hätte Doro erzählen sollen, dass er der Seehundjäger ist, wie ich ursprünglich auch vermutet habe. Dann wäre er ihr unsympathisch gewesen, wir hätten nicht so viel über ihn geredet – und er würde mir jetzt nicht im Kopf herumspuken.

Das Café *Schult* liegt im Zentrum von Norddorf, gleich hinter dem Strandkorb, in dem ich gestern Abend meine Pizza gegessen habe. Im Verkaufsraum herrscht reger Betrieb. Ich geselle mich in die Reihe der wartenden Kunden, die interessiert die Kuchentheke begutachten. Bei dem Anblick der verschiedenen Köstlichkeiten läuft mir das Wasser im Mund zusammen. Ich kann mich nicht entscheiden, doch mein Blick bleibt bei der Friesentorte hängen. Von ihr hat Suzanna geschwärmt. Sie sieht mächtig aus und scheint nur aus Sahne zu bestehen. Und die Stücke sind riesig.

Als eine Frau neben mir gleich vier Portionen davon zum Mitnehmen bestellt, frage ich: »Ist sie so lecker?«

Sie lacht. »Die sind natürlich nicht alle für mich. Aber ja, sie ist wirklich sehr gut. Die Kombination aus Sahne, Pflaumenmus und krossem Blätterteig ist einfach ein Gedicht.«

»Trauen Sie sich!«, sagt die Bedienung über die Theke hinweg zu mir, als ich an der Reihe bin.

»Okay!« Mein Blick schweift noch einmal kurz über die Kuchenauslage. »Und dazu nehme ich noch ein Stück Butterkuchen.« Der sieht ganz genauso aus wie der von Oma, saftig und luftig zugleich und unter den zuckrigen Mandeln eine Puddingcreme. Das ist ganz sicher viel zu viel, aber ich kann einfach nicht widerstehen.

»Zum Mitnehmen oder hier essen? Draußen sind alle Plätze besetzt, aber drinnen haben Sie bestimmt Glück.«

»Ich bleib gerne hier.«

»Schön!« Sie drückt mir einen kleinen Abschnitt in die Hand. »Den geben Sie ab, wenn Sie das Getränk bestellen. Der Kuchen wird dann zum Tisch gebracht.«

»Danke.«

Ich gehe durch die Tür, auf der in geschwungenen Buchstaben *Café* steht, und bin überrascht. Mit so einem großen Raum habe ich nicht gerechnet. Fast alle Tische sind besetzt. Ich entdecke nur einen einzigen freien am Ende des Raumes und steuere geradewegs darauf zu. Plötzlich springt ein Mann auf und winkt mir freudig zu. Diesmal hat er keine Möwenfeder im Haar stecken, aber ich erkenne ihn trotzdem sofort. Es ist Walter, der Feuerschamane. Er trägt schwarze Lederhosen, darüber eine weiße Tunika. Im Ausschnitt baumelt der schwarze Stein an einem Lederhalsband. Mit seiner offenen, langen grauen Haarmähne wirkt er wie eine Mischung aus Späthippie und Altrocker. Nur die grellgelben Turnschuhe passen wieder so gar nicht zu dem restlichen Outfit. Aber gerade dieser Kontrast macht ihn besonders.

Walter ist alleine hier, und es ist anscheinend ganz selbstverständlich für ihn, dass ich mich zu ihm setze. Auffordernd zeigt er auf den leeren Stuhl ihm gegenüber.

»Hallo, Meike, setz dich doch zu mir«, sagt er, als ich zu ihm komme.

»Hallo, ja, warum nicht?« Ich lächle ihn an und nehme Platz. Walter kennt meinen Namen sicher von Suzanna. Zumindest kann ich mich nicht daran erinnern, dass wir uns einander vergangene Nacht vorgestellt haben. »Du heißt Walter, nicht wahr?«

»Ja. Mein schamanischer Name ist allerdings Kajika – der, der geräuschlos geht.«

»Das passt! Ich habe dich gestern Nacht absolut nicht gehört, als du plötzlich aufgetaucht bist.«

Die Bedienung erscheint an unserem Tisch. Ich gebe ihr meinen Kuchenzettel und bestelle dazu einen Pott Milchkaffee.

»Wie möchtest du denn genannt werden?«, frage ich.

»Das bleibt dir überlassen, beide Namen gehören gleichermaßen zu mir.«

»Dann bleibe ich bei Walter, wenn es dir nichts ausmacht.«

»Gerne. Übrigens knarrt der Holzboden nur an bestimmten Stellen«, erklärt er. »Dass du mich nicht gleich bemerkt hast, liegt auch daran, dass dein Geist nicht frei ist und du mit anderen Dingen beschäftigt bist.«

»Das stimmt wohl …« Ich seufze. »Hat Suzanna dir gesagt, dass ich meine Oma suche? Sie hat mir empfohlen, hier im Café nachzufragen. Der Inhaber ist auf der Insel geboren. Vielleicht kann er sich an sie erinnern.«

»Ja, Suzanna hat es mir erzählt. Ich hoffe, du hast nichts dagegen. Wir beide gehen sehr offen miteinander um.«

»Ist schon in Ordnung.«

»So, bitte schön.« Die Bedienung stellt einen Teller mit einem riesigen Stück Torte und einem Streifen Butterkuchen vor mir ab. »Guten Appetit.«

Die Tasse Kaffee sieht winzig aus im Vergleich zu dem Kuchenberg, der sich vor mir auftürmt. Fast habe ich das Gefühl, dass meine Friesentorte noch viel größer ist als die Stücke der Dame eben an der Theke.

»Das schaffe ich nie.« Ich ziehe pfeifend die Luft ein.

»Das sagen alle.« Walter lacht und beobachtet mich dabei, wie ich die Gabel in die Torte steche.

Die obere Schicht besteht aus mit Puderzucker bestäubtem Blätterteig. Sie bricht krachend auseinander, als ich durch sie hindurchsteche. Dreimal Blätterteig, zweimal Sahne, darunter Pflaumenmus. Und sie schmeckt wirklich himmlisch. Gar nicht schwer und mächtig, wie ich vermutet habe. Leicht, locker, süß – und der knusprige, buttrige Blätterteig bildet dazu einen tollen Kontrast. Ich lasse die Köstlichkeit auf meiner Zunge zergehen und bin schlichtweg begeistert. »Fantastisch«, murmele ich.

»Ich habe mal versucht, sie nachzubacken.« Walter schüttelt bedauernd den Kopf. »Funktioniert nicht. Und mit tiefgekühltem Blätterteig schmeckt es bei Weitem nicht so gut.«

Mein Blick fällt auf den Streifen Butterkuchen, der noch unberührt neben dem Rest der Friesentorte liegt. Ich probiere ein Stückchen davon und noch eins. Die zuckrigen Mandeln, die Buttercreme, der lockere Hefeteig … wie Omas Kuchen, den sie neulich noch für Opa gebacken hat! Für einen Butterkuchen braucht man keine besonderen Zutaten, die Rezepte sind alle ähnlich, aber der hier hat wirklich die gleiche Beschaffenheit und schmeckt vor allen Dingen auch so. »Fast könnte man glauben, sie hat die Rezepte von hier«, überlege ich laut. »Ich meine, sie ist immerhin hier aufgewachsen …«

»Dann wird es auch so sein«, sagt Walter. »Warum suchst du sie eigentlich?«

Ich greife nach meiner Tasse. »Weil ich mir Sorgen mache.«

»Warum? Denkst du, sie kommt alleine nicht klar?«, fragt Walter lächelnd, und ich weiß genau, worauf er hinauswill.

»Nein, sie schafft alles alleine, da bin ich mir sicher.«

»Und du?«

»Ich meistens auch.« Und wenn alle Stricke reißen, ist da

immer noch Doro, denke ich. Auf sie kann ich mich immer verlassen. Sie würde mich auch mit einer Nagelfeile aus dem Gefängnis befreien, wenn es denn nötig wäre.

»Meine Oma fehlt mir«, erkläre ich meiner neuen Bekanntschaft. »Sie war immer für mich da.« Nachdenklich sehe ich über die Köpfe der Leute hinweg. Ich kann mir gar nicht vorstellen, wie es sich anfühlen würde, wenn sie nicht zurückkommen würde. Als ich in Köln gewohnt habe, habe ich sie zwar manchmal wochenlang nicht gesehen, aber ich hätte theoretisch jederzeit die Möglichkeit dazu gehabt. Und außerdem haben wir telefonisch und über meinen Blog und die Buchrezensionen miteinander Kontakt gehabt. Omas Brief fällt mir wieder ein. *Du bist die Einzige, die mich hätte zurückhalten können …*

Oma wollte nicht, dass ich von ihren Plänen erfahre – da sie sie vielleicht für mich aufgegeben hätte. Und jetzt bin ich hier und möchte sie zurückholen. Hätte sie gewollt, dass ich ihr nachreise, hätte sie mir von Anfang an gesagt, wo sie hinwill. Ob meine Entscheidung, ihr nachzureisen, überhaupt richtig war?

Walter stupst mich am Unterarm. »Was hältst du davon, wenn wir mal deine Aura reinigen? Es wird dir helfen, ein paar Dinge klarer zu sehen – und loszulassen.«

»Ja, warum nicht?« Ich habe keine Ahnung, was er damit meint. Ich weiß nur, dass ich plötzlich sehr durcheinander bin und gar nicht mehr weiß, was ich denken soll. Die ganze Zeit war ich felsenfest davon überzeugt, Oma unbedingt finden zu müssen. Und jetzt sitze ich hier vor Kuchenresten bei einem Feuerschamanen am Cafétisch und bin mir nicht mehr sicher, ob es eine gute Idee war, so Hals über Kopf auf diese Insel zu reisen.

Walter steht auf. »Um halb sechs, am Parkplatz vor den Dünen, passt dir das?«

»Ja …« Ich schaue ihm nach, wie er sich leichtfüßig den Weg durch das überfüllte Café nach draußen bahnt. Auch andere Gäste sehen ihm hinterher, und ich bin mir sicher, dass es nicht nur an seiner äußeren Erscheinung liegt. Schamane hin oder her, er hat eine ganz besondere Ausstrahlung. Voller Energie und gleichzeitig so, als würde er in sich selbst ruhen – und über den Dingen schweben. Ich kann ihn mir gar nicht Friesentorte backend in einer ganz normalen Küche vorstellen. Eher sehe ich ihn in einem Kupfertopf über offenem Feuer rühren.

Ich picke die restlichen Teile vom Teller und winke dann der freundlichen Bedienung.

»War alles in Ordnung?«, fragt sie lächelnd und rechnet auf ihrem kleinen Block meine Bestellung zusammen.

»Ja, perfekt, vielen Dank.«

Als sie mir den Betrag nennt, schaue ich überrascht auf. Fast fünfundzwanzig Euro für einen Kaffee und zwei Stücke Kuchen? Sie bemerkt meinen erstaunten Blick.

»Sie zahlen doch für den Herrn mit, oder? Er hatte zwei Kannen Tee und ein Stück Buttermilchtorte.«

»Ja klar, natürlich.«

Als ich mein Geld aus der Tasche ziehe, muss ich schmunzeln. Haben die Menschen früher ihre Schamanen und Medizinmänner nicht auch in Naturalien bezahlt?

»Es hat mir wirklich sehr gut geschmeckt. Gerade der Butterkuchen erinnert mich an den meiner Oma. Sagen Sie, könnte ich wohl den Inhaber des Cafés mal kurz sprechen?«

Die Bedienung sieht mich skeptisch an. Ich schätze sie auf Ende dreißig, und bis eben ist mir gar nicht aufgefallen, wie hübsch sie ist. Ich war viel zu sehr auf Walter und den Verzehr der Kuchen konzentriert. Sie hat ein fein geschnittenes Gesicht, wache Augen und straff nach hinten gebundene dunkle Haare. Sie könnte gut auch als erfolgreiche Firmenchefin durchgehen, wenn sie anstatt des schwarzen Rocks und der weißen Schürze ein Businesskostüm tragen würde.

»Mein Mann ist gerade hinten im Hof«, sagt sie.

Ich mache große Augen. Sie scheint die Chefin zu sein.

»Geht es um das Rezept der Friesentorte? Viele Gäste fragen danach. Vergeblich, denn natürlich ist es streng geheim.« Sie zwinkert mir zu. »Aber auf unserer Homepage finden Sie einen kleinen Film über die Herstellung.«

»Das ist ja toll, den schaue ich mir gleich mal an. Aber ehrlich gesagt, geht es um meine Großmutter. Sie ist in Norddorf aufgewachsen, und ich bin auf der Suche nach ihren Wurzeln. Meine Vermieterin sagte mir, dass die Konditorei schon sehr lange besteht. Und da dachte ich, Ihr Mann kennt sie vielleicht. Sie ist jetzt zweiundsiebzig.«

»Das ist die Generation meines Schwiegervaters.« Die Frau überlegt einen Moment. »Versuchen Sie es doch zuerst einmal bei meinem Mann. Vielleicht kann er Ihnen sagen, wo sein Vater steckt. Er ist hinten im Hof. Aber beeilen Sie sich, er wollte gleich noch mal los.«

Ich bedanke mich bei der Frau und verlasse das Café. Hinter dem Gebäude kommt mir ein groß gewachsener Mann in grau-weiß karierter Hose und weißem T-Shirt entgegen. Er schiebt ein Fahrrad neben sich her und schimpft laut vor sich hin. Als er mich sieht, hält er kurz inne.

»Entschuldigen Sie«, sage ich, »Ihre Frau hat mir verraten, wo ich Sie finden kann. Es geht um den Butterkuchen. Ich wollte …«

»Viel gute Butter, fette Sahne. Und nicht mit Margarine panschen, so wie viele das mittlerweile machen, nur um ein paar Cent mehr zu verdienen.« Er seufzt. »Ich weiß ja nicht, ob Sie schon davon gehört haben, aber mittlerweile pissen viele in den Wald, nur um das Wasser für die Spülung zu sparen.«

Ich weiß nicht, was ich darauf antworten soll.

Als er meinen verdutzten Blick bemerkt, fängt er schallend an zu lachen. Dabei hält er sich mit einer Hand den Bauch. Seinen Beruf hätte ich sofort erraten. Er ist nicht nur Konditor, er sieht auch aus wie einer.

»Ich habe übrigens einen Freund, der macht das wirklich so. Er wohnt direkt am Wald.« Er wischt sich über die Augen. »Und das mit der Margarine habe ich auch ernst gemeint.«

Ich räuspere mich. »Ich backe auch gerne. Meine Oma hat es mir beigebracht. Margarine kommt bei ihr nicht ins Haus, und bei mir auch nicht. Sie ist übrigens auf Amrum aufgewachsen, in Norddorf …«

Ich erzähle ihm die Geschichte, der Konditor hört mir interessiert zu. Dass Oma Opa verlassen hat und von zu Hause weg ist, lasse ich aus. Ich bin auf Vergangenheitssuche, möchte Licht in meine Familiengeschichte bringen. Das muss erst mal reichen.

Als ich Omas Mädchenname erwähne, schüttelt er bedauernd den Kopf. »Noch nie gehört, leider. Da haben Sie bei meinem Vater bestimmt mehr Glück. Er kennt alle, die hier mal gelebt haben. Ich kann ihn heute Abend mal danach fragen. Am besten schreiben Sie Namen und Geburtsdatum Ihrer Großmutter auf und geben den Zettel meiner Frau.«

»Das mache ich, danke. Der Butterkuchen schmeckt übrigens ganz genau wie Omas. Ist das ein Familienrezept?«

»Soll ich Ihnen das Geheimnis verraten?« Er blickt mich verschwörerisch an. »Die Mandeln müssen nach dem Backen noch heiß mit flüssiger Sahne bestrichen werden. Außerdem muss er bei sehr hoher Temperatur gebacken werden, aber nicht zu lange. Wenn er unten goldbraun ist, ist er genau richtig. Die einfachen Dinge sind oft am schwersten.«

Seine Augen leuchten, als er das sagt. Wahrscheinlich ist das wahre Geheimnis seines Erfolges, dass er seinen Beruf als Kunst versteht und mit Liebe backt.

»Was meinen Sie«, fragt er und schiebt das Fahrrad Richtung Portal. »Welches Backwerk ist am schwersten herzustellen?«

»Baumkuchen«, antworte ich spontan. Daran habe ich mich schon mal versucht – und bin kläglich gescheitert. Die einzelnen Schichten sind mir im Backofen zu dunkel geworden, und so war die ganze Arbeit umsonst, und am Ende landete das Kunstwerk im Abfalleimer.

»Nein, es ist das Brötchen. Bis heute ist es mir nicht gelungen, das perfekte Brötchen zu backen …« Er seufzt. »So, jetzt muss ich aber los. Mein Kumpel wartet. Ein Vorteil auf der Insel ist, dass man alles bequem mit dem Rad erreichen kann. Ein bisschen Bewegung tut nach einem langen Tag auch ganz gut.« Er steigt auf und fährt davon. Draußen auf der Straße dreht er sich noch einmal um. »Schreiben Sie auch Ihre Handynummer drauf. Wenn ich was rauskriege, melde ich mich.«

Ich gehe zurück ins Café, bitte an der Theke um ein Blatt Papier und notiere darauf die Daten. Als ich aufschaue, fällt mein Blick auf die gefüllten Brötchenkörbe vor den Regalen.

Ich kann nicht widerstehen und kaufe ein Brötchen, ein fast perfektes, wie ich finde, und dazu noch ein Nussbrot. Wenn ich jetzt im Supermarkt noch etwas Wurst und Käse bekomme, ist das Abendessen gerettet. Hunger habe ich zwar im Moment nach der ganzen Kuchenschlemmerei nicht, aber die Lust auf etwas Herzhaftes wird bestimmt noch kommen.

Auf dem Weg zum Supermarkt komme ich an einem Fahrradverleih vorbei. Vielleicht sollte ich auch umsatteln?, denke ich und schaue mir die unterschiedlichen Modelle im Hof an. Vom Tandem bis zum Dreirad ist alles dabei.

Keine zehn Minuten später fahre ich mit einem knallroten Hollandrad die Straße entlang. In den Korb vorne am Lenkrad kann ich gleich meine Einkäufe verstauen. Ich stelle das Rad vor dem Supermarkt ab, und als ich es abschließe, sehe ich aus den Augenwinkeln ein großes rotblondes Mädchen auf der anderen Straßenseite entlangschlendern. Es ist Ylvie. Die Insel ist echt klein, denke ich. Eigentlich müsste ich mich einfach nur lange genug in einen der Strandkörbe setzen und warten. Wenn Oma hier ist, kommt sie ganz sicher irgendwann vorbei.

14.

Ich habe vergessen, wie viel Spaß es machen kann, mit einem Fahrrad durch die Gegend zu fahren. In Köln hatte ich keins, es war schlicht kein Platz dafür, um es sicher abzustellen. Bei meinen Eltern muss allerdings irgendwo im Schuppen hinter dem Haus noch eines stehen, mein altes, das ich *Bob Marley* getauft und in Rot, Gelb und Grün angepinselt habe, passend zu der Reggae-Phase, in der Doro und ich damals steckten. Wenn ich zurück bin, werde ich das alte Schätzchen wieder zum Leben erwecken. Wir waren siebzehn, Doro gurkte auf ihrem farblich abgestimmten *Black Uhuru* mit mir herum. Doch dann kam der Führerschein, das erste kleine Auto – und unsere Rastafari-Räder gerieten in Vergessenheit. Und jetzt, fünfzehn Jahre später, fahre ich mit einem bequemen Hollandrad auf einer beschaulichen Insel umher – und es fühlt sich gut an.

Mein Einkaufskorb ist vollgepackt mit Leckereien. Neben Käse, Schinken und Butter habe ich auch eine gute Flasche Wein, einen Saft und eine Schachtel Nougatpralinen erstanden. Lebensmittel sind auf der Insel etwas teurer als auf dem Festland, aber das ist wohl normal. Immerhin müssen die Sachen über das Meer gebracht werden, bevor sie hier im Laden landen.

Ich verlasse den Ort und fahre auf der Ostseite der Insel an den Feldern vorbei, immer mit Blick auf das Watt. Von hier aus kann man sozusagen über den Meeresgrund bis nach Föhr wandern. Als ich damals mit meinen Eltern auf Amrum war, habe ich die ganze Zeit nur herumgemeckert. Ich erinnere mich genau, ich hatte keine Lust, die lange Strecke durch den Matsch zu laufen. Außerdem war ich immer noch sauer, da ich lieber mit Doro in die Ferienfreizeit nach Italien gefahren wäre. Aber meine Eltern bestanden darauf, dass wir wenigstens eine Woche gemeinsame Familienzeit verbringen, natürlich genau zur selben Zeit. Deswegen habe ich jede Gelegenheit genutzt, um schlechte Stimmung zu machen.

Ich halte an und schaue rüber nach Föhr. Meiner Mutter war es damals gar nicht recht, dass ich mit drei Jungs eine Bootstour machen wollte. »Du kennst sie doch gar nicht«, hat sie gesagt, aber das war mir egal. Ich wollte wenigstens dieses eine Mal meinen Willen durchsetzen – und wurde prompt dafür bestraft. Meinen Eltern habe ich erzählt, dass ich keine Lust mehr hatte, auf dem Boot zu bleiben, deswegen zurückschwimmen wollte und dabei die Entfernung zum Strand unterschätzt habe. In Wahrheit wollte ich einfach nur weg, deswegen sprang ich ins Wasser. Als dann auf dem Weg zum Ufer meine Kraft nachließ, fiel mir der Schwimmunterricht wieder ein und dass wir den *Toten Mann* geübt haben. Die Erinnerung an das Training und der Surfer, der zufällig vorbeikam und mich sah, haben mir das Leben gerettet. Körperlich war ich unversehrt, aber im Krankenhaus bekam ich hohes Fieber ... Nur Doro habe ich anvertraut, was auf dem Boot wirklich geschehen ist.

Ich fröstele und stelle das Rad so ab, dass ich es mit dem

Watt dahinter fotografieren kann. Das Foto schicke ich an Doro mit den Worten:

Wir müssen unbedingt bald eine Radtour machen. Lebt Black Uhuro noch? PS: Man kann von hier aus Föhr sehen … Ach ja, gleich treffe ich mich mit einem Feuerschamanen, Aura reinigen. Bin gespannt!

Ich will gerade wieder aufsteigen, als eine ältere Dame in roter Jacke neben mir mit dem Fahrrad anhält.

»Wissen Sie, ob das der Weg in Richtung Nebel ist?«, fragt sie und seufzt. »Ich habe leider überhaupt keinen Orientierungssinn. Ich wollte zur Windmühle.«

»Ich denke schon, ich bin von Norddorf losgefahren. Der Weg müsste richtig sein.« Ich zeige nach Süden. »Wenn Sie immer weiter geradeaus fahren, dürfte eigentlich irgendwann Nebel kommen.«

»Danke!« Die Frau schaut auf die Uhr. »Die Mühle ist bis siebzehn Uhr geöffnet. Vielleicht schaffe ich es ja noch. Ich würde wenigstens gerne mal einen Blick hineinwerfen.«

»Viel Glück!«, rufe ich ihr hinterher, denn sie fährt schon wieder los. Ihr roter Rücken leuchtet in der Sonne, wird immer kleiner, da wird mir auf einmal bewusst, wovon sie gerade gesprochen hat.

Ich ziehe Omas Brief aus dem Portemonnaie und lese noch einmal die ersten Zeilen.

Meine liebe Meike,
wenn der Wind der Veränderung weht, bauen die einen Mauern und die anderen Windmühlen. Ich will mich nun endlich an den Windmühlen versuchen …

Ob das ein Zufall ist oder einfach nur einer von ihren klugen Sprüchen? Oma liebt Aphorismen – und zaubert sie im passenden Moment hervor. Eines ihrer Lieblingszitate ist von Pablo Picasso, den sie auch als Künstler sehr schätzt: *Es gibt den Maler, der aus der Sonne einen gelben Fleck macht, und es gibt auch den, der mit Überlegung und Geschick aus einem gelben Fleck eine Sonne macht.* Ähnlich sei es mit Worten, hat Oma mir beigebracht. Die einen machen daraus Buchstabenhaufen, andere wiederum erwecken sie zum Leben.

Die Frau auf ihrem Fahrrad ist mittlerweile verschwunden. Ich stehe noch eine Weile da und schaue auf das Watt hinaus. Es ist nur so ein Gefühl, aber es sagt mir, dass die Mühle irgendwas mit Oma zu tun hat. Am liebsten würde ich in die Pedale treten, um auch dorthin zu gelangen, aber dann komme ich zu spät zu meiner Aurareinigung. Und einen Feuerschamanen möchte ich lieber nicht enttäuschen. Mein Blick fällt in meinen Fahrradkorb. Außerdem muss ich die Lebensmittel noch in den Kühlschrank packen. Ich beschließe, der Windmühle morgen einen Besuch abzustatten, und fahre zurück ins Gästehaus.

Ich werkele gerade in der Teeküche herum, als Suzanna hereinkommt.

»Hier«, sagt sie und reicht mir eine aufgerollte Isomatte. »Die kannst du gleich für deine Trommelreise brauchen. Durch den Regen ist der Boden nass und aufgeweicht.«

»Trommelreise?« Ich nehme die Matte und sehe sie verwundert an. Bisher war nur von einer Aurareinigung die Rede! Oder ist das etwa dasselbe?

»Lass dich überraschen.« Suzanna setzt ein geheimnisvolles Gesicht auf. »Es wird dir gefallen.«

»Dann bin ich ja mal gespannt … Sag mal, Suzanna, ich habe das Zimmer doch nur für zwei Nächte gemietet. Kann ich verlängern?«

»Ich habe dich bis einschließlich Sonntag eingetragen. Ab Montag habe ich eine Buchung. Aber wir könnten eventuell die Unterkünfte tauschen, wenn du noch mal ein paar Tage anhängen möchtest.«

»Oh, das ist gut, danke.« Ich zeige auf die Dose mit dem schwarzen Tee. »Was ist das denn für eine Sorte? Er schmeckt ausgesprochen gut.«

»Eine einfache Ostfriesenmischung. Es liegt am Wasser, das ist besonders weich hier. Deswegen schmeckt auch der Kaffee so hervorragend.«

»Dann sollte ich ein Fass Wasser anstatt des Tees mit nach Hause nehmen«, feixe ich.

Suzanna nimmt ein Glas, geht damit zum Wasserhahn und lässt es halb voll laufen. »Oder einfach hierbleiben«, sagt sie und drückt es mir in die Hand.

Um Viertel nach fünf stehe ich parat. Mit dem Rad habe ich nur ein paar Minuten bis zum Parkplatz hinunter gebraucht. Bewaffnet mit meiner Isomatte stehe ich unten an der Dünentreppe und warte auf Kajika, den geräuschlos gehenden Feuerschamanen. Da ertönen oben in den Dünen laute Rufe und dann ein schriller Schrei. Überrascht schaue ich auf. Das hört sich nicht gut an. Ein erneuter Schrei. Er könnte von einem Mädchen oder einer jungen Frau stammen, es klingt auf jeden Fall verzweifelt. Augenblicklich renne ich die Stufen hoch und den Bohlenweg entlang.

Auf Höhe einer Bank steht ein junger Typ in einem blauen Jogginganzug und versucht, das bei ihm stehende große

Mädchen in die Dünen zu ziehen. Ich erkenne ihre rotblonden Haare sofort, es ist Ylvie. Sie wehrt sich lautstark, aber der Junge ist stärker. Er dreht ihr den Arm auf den Rücken, umgreift ihr Becken und zerrt sie ins hohe Gras.

In wenigen Schritten bin ich bei ihnen. »Lass sie sofort los!«, brülle ich atemlos und werfe den Angreifer mit einem gezielten Handgriff zu Boden.

»Alles in Ordnung, Ylvie?«, frage ich und berühre ihre Schulter.

Das Mädchen sieht mich verwundert an, dann schlägt es meine Hand weg, dass ich fast ins Taumeln gerate. »Sind Sie wahnsinnig?«, schreit Ylvie wütend und wendet sich dem Jungen zu, den ich aus näherer Sicht auf etwa sechzehn Jahre schätze. »Bist du in Ordnung, Niki?«, fragt sie ihn.

Niki rappelt sich auf und schaut ziemlich dumm aus der Wäsche.

»Sie sind ja so was von irre!«, keift Ylvie.

»Ich dachte, du brauchst Hilfe«, sage ich stirnrunzelnd. »Es hat sich zumindest so angehört.« Ein mulmiges Gefühl macht sich in mir breit. So wie es aussieht, habe ich die Situation völlig falsch eingeschätzt.

»Das war Spa-aß!«, blafft Ylvie.

»Und daraus wird dann ganz schnell Ernst.« Plötzlich steht Walter neben der Bank. Er trägt eine lange bunte Weste mit indianischen Mustern über der Tunika und – ich starre auf seine Kopfbedeckung – eine eng anliegende weiße Kappe mit einem Hirschgeweih. Vor seinen Körper hält er eine große, flache, mit hellem Fell bespannte Trommel.

»Voll krass«, sagt Niki. »Das glaubt uns keiner.«

Mir auch nicht, denke ich – und muss schmunzeln. Die Situation ist zwar eigentlich alles andere als komisch, aber

Walter gibt wirklich ein groteskes Bild ab. Ich kann verstehen, dass die beiden Jugendlichen ihn ungläubig anstarren.

Niki reibt sich den Hinterkopf und verzieht dabei das Gesicht.

»Hast du dich verletzt?«, frage ich.

»Ich bin auf etwas Hartes geknallt.« Er betrachtet seine Finger. »Blutet aber nicht.«

Ich suche den Boden ab, kann aber nichts finden. Erleichtert atme ich auf. Wäre da ein Stein gelegen, denke ich, hätte es böse ausgehen können. »Es tut mir leid«, sage ich. »Aber es sah wirklich so aus, als wolltest du ihr was antun. Ylvie hat so laut geschrien und …«

»Kein Problem. Hab schon Schlimmeres überlebt«, sagt Niki.

Ylvie sieht das anscheinend anders. »Ich weiß, woher Sie meinen Namen kennen«, keift sie. »Sie kamen mir eben schon so bekannt vor. Sie sind die Frau von der Fähre.« Sie wendet sich an den Jungen. »Die ist gemeingefährlich, Niki. Sie hat es fast geschafft, meinen Onkel K.O. zu schlagen. Und das heißt was!«

»Was, wie kommst du denn darauf?« Verwundert schüttele ich den Kopf. »Wir sind zusammengestoßen, das war alles.«

Aber das interessiert Barnes Nichte nicht. »Komm, lass uns abhauen«, sagt sie zu Niki und greift nach seiner Hand. »Wer weiß, was den Freaks als Nächstes einfällt. Seien Sie froh, wenn mein Freund Sie nicht wegen Körperverletzung anzeigt.«

Bumm … Walters Trommel gibt einen tiefen Ton von sich. Und kurz darauf noch einen. Bumm … Er schlägt mit einem langen Schlegel auf das straff gespannte Fell.

Ich sehe von Walter zu Ylvie, die mir zum Abschied noch einen giftigen Blick zuwirft.

»Ich dachte, sie sei in Gefahr«, sage ich zu dem Feuerschamanen.

»Vielleicht war es auch so. Woher weißt du, dass es wirklich nur Spaß war?«

»Sie hat es gesagt …«

»Ja, das hat sie. Aber es kann genauso gut sein, dass sie sich keine Blöße geben wollte. Du hast auf jeden Fall richtig gehandelt.« Walter zeigt auf die Matte am Boden. »Nimm sie mit, wir gehen ein Stück weiter in die Dünen hinein.«

Er hat recht, denke ich. Vielleicht bin ich doch genau im richtigen Moment gekommen, um etwas Schlimmeres zu verhindern. Eine leichte Gänsehaut überzieht meinen Körper. Ich weiß noch ganz genau, wie ohnmächtig und hilflos ich mich gefühlt habe, weil die Jungs stärker waren. »Es war das erste Mal, dass ich den Griff außerhalb des Trainings angewendet habe«, sage ich.

Walter nickt anerkennend. »Das sah richtig stark aus, gefährlich. Was war das? Karate?«

»Judo.«

»Du trägst eine Kriegerin in dir, Meike.«

Schweigend gehen wir nebeneinander her. Ich muss zugeben, dass mir sein Kommentar gerade gefallen hat. In der Regel gehe ich Konflikten lieber aus dem Weg, denn ich neige dazu, es allen recht machen zu wollen. Eine Eigenschaft, über die ich mich schon oft geärgert habe, besonders als ich noch mit Tom zusammen war. Aber ich habe es bisher nicht geschafft, daran etwas zu ändern. Vielleicht ist jetzt die Zeit dazu gekommen. Ich fange in allen Lebensbereichen komplett neu an, Job, Wohnung, Freund. Bisher war mir nicht klar, welche Chance darin steckt. Ich kann noch mal komplett neu beginnen – und diesmal von Anfang an alles richtig machen.

Walter zeigt auf eine grasbewachsene hohe Düne. Ich zögere. Immerhin stehen wir mitten im Naturschutzgebiet. Hier nisten jede Menge Vögel, und die Kaninchen sind in dieser abendlichen Stunde auch in Scharen unterwegs. Er scheint meine Bedenken zu spüren und zeigt auf die hoppelnden Tierchen. »Im Einklang mit der Natur«, sagt er. »Sie sind aus ihren Bauten gekommen, um uns willkommen zu heißen.«

Oma hat mir schon als Kind beigebracht, dass Kaninchen dämmerungsaktive Tiere sind, die in Kolonien leben und abends Gräser und Kräuter fressen. Deswegen sind sie unterwegs. Aber warum spaziere *ich* hier mit einem Mann durch die Dünen, der ein Hirschgeweih auf dem Kopf trägt und in grellgelben Turnschuhen einen Hügel erklimmt? Kopfschüttelnd schaue ich ihm hinterher. Was mache ich hier eigentlich?

Nicht weit von mir entfernt sitzt ein Kaninchen vor einer Stranddistel und sieht neugierig zu mir herüber. Ein paar Möwen fliegen laut kreischend über uns hinweg.

Oben angekommen, hebt Walter beide Arme gen Himmel und lässt sie kurz darauf wieder sinken. »Worauf wartest du?«, ruft er mir zu. »Komm hoch!«

»Okay«, rufe ich und mache mich auf den Weg. Ich muss zugeben, ich bin neugierig. Und außerdem habe ich später wenigstens etwas zu erzählen, wenn ich mit Doro telefoniere.

Eins muss ich Walter lassen. Den Platz hier hat er sehr gut ausgesucht. Von dem Hügel aus hat man einen herrlichen

Blick über die Dünen, die sich bis zum weißsandigen Kniepsand erstrecken. Und dahinter glitzert in der Abendsonne das Meer. Ergriffen lasse ich meinen Blick über die herrliche Landschaft schweifen. Allein wegen dieser wunderbaren Aussicht hat sich das Treffen schon gelohnt.

»Am besten legst oder setzt du dich auf die Matte«, sagt Walter. »Mach es dir gemütlich.«

»Sag mal ...« Skeptisch schaue ich ihn an. »Ehrlich gesagt, habe ich keinen blassen Schimmer davon, was du jetzt vorhast. Du hast von einer Aurareinigung gesprochen, Suzanna hat eine Trommelreise angedeutet. Und ich habe von beiden Dingen absolut keine Ahnung. Ich weiß noch nicht einmal, warum ich mich überhaupt darauf eingelassen habe.«

»Dein Herz weiß genau, was richtig ist, und dein Körper auch. Deswegen bist du hier.« Er deutet auf seine Trommel. »Ihr Klang wird dich in Bereiche deines Wesens und deiner Seele führen, die zum Teil noch ganz verschlossen oder verborgen sind. Vielleicht wird sich auch dein Krafttier zeigen. Wundere dich also nicht, wenn du Besuch von ihm bekommst. Es wird dein spiritueller Wegbegleiter sein und dir helfen, Antworten auf deine Fragen zu finden. Im jetzigen Leben, vielleicht aber auch in einem anderen. Versuch es einfach. Trau dich!«

»Na dann!« Ich rolle die Matte auf dem Boden aus und nehme im Schneidersitz darauf Platz, den Blick auf das Meer ausgerichtet. »Soll ich die Augen schließen?«

»Das wirst du gleich selbst entscheiden.«

Bumm, bumm, bumm ... Ich sitze tatsächlich auf einer Düne und beobachte, wie der Feuerschamane um mich herumtanzt. Er schlägt dabei im monotonen Rhythmus seine Trommel. Das Hirschgeweih hopst hoch und runter. Und zu allem Überfluss beginnt er jetzt auch noch mit tiefer Stimme in einer Sprache zu singen, die ich noch nie gehört habe. Mit großen Augen beobachte ich das Geschehen, lasse meinen Blick durch die Dünen schweifen – und rechne jeden Moment damit, dass Doro lachend hinter einem Seegrasbüschel zum Vorschein kommt. Aber das geschieht nicht. Das monotone Trommeln geht unaufhaltsam weiter. Ich muss zugeben, dass mir der dunkle Klang gefällt. Und auch Walters tiefe Stimme kommt mir plötzlich sehr beruhigend vor.

Ich schaue auf das Meer hinaus, atme noch einmal tief die salzige Luft ein, dann schließe ich die Augen. Mein Kopf leistet noch einen Moment Widerstand, doch dann höre ich auf zu denken. Ich konzentriere mich auf das Trommeln und fühle, wie etwas aus der Tiefe in mir hochkommt. Ich kann nicht genau sagen, was es ist, doch es bewegt etwas in mir, etwas, das ich noch nicht in Worte fassen kann.

»Lass los«, flüstert eine Stimme in mir, und ein Kaninchen hoppelt ganz dicht an mich heran. Es klingt verrückt, aber ich kann es sehen, obwohl ich meine Augen noch immer geschlossen halte. Es bleibt einen Moment vor mir sitzen, betrachtet mich neugierig. Soll das etwa mein *Krafttier* sein? Na ganz toll! Ich habe mit einem imposanten Wegbegleiter gerechnet, ein großer dicker Wal hätte mir gefallen oder ein Elefant. Aber ich bekomme Besuch von einem kleinen pelzigen Kuscheltier. Was ich hier mache, ist doch verrückt, denke ich und sehe meinem davonhoppelnden Seelengefährten nach.

Und auf einmal kann ich Oma sehen. Sie geht am Wasser entlang, gar nicht so weit von mir entfernt, in Jeans und gelben Gummistiefeln, die sie früher auch immer anhatte, wenn wir trotz schlechten Wetters irgendwo draußen in der Natur unterwegs waren. Ich kenne Oma nur in Stoff- oder Cordhosen, in Jeans habe ich sie noch nie gesehen. Aber es passt zu ihr. Genau wie der gelbe Friesennerz, den sie trägt. Auf ihrem Kopf sitzt der dunkelblaue Regenhut mit der breiten Krempe, den ich ihr mal zum Geburtstag geschenkt habe. Wind kommt auf. Oma hält den Kopf gesenkt, die eine Hand am Hut, damit er nicht wegfliegt. Ich beobachte sie eine Weile, da bleibt sie auf einmal stehen, blickt in meine Richtung und ruft mir zu: »Ich muss mich beeilen, ein Sturm kommt auf.«

»Wo gehst du denn hin?«, frage ich.

»Nach Hause.«

»Und wo ist das?«

Oma lächelt, aber sie antwortet nicht, sondern geht einfach weiter. Sie ist schon fast aus meinem Blickfeld verschwunden, da dreht sie sich noch einmal um. »Hör mit dem Suchen auf, und lass dich finden.«

Was war das denn?, denke ich und öffne die Augen. Mein Verstand ist wieder da, das Bild meiner Großmutter verschwunden.

Walter tanzt immer noch wie in Trance um mich herum. Doch plötzlich hält er inne und schaut mich direkt an. »Und jetzt würde ich gerne deine Aura reinigen.« Er greift in seine Westentasche und zieht eine kleine flache Schale heraus. »Dafür musst du aufrecht stehen.«

Ich rappele mich auf und strecke mich. Dabei geht mein Blick automatisch in Richtung Wasser. Aber von Oma ist weit und breit keine Spur mehr zu sehen.

Walter legt einen kleinen weißen Klumpen auf die Schale und zündet ihn an. Er pustet einige Male kräftig, bis er zu glühen beginnt. »Das ist Kampferharz«, erklärt er. »Es hat eine stark energetische Wirkung und wird dir helfen, deine Blockaden zu lösen.«

Das Harz verfärbt sich an den äußeren Kanten und wird schwarz. Den Rauch, der dabei erzeugt wird, wedelt Walter mit der Hand in meine Richtung, während er langsam um mich herumgeht. Es riecht sehr angenehm, aromatisch-holzig, fast wie Eukalyptus. Ich atme tief ein und – zucke im nächsten Augenblick erschrocken zusammen, als eine tiefe dunkle Stimme zu brüllen anfängt:

»Sind Sie wahnsinnig? Machen Sie das sofort aus! Sie befinden sich im Naturschutzgebiet!«

15.

Ein weißhaariger Mann kommt strammen Schrittes die Düne hochgestapft. Meinem Instinkt folgend, möchte ich beide Beine in die Hand nehmen und davonlaufen. Ich weiß, dass wir uns verbotenerweise hier aufhalten. Würde ich mit Doro in dieser Lage stecken, hätten wir uns kurz angesehen – und wären dann losgerannt. Aber ich stehe hier mit einem Feuerschamanen. Und der lässt sich durch das Gebrüll des Mannes anscheinend überhaupt nicht aus der Ruhe bringen. Walter murmelt unverständliches Zeug vor sich hin und wedelt weiter den Rauch zu mir. Erst als der Mann direkt vor uns steht, hält er inne und öffnet die Augen. Dann deckt er die Schale in aller Ruhe mit einem Deckel ab, sodass das Qualmen aufhört.

»Was um Himmels willen geht denn hier vor sich?« Eisblaue Augen blitzen uns an. »Sind Sie von allen guten Geistern verlassen?«

»Nein, das sind wir nicht, im Gegenteil, wir weilen mitten unter ihnen.«

Ich habe befürchtet, dass Walter so etwas in der Art sagen würde, deswegen mische ich mich schnell in das Gespräch ein. »Es tut uns leid, Sie haben natürlich absolut recht. Das war mehr als gedankenlos. Es wird nicht wieder vorkommen.«

»Hm.« Der weißhaarige Mann nickt mir griesgrämig zu. »Dann nehmen Sie Ihren Indianerhäuptling, und sehen Sie schnell zu, dass Sie die Dünen verlassen. Sie stören die Vögel beim Brüten.« Er zeigt um sich herum. »Das alles gehört zu einem sehr empfindlichen Ökosystem. Was treiben Sie hier eigentlich? Was soll der Hokuspokus?«

Ich überlege noch, wie ich das genau erklären soll, da gibt Walter die Antwort:

»Die junge Dame ist auf der Suche nach ihrer Großmutter, die hier auf Amrum geboren wurde und auch aufwuchs.« Er deutet auf seine Trommel. »Eine geführte Meditation kann manchmal helfen, Antworten auf bestimmte Fragen zu finden.«

Der Mann zieht seine linke Augenbraue nach oben und mustert mich. Er wirkt auf einmal interessiert, was mich überrascht. Wäre ich nicht selbst Teilnehmerin dieser eigenartig anmutenden Trommelreise gewesen und nur zufällig Zeugin dieser Aktion geworden, würde ich mir wahrscheinlich den Bauch halten vor Lachen. Walter und ich müssen wirklich ein groteskes Bild abgeben.

»Und, hat es gewirkt? Haben Sie die Antworten gefunden?«, fragt der Mann. Er verzieht dabei die Mundwinkel und deutet ein leichtes Schmunzeln an. Wahrscheinlich macht er sich doch insgeheim lustig über uns. Verdenken kann ich es ihm allerdings nicht.

»Ich weiß, dass es für einen Außenstehenden verrückt klingen mag, aber ich habe meine Großmutter eben wirklich gesehen. Natürlich nur in meinen Gedanken. Sie ist unten am Wasser entlanggelaufen und wollte zu Hause sein, bevor der Sturm richtig losgeht.«

»Hm …« Der Mann reibt sich über seinen weißen

Bart. Kleine Lachfältchen bilden sich um seine Augen herum.

Ich rechne damit, dass er jeden Moment anfängt loszuprusten. Hilfe suchend schaue ich zu Walter. Aber der ist mit der Schale und dem Harz beschäftigt, das immer noch stark qualmt, als er kurz prüfend den Deckel anhebt.

»Das Trommeln soll Sie also zu Ihrer Großmutter führen ... Sie wurde hier auf Amrum geboren, sagen Sie? Wie heißt sie denn?«

»Ihr Name ist Elisabeth Ritter, aber ihr Geburtsname ist Nickels.«

»Die Ische!«, ruft der Mann überrascht aus. »Ische Nickels. Sie ist kurz nach dem großen Sturm weg, rüber nach Amerika. Viele Amrumer hat es über den großen Teich gezogen, die meisten nach New York.«

»Ische?« Den Namen habe ich noch nie gehört, zumindest nicht in Zusammenhang mit Oma. Ob er mich auf den Arm nehmen will?

»Ja, ich erinnere mich noch ganz genau an sie«, sagt er. »Rotbraunes Haar, grüne Augen ...« Der Schalk aus seinen Augen ist verschwunden, er scheint es tatsächlich ernst zu meinen. »Sie war ein wahres Energiebündel, ständig am Strand und in den Dünen unterwegs – was damals natürlich noch nicht verboten war. Da die Nahrung knapp war, haben wir als Kinder Möweneier gesammelt und Kaninchen gejagt. Aber das waren andere Zeiten.«

Mir fehlen die Worte, ich bin viel zu überrascht, um etwas erwidern zu können. Aber es passt zu Oma. Sie hat die Insel und ihre Natur geliebt, da bin ich mir sicher.

»Dann hat die kleine Trommelreise ja den richtigen Mann zu uns geführt«, sagt Walter und schwenkt triumphierend den Deckel in der Hand. Er hat es endlich geschafft, der Harzklumpen qualmt nicht mehr.

»Der Krach war nicht zu überhören – und der Rauch nicht zu übersehen. Besser, Sie suchen sich für das nächste Mal ein anderes Plätzchen.«

Walter nickt. »In Ordnung.«

Ich atme erleichtert auf. Es wäre ganz sicher nicht gut angekommen, wenn er jetzt damit argumentiert hätte, hier wäre der Einklang mit der Natur am stärksten.

»Die Ische – Ische Nickels.« Der Mann betrachtet mich aufmerksam. »Dann hat sie also eine Enkeltochter. Und anscheinend ist Elisabeth irgendwann wieder aus Amerika weg. Oder aber ihre Kinder. Sie sprechen ohne jeglichen Akzent, zumindest nicht mit einem amerikanischen. Ich würde Sie eher in Richtung Ruhrgebiet einordnen.«

»Das hört man?«

»Wenn man sich so für Sprache interessiert wie ich, dann ja. Der Sturm geht bei Ihnen *richtich* los. Sie tauschen das g hinten mit einem ch aus.« Er zwinkert mir zu. »Sehr verräterisch.«

»Es stimmt. Ich komme aus Oberhausen, also mitten aus dem Pott. Bei uns ist eine Ische übrigens eine herablassende Umschreibung für eine weibliche Bekannte.« Den kleinen Nachsatz kann ich mir nicht verkneifen.

»So ist das manchmal mit der Sprache. Hier ist es einfach nur eine Abkürzung ihres Namens. Genau wie Lisbeth oder Ilse – oder eben Ische.«

»Oma ist damals nicht in die USA ausgewandert, sie ist sozusagen in Hamburg stecken geblieben. Da hat sie nämlich meinen Opa kennengelernt und sich in ihn verliebt. Der Rest ihrer Familie hat die Reise jedoch fortgesetzt. Kennengelernt habe ich sie nie. Omas Mutter, also meine Urgroßmutter, ist schon vor meiner Geburt gestorben. Und zu ihren Brüdern hat sie selbst keinen Kontakt mehr. Sie hat nie über sie gesprochen. Ich weiß überhaupt nicht, ob die beiden noch leben.«

»Einer von beiden, Hinrich, war wohl kurz nach dem Tod der Mutter auf der Insel, um das Haus zu verkaufen. Daran kann ich mich noch gut erinnern, obwohl es jetzt bestimmt schon über dreißig Jahre her ist. Wir haben das alle sehr bedauert. Bis zum Ende haben wir gehofft, dass ein Nickels zurückkommt, um wieder hier Fuß zu fassen.« Er überlegt einen Moment. »Der andere Bruder hieß Volkert. Aber beide hatten kein Interesse mehr an einem Leben auf der Insel. Sie haben wohl damals mit ihrem deutschen Delikatessenladen in New York ganz großen Reibach gemacht. Die Amrumer sterben aus, wenn das so weitergeht. Die Alten gehen von uns, und wenn sie mehr als ein Kind zurücklassen, wird das Heim verkauft, um das Erbe aufzuteilen. Meistens kann ein Einzelner es sich nicht leisten, die Geschwister auszuzahlen. Wohnraum auf Amrum war damals schon teuer, mittlerweile ist er unbezahlbar, besonders wenn es sich um ein solch schönes Anwesen handelt wie das Nickelsche.«

»Was ist damit denn passiert?«, frage ich.

»Ein reicher Unternehmer aus Hamburg hat das Anwesen gekauft. Eine Zeit lang war der feine Herr regelmäßig hier, dann hat ihn niemand mehr zu Gesicht bekommen. Vor ungefähr zehn Jahren wurde es dann als Ferienhaus umgebaut. Die Wohnungen werden alle über eine Verwaltung vermietet.«

»Und Elisabeth … ich meine, Ische? Kannten Sie sie denn gut?«, frage ich. Immerhin hat er sich sofort an sie erinnert und konnte mir sogar beschreiben, wie sie damals ausgesehen hat. Ich kann gar nicht glauben, dass ich hier mitten in den Dünen auf einen Mann gestoßen bin, der mir etwas über meine Familiengeschichte erzählen kann.

»Gut ist relativ. Jeder kannte hier jeden. Aber ich bin ein paar Jährchen jünger und hatte dementsprechend einen anderen Freundeskreis. Vielleicht sollten Sie mal in der Konditorei anklopfen. Der Alte könnte eventuell mehr wissen.«

»Da war ich heute schon. Ich habe allerdings nur mit dem Sohn gesprochen. Der wusste auch nichts, wollte aber noch seinen Vater fragen.«

»Gut … Ich muss dann mal los. Ich war gerade auf dem Weg zum Strand. Richtung Norden liegt ein Heuler, auf den wir aufpassen müssen. Die übereifrige Tierärztin von der Nachbarinsel hat Wind davon bekommen. Sie sammelt die Robbenbabys ein, ohne abzuwarten, ob sie eventuell von der Mutter gefunden und zurückgeholt werden. Sie gibt der Natur keine Chance.«

»Das ist Neptun!«, rufe ich. »Ich habe die Polizei angerufen und dann mit dem Seehundjäger oder, besser gesagt dem Seenotretter die Stelle abgesperrt, damit niemand auf die Idee kommt, das Tier anzufassen. Haben Sie etwas dagegen, wenn ich mitkomme? Ich würde zu gerne wissen, was aus ihm wird. Außerdem habe ich noch etliche Fragen an Sie, nachdem Sie sich hier ja auskennen … Ich würde mir zum Beispiel unheimlich gerne das Haus ansehen. Und mehr über die Insel erfahren. Oma hat kaum was über ihre Kindheit erzählt. Eigentlich weiß ich so gut wie gar nichts. Es ist wunderschön hier und … ich habe noch so viele Fragen.«

Der Mann mit den weißen Haaren lächelt mich an. »Neptun, soso … Also gut, dann gehen wir gemeinsam.« Er nickt mir zu. »Ich bin übrigens Joos. Auf der Insel duzen wir uns, besonders unter den Insulanern – und du gehörst ja sozusagen fast dazu.«

Ein strahlendes Lächeln huscht über mein Gesicht. »Meike.« Joos hat recht. Ein Teil meiner Wurzeln liegt hier. Und das gefällt mir! »Walter, was ist mit dir? Kommst du auch mit?«

»Nein, geht ihr mal alleine.« Er deutet auf seine Trommel. »Die ist recht schwer.«

»Schade«, sage ich, »das Robbenbaby ist wirklich herzallerliebst. Es hat mir in der Seele wehgetan, als ich es vorhin zurücklassen musste. Es ruft ganz erbärmlich nach seiner Mutter, aber sie scheint es nicht zu hören.«

»Hm …« Walter überlegt einen Moment. »Vielleicht kann ich euch helfen und Kontakt zu der Mutter aufnehmen? Die Energie hier ist wirklich einmalig. Sag mal, Joos, wäre es in Ordnung, wenn ich noch fünf Minuten trommeln würde? Ohne Qualm, versprochen.«

Joos seufzt. »Ein Indianerhäuptling, der mit seiner Trommel erst eine alte Frau finden will und dann eine Seehundmutter zu ihrem Baby führen … Verrückte Sache!« Er dreht sich um und geht die Düne hinunter. »Fünf Minuten, länger nicht!«

Joos hat lange Beine und eine flotte Gangart. Ich muss mich richtig anstrengen, um mit ihm Schritt zu halten. In der Ferne höre ich den dumpfen Klang von Walters Trommel bis hinunter zum Wasser schallen. Ein eigenartiger Zauber geht von den rhythmischen Schlägen aus. Mit der Zeit werden die Abstände zwischen den Tönen immer kürzer, bis sie schließlich abrupt enden.

»Hoffentlich kommen wir nicht zu spät«, sagt Joos. »Wir warten in der Regel zwei Tiden ab, bevor wir einen Heuler in die Station bringen. Die Tierärztin sieht das jedoch anders. Sie sammelt sie sofort ein, pumpt sie mit Medizin und Futter voll und spielt sich dann auch noch als Retterin auf. Und die Robbenmutter hat keine Chance mehr, ihr Kleines zu finden – sofern sie danach sucht.« Er wirft mir einen Blick von der Seite zu. »Du hast vorhin gesagt, deine Oma würde in Hamburg leben.«

»Sie sind weg von Hamburg und haben sich aus beruflichen Gründen in Oberhausen niedergelassen. Und jetzt …« Es ist wirklich verzwickt. Ich kann doch nicht jedem einfach erzählen, dass Oma Opa verlassen hat und von zu Hause abgehauen ist. »Na ja, ich gehe auf jeden Fall davon aus, dass sie jetzt hier ist.«

Zum Glück gibt Joos sich mit meiner ausweichenden Antwort zufrieden. »Es gibt viele Rückkehrer«, erklärt er. »Ganz egal, ob aus Amerika oder vom deutschen Festland. Irgendwann packt jeden die Sehnsucht. Gehört habe ich allerdings noch nichts, und das wundert mich. Meistens spricht es sich wie ein Lauffeuer herum, wenn nach Jahren jemand von den Insulanern wiederauftaucht. Bist du sicher, dass sie hier ist?«

»Nein, sicher bin ich mir nicht. Aber sie hat von Amrum aus angerufen. Zumindest vermute ich, dass es Oma war, die Nummer war auf dem Display. Ich habe zurückgerufen, aber es war nur eine alte Dame dran, die öömrang sprach. Ich dachte, sie habe sich mit dem Nachnamen Godei vorgestellt, und wollte sie hier auf der Insel suchen. Aber dann habe ich herausgefunden, dass es schlicht die übliche Begrüßung hier war.«

Joos fängt schallend an zu lachen. »Amrum hat zweitausend Einwohner, davon sprechen noch etwa fünfhundert öömrang. Das Friesische ist besonders für die alten Insulaner die ursprüngliche Muttersprache. Deutsch, also Hochdeutsch, wird von den meisten immer noch als Fremdsprache angesehen.«

»Und wie ist das bei dir?«

Joos sieht mich schmunzelnd an und bleibt stehen. »Ich bin Nordfriese – und Amrumer mit Leib und Seele. Aber ich bedaure den Nationalitätenwechsel 1864. Aber das ist eine andere Geschichte.« Er zeigt in Richtung des Meeres, dann über die Dünen. Dabei sagt er mit warmer Stimme:

»*Dü min tüs min öömrang lun,*
leewen mei din aard bestun!
Wat a feedern üs ferareft,
läät's dach sä, dat det ei stareft!
Jääw wi't ap, det wiar en skun,
leew haa'k di, min öömrang lun,
leew haa'k di, min öömrang lun.«

»Was ist das? Ein Gedicht?«, frage ich. »Es hört sich sehr schön an. Aber leider habe ich kein Wort verstanden.«

»Dann übersetze ich es dir mal auf Deutsch«, sagt Joos und zwinkert mir zu.

»Du mein Zuhause, mein Amrumer Land,
immer sollen deine Traditionen bestehen!
immer sollen deine Traditionen bestehen!
Was die Väter uns vererbt,
lasst uns doch sehen, dass das nicht stirbt!
Gäben wir es auf, das wäre eine Schande,
lieb hab ich dich, mein Amrumer Land,
lieb hab ich dich, mein Amrumer Land.«

»Eine Liebeserklärung an die Insel«, stelle ich fest. »Wie schön! Friesisch gefällt mir.«

»Es ist eine eigenständige Sprache, die mit dem Englischen eng verwandt ist und seine eigenen Dialekte hat. Auf Sylt spricht man sölring, die Föhrer unterhalten sich auf fehring – und wisnaake öömrang.«

»Ich habe gar nicht gewusst, dass Friesen sozusagen Deutsche sind mit eigener Sprache«, gebe ich zu.

»Das ist vielen nicht bekannt, da bist du nicht die Einzige. Friesen haben zwar die deutsche Staatsangehörigkeit, aber sie sind eben immer noch ein Volk mit eigener Sprache, Kultur und eigenen Traditionen – und einem starken Unabhängigkeitssinn. Davon können die Bayern nur träumen.« Er geht schnell weiter.

Ich laufe ihm hinterher.

»Es ist übrigens die erste Strophe eines Gedichts oder, besser noch, eines Heimatlieds«, sagt er, als ich ihn eingeholt habe. »Ein Insulaner hat es für seine Söhne in Gedenktafeln meißeln lassen. Du findest die Granitsteine an verschiedenen Orten auf der Insel … Sieh mal.« Joos zeigt zum Meer hin. »Dein kleiner Neptun hat Gesellschaft bekommen!«

Durch Joos' strammen Schritt und die interessante Unterhaltung habe ich gar nicht mitbekommen, dass wir schon fast da sind. Ich kann die Absperrung sehen – und die Menschen, die darum herumstehen.

»Wie sie das nur immer wieder schafft …« Grimmig schüttelt Joos den Kopf. »Sie muss über das Wasser nach Amrum, und ich wohne sozusagen direkt um die Ecke. Aber trotzdem ist sie vor mir hier. Außerdem würde mich brennend interessieren, von wem sie es erfahren hat. Ich kann mir nicht vorstellen, dass einer der Insulaner geplappert hat.«

»Also, ich habe es nur dem einen Polizisten erzählt«, sage ich. »Und von ihm hat Barne es erfahren. Außerdem wissen Suzanna und Walter Bescheid.«

»Wir werden schon noch herausfinden, wo das Leck ist. Du musst nämlich eine Sache wissen über diese Insel: *hiamelkhaiden auerlewe hi dach ei loong*, Geheimnisse überleben hier nicht lange.«

16.

Die Frau mit dem braunen kurzen Haar sieht wütend aus. Sie trägt dunkelblaue Cordhosen, einen dicken beigefarbenen Wollpulli und darüber eine grelle orangefarbene Weste. An ihrer Seite ist eine ähnlich gekleidete Frau mit blondem Zopf. Ihnen gegenüber stehen eine zierliche junge Frau und ein groß gewachsener schlanker Mann, der die Arme verschränkt hält.

»Die mit den kurzen Haaren ist die Ärztin«, sagt Joos zu mir, als wir auf die Gruppe zugehen. »Sie trägt gerne Signalfarbe, damit man sie schon von Weitem sieht. Das ist praktisch, denn im Idealfall macht man besser einen großen Bogen um sie, wenn man keine Lust auf Ärger hat. Die andere kenne ich nicht, das ist wahrscheinlich eine ihrer Mitarbeiterinnen. Und die beiden jungen Leute sind Fiete und Merle von der Naturschutzstation.« Joos reibt sich die Hände. »Jetzt wird's spannend. Auf geht's!«

Als Fiete uns entdeckt, winkt er uns freudig zu. Die Ärztin dreht sich um und seufzt laut auf. »Nicht der auch noch!«, ruft sie und wirft dabei theatralisch die Arme in die Luft.

»Sie wissen doch, dass Sie den Strafbestand der Wilderei erfüllen, wenn Sie sich ein Seehundbaby aneignen«, entgegnet Joos. Seine Stimme hört sich ruhig, aber kühl und sehr bestimmt an.

Die Tierärztin wirkt aufgebracht. »Aneignen?«, fragt sie in schriller Tonlage. »Das ist ja wohl ein Witz. Ich will es retten! Gott wünscht, dass wir Tieren beistehen in der Not.«

»Und genau das machen wir«, erklärt Joos. »Aber erst warten wir und geben der Mutter die Chance, sich das Kleine zurückzuholen. Bei der Menschenansammlung sehe ich allerdings schwarz. Ich schlage also vor, dass wir uns alle erst mal schleunigst entfernen.«

»Das ist unverantwortlich und ...« Der Frau gelingt es nicht, den Satz zu beenden. Lautes Hupen bringt sie aus dem Konzept – ein Jeep kommt geradewegs auf uns zugefahren.

Barne, schießt es mir durch den Kopf. Und ich muss lächeln bei dem Gedanken, dass er mir jetzt schon zum dritten Mal über den Weg läuft.

Aber ich täusche mich. Es ist zwar dasselbe Auto, doch der Mann, der nun herausspringt, hat optisch überhaupt nichts mit einem blonden Wikinger zu tun. Er hat dunkles, leicht gewelltes Haar, das sich bis tief in den Nacken kräuselt. Seine langen Beine stecken in Jeans. Dazu trägt er einen schwarzen Rollkragenpullover. Einzig die Größe hat er mit Barne gemein. Auch Joos und Fiete sind nicht gerade klein. Ob die Inselmänner alle so groß sind?

»Moin, Krisjan«, sagt Joos.

»Moin! Hab dich schon erwartet.«

Der Seehundjäger, denke ich. Der, für den Barne vorhin eingesprungen ist. Und er hat nicht nur eine tolle dunkle und fast rauchig klingende Stimme, er sieht auch verdammt gut aus. Wie eine Mischung aus Javier Bardem und Jeffrey

Dean Morgan. Ich stand schon immer eher auf die dunkelhaarigen Typen. Genau genommen war Tom da die Ausnahme. Er passte mit seinem Blondschopf so gar nicht zu meinem üblichen Beuteschema.

»Der Kleine ist putzmunter«, erklärt Merle und fährt sich lächelnd durch das Haar. Ob sie auf den knackigen Seehundjäger steht? Verstehen könnte ich es. »Verletzungen konnten wir nicht feststellen. Er liegt jetzt allerdings schon etwa sechs Stunden hier.«

»Wo haben Sie denn Ihr Gewehr?« Die Tierärztin wirft Krisjan einen giftigen Blick zu.

»Das benutze ich nur bei kranken Tieren.« Er kratzt sich lächelnd den Dreitagebart. »Oder wenn ich mich angegriffen fühle.«

»Soll das etwa eine Drohung sein? Hast du das gehört, Nele?« Die Tierärztin dreht sich zu der Frau mit dem blonden Zopf. Die nickt, scheint sich aber sichtlich unwohl zu fühlen.

Krisjan ignoriert die Ärztin einfach, steigt stattdessen über das Absperrband und geht zu Neptun, um ihn von allen Seiten zu betrachten.

Als er zurückkommt, sagt er: »Ich warte noch zwei Stunden, wenn sich bis dahin nichts tut, bringe ich ihn in die Aufzuchtstation.«

»Na ganz toll! Zwei Stunden, die der Kleine noch länger gequält wird. Wenn er nicht überlebt, sind Sie schuld. Und überhaupt …« Sie sieht auf die Uhr. »Ihr Vorgehen ist doch total willkürlich. Um neun Uhr sind die beiden Tiden doch noch gar nicht um. Das wäre eher so gegen zehn. Was spricht also dagegen, ihn sofort mitzunehmen, wenn Sie sich selbst nicht an die Regel halten?«

Und wieder beachtet Krisjan die Frau nicht, sondern wendet sich stattdessen an Joos. »Heute Abend in der *Blauen Maus?*«

Joos nickt. »*Jo*! Um neun, wie immer.«

»Also, das ist doch …«, ereifert sich die Tierärztin. »Hier wird über das Schicksal eines Tieres aufgrund von Kneipenterminen bestimmt.« Sie wendet sich an ihre Begleiterin. »Komm, hier haben wir nichts mehr zu suchen. Unfassbar«, schimpft sie. »So was von stur!«

»*Gud maaget! Ham san wi luas*«, sagt Krisjan zu Joos. Ich mag das Amrumer Friesisch. Es hört sich ganz besonders an, und diesmal habe ich zumindest wenigstens den Sinn verstanden. Die beiden scheinen sich darüber zu freuen, dass sie sie losgeworden sind.

»*Hoker as det smok wüf üüb sidj faan di?*« Krisjan deutet mit dem Kopf in meine Richtung.

»Meike«, sagt Joos, und ich horche überrascht auf. Die beiden sprechen eindeutig über mich.

»*Det as det enkelfoomen faan Ische Nickels.*«

Ich will mich gerade beschweren, wie unhöflich die beiden doch sind, in ihrer Geheimsprache miteinander zu kommunizieren, da sagt Joos: »Krisjan hat gefragt, wer die hübsche Frau in meiner Begleitung ist. Ich habe es ihm nur kurz erklärt.«

»Ach so. Na ja, das mit der Enkeltochter von Ische Nickels habe ich sogar kapiert.« Mein Gesicht wird langsam heiß. Ich werde schnell rot, wenn mir etwas unangenehm ist. Eine Eigenschaft, gegen die ich schon häufig versucht habe anzukämpfen, aber das gelingt mir auch heute nicht. Ich bin mir sicher, dass ich mittlerweile aussehe wie eine reife Tomate. Und das nur, weil ein gut aussehender Seehundjäger mit seiner Reibeisenstimme gesagt hat, ich sei hübsch.

Krisjan grinst mich an. Zum Glück übersieht er meine Gesichtsfarbe galant. Tom hätte mich jetzt erbarmungslos darauf hingewiesen und sich auch noch einen Spaß daraus gemacht.

»Meike, schön, dich kennenzulernen. Was ist? Kommst du heute Abend auf einen Whisky oder ein Bier vorbei?« Er deutet mit dem Kopf in Richtung der Naturschützer. »Fiete und Merle, ihr seid doch bestimmt auch dabei, oder?«

»Ja, auf jeden Fall«, antwortet Fiete, und Merle nickt. »Warst du schon mal in der *Maus*, Meike? Sie ist wirklich einmalig.«

»Nein, noch nicht, aber ich komme gerne.«

Auch Barne hat schon von der Lokalität gesprochen. Der Laden scheint tatsächlich was Besonderes zu sein. Und die Einladung der Insulaner klingt verlockend.

»Schön, um neun also«, sagt Joos. »Dann haben wir Gelegenheit, um noch mal über die Nickels zu schnacken.« Er schaut auf seine Uhr. »Ich muss jetzt los. Wenn ich zu spät zum Essen komme, gibt's Ärger mit meiner Holden.«

»Ich freu mich«, sage ich. »Danke.«

»Schön!« Joos nickt in die Runde. »Dann lass ich euch jetzt mal alleine. Bis später.«

Er ist schon ein paar Meter entfernt, da fällt mir ein, dass ich ihn nicht nach der Adresse von Omas Elternhaus gefragt habe. Ich möchte wenigstens heute schon mal mit dem Rad dort vorbeifahren, um einen Blick darauf zu werfen.

»Ich muss auch los«, sage ich in die Runde und laufe Joos hinterher. »Joos, warte!«, rufe ich.

Er bleibt stehen. »*Wat as luas*?«

»Das Haus der Familie, wo ist es?«, frage ich außer Atem.

»*Uaster Aanj*, linker Hand, das letzte Haus«, erklärt er und geht weiter.

»Wo soll das genau sein?«, frage ich.

»*Uaster Aanj*, das ist der zum Watt hin gelegene Ortsteil in Norddorf. Ein schönes Reetdachgebäude. Dahinter die Felder. Die Nickels waren ganz groß in der Landwirtschaft. Sie waren die Ersten, die hier einen Traktor hatten. Damals war das eine Revolution. Das Teil hat an einem Tag die Arbeit von mehreren Leuten erledigt, die dafür eine ganze Woche benötigt hätten.«

»Landwirtschaft? Ich dachte immer, Omas Familie hätte was mit Fischerei zu tun.«

»Fischer gab es früher kaum. Und heute gibt es auch nur noch einen, der seinen Fang in Süddorf anbietet. Aber nur kleine Mengen. Es gibt kein Hinterland, um den Fang zu verkaufen. Amrum liegt ziemlich weit draußen im Meer. Früher haben die Menschen hier ums nackte Überleben gekämpft, heute leben die meisten vom Tourismus.«

»Landwirtschaft«, überlege ich laut. »Ich kann mir Oma nur schlecht im Kuhstall vorstellen.«

»Wie gesagt, das Leben war hart, auch als Landwirt. Zumal Isches Vater, dein Urgroßvater, damals bei einem tragischen Unfall ums Leben kam. Ein Traktor hat ihn unter sich begraben. Anscheinend wollte er bei laufendem Motor einen Reifen reparieren, das Teil hat sich selbstständig gemacht – und es war vorbei mit Henner Nickels.«

»Das wusste ich nicht!« Oma hat mir mal gesagt, dass ihr Vater bei der Arbeit ums Leben gekommen war. Aber ich dachte, er sei Fischer gewesen. An weitere Details dieses Gesprächs kann ich mich nicht mehr erinnern. Ich weiß nicht mal mehr, wie alt ich war, als sie mir das erzählt hat. Aber es ist auf jeden Fall schon mindestens zehn Jahre, vielleicht auch länger her.

Ich seufze auf. »Ich wusste bis heute noch nicht einmal, wie mein Urgroßvater mit Vornamen hieß – und auch nicht Omas Brüder. Genau genommen weiß ich erschreckend wenig.«

Joos sieht mich ernst an. »Aber jetzt bist du hier, um etwas über deine Herkunft zu erfahren. Das ist doch schon mal ein guter Anfang. Nur …« Er reibt sich über den weißen Bart. »Ich bin mir ziemlich sicher, dass deine Großmutter momentan nicht hier ist, zumindest nicht in Norddorf. Denn das hätte ich auf jeden Fall mitbekommen.« Er lächelt schelmisch. »Es sei denn, sie ist auf der Flucht und deswegen sozusagen inkognito oder mit falschem Namen unterwegs.«

»Hm«, mache ich. Was soll ich darauf auch erwidern? Zumindest die alte Dame, mit der ich kurz telefoniert habe, kannte Omas Namen. Soweit ich mich erinnere, hat sie sie Lisbeth genannt. Oder habe ich mich da etwa auch verhört?

»Gibt es vielleicht ein Wort, das sich auf öömrang wie Lisbeth anhört?«, frage ich.

»Nein, das ist nur eine Abkürzung für den Namen Elisabeth, wie überall.«

»Dann besteht zumindest die Wahrscheinlichkeit, dass Oma hier ist.«

»Versteh mich bitte nicht falsch, Meike, ich will nicht neugierig sein, und eigentlich geht es mich auch gar nichts an, aber es kommt mir nur merkwürdig vor, dass du nicht weißt, wo sich deine Oma aufhält. Aus deinen Erzählungen kann man vermuten, dass ihr ein gutes Verhältnis zueinander habt. Oder hattet ihr Streit miteinander?«

»Nein, auf gar keinen Fall! Oma ist aus anderen Gründen von zu Hause weg, die ich im Moment ungern an die große Glocke hängen würde. Es ist nur so, dass ich mir Sorgen gemacht und zuerst vermutet habe, sie könnte im Krankenhaus sein. Aber da ist sie glücklicherweise nicht, denn auf Föhr habe ich schon nachgefragt.« Ich seufze. »Eigentlich weiß ich, dass meine Sorgen unbegründet sind und sie sehr gut alleine klarkommt. Und vielleicht möchte sie auch gar nicht gefunden werden, denn sonst hätte sie mir gesagt, wo sie ist. Aber ich vermisse sie. Und jetzt bin ich sowieso schon hier. Oma und ich, wir hatten immer ein besonderes Verhältnis zueinander. Ich bin mir ganz sicher, dass sie sich freut, wenn sie mich sieht.«

»Na schön! Ich höre mich gleich noch ein wenig um. Wenn sie hier in Norddorf oder der näheren Umgebung ist, erfahre ich es. Weißt du, wann genau sie hier angekommen sein soll?«

»Sie ist seit Montag von zu Hause weg. Ich bin mir aber nicht sicher, ob sie dann auf direktem Weg nach Amrum gefahren ist.«

»Vielleicht kann ich dir ja nachher schon mehr sagen.«

»Oh, das wär echt wahnsinnig nett.«

»Ja, so sind wir.« Joos grinst über das ganze Gesicht. »Sehr herzlich, offenherzig – und wahnsinnig hilfsbereit, genau wie man es uns Nordfriesen nachsagt. Sag mal, hast du zufällig ein Foto von ihr?«

»Ja, auf dem Handy.« Ich ziehe es aus der Tasche und suche in der Galerie nach dem Schnappschuss, den ich letztens erst von Oma gemacht habe. Es zeigt sie in ihrem altertümlichen Sessel sitzend, mit ihrer Lesebrille, die ihr bis ganz vorne auf die Nasenspitze gerutscht ist. In der Hand hält sie ein Buch, auf dem Cover ist das tosende Meer zu erkennen. Es brandet gegen einen hohen Felsen, auf dem eine alte Burg steht. Oma hat mir schon mehrmals ans Herz gelegt, dieses Buch endlich mal zu lesen. Aber obwohl ich nichts gegen dicke Schmöker habe, konnte ich mich bisher nicht dazu aufraffen, mich an die tausendfünfhundert Seiten zu wagen. Bisher habe ich nur die Verfilmung gesehen, und zwar mit Richard Chamberlain in der Hauptrolle. Das weiß ich so genau, weil meine Mutter damals fast weggeschmolzen ist vor Bewunderung für diesen Mann, ihrer Meinung nach einer der charismatischsten Schauspieler überhaupt.

»Das Foto ist relativ aktuell«, sage ich und gebe ihm mein Telefon.

Joos hält es mit ausgestrecktem Arm von sich weg. »Ohne Lesebrille geht gar nichts mehr.« Mit zusammengekniffenen Augen betrachtet er das Foto eine Weile und gibt mir dann das Handy zurück. »*Der Graf von Monte Christo*, die ungekürzte Ausgabe. Eines der Werke, das man immer mal wieder lesen sollte. Es lohnt sich.«

Ich habe mit einem Kommentar über Oma gerechnet, nicht mit einer Bemerkung über Alexandre Dumas' Meisterwerk. Irritiert schiebe ich das Handy in meine Hosentasche.

»Ich hätte sie nicht wiedererkannt. Ich habe sie immer noch als junges, sehr aktives Mädchen im Kopf. Und jetzt sitzt sie da in ihrem Ohrensessel.«

Auf einmal habe ich das Gefühl, Oma verteidigen zu müssen. »Nur weil sie viel liest, heißt das nicht, dass sie jetzt irgendwie träge geworden ist. Im Gegenteil, sie ist ständig auf Achse und oft im Grünen unterwegs. Sie liebt die Natur, ihren Garten, aber eben auch Kultur, Literatur ...«

Joos fängt an zu lachen und legt seine Hand auf meine Schulter. »Da hast du etwas in den falschen Hals bekommen. Das sollte keinesfalls eine Kritik sein. Ich bin wirklich der Allerletzte, der etwas Negatives über lesende Menschen verlauten lassen würde. Ich liebe Bücher!«

17.

Ich kann absolut nicht verstehen, warum Omas Brüder dieses wundervolle Haus hier verkauft haben. Zumal sie ja, nach Joos Aussage, keine finanziellen Probleme hatten. Schon zehn Minuten lang stehe ich vor dem Nickelschen Anwesen, das mittlerweile *Ütjsicht aner a waas* heißt, wie das große geschwungene Schild am Gartentor verlautet. Hundertprozentig sicher bin ich mir nicht, aber ich schätze, dass es *Aussicht auf das Wasser* bedeuten soll. Von den rückseitigen Fenstern jedenfalls kann man sicher das Meer sehen.

Mit seinem Spitzgiebel über der Eingangstür und dem wunderschönen Reetdach wirkt das Gebäude wie aus einem Werbeprospekt für Friesenhäuser. Hier möchte man Urlaub machen – oder besser gleich für immer einziehen. Die Fensterrahmen sind dunkelgrün, nicht blau, wie Oma es gerne gehabt hätte. Aber ich muss zugeben, dass die Farbe wunderbar mit dem warmen Ton des roten Mauerwerks harmoniert. Ein weißer Gartenzaun aus Holz umgibt das große Grundstück, das nach hinten raus bis an die Felder grenzt. Dahinter liegt gleich das Watt.

Vorhin bin ich ganz in der Nähe vorbeigefahren, ohne zu ahnen, dass Omas Elternhaus hier steht. Wo wohl ihr Zimmer war? Hatte sie eines für sich alleine, oder musste sie es mit ihren Brüdern teilen? Das Giebelzimmer würde mir gefallen – oder eines auf der rückwärtigen Gartenseite, mit Blick auf das Watt. *Ütjsicht aver a waas …*

»*Aussicht aufs Watt*, heißt es!«, sage ich laut zu mir selbst und drücke vorsichtig das Tor auf. Joos hat gesagt, die Wohnungen würden vermietet werden. Das heißt, dass hier häufiger fremde Menschen ein und aus gehen. Es spricht bestimmt nichts dagegen, wenn ich mich mal ein wenig umsehe.

Trotzdem macht sich ein mulmiges Gefühl in mir breit, als ich den Kiesweg zum Haus entlanggehe. Es ist vor langer Zeit das Zuhause meiner Großmutter gewesen, ich marschiere über kleine, knirschende Kieselsteine, in ihre Vergangenheit. Dennoch fühle ich mich wie ein Eindringling und habe das Gefühl, etwas Verbotenes zu tun. Im akkurat gekürzten dichten Rasen stecken auf beiden Seiten des Weges lange Stangen, auf denen weiße geschnitzte Möwen thronen. Es wirkt fast so, als würden sie mich mit ihren Blicken argwöhnisch betrachten.

»Keine Angst, ich hab nichts Böses im Sinn.« Kurz bleibe ich vor einem der naturgetreu gearbeiteten Exemplare stehen. Genau in dem Moment wird die dunkelgrüne Haustür schwungvoll aufgestoßen, ein blauer Plastikeimer fliegt nach draußen und landet polternd vor meinen Füßen. Erschrocken zucke ich zusammen.

»Mist, verdammter! So ein Idiot aber auch …« Eine zierliche Frau in meinem Alter kommt aus dem Haus, mit einem Handy und einem Besen in den farbverschmierten Händen. Als sie mich entdeckt, pustet sie ihre braunen Ponyfransen aus dem Gesicht und steckt seufzend ihr Telefon in die Hosentasche.

»Männer!« Sie rollt mit den Augen. »Ich entscheide mich immer für die falschen.«

Die Frau mit ihrer offenen Art ist mir sofort sympathisch. Ihre grünen Augen funkeln geradezu vor Lebendigkeit.

»Da haben wir was gemeinsam«, sage ich lächelnd zu ihr. »Andererseits gibt es ihn wahrscheinlich gar nicht, den *richtigen*. Das heißt, wir entscheiden uns zwangsläufig für den falschen.«

»Stimmt! Zu dem Ergebnis komme ich auch immer wieder. Wie konnte ich das nur vergessen?« Sie wischt sich mit dem Handrücken über die Stirn und hinterlässt dabei einen dunkelgrünen Streifen auf ihrer Haut.

»Ist das wasserfeste Farbe?« Ich zeige auf die Farbflecken auf ihrer Hand.

»Mist, verdammter!«, flucht sie erneut. »Heute ist aber auch echt ein Scheißtag!« Sie zieht den Ärmel ihres mindestens zwei Nummern zu großen blau karierten Herrenhemdes über das Handgelenk und wischt sich damit über die Stirn. »Sieht es sehr schlimm aus?«

Ich muss plötzlich grinsen. Zum Glück nimmt mir die Frau das nicht übel, im Gegenteil. Lächelnd schiebt sie sich eine Haarsträhne hinter das Ohr und betrachtet ihre Finger.

»Ich kann mir schon vorstellen, wie es aussieht«, sagt sie schließlich. »Ich hab ein großartiges Talent für solche Dinge … Interessierst du dich für eine der Ferienwohnungen?«

»Nicht direkt. Ich wollte, ehrlich gesagt, das ganze Anwesen in Augenschein nehmen.«

»Echt? Willst du gleich mit reinkommen?« Sie drückt mit ihrem Hinterteil die angelehnte Tür auf. »Ich kümmere mich ums Saubermachen und die Verwaltung. Ich habe gerade Fensterrahmen gestrichen, wie man unschwer erkennen kann.«

»Die grüne Farbe passt allerdings besser zum Haus, dich lässt sie ein wenig blass erscheinen«, flachse ich – und halte dann gespannt die Luft an, als ich den ersten Schritt über die Türschwelle setze und in einen langen, hell beleuchteten Flur trete.

»Willkommen in *Ütjsicht aver a waas.*« Die Frau greift nach dem Schlüsselbund auf der Treppe und lehnt den Besen an die Wand. »Woher weißt du, dass es verkauft werden soll? Ich habe es selbst heute erst erfahren. Bist du mit dem Eigentümer verwandt oder befreundet? Oder hat ein Insulaner davon Wind bekommen, und die Nachricht macht auf Amrum schon die Runde? Die stille Post funktioniert einwandfrei hier, musst du wissen.«

Überrascht horche ich auf. Das Haus soll verkauft werden? Sofort kommt Oma mir in den Sinn. Ihre Reise nach Amrum hat doch nicht etwa damit zu tun? Nein, unmöglich. Woher sollte sie so viel Geld haben? Joos hat gesagt, ein reicher Unternehmer aus Hamburg habe das Haus damals gekauft. Aber vielleicht kennt Oma den Mann aus ihrer Hamburger Zeit und hat es durch ihn erfahren? Und jetzt möchte sie ihr Elternhaus zurückkaufen?

»Ob das mit dem Verkauf schon bekannt ist, weiß ich nicht«, sage ich. »Ich glaube aber eher nicht. Also ich wusste zumindest nichts davon. Allerdings bin ich ja auch nicht von hier.« Ich bin mir allerdings nicht sicher, dass Joos es mir gesagt hätte, wenn er davon erfahren hätte …

»Jedenfalls möchte ich es nicht kaufen. Dazu fehlt mir leider das nötige Kleingeld. Meine Oma ist hier in dem Haus aufgewachsen«, erkläre ich.

»Du bist Frau Nickels Enkeltochter? Ach, das ist ja ein Ding. Schön dich kennenzulernen. Ich heiße Tatje.«

Tatje? Moment mal, das ist doch die kleine freche Fee, die auf Barnes Arm herumgeistert! Der Wikinger und die zarte Elfe, denke ich amüsiert und sage: »Ich bin Meike.« Aber woher kennt sie nur Oma?

Tatje nickt mir zu und geht dann die Treppen nach oben. Unschlüssig bleibe ich stehen und lasse den Blick durch den mit Halogenstrahlern grell beleuchteten Flur schweifen. Zu beiden Seiten befindet sich eine Tür mit einem kleinen Nummernschild. Hier unten scheinen schon mal zwei Ferienwohnungen zu sein.

Tatje dreht sich zu mir um. »Komm ruhig hoch. Hier oben sind zwei Appartements und dazu noch eine komplette Ferienwohnung. In der hier hat deine Oma gewohnt. Ich habe sie heute sauber gemacht. Viel zu tun hatte ich allerdings nicht, es war alles blitzblank geputzt. Deswegen habe ich auch die Zeit genutzt, um die Fenster neu zu streichen.«

Mein Gehirn braucht einen Moment, bis es versteht, was Tatje mir da gerade mitgeteilt hat. Ich höre, wie sie eine Tür aufschließt und ruft: »Was ist, Meike, wo bleibst du denn?«

»Ich komme!« Langsam steige ich Stufe für Stufe nach oben und versuche dabei, einen klaren Gedanken zu fassen. Was hat das alles zu bedeuten?

Tatje steht mittlerweile im weißen Top vor dem Waschbecken, darüber hängt ein großer Spiegel. Auf ihrer rechten Schulter prangt ein kleiner nackter Kobold im Schneidersitz, mit langen spitzen Ohren und einer blauen Zipfelmütze. Das Tattoo passt zu der Fee, die Barne auf seinem Arm spazieren trägt. Einen Namen kann ich allerdings nicht entdecken. Trotzdem bin ich mir sicher, dass die beiden ein Paar sind.

Ich beobachte, wie Tatje den Ärmel ihres Karohemdes unter das fließende Wasser hält und ihn auswringt. Dann wischt sie sich damit über die Stirn.

»Du kannst dich ruhig umsehen, wenn du willst«, sagt sie. »Die Tür hier führt ins Schlafzimmer. Daneben ist noch eine kleine Küche.«

»Ja, danke, das mache ich gerne. Aber sag mal, du hast eben erzählt, dass meine Oma hier gewohnt hat. Hast du da von früheren Zeiten gesprochen, von ihrem Kinderzimmer?« Vielleicht habe ich mich ja verhört, und sie kennt das Haus vor dem Umbau.

»Von früheren Zeiten, wie kommst du denn darauf?« Tatje rubbelt weiter an ihrer Stirn herum. »Sie war für zwei Übernachtungen hier, gemeinsam mit einer Freundin. Normalerweise vermieten wir nur für komplette Wochen, aber bei ihr habe ich eine Ausnahme gemacht. Immerhin wurde sie in dem Haus geboren, hat sie mir erzählt. Gestern sind sie wieder abgereist, irgendwann gegen Mittag. Sie hatte übrigens drei Übernachtungen gebucht. Eine ist noch bezahlt, wenn du magst …«

»So ein Mist!«, entfährt es mir. »Dann haben wir uns ja nur ganz knapp verpasst. Und sie war mit einer Freundin da, sagst du?«

»Ja, sie war etwa im selben Alter. Um die siebzig. Kurzes blond gefärbtes Haar, etwas molliger. Die beiden hatten total gute Laune, sie haben die ganze Zeit herumgealbert, besonders die Freundin.«

»Uschi!« Ich gehe zum Esstisch und lasse mich auf einen der Korbstühle sinken. Dann hatte ich also von Anfang an recht mit meiner Vermutung. Oma ist gemeinsam mit ihrer Freundin nach Amrum abgehauen. Auf einmal muss ich grinsen. Ich kann mir richtig gut vorstellen, wie viel Spaß die beiden hier gemeinsam hatten.

»Schade, dass ihr euch verpasst habt«, sagt Tatje, als sie aus dem Badezimmer kommt. »Wusste sie nicht, dass du auch hier bist?«

»Nein, ich wollte sie überraschen.« Das ist nicht mal gelogen, denn überrascht wäre Oma ganz sicher gewesen, wenn wir uns hier über den Weg gelaufen wären.

»Immer noch nicht weg, nicht wahr?« Tatje zeigt auf ihre Stirn.

»Du erinnerst mich ein bisschen an Shrek«, sage ich grinsend. »Ich schätze, da musst du mit anderen Mitteln ran.«

»Schlecht für die Haut.« Sie geht zu einem der geöffneten Fenster und betrachtet kritisch den Rahmen. »Aber der Anstrich ist mir gelungen. Keine Farbnasen, und der Boden hat auch nichts abbekommen. Selbst ist die Frau!«

»Sieht hübsch aus. Nicht nur die Fenster, das ganze Haus.«

»Es ist auch sehr schön. Deine Oma war allerdings enttäuscht. Sie meinte, vom alten Charme sei außer den Grundmauern nicht mehr viel übrig geblieben. Aber die Aussicht hat ihr gefallen. Sie hat erzählt, dass sie als junges Mädchen oft stundenlang am Fenster gesessen hat. Den Blick auf das Watt hat sie immer sehr vermisst.«

»Ja, das kann ich mir vorstellen.« Ich denke kurz an den Blick aus ihrer Küche in Oberhausen und lasse den Blick durch die Ferienwohnung schweifen. Die Einrichtung ist schlicht, aber modern gehalten, an den Wänden hängen schöne Landschaftsfotos, die ganz sicher auf Amrum aufgenommen wurden. Ich entdecke die Dünen mit dem geschwungenen Holzbohlenweg, den Leuchtturm – und zwei Großaufnahmen von einer Möwe, die mit ausgebreiteten Flügeln in der Luft zu schweben scheint. Alles in allem ist der Raum eigentlich ganz gemütlich, von den weißen Fliesen mal abgesehen. Sie verleihen dem Ganzen einen eher kühlen Eindruck. Omas Geschmack ist es nicht, sie mag es verspielter und liebt antike Möbel im Landhausstil. Wie es wohl früher hier ausgesehen hat, als sie noch hier lebte?

Ich stehe auf und sehe aus dem Fenster. »Die Aussicht ist traumhaft schön.«

»Du musst es mal morgens bei Sonnenaufgang sehen. Dann glitzert das Watt, als wäre es über und über mit kleinen Edelsteinen gespickt.«

»Es sind die Salzkristalle«, sage ich. »Als ich klein war, hat Oma mir erzählt, wie das Salz ins Meer kam.« Ich lächle bei dem Gedanken, wie fasziniert ich immer von ihren Geschichten war. Sie konnte toll vorlesen, aber wenn sie frei erzählte, war es noch viel lebendiger. »In Wahrheit sind die Zaubermühlen auf dem Meeresgrund dafür verantwortlich. Sie wollten einfach nicht aufhören, Salz zu mahlen.«

»Das hört sich nach einer Geschichte für meine Tochter an. Die muss ich mir merken.«

Der Kindersitz in Barnes Jeep fällt mir wieder ein. »Wie alt ist sie?«, frage ich.

»Leefke ist fünf – und ganz verrückt nach Geschichten.«

»Dann freut sie sich bestimmt, wenn sie bald lesen kann.«

»Sie fängt jetzt schon damit an.« Tatje seufzt. »Wobei mir einfällt … Ich muss los, ich bin schon viel zu spät dran. Gleich ist Bettzeit, und Leefke ist schwer beleidigt, wenn ich ihr vorher nicht wenigstens noch eine kurze Geschichte vorlese und Gute Nacht sage.«

»Kann ich verstehen. Dann solltest du dich beeilen. Ist es okay, wenn ich noch ums Haus herumgehe?«

»Klar, mach ruhig! Von den Mietern scheint momentan niemand da zu sein. Falls du doch jemandem begegnen solltest, sagst du einfach, du hättest es mit mir abgesprochen.«

»Okay, danke.« Ich werfe noch einen letzten Blick aus dem Fenster. »Glaubst du, meine Oma wusste, dass das Haus verkauft werden soll?«

Tatje zuckt mit den Schultern. »Wie gesagt, ich habe es selbst heute erst erfahren. Sie hat gestern auf jeden Fall nichts darüber gesagt. Meinst du, dass sie es kaufen möchte?«

»Wohl eher nicht.« Auch wenn Oma das nötige Kapital dazu hätte, wäre ich mir nicht sicher, ob sie es erwerben würde. Sie hat immer gesagt, dass sie nicht wieder auf die Insel zurückwill. Auf der anderen Seite scheint sie ja tatsächlich hier gewesen zu sein, wenn auch nur für zwei Tage. »Weißt du, wie viel er dafür haben möchte?«

»Nein. Aber es ist sehr gut in Schuss, das Dach ist relativ neu, die Heizung auch. Es hat eine Wohnfläche von hundertsechzig Quadratmetern, einen tollen Garten und bei der Lage ... eine gute Million bestimmt, wahrscheinlich sogar mehr.«

»Wow!«

»Ja, Amrum ist verdammt teuer – aber auch wunderschön.«

Tatje hat recht. Es ist wunderschön hier. Ich habe einen gemütlichen Strandkorb mit blau-weiß gestreiftem Stoffbezug hinter dem Haus entdeckt und mich darin niedergelassen. Nachdenklich schaue ich über die Wattwiesen. Ich kann es immer noch nicht glauben, dass Oma genau an dem Tag abgereist ist, an dem ich angekommen bin. Ich greife zum Telefon und rufe meinen Vater an, der nach zweimaligem Klingeln abhebt.

»Oma war hier, bis gestern, stell dir vor«, sage ich. »Wir haben uns nur knapp verpasst. Zurückgekommen ist sie aber nicht, oder? Dann hättest du mir ja auch Bescheid gesagt.«

»Nein, aber sobald ich was höre, melde ich mich, das weißt du doch.«

»Vielleicht ist sie bei Uschi, nachdem die beiden gemeinsam hier waren«, sage ich. »Wie geht es Opa?«

»Ach, anscheinend ganz gut.« Mein Vater zögert einen Moment. »Viel höre ich aber nicht von ihm. Er hat sich den ganzen Tag nicht gemeldet. Ist wohl sehr beschäftigt.«

»Mit der Nachbarin!«, sage ich spontan.

»Sieht ganz danach aus.« Mein Vater räuspert sich. »Hauptsache, Oma ist wohlauf.«

»Ja, auf jeden Fall!« Mir liegt noch eine spitze Bemerkung bezüglich Opas neu gewonnener Freundin auf der Zunge, aber die behalte ich lieber für mich. Ich kenne sie ja gar nicht – und ihren Namen habe ich auch schon wieder vergessen.

»Und, mein Schatz, kommst du morgen zurück?«

Mein Blick schweift über die Wattwiesen, ich atme tief die salzhaltige Luft ein. »Hm … Ich weiß, ehrlich gesagt, noch nicht so genau. Es gefällt mir hier, und ein wenig Ablenkung tut mir ganz gut.«

»Dann bleib doch noch ein paar Tage«, schlägt mein Vater vor. »Verpflichtungen hast du ja nicht. Und wenn du einen neuen Job annimmst, bekommst du erst mal keinen Urlaub für irgendwelche Reisen.« Er lacht. »Es sei denn, du steigst doch in unsere Firma ein. Du weißt ja, du hast die Möglichkeit, dich jederzeit dafür zu entscheiden. Ich würde mich freuen.«

»Ach, Papa, du kannst es einfach nicht lassen«, sage ich. »Aber das mit dem Urlaub stimmt. Und weißt du was, das mache ich auch! Ich bleibe hier, zwei, drei Tage noch, vielleicht auch eine ganze Woche. Dann kann ich weiter auf Spurensuche gehen.«

»Schön, mach das. Brauchst du Geld? Ich kann dir was überweisen.«

»Danke, das ist lieb, aber ich komme gut klar.« Zumindest über mangelnde finanzielle Unterstützung seitens meines Vaters kann ich mich nicht beschweren. Er war schon immer großzügig. »Oder warte mal ... eine gute Million, besser noch eineinhalb, das wäre nicht schlecht. Dann kaufe ich Omas Haus, das steht nämlich zum Verkauf.«

Mein Vater fängt schallend an zu lachen. »Gut, aber dafür muss ich die Firma veräußern, wahrscheinlich auch unser Haus. Das bedeutet, dass wir dann alle gemeinsam nach Amrum ziehen. Früher war das so üblich, alle Generationen unter einem Dach.«

»Schöner Gedanke! Dann müssen wir Oma aber auch einladen«, flachse ich. »Und wenn die beiden sich wieder vertragen, Opa natürlich auch.«

»Ob deine Mutter davon begeistert sein wird, wage ich allerdings zu bezweifeln.«

»Sag mal, Papa ... du und Mama, seid ihr eigentlich glücklich miteinander?«

»Das ist nicht so einfach, weißt du ...« Mein Vater schweigt einen Moment. »Aber mir ist gerade in den letzten Tagen klar geworden, wie viel sie mir bedeutet. Und dass ich alles dazu beitragen werde, das alte Glück wiederzufinden, mit ihr zusammen.«

»Hört sich gut an.« Erleichtert atme ich auf. Ob er wirklich immer treu war? Vielleicht ist es besser, wenn ich das gar nicht so genau weiß. »Du hast recht, du solltest für Mama lieber ein Haus im Süden anvisieren.«

Ich albere noch ein Weilchen mit ihm herum, dann verabschiede ich mich. Mitten im spärlich bepflanzten Garten stehen zwei alte Bäume, die kleine weiße Blüten tragen. Vermutlich werden im Herbst pralle Äpfel an den Zweigen hängen. Ein paar Büsche wachsen am Gartenzaun entlang, mehr gibt es hier nicht zu entdecken. Eine pflegeleichte, fast karge Anlage, einfach zu handhaben, wenn man selbst nicht vor Ort ist. Wahrscheinlich ist ein Gärtner für das Anwesen beauftragt. Ich kann mir nicht vorstellen, dass Tatje auch den Rasen mähen muss.

Würde Oma noch hier leben, hätte sie duftende Blumen gepflanzt. Und wahrscheinlich in einem sonnigen Teil des großen Grundstückes Nutzpflanzen angebaut. Zweifelsohne wäre der Strandkorb mein Lieblingsplatz, wenn ich hier wohnen würde. Und zwischen den Apfelbäumen würde ich eine Hängematte aufhängen, von der aus ich in klaren Nächten den Sternenhimmel betrachten könnte.

Irgendwo kreischen Möwen. Und die Kaninchen sind auch wieder unterwegs. Ich beobachte, wie ein besonders freches Exemplar durch den Gartenzaun schlüpft und sich ganz in meine Nähe traut. Es sieht mich an und wackelt mit den Schnurrbarthaaren.

»Du schon wieder«, sage ich. »Und, was willst du mir diesmal sagen? Oma ist nicht mehr da, ich habe sie verpasst.« Vielleicht war das aber auch ganz gut so.

Ich weiß nicht, von wo die Bilder während der Trommelreise auf einmal herkamen. Aber es hat sicher einen Sinn, dass ich Oma sagen hören habe, ich solle mit dem Suchen aufhören und mich finden lassen. Ob sie damit meinte, dass ich mich selbst finden soll, so wie die anderen Frauen, die hier alleine auf der Insel unterwegs sind? Und was, wenn es gar nicht Oma war, die da zu mir gesprochen hat, sondern einfach nur meine innere Stimme? Habe ich mir nicht vorgenommen, mehr auf mein Herz und meinen Bauch zu hören? Ich weiß, dass es Oma gut geht. Und jetzt ist es an der Zeit, dass ich endlich mal wieder an mich denke. Ich bleibe also hier, genieße ein paar Tage Inselluft, und anstatt nach Oma zu suchen, schaue ich mir einfach an, wo und wie sie früher gelebt hat. Der Gedanke gefällt mir. Und ihr würde er auch gefallen.

Ob sie jetzt tatsächlich schon wieder in Oberhausen bei Uschi ist? Möglich wäre es. Aber es würde mich auch nicht wundern, wenn die beiden im Zug nach Paris sitzen. Oder gerade auf einem Kreuzfahrtschiff einchecken, das eine Tour zum Nordkap geplant hat. Denn da wollte Oma auch schon immer mal hin.

18.

Ich habe mich dazu entschieden, mit dem Rad zur *Blauen Maus* zu fahren. Auf der Karte habe ich gesehen, dass es bis dorthin ungefähr fünf Kilometer sind. Länger als eine halbe Stunde werde ich also voraussichtlich nicht benötigen. Einen Moment habe ich darüber nachgedacht, mit dem Bus zu fahren, aber das Wetter hat sich gehalten. Die Sonne hat die Wolken endgültig vom Himmel vertrieben, und es ist noch recht hell draußen. Außerdem muss ich fast immer nur geradeaus fahren, und der Radweg ist auch gut ausgebaut. Das Licht funktioniert ebenfalls, wie ich noch überprüft habe, bevor ich losgefahren bin. Vorsichtshalber habe ich die kleine Taschenlampe eingesteckt, die in der Pension auf meinem Nachttisch lag, meinen dicken Pulli habe ich mir um die Hüften gebunden. Ich bin also gut ausgestattet. Und wenn es mir nachher doch zu dunkel ist oder ich zu viel getrunken habe, kann ich notfalls das Rad stehen lassen und mir ein Taxi rufen.

Gut gelaunt fahre ich in Richtung Süden, an der Wattseite über den Deich entlang. Ich hätte auch den Weg auf der anderen Seite durch den Wald nehmen können, aber der glitzernde nasse Sand hat es mir angetan. Außerdem ist die Strecke hier entlang heller und überschaubarer.

Eine Gruppe Radfahrer kommt mir entgegen und winkt mir zu. Ich halte kurz am Wegrand an, um sie vorbeizulassen, und schaue ihnen nach. Irgendwann muss ich unbedingt noch einmal gemeinsam mit Doro auf Amrum Urlaub machen. Ihr würde es hier genauso gut gefallen wie mir. Landschaftlich ist die Insel einfach nur schön, die Menschen sind unheimlich freundlich. Ich bin erst gestern angekommen und habe heute schon eine Verabredung mit ein paar Insulanern. Und dabei behauptet man immer, die Nordfriesen wären wortkarg und nicht gerade gesellig. Aber ich habe in ein paar Stunden viele nette und auch außergewöhnliche Menschen kennengelernt. Suzanna, Walter, den Konditor Schulte und seine Frau, Joos, Fiete, Merle, Tatje – und Krisjan. Es ist schon verrückt. Noch vor zwei Tagen war ich am Boden zerstört, weil ich herausgefunden habe, dass Tom mich wegen seiner besten Freundin verlassen hat. Und jetzt verschwende ich keinen Gedanken mehr an ihn. Ich habe Tom jetzt lange genug hinterhergetrauert. Unsere Trennung ist immerhin über drei Monate her. Soll er doch glücklich werden mit ihr …

Als ich wieder aufs Rad steigen will, spüre ich mein Handy hinten in der Hosentasche vibrieren. Es ist Doro. Ich habe ihr vor zehn Minuten geschrieben, dass ich mit ein paar netten Insulanern und einem gut aussehenden Seehundjäger in einer Whiskybar verabredet bin, und jetzt stirbt sie wahrscheinlich gerade vor Neugierde.

»Wenn ich könnte, würde ich mich auf der Stelle nach Amrum beamen«, sagt sie, und ich muss lachen. »Seehundjäger ist nicht gleich Seenotretter, das verstehe ich richtig, oder?«

»Stimmt, der eine ist blond und eher der Wikingertyp,

der andere dunkel, Typ Javier Bardem, nur nicht ganz so markant.«

»Und? Habe ich es dir nicht gesagt? Wenn du keinen Typen haben willst, stehen sie auf einmal Schlange, ist doch immer so!«

»Ja, das sagtest du. Aber Barne steht ganz bestimmt nicht auf mich. Und Krisjan wahrscheinlich generell auf alle Frauen.«

»Sagst du!«

»Weiß ich.«

»Soso. Und heute Abend ist der Jäger dabei, nicht der Retter?«, fragt Doro.

»Genau. Er heißt Krisjan.«

»Und, bist du interessiert? Unabhängig davon, dass du dich mal wieder kleiner machst, als du bist.«

»Ach, Doro. Für einen Flirt eignet er sich, aber der Typ ist ein Womanizer, da bin ich mir sicher. Der bricht Frauenherzen im Akkord.«

»Und der süße Retter?«

»Der? Der ist alles andere als süß. Er ist total stoffelig. Der Typ würde mich wahnsinnig machen.«

»Das ist gut«, sagt Doro. »Genau der Richtige für dich. Endlich mal ein Mann, der dich aus der Reserve lockt. Außerdem … du hast da so was in der Stimme …«

»Schon klar, das bildest du dir ein. Ich treffe mich mit den Insulanern, und zwar ganz ungezwungen.«

»Genau, mach das! Aber sei nicht zu brav! Dir geht es endlich wieder gut, das hört man. Echt, ich freue mich für dich. Also denk nicht immer so viel nach, flirte wenigstens ein bisschen – und hab vor allen Dingen eine Menge Spaß! Du hast es so was von verdient … Und, Meike?«

»Ja?«

»Schick mir ein Foto von ihm.« Doro lacht und legt auf.

Ich schwinge mich wieder aufs Rad und fahre weiter. Zum Glück habe ich Rückenwind, es dauert nur fünfundzwanzig Minuten, und da stehe ich auch schon vor dem großen geklinkerten Reetdachhaus, in dem sich die Whiskybar befindet. Das Gebäude sieht fast so aus wie Omas Elternhaus, allerdings sind die Fenster und die Türen weiß, die Rahmen blau, ganz so, wie es Oma gefallen würde.

Ich sperre das Speichenschloss ab und werfe einen Blick auf meine Uhr. Wir haben fünf nach neun, meine Zeitplanung hat also gut hingehauen.

»Na dann«, sage ich, gehe die zwei Treppenstufen hoch und drücke die schwere Tür auf. Musik, Stimmengewirr und Gelächter schlagen mir entgegen. Überrascht bleibe ich im Eingang stehen und lasse den Raum, der in dämmriges gelbes Licht getaucht ist, auf mich wirken. Von der Decke hängt allerlei Krempel, Plastikautos, Nummernschilder, Schiffsutensilien, Bierkrüge, Gläser, sogar Schuhe und Stühle kann ich ausmachen. Der Tresen ist rappelvoll mit Menschen, genau wie das Regal dahinter, in dem unzählige Whiskyflaschen stehen. Alle Tische sind besetzt, die Bar ist wirklich gut besucht, und ich habe Mühe, ein bekanntes Gesicht zu entdecken. Erleichtert atme ich auf, als ein weißhaariger Mann in dunkelblauem Troyer mir schließlich zuwinkt. Joos sitzt mit Fiete, Merle und ein paar anderen Personen an einem großen Tisch im hinteren Bereich.

»Moin«, sage ich in die Runde, als ich bei ihnen ankomme. »Ich bin Meike.«

»Hier, setz dich.« Joos deutet auf den freien Stuhl neben

sich und stellt mir kurz die anderen Gäste am Tisch vor. Ich lerne Joos' Frau Kristin kennen, die mir auf Anhieb sympathisch ist. Sie hat blondes, halblanges Haar und ein rundliches Gesicht, obwohl sie sehr schlank ist. Ihr Blick ist weich, und sie strahlt Ruhe aus, wenn schon der Schalk um ihre Augenpartie herum darauf hindeutet, dass sie auch sehr lustig sein kann.

Mit am Tisch sitzen außerdem Tücke und Boy, zwei Insulaner, die etwa im gleichen Alter wie Joos sein dürften. Tücke erinnert mich in seinem groben Fischgräthemd und der Seemannsmütze auf dem Kopf an einen Kapitän, vielleicht auch an einen Matrosen. Boy hingegen ist etwas schicker gekleidet, er trägt ein weißes Hemd und darüber einen roten Pullunder.

»Tücke, Boy … Eure friesischen Namen gefallen mir«, sage ich. »Sie klingen sehr schön.«

»Darauf trinken wir!«, ruft Tücke. »Eine Runde Strandhafer!«

»Strandhafer, ist das ein Getränk aus dem Gras, das in den Dünen wächst?«, frage ich interessiert.

»Lass dich überraschen.« Tücke grinst mich an.

Es dauert nur wenige Minuten, da steht ein kleines Schnapsgläschen vor mir. Ich habe es befürchtet, es ist etwas Hochprozentiges.

»Nur so ein Teil, dann bin ich sofort *ömm*«, sage ich. »Ich vertrag überhaupt nix.« Aber das interessiert die anderen nicht. Fast gleichzeitig heben sie ihre Gläser hoch und schauen mich erwartungsvoll an.

»Inseltaufe«, sagt Joos. »Auf ex!«

Da ich kein Spielverderber sein möchte, steige ich auf das Spielchen ein. Ich setze an, kippe das Zeug in einem Rutsch in meinen Rachen – und befürchte im nächsten Moment, meine Kehle würde explodieren.

»Was zum Teufel …«, krächze ich. Tränen schießen mir ins Gesicht, ich ringe nach Luft.

Merle, die mir gegenübersitzt, hält mir ihr Glas Bier hin. »Hier, trink schnell nach, dann wird es besser.«

Ich leere das halbe Bierglas in einem Zug, dann atme ich tief durch. Alle Blicke sind auf mich gerichtet.

»Das war ein Kurzer mit Chili«, sagt Joos lächelnd. »Willkommen auf der Insel, liebe Meike, Enkeltochter von Ische Nickels. Noch einen?«

Ich schüttele schnell den Kopf. Zum Glück lässt das Brennen im Hals schon wieder nach. So etwas Scharfes habe ich noch nie getrunken, nicht mal in Teeniezeiten. Bei uns gab es früher immer nur Bowle. Für hochprozentige Sachen habe ich mich noch nie interessiert, schon gar nicht, wenn tatsächlich Chili darin steckt.

»Jetzt habe ich dir dein Bier weggetrunken«, sage ich zu Merle und wische mir die Tränen aus den Augen.

Sie lächelt mich verständnisvoll an. »Macht nix, ich wusste, dass du es brauchen wirst. Mir ging es beim ersten Mal nämlich genauso wie dir. Das Zeug brennt wie Feuer, aber man gewöhnt sich daran. Ich bestell mir ein Mausbier, trinkst du eins mit?« Sie lächelt. »Keine Angst, das ist ganz normales Bier, sozusagen das Hausbier der Bar.«

Normalerweise trinke ich kein Bier, sondern halte mich lieber an Wein. Aber nach dem Schnaps scheint mir etwas Erfrischendes gerade richtig zu sein. »Ja, gerne.«

»Du bist aus dem Ruhrgebiet, hat Joos erzählt.«

»Ja, aus Oberhausen.«

Ich unterhalte mich einen Moment lang mit Merle, erfahre,

dass sie ursprünglich aus Hamburg kommt, nach ihrem Biologiestudium ein Praktikum hier gemacht hat und dann auf Amrum geblieben ist.

»Die Insel hat mich überzeugt – und Fiete«, sagt sie und greift nach seiner Hand. Die beiden sind also ein Paar. Und ich dachte vorhin, sie würde auf Krisjan stehen. Der ist übrigens noch gar nicht da.

Die Männer am Tisch sind mittlerweile lautstark in eine Diskussion über den neuen Seenotrettungskreuzer und seine Namensgebung vertieft, wie ich am Rande mitbekomme. Ich trinke mein Bier, unterhalte mich weiter mit Merle, und plötzlich steht der Kellner wieder an unserem Tisch, diesmal mit einem Tablett voll Schnapsgläser, die er nacheinander vor uns abstellt und anzündet. Ich habe gar nicht mitbekommen, wer die Runde bestellt hat.

»Puh«, sage ich, lösche das Feuer mit dem Bierdeckel, so wie die anderen es auch machen, und trinke den süßen, nach Kräutern und Anis schmeckenden Schnaps auf ex.

»Das war Friesengeist«, erklärt Joos. »Ist normalerweise nicht mein Fall, ein ordentlicher Köm ist mir da schon lieber.«

»Köm?«, frage ich, aber das hätte ich mir besser verkniffen, denn der steht schon kurz darauf vor mir.

»Ein Aquavit, der sich hervorragend für Teepunsch eignet. Aber auch kalt schmeckt er sehr gut.« Joos prostet mir zu.

Wir trinken, und als wir die Gläser wieder abstellen, sagt Kristin: »Joos, du wolltest Meike noch von ihr erzählen. Mach das mal, bevor du nicht mehr klar denken kannst.«

Ich hatte einen Strandhafer, einen Friesengeist, einen Köm und eineinhalb Bier, aber das mit dem Denken funktioniert noch erstaunlich gut. Ich hätte nie gedacht, dass ich so viel Alkohol vernichten kann, ohne mich benebelt zu fühlen.

»Meine Oma war hier, ist aber wieder abgereist«, sage ich zu Joos. »So viel habe ich zumindest selbst schon rausgefunden.«

Joos nickt. »Sie hat in einer Ferienwohnung in ihrem Elternhaus gewohnt … das übrigens verkauft werden soll, wie ich vorhin erfahren habe.«

»Ich weiß, ich war auch schon da.«

»Und dann habe ich mich auch so noch ein bisschen umgehört und auch mit dem alten Konditor gesprochen. Er meint, wenn du was über deine Familie erfahren möchtest, solltest du dich mal bei Isches alter Schulfreundin umhören, Agata. Die beiden waren wohl damals ganz dicke. Sie wohnt im *Oodwai*, das ist nicht weit von *Uaster Aanj* entfernt. Am besten, du gehst morgens hin. Später ist sie zumeist auf Föhr, im Krankenhaus. Ihrem Mann Ocke geht's nicht so gut.« Joos macht ein betroffenes Gesicht. »Es sieht schlecht aus … Krebs. Mit ihm war Ische damals übrigens auch befreundet. Daran erinnere sogar ich mich. Die drei waren unzertrennlich.«

Nachdenklich drehe ich das leere Schnapsglas in Händen. »Die ist im Krankenhaus«, hat die alte Frau am Telefon gesagt. Ob Oma deswegen hier war? Wollte sie einen alten Freund besuchen, der schwer erkrankt ist?

Joos schreibt mir Namen und Adresse auf einen Bierdeckel und schiebt ihn mir zu.

»Agata Tammen«, lese ich. »Danke.« Ich überlege, ob ich erst mal in Ruhe mit Oma darüber sprechen soll, wenn wir uns wiedersehen. Eventuell ist es ihr gar nicht recht, wenn ich in ihrer Vergangenheit herumwühle.

»Moin, alle zusammen!« Eine tiefe Stimme reißt mich aus meinen Gedanken. Kurz darauf wird ein Stuhl gerückt, und Krisjan sitzt neben mir. Er schaut in die Runde, dann zu mir. »Es gibt was zu feiern! Der Kleine ist tatsächlich von der Robbenmutter abgeholt worden. So was habe ich noch nie erlebt, zumindest nicht hautnah. Ich wollte ihn gerade einsammeln, da kam sie aus dem Wasser. Die beiden sind wieder glücklich vereint.«

»Das ist ja schön!«, rufe ich aus. »Das freut mich, ehrlich.«

»Ob da nicht der Feuerschamane mit dem imposanten Hirschgeweih seine Finger im Spiel hatte«, sagt Joos grinsend und sieht in die Runde. »Ihr könnt euch nicht vorstellen, was sich heute in den Dünen zugetragen hat …« Er berichtet in allen Einzelheiten von unserer ersten Begegnung. Alle Augen sind auf ihn gerichtet, dann auf mich. Joos kann wirklich amüsant erzählen, er hat die Lacher auf seiner Seite.

»Und, Meike«, fragt Tücke, »hast du irgendwelche Geister gesehen?«

Ich zögere einen Moment, da ich ungern hier in der Bar über meine Erfahrungen während der Trommelreise berichten möchte. Und ich möchte auch nicht, dass man sich weiter über Walter lustig macht. »Ja, sehr wohlschmeckende Friesengeister«, sage ich deswegen, »aber leider haben wir sie schon vernichtet. Deswegen gebe ich jetzt eine Runde! Die Inseltaufe habe ich ja schon hinter mir. Das ist mein Einstand.« Ich winke dem Kellner. »Sieben Strandhafer, bitte!«

»Du bist ja mutig!« Krisjan lächelt mich an, schiebt dabei sein Knie ganz dicht an meines heran.

Er flirtet mit mir! Gut, denke ich, warum nicht?

Als der Strandhafer serviert wird und wir uns zuprosten, schenke ich ihm ein strahlendes Lächeln. Dann schütte ich das brennende Zeug hinunter. »Puh, ich dachte, das wird beim zweiten Mal besser.« Ich reibe mir über meine nassen Augen.

Krisjan wischt mir eine Träne von der Wange. Dabei streicht sein Zeigefinger wie zufällig meinen Hals entlang.

»Nicht weinen«, sagt er leise.

»Wegen dir bestimmt nicht«, antworte ich flapsig.

Der Kerl sieht zweifelsohne gut aus und ist sehr charmant, aber ich bin mir sicher, dass es nur eine Masche ist. Aber trotzdem genieße ich es. Der Alkohol zeigt seine Wirkung, und ich bin ja sowieso bald wieder in Oberhausen. Außerdem hat Doro recht, ich habe auch ein bisschen Spaß verdient. Und mehr als flirten möchte ich ja nicht. Es tut einfach nur gut, mich wieder als Frau zu fühlen.

Als ich auf Toilette muss und vom Tisch aufstehen möchte, merke ich, dass ich ein wenig wackelig auf den Beinen bin. Ich lasse mich zurück auf den Stuhl fallen und rutsche dabei ein wenig auf Krisjan, der sofort seinen Arm um mich legt. Um Himmels willen, wie soll ich da mit dem Fahrrad noch heimkommen?, denke ich.

»Hoppla«, sagt er, »aufpassen, schöne Frau.«

Genau in dem Moment taucht plötzlich Barne an unserem Tisch auf, die Hände tief in seinen Hosentaschen vergraben. Er sagt nichts, sieht uns einfach nur grimmig an, dann schüttelt er den Kopf, dreht sich kommentarlos um und stellt sich mit dem Rücken zu uns an den Tresen.

Es wird merkwürdig still am Tisch, niemand sagt etwas. Was ist denn mit denen auf einmal los?

»Ich bin mal kurz weg«, sage ich zu Krisjan und breche das Schweigen. »Lässt du mich mal los?«

»Ich komme mit.« Merle steht auf und folgt mir durch die proppenvolle Bar.

»Ab jetzt trinke ich nur noch Alkoholfreies«, sage ich zu ihr, als wir nebeneinander am Waschbecken stehen.

»Ist vielleicht auch besser.« Sie sieht mich eigenartig an. Ihr Blick ist fast streng, da steckt eindeutig mehr dahinter.

»Wieso, wie meinst du das?«, frage ich und nehme einen Schluck Wasser aus dem Hahn.

»Krisjan«, sagt sie ärgerlich. »Eigentlich hatte ich vor, mich da rauszuhalten. Aber es ist ja kaum zu ertragen, dabei zuzusehen, wie er dich anbaggert.«

»Wieso, wo ist das Problem? Ist er verheiratet?«, frage ich. Dann hätte ich mir sogar zum Flirten den Falschen ausgesucht.

»Nein, verheiratet ist er nicht, aber er ist liiert, mit einer Frau namens Tatje.«

Ich reiße die Augen auf. »Tatje? Die kenne ich! Ich dachte, die ist mit Barne zusammen! Er hat jedenfalls ihren Namen auf seinem Oberarm tätowiert.«

»Ja, der größte Fehler, den er je gemacht hat. Tatje war seine große Liebe, die beiden wollten heiraten. Und Krisjan war mal sein Freund. Barne hat die beiden in flagranti erwischt.«

»Echt? Das ist ja ekelhaft.« Auf einmal fällt mir Tom wieder ein. Hätte ich ihn mit Caro live erlebt, würde ich das Bild wahrscheinlich nie wieder aus dem Kopf kriegen.

»Ja, das ist es. Barne hat daraufhin das Weite gesucht und die Insel verlassen. Aber nun ist seine Schwester schwer erkrankt, deswegen ist er zurückgekommen. Er kümmert sich um sie – und um ihre Tochter.«

»Leefke«, sage ich, merke aber gleich, das stimmt nicht.

»Was? Nein.« Merle schüttelt den Kopf. »Nicht um Tatjes Tochter, sondern um Birthes.«

»Ach, du meinst Ylvie.«

Merle nickt. »Du kennst dich ja schon gut aus.«

Ich wasche mir die Hände und denke kurz darüber nach, was Merle da gerade gesagt hat. Der Alkohol, den ich intus habe, macht es mir allerdings nicht gerade einfach, die Zusammenhänge zu verstehen.

»Wie lange ist es jetzt her?«, frage ich. »Ich meine, die Sache mit Barne und Tatje.«

Merle zuckt mit der Schulter. »So ungefähr eineinhalb Jahre. Und seit drei Monaten ist Barne wieder hier. Er war wie vom Erdboden verschluckt, niemand hatte zwischenzeitlich was von ihm gehört.«

Leefke ist fünf, also war sie dreieinhalb, als ihre Eltern sich getrennt haben und ihr Vater verschwunden ist.

»Eigentlich geht es mich ja nichts an«, sage ich, »aber ich finde es absolut unfair, wenn ein Vater sich so lange Zeit nicht um sein Kind kümmert. Leefke kann ja nichts dafür, dass ihre Mutter ihn betrogen hat.«

»Um Himmels willen, nein, das hast du völlig falsch verstanden. Barne ist nicht Leefkes Vater. Tatje war vor ihm schon mal verheiratet.«

»Ach so«, sage ich. »Tatje war mir eigentlich ganz sympathisch.«

»Ist sie ja auch. Aber mit den Kerlen ist es eben nicht immer so einfach.«

»Da hast du allerdings recht.« Ich lächle Merle an. »Aber deinen Fiete finde ich sehr nett.«

»Er hat nur Augen für mich«, sagt Merle. »Mit einem Kerl, der ständig hinter anderen Frauen her wäre, käme ich nicht klar. Ich versteh, ehrlich gesagt, nicht, warum Tatje noch mit Krisjan zusammen ist. Aber ist ja auch egal, das ist ihre Sache. Ich dachte nur, du solltest das alles wissen.«

»Danke, dass du es mir erzählt hast, Merle«, sage ich. »Aber ganz ehrlich, ich hatte absolut nicht vor, mich auf ihn einzulassen. Ich hatte ihn vorher schon durchschaut.« Auf einmal ist mir schwindelig. Ich spritze mir Wasser ins Gesicht und halte mich am Beckenrand fest.

»Alles in Ordnung?«, fragt Merle.

»Ich glaube, der letzte Strandhafer war zu viel. Das mit dem Fahrrad kann ich vergessen. Damit würde ich nie unbeschadet in Norddorf ankommen.«

Merle hakt sich bei mir unter. »Ab eins ist ein Sammeltaxi unterwegs. Das bringt dich später für wenig Geld sicher bis nach Norddorf zurück.«

»Das ist beruhigend zu wissen.«

Als wir in die Bar zurückgehen, steht Barne noch immer am Tresen. Er wirft uns nur einen kurzen Blick zu.

Ich löse mich aus Merles Arm und bleibe bei ihm stehen.

Merle flüstert mir zu: »Er ist einer von den Guten, versteckt sich nur hinter seiner stoffeligen Art.«

Ich nicke ihr zu und stupse Barne sanft in die Seite. »Darf ich dich zu einem Getränk einladen?«

Er antwortet nicht.

»Allerdings kann ich keinen Alkohol mehr trinken. Ich hatte schon mehr als genug«, versuche ich es erneut.

Da sieht er mir direkt in die Augen, so als wäre er Hauptkommissar und gerade dabei, mir ein Verbrechen nachzuweisen. Forschend und unnachgiebig.

Schließlich nickt er und bestellt zwei Kaffee beim Barmann. »Ich lade dich ein. Da bin ich altmodisch.«

»In Ordnung.« Wankend halte ich mich am Tresen fest.

»Inseltaufe?«, fragt er.

»Ja, zweimal, und noch andere Schnäpse. Ich trinke sonst gar nicht. Und du?« Ich zeige auf das Glas Apfelschorle, das vor ihm steht.

»Ich habe Bereitschaft, da herrscht absolutes Alkoholverbot.«

»Ach so, die Seenotrettung … Ich soll dich übrigens von meiner Freundin fragen, ob ihr auch Krankenschwestern einstellt.«

»Ah, deswegen wolltest du mich einladen …«

»Nein, Quatsch«, sage ich und werde rot. »Ich habe ihr am Telefon von deinem Job erzählt. Und außerdem war es auch gar nicht ernst gemeint. Sie wohnt ja in Oberhausen. Sie findet das einfach nur total spannend.« Den Job *und* die Kerle, die ihn ausüben. Aber das behalte ich für mich.

»Und warum dann die Einladung?« Er deutet mit dem Kopf rüber zu Krisjan. »Du hattest doch offensichtlich Spaß mit ihm.«

»War ein Fehler«, sage ich und seufze theatralisch auf. »Aber ich habe es gerade noch rechtzeitig bemerkt. Weißt du, eigentlich habe ich die Nase voll und sollte generell lieber einen großen Bogen um euch Kerle machen. Heute habe ich seit Ewigkeiten mal wieder geflirtet – und dann ist es auch nicht recht.« Ich merke, dass ich viel zu redselig bin, und schüttle unwillkürlich den Kopf.

Barne fängt an zu lachen. Dabei bilden sich wieder unzählige Lachfältchen um seine Augen, die mir vorher auch schon aufgefallen waren.

»Und deswegen versuchst du es jetzt mit mir?«, fragt er.

»Nein!«, sage ich bestimmt und schwanke schon wieder. »Mit dir flirte ich ja nicht, wir unterhalten uns bloß.«

»Unterhalten klingt gut. Worüber denn?«

Der Barmann stellt zwei dampfende Tassen vor uns ab. Das verschafft mir etwas Zeit. Ich schütte großzügig Milch und Zucker hinein, dann antworte ich: »Ach, zum Beispiel darüber, dass ich den Freund deiner Nichte plattgemacht habe.«

»Du hast was?« Ungläubig sieht er mich an.

»Ich war heute mit Kajika, einem Feuerschamanen, in den Dünen verabredet, als ich Ylvie schreien gehört habe. Keine Angst, es war nur Spaß. Aber ich dachte, sie braucht Hilfe, also bin ich losgerannt und habe mir den Typen, irgendeinen Niki, geschnappt. Na ja, und dann habe ich ihn kampfunfähig gemacht – Judo, brauner Gürtel, du kannst es dir denken. Er lag wie ein Brett auf dem Rücken und hatte Angst, sich zu bewegen.«

Barne trinkt einen Schluck Kaffee und sieht mich über den Rand der Tasse hinweg an. Noch nie habe ich so helle, eisblaue Augen gesehen, denke ich fasziniert.

»Auf jeden Fall hält Ylvie mich jetzt für gemeingefährlich und für verrückt wahrscheinlich auch. Der Feuerschamane hatte nämlich ein riesiges Hirschgeweih auf seinem Kopf sitzen.« Ich rühre in meiner Kaffeetasse. »Ist das ein gutes Thema für eine Unterhaltung?«

Barne verschluckt sich fast, als er laut auflacht. »Unbedingt!«, sagt er und stellt die Tasse ab. »Ich sollte besser nicht trinken, wenn du etwas erzählst. Ist zu gefährlich.«

»Du solltest echt viel öfter lächeln und nicht ständig so ein mürrisches Gesicht machen. Man könnte ja fast Angst vor dir bekommen.« Ich sehe ihm in die Augen. »Du siehst viel besser aus, wenn du freundlich guckst.«

»Jetzt flirtest du ja doch mit mir.« Die Lachfältchen vertiefen sich einen Moment lang, aber schon setzt er wieder den eindringlichen Blick auf.

»Mensch, Barne, hast du schon mal daran gedacht, den Beruf zu wechseln? Du siehst aus, als würdest du mich eines Verbrechens überführen wollen«, sage ich. »Aber keine Sorge, ich habe nichts auf dem Kerbholz.« Ich stütze mich mit den Ellbogen auf dem Tresen ab und schaue ihn von unten herauf an. »Wenn ich getrunken habe, rede ich zu viel, aber ich bin immer ehrlich.«

Barne nickt. »Wie lange bleibst du auf der Insel?«

»Ich weiß noch nicht genau, ein paar Tage noch. Warum?«

»Weil du mir gefällst.«

»Du mir auch«, sage ich spontan. Und im nächsten Moment denke ich, was mache ich hier eigentlich? Erst flirte ich mit Krisjan, dann schmeiße ich mich an den Nächsten ran. Bis vor ein paar Minuten war Barne mir noch total unsympathisch, dann erfahre ich, dass er betrogen worden ist, so wie ich, und gleich fühle ich mich solidarisch zu ihm hingezogen. Das ist doch verrückt!

»Oh Mann, ich glaube, der Strandhafer hat mir komplett den Verstand vernebelt«, sage ich kopfschüttelnd. »Lass uns lieber bei dem anderen Thema bleiben. Wir hatten über deine Nichte gesprochen.«

»Die du gerettet hast«, sagt Barne.

»Genau. Dieser Niki sah übrigens ziemlich dämlich aus, wenn ich das so sagen darf. Im Gegensatz dazu ist deine

Nichte bildschön und hat eine ganz tolle Ausstrahlung. Sie hat eindeutig was Besseres verdient.«

»Genau das habe ich ihr auch schon gesagt, aber auf mich hört sie nicht.«

»Würde ich auch nicht!«, sage ich. »Ich meine natürlich, wenn du mein Onkel wärst. Wenn du gegen ihn wetterst, erreichst du nur das Gegenteil. So ticken Mädels in dem Alter nun mal. Letztendlich wird sie irgendwann selbst darauf kommen, warte es nur ab.«

»Schade, dass ich nicht dabei war. Das Schauspiel hätte ich gerne live erlebt.« Barne schmunzelt. »Du sagtest, du warst mit einem Feuerschamanen verabredet gewesen?«

»Richtig, mit Kajika, ich habe ihn bei Suzanna kennengelernt. Er hat mich auf eine Trommelreise mitgenommen und meine Aura gereinigt. Außerdem hat er mein Krafttier gerufen, meinen Wegbegleiter in schweren Zeiten.«

»Und? Was ist es? Ein Delfin? Ein Adler? Oder ein Wolf?«

»Ein Kaninchen!«, antworte ich trocken und freue mich diebisch, als die kleinen Lachfältchen wiederauftauchen.

19.

»Ich fahre dich in deine Pension«, sagt Barne.

»Das ist nett, aber ich bin schon wieder fast nüchtern.« Ich hocke vor meinem Fahrrad, stecke den Schlüssel in das Speichenschloss und sehe zu, wie es mit Schwung nach oben springt. »Es ist ja nicht weit«, sage ich – und plumpse auf meinen Hintern. »Autsch!«

Barne hält mir die Hand hin und zieht mich hoch. »Sei nicht unvernünftig. Du fährst mit mir. Ich beiße nicht.«

Schade, ein bisschen an mir knabbern wäre nicht schlecht, liegt mir auf der Zunge. Aber ich schaffe es nicht, die Worte auszusprechen. Ich erkenne mich selbst nicht wieder. Was ist denn mit mir auf einmal los? Ich habe definitiv zu viel getrunken, das vernebelt mir die Sinne.

»Du willst dich schon wieder bitten lassen?«, fragt er.

»Nein, nein … ich meine, ja, ich fahre mit dir. Du hast ja recht.«

»Eine Aussage, die jeder Mann gerne hört.«

Barne grinst, und ich rolle mit den Augen. »So einen Rechthabertypen brauche ich nicht gleich wieder, den hatte ich erst, ganze fünf Jahre lang! Bis er sich dazu entschieden hat, mich mit seiner besten Freundin zu betrügen – der Arsch.« Ich setze ein genervtes Gesicht auf. »Egal, es ist jetzt drei Monate her, und ich bin darüber weg – absolut!«

Barne sieht auf einmal sehr ernst aus. »Vielleicht bist du über deinen Freund hinweg, aber der Vertrauensbruch wird Spuren hinterlassen, das gibt sich nicht so schnell wieder, womöglich sogar nie. Irgendwann wirst du vielleicht in der Lage sein, ihm zu verzeihen, aber vergessen wirst du es nicht.«

»Hm …« Die Aussicht klingt nicht gerade vielversprechend. Und Barne weiß immerhin, wovon er da redet, wobei es ihn ja gleich doppelt getroffen hat. Er hat seine große Liebe *und* seinen besten Freund verloren. Das muss schlimm gewesen sein. Ich konnte Carola von Anfang an nicht leiden, und das nicht nur, weil sie Tom schöne Augen gemacht hat. Ich werde sie jedenfalls nicht mehr sehen. Barne jedoch laufen Tatje und Krisjan häufiger über den Weg. Die Insel ist verdammt klein. Zudem scheinen alle zu wissen, was sich hier abgespielt hat. Dass Merle mir davon erzählt hat, behalte ich lieber für mich. Ich möchte sie nicht in Schwierigkeiten bringen, und außerdem hat sie es ja nur gut gemeint.

»Das mag so sein, aber darüber will ich mir im Moment keine Gedanken machen. Ich bin froh, dass es mir endlich wieder gut geht. Es hat verdammt wehgetan, aber betrügen und belügen lasse ich mich nicht mehr.« Ein paar Leute verlassen grölend die Bar. »Wo steht dein Wagen?«, frage ich.

»Ganz in der Nähe, hier lang.«

Wir sind schon fast am Auto, da kommt uns ein schwarzhaariger wohlbeleibter Typ entgegen, der mir irgendwie bekannt vorkommt. Kurz schaue ich ihm hinterher, da dreht er sich zu mir um und bleibt kurz stehen.

»Die Fähre!«, sagt er und lächelt mir aus blauen Augen zu. Dann geht er weiter zum Eingang der *Maus*.

»Die beiden sind doch gestern auf Föhr ausgestiegen«, denke ich, da klingelt Barnes Handy.

»Könnte wichtig sein«, sagt er, »ich muss ran.«

»Kein Problem.« Ich gehe zielstrebig auf den Jeep zu, der am Straßenrand parkt, und warte dort auf ihn.

»Falsches Auto.« Barne kommt auf mich zu, das Gespräch hat nicht lange gedauert. »Meiner steht etwas weiter weg.«

»Ist dann das Krisjans? Oder ist es so eine Art Firmenwagen, den ihr beide benutzt?«

»Firmenwagen? Wie kommst du denn darauf? Krisjan hat absolut nichts mit der Seenotrettung zu tun. Und ich normalerweise nichts mit Seehunden. Das Auto gehört seiner Freundin. Ich war gerade zufällig bei ihr, als der Anruf wegen des Heulers kam. Und er war nicht zu erreichen. Also bin ich eingesprungen.«

»Ah, deswegen warst du so gut gelaunt«, rutscht es mir heraus. Im selben Moment bereue ich es auch schon und schiebe schnell hinterher: »Du bist also unfreiwillig eingesprungen.«

»Das kann man so sagen.«

Der Jeep war also Tatjes Auto. Dann hatte ich wohl ihren Pullover an. Und ein paar Stunden später habe ich sie kennengelernt. So ein Zufall. »Ich habe noch den Pulli«, sage ich. »Wenn du gleich kurz wartest, hole ich ihn.«

»In Ordnung«, sagt Barne. »Aber vorher muss ich in der Station vorbei. Einer meiner Kollegen hat den Schlüssel für den Vorratsraum bei sich zu Hause liegen lassen. Ist das okay für dich? Es geht ganz schnell …«

»Ja, klar!«

Mittlerweile stehen wir an seinem Auto.

»Na, so was! Derselbe Hersteller, sogar die gleiche Farbe …«

»Ein Jeep ist ungemein praktisch, wenn man mal über den Strand fahren muss.« Barne öffnet die Türen, und ich lasse mich in den Sitz fallen. Schnell werfe ich einen Blick nach hinten. Kein Kindersitz, nur ein abgegriffenes Buch liegt auf der Rückbank.

»*John Grisham – Die Farm*. Liest du das?«

Barne wirft mir einen Blick von der Seite zu und startet den Wagen. »Ja, warum nicht?«

»Entschuldige, es war eigentlich nicht als Frage gemeint, sondern eher als Feststellung. Ich bin Buchhändlerin, weißt du. Da fällt mir jedes Buch sofort ins Auge. Ist es gut?«

»Ja, schon. Es ist kein typischer Grisham, es bewegt sich fernab jeglicher Juristerei und gleicht eher einer schönen Erzählung mit einer gewissen Spannung. Mal was anderes, aber ganz nett. Möchtest du es lesen? Du kannst es mitnehmen, wenn du magst.«

»Oh nein, bloß nicht. Ich lese nicht gerne Thriller«, sage ich schnell. »Wenn es zu spannend wird, mache ich nachts kein Auge zu, oder ich bekomme fürchterliche Albträume.«

»Ich auch, aber ich tue es mir trotzdem immer wieder an.« Barne grinst. »Nach dem letzten Buch von Fitzek bin ich mitten in der Nacht aufgewacht, weil ich davon überzeugt war, jemand wäre in meine Wohnung eingedrungen.«

»Genau deswegen meide ich zu spannende Bücher. Ich bin der absolute Angsthase. Hätte ich auch nur ansatzweise das Gefühl, dass sich jemand bei mir zu Hause rumtreibt, würde ich sofort zum Handy greifen und die Polizei rufen. Oder aber ich würde schlaflos und schweißgebadet im Bett liegen und warten, bis es endlich hell wird. Und dann würde ich wahrscheinlich auch in den Schränken nachsehen.« Dass ich generell nicht gerne alleine schlafe und immer die

Tür mit einer Extrakette verriegelt habe, wenn ich allein in der Wohnung war, erzähle ich nicht. Auch dass ich jetzt wieder in meinem Jugendzimmer bei den Eltern wohne, behalte ich für mich.

»Immerhin kannst du Judo und dich verteidigen. Da hast du vielen Frauen was voraus«, sagt Barne.

»Ja, und das ist auch gut so«, antworte ich. »Also nicht, dass ich den anderen was voraushabe, sondern dass ich mich verteidigen kann. Jede Frau sollte das.«

Barne legt seine Hand auf mein Knie, zieht sie aber sofort wieder zurück, als hätte er sich getäuscht. »Da hast du absolut recht. Wir sind übrigens schon da.«

Ich werfe einen Blick aus dem Fenster. Die Fahrt hat maximal zwei Minuten gedauert. Automatisch bin ich davon ausgegangen, wir würden nach Wittdün an den Fährhafen fahren, aber es sieht nicht danach aus.

»Wir sind am Tonnenhafen. Hier liegt der Seenotrettungskreuzer, außerdem ein paar ganz hübsche Jachten und auch kleinere Segelboote.«

Beim Aussteigen merke ich, dass ich immer noch wackelig auf den Beinen bin. Aber die frische Luft tut mir gut. Es weht eine ganz ordentliche Brise. Ich ziehe meinen warmen Pulli über und gehe neben Barne den Quai entlang. Es dauert nicht lange, und wir sind da.

»*SAR,* was bedeutet das? Ist das der Name des Bootes?« Die Diskussion der Männer über Namensgebung des neuen Seenotrettungsbootes fällt mir wieder ein. Ich habe sie nur am Rande verfolgt, aber soweit ich mitbekommen habe, wurde das Schiff erst kürzlich getauft, es scheint also ganz neu zu sein.

Ich lasse meinen Blick über den schnittigen Kreuzer gleiten. Er ist etwa zwanzig, vielleicht dreißig Meter lang, schneeweiß, mit greller orangefarbener Schrift und ebensolchen Absetzungen, sodass man ihn auch von Weitem sofort erkennen kann.

»Das ist die *Ernst Meier-Hedde*«, erklärt Barne. »Die Buchstaben am Bug sind die Abkürzung für *SEARCH AND RESCUE.*«

»Ach so.« Hätte ich mir ja eigentlich auch denken können. Wer dieser Meier-Hedde ist oder war, frage ich lieber nicht. Den Namen habe ich noch nie gehört. Am Ende ist es jemand, den man kennen muss, und das wäre mir peinlich.

Ein großer Mann mit strubbeligen dunklen Haaren erscheint plötzlich auf der Brücke und beugt sich über die Reling.

»Moin!«

»Moin, Sven!« Barne greift in seine Tasche und wirft einen Schlüssel in Richtung des Schiffes. Ich halte erschrocken die Luft an, da ich ihn schon ins Wasser fallen sehe. Doch das passiert nicht. Der Schlüssel landet sicher in der Hand von Barnes Kollegen. Er nickt uns noch einmal kurz zu, dann verschwindet er wieder unter Deck.

»Gesprächig«, sage ich.

»Seenotretter machen nicht viele Worte.« Barne kratzt sich seinen Dreitagebart. »Ich hätte dich gerne reingebeten, aber das geht leider nicht. Ein anderes Mal vielleicht, aber das müsste ich dann vorher abklären, wenn du das Ganze von innen besichtigen willst.«

»Oh ja, gerne. Ich hätte nicht gedacht, dass das Schiff so groß ist. Ehrlich gesagt, hatte ich da so was wie damals bei *Baywatch* im Kopf. Du weißt schon … David Hasselhoff und so. Du kennst die Sendung doch, oder?«

»Klar, wer nicht? Sie hatten ein Jetboot.« Er zeigt etwas weiter den Quai entlang auf ein kleines schnittiges Boot. »Da liegt *Lotte*. Sie befindet sich normalerweise hinten auf der *Hedde* drauf. Mit ihr kann man schnell Schiffbrüchige erreichen und aufnehmen.« Barne schmunzelt. »Mit *Baywatch* hat das alles allerdings reichlich wenig zu tun. Die Arbeit machen die Jungs und Mädels von der DLRG unten am Strand. Wir sind hauptsächlich auf der offenen See tätig.«

»Ja, das ist mir schon klar. Aber ich hatte es mir trotzdem irgendwie anders vorgestellt. Oder besser gesagt, habe ich mir bisher überhaupt keine Gedanken darüber gemacht.«

»Wir sind mit dem Seenotkreuzer manchmal mehrere Tage am Stück unterwegs, deswegen muss das Hauptschiff eine gewisse Größe haben und Power. Die beiden Motoren bringen jeweils fast zweitausend PS auf die Propeller und schieben den Kreuzer durch jede Art von Wellen. Wir fahren raus, wenn andere reinkommen, oftmals bei stürmischer See.«

Ich schaue Barne von der Seite an, er sieht stolz aus, als er das sagt, aber kein bisschen protzig oder eitel. »Das heißt, wir schlafen an Bord, kochen … unsere Bordküche ist legendär. Es gibt sogar ein schönes Kochbuch mit einigen ganz passablen Gerichten, das mal ein Kollege zusammengestellt hat.«

Wie auf Kommando knurrt mein Magen. »Essen könnte ich jetzt allerdings auch eine Kleinigkeit.« Ich schaue auf die Uhr. Es ist kurz nach Mitternacht, da hat bestimmt nichts mehr auf.

Barne deutet mit dem Kopf zu einer Reihe farbig gestrichener hübscher Holzhäuser. Das blaue ist noch beleuchtet. Es sieht ganz nach einem Restaurant aus.

»Wenn wir Glück haben und Kalle noch in der Küche ist, bekommen wir eine Tüte Krabben oder auch ein Fischbrötchen.«

Wir haben Glück! Nur wenig später sitzen wir auf einer Bank mit Blick auf den Hafen. Eine einsame Laterne spendet etwas Licht. Zwischen uns hat Barne auf einem Pappteller verschiedene geräucherte Fischstückchen, ein paar Krabben, etwas Baguette und Ajoli platziert.

»Wow, ist das lecker!« Ich schiebe mir eine Garnele in den Mund und kaue mit geschlossenen Augen.

»Eine Frau, die genießen kann und dabei keine Kalorien zählt. Wie schön!« Er pickt ein Stück Fisch auf. »An einer Frau muss was dran sein.«

Prompt schießt mir Tatje, das elfengleiche, zarte Wesen durch den Kopf. Sie ist mit Sicherheit mindestens zehn Kilo leichter als ich, wahrscheinlich sogar noch mehr. Aber das sollte mir eigentlich egal sein. Ich stehe ja nicht in Konkurrenz mit ihr.

»Ich finde, an einem Mann auch.« Grinsend sehe ich Barne an. Tom hat irgendwann angefangen, die Kilos abzunehmen, die ich im Laufe der Zeit zugenommen habe. Wir wogen am Ende beide fast gleich viel. Das ging gar nicht. Es hat sich einfach nicht mehr gut angefühlt. Eigentlich hätte ich viel früher merken müssen, dass Tom fremdgeht. Er war plötzlich total sportbesessen, verlor Pfunde, stand jeden Tag auf der Waage, dann vor dem Spiegel – und lag schließlich in Carolas Bett. Es hatte sich angedeutet, aber ich habe ihm vertraut. Ich runzele die Stirn. Wahrscheinlich lief die Sache schon eine ganze Weile, und er hatte noch nicht mal den Anstand, es mir zu sagen. Ich bin einfach zu gutgläubig.

»Weswegen bist du eigentlich hier auf Amrum, Meike? Weil du Abstand von diesem Typen brauchtest?«

»Nein, ich bin auf der Suche nach meiner Oma. Sie ist verschwunden …«

Barne hört interessiert zu, unterbricht mich kein einziges Mal. Ich erzähle ihm die ganze Geschichte, angefangen von Opas Anruf, von meiner Vermutung, sie sei nach Amrum gefahren, von Joos und Omas Elternhaus … Als ich erwähne, dass ich Tatje kennengelernt und von ihr erfahren habe, dass Oma wieder abgereist ist, zieht er überrascht eine Augenbraue nach oben, sagt aber nichts weiter dazu.

»Mein Vater hat mich letztendlich davon überzeugt, ein paar Tage anzuhängen, um hier Urlaub zu machen«, beende ich meine Ausführungen. »Ich weiß gar nicht, warum ich dir das alles erzähle.«

Barne lächelt. »Ganz einfach, weil ich dich danach gefragt habe.« Er streicht mit dem Daumen über meinen Mundwinkel. »Ajoli.«

»Oh.« Auf einmal fühle ich mich irgendwie seltsam. Mein Bauch zieht sich zusammen, und mein Herz klopft etwas schneller, und das liegt nicht an dem fettigen Essen, das ich eben vertilgt habe. Ich lehne mich zurück und schließe für einen Moment die Augen.

Als ich sie wieder öffne, sehe ich, dass Barne mich wieder mit diesem eindringlichen Blick mustert.

»Ich mag dich, Meike, sehr sogar.« Er schweigt einen Moment. »Möchtest du mit zu mir kommen?«

Was? Damit habe ich absolut nicht gerechnet. Mein Herz schlägt Purzelbäume – mein Hirn allerdings auch. Ich weiß gar nicht, was ich davon halten soll. Das kommt nun doch sehr plötzlich. Aber es hört sich verlockend an. Soll ich?

Barne fährt mit dem Zeigefinger langsam über meine Nase, meine Lippen. »Ich fand dich schon auf der Fähre sehr süß. Du hast so tief und fest geschlafen … Ich wollte dich eigentlich nach unserer Ankunft auf einen Drink einladen, aber du bist so schnell in den Bus und warst weg. Und dann treffe ich dich überraschend am Strand wieder, total durchnässt, wütend, immer noch süß … Und abends angetrunken und entwaffnend ehrlich in der *Maus.* Ich weiß, dass du schon bald wieder weg sein wirst, aber ich …«

»Hast du eine Zahnbürste für mich?«, frage ich. »Das klingt jetzt wahrscheinlich total doof, aber ich könnte dich unmöglich küssen, wenn ich nach Räucherfisch schmecke.«

Barne lächelt und greift in seine Jackentasche. Dann hält er mir eine kleine Blechdose hin. »Sie sind sehr scharf, erfrischen aber ganz hervorragend den Atem. Und eine Zahnbürste habe ich natürlich auch für dich.«

Ich nehme ein Pfefferminzbonbon und stecke es mir in den Mund. »Wo wohnst du?«

»In Nebel.« Er grinst schelmisch. »Aber wir müssen leise sein und uns von hinten ins Haus schleichen. Ich bin vorübergehend bei meiner Mutter eingezogen. Aber keine Angst, sie schläft unten, was oben passiert, bekommt sie nicht mit. Es ist eine eigene kleine Wohnung unter dem Dach.«

»Das ist lustig!« Ich fange an zu lachen. »Ich wohne momentan auch bei meinen Eltern – allerdings im Keller.«

20.

»Barne?«, ertönt es von unten.

»Ja, Mama, ich bin es nur, mach dir keine Sorgen. Alles okay!«

Klack, das Licht geht an. Wir waren wirklich leise, aber die Holzdielen in diesen Häusern sind nicht gerade geeignet, um sich lautlos darauf fortzubewegen. Es sei denn, man ist Feuerschamane … Ich versuche, mich hinter Barne ganz schmal zu machen, aber Mütter haben anscheinend ein Gespür für solche Situationen. Sie entdeckt mich natürlich sofort.

»Oh, du bist in Begleitung …«, sagt sie.

»Hallo, guten Abend, ich bin Meike.« Ich trete ein Stück zur Seite, damit Barnes Mutter mich begutachten kann. Ich weiß noch nicht einmal, mit welchem Nachnamen ich sie ansprechen soll. Ein wenig erinnert sie mich an Oma. Sie hat kurzes graues Haar, trägt einen dunkelblauen Frotteebademantel und dazu Filzpantoffeln.

Ich spüre, wie ich rot anlaufe. Ich bin zweiunddreißig Jahre alt, Single, und werde von einer neugierigen Mutter dabei erwischt, wie ich mich nachts in das Apartment ihres Sohnes schleichen will.

Doch da lächelt sie mich an, und viele kleine Lachfältchen bilden sich um ihre eisblauen Augen herum. Die Ähnlichkeit mit Barne ist offensichtlich. »Dann mal viel Spaß«, sagt sie und verschwindet in ihren Wohnbereich.

»Noch mal gut gegangen«, sage ich leise, während wir die restlichen Stufen zurücklegen.

Wenn ich in Büchern Liebesszenen lese, stelle ich mir manchmal vor, ich wäre die Frau, die da gerade weiche Knie bekommt, weil der Mann ihrer Träume sich endlich für sie entscheidet. Seitenlang fiebere ich dem ersten Kuss entgegen und schmelze geradezu dahin, wenn er liebevoll ihr Gesicht mit beiden Händen umfasst, ihr noch einmal tief in die Augen blickt, um sie erst zärtlich, dann immer leidenschaftlicher zu küssen. Wenn er sie hochhebt, sie auf Händen trägt, was in Büchern immer funktioniert, weil die richtig tollen Männer sehr stark sind – und die Frauen elfengleiche Wesen, so wie Tatje.

Aber ich bin keine Buchheldin. Ich bin Meike. Seit über drei Monaten hatte ich keinen Sex mehr. Zum Glück habe ich mich letztens noch rasiert, bevor ich zu Tom gefahren bin, weil ich insgeheim gehofft hatte, dass wir im Bett landen und wilden Versöhnungssex haben. Und vorhin habe ich ja noch ausgiebig geduscht. Ich trage unten drunter einen schwarzen glatten BH ohne Schnickschnack, schlichte Pants, bin wahnsinnig aufgeregt und mache mir mal wieder viel zu viele Gedanken. Der Alkohol wirkt erstaunlicherweise nicht mehr, zumindest nicht in meinem Kopf. Wackelig sind meine Beine zwar immer noch ein wenig, aber das kann durchaus auch an Barne liegen.

Er schließt die Wohnungstür auf und legt den Kopf schief. »Aufgeregt?«, fragt er.

»Ja«, gebe ich kleinlaut zu.

»Ich auch.«

Er greift nach meiner Hand und zieht mich mit in seine Wohnung, durch einen kleinen Flur direkt ins Badezimmer. Dann öffnet er den Spiegelschrank, in dem ich auf den ersten Blick keine weiblichen Accessoires entdecken kann, und drückt mir eine noch verpackte Zahnbürste in die Hand. Dann zeigt er auf einen Becher, in dem eine einzelne blaue Bürste und Zahnpasta stehen.

»Ich verschwind dann mal schnell«, sagt er.

»Danke.« Behutsam schließe ich die Tür hinter ihm und mache mich ans Zähneputzen. Zwischendurch halte ich inne, um zu hören, ob Barne nebenan irgendwelche Geräusche macht.

An der Badezimmertür ist ein großer Spiegel angebracht. An mir ist definitiv noch genug dran, denke ich, obwohl ich etliche Kilo verloren habe! Zum Glück verteilen sich meine Pfunde gleichmäßig, mit einer leichten Tendenz in Richtung Hüften und Hinterteil. Ich habe schöne, runde Brüste, Taille, ein kleines bisschen Bauch – ich drehe mich hin und her und gefalle mir.

Und jetzt? Wie soll ich weiter vorgehen? Schlüpfe ich hier aus meiner Kleidung und spaziere in ein Handtuch gewickelt zu Barne? Oder vielleicht gleich so wie Mutter Natur mich erschaffen hat? Ratlos sehe ich mich im Spiegel an. Warum mache ich es mir nur selbst so schwer? Die Sache mit dem Sex war doch früher nicht so kompliziert! Entgegen meiner Erwartung ist Barne total nett, er hat ein imposantes Äußeres, und ja, er sieht gut aus. Wir sind beide erwachsen, Singles und …

Ein leises Pochen reißt mich aus meinen Gedanken.

Mit einem Satz bin ich bei der Tür.

»Ist alles in Ordnung?«, fragt er.

»Plötzlicher Anflug von Panik«, sage ich offenherzig. »Ich habe so was noch nie gemacht.«

Ich höre gedämpfte Musik, und anscheinend hat er Kerzen angezündet, denn an der Flurwand tanzen flackernde Schatten.

Barne betritt das Bad und stellt sich hinter mich. Dann schiebt er eine Hand unter meinen Pulli und legt sie auf meinen nackten Bauch. »Heb deine Arme hoch«, sagt er.

Schwer atme ich ein und aus. Ein wohliges Kribbeln breitet sich um seine warme Hand herum in meiner Bauchgegend aus, es zieht sich bis hinein in die Leisten.

»Du bist so schön«, flüstert Barne und zieht mir den Pulli über den Kopf. Er küsst mich sanft in die Halsbeuge und nimmt meine Hand, um mich ins Schlafzimmer zu führen.

Mittig im Zimmer steht ein Bett mit einem breiten Rahmen aus Eichenholz. Auf einem großen Holzquader daneben stehen verschieden große Kerzen. Die Wand über dem Bett ist cremefarben gestrichen, darüber hängt ein abstraktes Gemälde, viel Weiß, einige warme Brauntöne und ein paar Tupfer in Hellblau. Auf einem weiteren Holzquader steht eine altmodische kleine Stereoanlage.

Every ocean I try to swim, every road I try to find, all the ways of my life I'd rather be with you, there's no way without you …

»Schöne Musik«, sage ich. »Irisch?«

»Schottisch«, sagt Barne und führt mich zum Bett. »Die Band heißt *Runrig*.«

»Klingt ein bisschen wie Van Morrison«, sage ich und setze mich zu ihm auf die Bettkante. Mir fällt die erste Begegnung mit Barne auf der Fähre wieder ein. Er ist zwar kein bretonischer Fischer wie Gauvin, aber immerhin auch auf dem Meer unterwegs …

Barne zieht sich das T-Shirt über den Kopf – und ich staune. Noch nie habe ich solch einen gut gebauten Kerl gesehen, zumindest nicht zum Greifen nah. Meine Finger streifen über seine Brust, auf der sich ein wenig rotblondes Haar kräuselt, und auf einmal muss ich grinsen. Tom ist ein Hänfling im Vergleich zu dem Mann, der mich mit seinen wunderschönen blauen Augen zärtlich ansieht.

»Was ist, warum freust du dich so?«, fragt Barne.

»Weil du unverschämt gut aussiehst.«

Er schmunzelt, dann lässt er seinen Blick über meine Kurven gleiten, rutscht nach unten, um sanft meinen Bauchnabel zu küssen. Ich schnappe nach Luft und stütze mich mit den Händen ab. Barne arbeitet sich mit seinen Lippen langsam nach oben, schiebt meinen BH zur Seite, und als er sanft an meiner Brustwarze saugt, zieht sich alles in mir zusammen. Leise stöhne ich auf. Ein unheimlich intensives, wahnsinnig erregendes Gefühl breitet sich in mir aus, und von einer Sekunde auf die andere bestehe ich nur noch aus Lust. Ich schließe die Augen und spüre, wie ausgehungert ich war, wie gut es tut, begehrt zu werden.

Im Hintergrund singt der schottische Sänger eine Ballade, die von wunderschönen Pianoklängen begleitet wird: *When I'm away please take good care of my heart …*

Barne nimmt mein Gesicht in seine Hände, und ich gebe mich seinen nun immer fordernden Küssen hin …

So beschützt und geborgen habe ich mich schon lange nicht mehr gefühlt, genau genommen noch nie. Barnes Arm liegt schwer auf mir, er atmet in gleichmäßigem Rhythmus und hält mich ganz fest umschlungen. Ich bin hundemüde und gleichzeitig hellwach. Es ärgert mich, dass ich jetzt gerade an Tom denken muss. Aber wir hatten anfangs wirklich eine tolle Zeit. Und wenn es nicht so unschön geendet hätte, würde ich wahrscheinlich irgendwann wohlwollend an ihn zurückdenken. Sex mit ihm war gut. Tom wusste, wie und wo er mich berühren musste. Mir fehlte ab und zu etwas die Romantik, auch dass er danach immer sofort ins Badezimmer sprintete, fand ich sehr schade. Aber alles in allem war ich ganz zufrieden.

Und nun liege ich in Barnes Armen und weiß, um wie viel besser Sex sein kann. Die wenigen Stunden mit ihm waren wunderschön, intensiv, gefühlvoll, sogar gelacht haben wir zwischendurch. Ich kuschele mich noch etwas fester an ihn und greife nach seiner Hand …

»Du tust mir gut«, flüstert er in mein Ohr.

Sofort zieht wieder eine Gänsehaut über meinen gesamten Körper.

Genau in dem Moment klingelt schrill und laut ein Telefon in nächster Nähe. Erschrocken zucke ich zusammen.

»Mist!« Barne setzt sich sofort auf. Das Klingeln tönt unter dem Bett hervor, er beugt sich nach unten und angelt das Telefon hervor. »Was ist? Ja … bin gleich da, schon auf dem Weg.«

Er springt auf und knipst die Nachttischlampe an. »Meike, es tut mir wahnsinnig leid, aber ich habe doch Bereitschaft. Ich muss sofort los.« Er fährt sich durchs Haar. »Du bleibst hier, keine Angst, es kann dir nix passieren. Und notfalls rufst du nach meiner Mutter. Wir heißen übrigens Meents.«

»Okay, Barne Meents.« Ich schaue ihm zu, wie er in Hose

und Pulli schlüpft – und kurz darauf fällt auch schon die Tür ins Schloss.

Ich werfe einen Blick auf mein Handy, wir haben halb fünf. Was mache ich denn jetzt? Mein Blick schweift durchs Zimmer, dann stehe ich auf, ziehe mir mein T-Shirt über und gehe in die Küche. Aus dem Kühlschrank hole ich mir eine Flasche Milch und gieße mir eine große Tasse davon voll, nur um sie dann in einem Zug leer zu trinken. Das hat in *Üs Eilun* ja auch schon mal als Einschlafhilfe gewirkt. Hier fehlt zwar der Honig, aber vielleicht funktioniert es auch so. Jetzt, in aller Früh, alleine über die Insel bis nach Norddorf zu marschieren möchte ich nicht. Also bleibt mir nichts anderes übrig, als mich wieder in das warme Bett zu verkrümeln.

Ich lege mich auf die Seite, auf der Barne eben so friedlich geschlafen hat, und kuschele mich in sein Kissen. Meine Lider werden schwer, irgendwo in der Ferne höre ich leises Trommeln, aber vielleicht bilde ich es mir auch nur ein.

Ein Schlüssel wird im Schloss herumgedreht. Ich strecke mich und gähne herzhaft. Durch das Schlafzimmerfenster fallen Sonnenstrahlen, ich fühle mich gestärkt und gut gelaunt. Erwartungsvoll rolle ich mich zur Seite und schaue zur Tür.

»Bar-ne?«, fragt eine weibliche Stimme fordernd. »Schläfst du noch?«

Mist! Ich ziehe mir die Decke bis zur Nase. Das darf doch wohl nicht wahr sein. Ich bin automatisch davon ausgegangen, dass Barne auch Single ist. Hat er mir etwa etwas verschwiegen?

»Barne, schläfst du noch?« Ylvie taucht in der Tür auf. »Ach du Scheiße«, sagt sie und starrt mich an.

»Hi.« Ich spüre, wie ich schon wieder rot werde.

»Sie schon wieder? Die Verrückte? Na, ganz toll!«

Sie hat mich identifiziert. »Ich heiße Meike«, sage ich.

»Wo ist denn mein Onkel? Haben Sie ihn um die Ecke gebracht?«

»Nein, hat sie nicht.«

Erleichtert atme ich auf. Barne steht auf einmal hinter ihr.

Erstaunt sieht sie ihn an, dann wieder mich. Dabei rollt sie mit den Augen. »Mann«, sagt sie, »das ist ja so was von ekelig! Beinahe hätte ich euch beim Sex erwischt.«

»Gut, dass du schon aufgeklärt bist.« Barne drängt sich an ihr vorbei. »Und sei nicht so frech.«

Eine weitere weibliche Stimme mischt sich ins Geschehen ein. Barnes Mutter drängt sich in den Türrahmen! Wieder trägt sie den blauen Frotteemantel, ihr Haar hat sie in kleine bunte Klettwickler eingedreht. Alle drei schauen mich an.

Ich streiche mir eine Haarsträhne aus dem Gesicht und weiß nicht so recht, wie ich auf die geballte Inspektion reagieren soll.

Da fragt Barne: »Kaffee?«

Dankbar nicke ich ihm zu.

»Und ihr beiden habt jetzt genug gesehen, oder?« Er schiebt Mutter und Nichte auf den Flur hinaus, um sie dann ganz zu verabschieden, dann höre ich ihn in der Küche herumwerkeln.

Mein Handy klingelt, ich habe es vorhin auf dem Küchentisch liegen lassen.

Barne erscheint erneut und wirft es mir mit einem Lächeln auf die Bettdecke. »Kaffee mit Milch und Zucker, wie in der *Maus?*«

Ich nicke ihm lächelnd zu und werfe dann einen Blick aufs Display. »Meine Freundin. Ich geh mal schnell ran.«

»Schöne Grüße!« Barne verschwindet wieder.

»Hi«, hauche ich ins Telefon.

»Was ist los? Warum sprichst du so leise? Bist du etwa … Bei wem bist du, Meike? Jäger oder Retter? Nein, lass mich raten. Du hast dich für die gute Seite der Macht entschieden.«

»Stimmt genau«, antworte ich leise. »Er ist gerade in der Küche und kommt bestimmt gleich wieder.«

»Na und, ich bin deine Freundin, nicht dein Ehemann!«

Doro hat recht. Es gibt nichts zu verheimlichen.

»Eigentlich schade, wir wären bestimmt ein süßes Ehepaar.« Kaum ausgesprochen, muss ich loskichern.

»So gut war er?«, fragt Doro.

»Wieso?«

»Du kicherst so albern. Das machst du sonst nie.«

»Es war perfekt«, erkläre ich und werde schon wieder ein bisschen rot.

Barne kommt mit zwei Tassen Kaffee zurück ins Schlafzimmer und stellt sie auf den Holzquader. Dann beugt er sich zu mir herunter und sagt laut: »Es geht ihr gut.«

»Wunderbar!«, ruft Doro, sodass Barne es hören kann. »Und viel Spaß noch!«

Lachend lege ich auf.

Barne drückt mir einen Kuss auf die Stirn, gibt mir den Kaffee und setzt sich zu mir ans Bett.

Ich fahre mit dem Finger über seinen Oberarm. Er trägt ein kurzärmeliges Shirt, sodass Tatje, die kleine Elfe, gut zu erkennen ist. »Süßes Tattoo«, sage ich und beiße mir schon im nächsten Moment auf die Zunge. Ich bin bald wieder weg hier, da sollte mir Barnes Vorleben doch egal sein. Er hat auch nicht explizit nach meinem gefragt.

»Eine Jugendsünde.« Barne steht auf. »Es tut mir leid, dass die Nacht so unromantisch enden musste. Aber wir mussten eine Schwangere mit Komplikationen rüber nach Föhr bringen. Und jetzt muss ich auch gleich wieder los. Ich wollte dich aber wenigstens wecken und dich vor meiner Mutter beschützen. Ich dachte mir schon, dass sie uns einen Besuch abstatten würde. Mit Ylvie habe ich allerdings nicht gerechnet.«

»Kein Problem. Ihr bin ich sowieso suspekt.« Ich schmunzle und trinke ein paar Schlucke heißen Kaffee. »Wann willst du fahren?«

»In zehn Minuten, wenn es geht«, sagt Barne. »Ich dachte, ich bring dich noch zu deinem Rad.«

»Okay, dann mal los.« Ich schlage die Bettdecke zurück und stelle die Füße auf den Boden.

Da klingelt Barnes Telefon. Er nickt mir zu, steht auf und geht aus dem Zimmer, um das Gespräch anzunehmen.

Ich schaue ihm hinterher. Dabei wird mir klar, dass ich unheimlich viel von mir geredet habe, aber er kaum etwas von sich preisgegeben hat. Meine Informationen habe ich alle von Merle. Barne hat mir nichts von sich erzählt, von seiner Arbeit mal abgesehen.

Als ich an ihm vorbei ins Bad gehe, muss ich an seine Worte von gestern Abend denken: »Seenotretter machen nicht viele Worte.«

21.

Ich stehe am Straßenrand vor der *Blauen Maus* und sehe dem Jeep hinterher, der im Eiltempo davonbraust. Was war das denn? Auf der Fahrt hat Barne so gut wie gar nicht gesprochen, und einen Abschiedskuss habe ich auch nicht bekommen. Außerdem geht es zum Hafen definitiv in eine andere Richtung. Ich bin davon ausgegangen, dass er in Sachen Seenotrettung raus aufs Meer muss, aber da habe ich mich wohl geirrt. So wie es aussieht, hat er etwas anderes vor. Auf einmal macht sich Enttäuschung in mir breit. Dass das zwischen uns keine Sache auf Dauer sein kann, war mir von Anfang an klar, aber das ging mir jetzt doch ein wenig zu schnell. Na ja, denke ich, jetzt weiß ich wenigstens, dass ich für einen One-Night-Stand nicht geschaffen bin. Der Sex war richtig gut, aber das Erlebte fühlt sich nun irgendwie schal an, und von meiner anfänglichen Euphorie ist nicht mehr viel zu spüren.

Ich gehe zu dem Fahrradständer vor der Kneipe und bleibe wie angewurzelt stehen. Mein Rad ist weg! »Na prima!«, schimpfe ich und schaue mich nach allen Seiten um, kann es aber nirgends entdecken. Ich klopfe mehrmals gegen die Tür, aber wie nicht anders zu erwarten, macht um diese Uhrzeit niemand auf.

Missmutig setze ich mich auf den Fahrradständer. Bis nach Norddorf sind es acht Kilometer, ich werde wohl zu Fuß gehen müssen. Vielleicht habe ich ja Glück, und das Rad wurde in der Verleihstation abgegeben? Immerhin ist ein Aufkleber mit der Adresse am Rahmen angebracht.

Ein lautes Motorengeräusch lässt mich aufhorchen. Auf der anderen Straßenseite ist ja die Bushaltestelle! Ich springe auf und sprinte los. Aber ich komme zu spät, der Bus fährt gerade wieder ab.

»He!« Wild gestikulierend renne ich über die Straße.

Auf dem Fahrersitz des Busses erkenne ich die Frau, die schon vorgestern mit einem Mordstempo über die Insel geheizt ist. Sie hält an und lässt mich rein.

»Durchgemacht?«, fragt sie und grinst.

»Nein, mir wurde das Fahrrad gestohlen!«

»Oh, das habe ich in letzter Zeit schon häufiger gehört. Angeblich soll eine Bande mit einem Wohnmobil unterwegs sein und Räder einsammeln. Auf den Fähren kontrolliert die Dinger ja keiner, so können sie die Beute unbemerkt aufs Festland bringen.«

»Das ist ja dreist«, sage ich und löse ein Ticket. »Und ich muss das Ding jetzt ersetzen …«

Die Busfahrerin gibt mir das Wechselgeld und schaut in den Rückspiegel. »Da hat die Inselpolizei ja endlich mal was zu tun.«

»Wo finde ich die denn?«, frage ich.

Sie fährt los. »In Nebel, gleich bei der Bushaltestelle. Die sechste Station von hier, *Nebel-Strandweg*.«

»Dann steige ich dort aus.«

»Die Jungs freuen sich sicher, wenn sie Arbeit bekommen.«

Ich nicke ihr zu und setze mich an einen Fensterplatz.

Diesmal ist der Bus nicht voll. Die wenigen Fahrgäste sind ohne Koffer unterwegs, sie sind also schon länger da. Wir fahren die Haltestellen *Zeltplatz*, *Leuchtturm* und *Süddorf* an.

Als die Busfahrerin den Halt *Nebel-Mühle* durchgibt, horche ich überrascht auf – und steige spontan aus. Die Windmühle! Die wollte ich mir doch auf jeden Fall ansehen, und zur Polizei kann ich von hier aus gut zu Fuß gehen.

Wenige Minuten später erreiche ich mein Ziel. Hübsch sieht die Mühle aus, ganz in Reet verkleidet, mit riesigen Flügeln. *Ich will mich nun endlich an den Windmühlen versuchen …* Es war wahrscheinlich doch nur eins von Omas geliebten Zitaten, aber wenn ich schon mal hier bin, kann ich sie auch besichtigen.

Ich bezahle den Eintritt für das Museum und bin ganz begeistert! Die Ausstellungsräume sind proppenvoll mit Fotos, Bildern und Alltagsgegenständen, die viel über die Geschichte der Mühle, aber auch über Amrum erzählen. Ich erfahre, dass die Mühle als Wahrzeichen der Insel gilt, da sie auf dem höchsten Fleck der Insel gebaut wurde. Damals gab es kaum Wald hier, der wurde erst später aufgeforstet. Deswegen konnte man die Mühle schon aus der Ferne sehr gut erkennen. In Betrieb war sie von 1771 bis in das Jahr 1962. Das Jahr des großen Sturms, in dem Oma mit ihrer Familie die Insel verlassen hat. Sie muss sie als junges Mädchen also noch miterlebt haben.

Plötzlich bleibe ich wie angewurzelt vor einem großen Bilderrahmen mit verschiedenen Schwarz-Weiß-Aufnahmen stehen.

»Das gibt es doch nicht, das ist doch Oma!« Verwundert

trete ich ein Stück näher an die Fotos heran, um mich zu vergewissern, dass es sich bei der lächelnden jungen Frau tatsächlich um Elisabeth Nickels handelt. Sie trägt eine typische Amrumer Tracht, einen Rock mit einer weißen langen Schürze, eine schwarze Bluse mit sehr schönen filigranen Verzierungen und einen eigenartigen Kopfschmuck, wohl eine Art Kopftuch oder Haube. Leider steht kein Name unter dem Foto, nur ein Hinweis, dass es sich um eine inseltypische Tracht handelt.

»Die Tradition wird hier auf Amrum immer noch gepflegt. Der Kontrast der hellen Schürze und des dunklen Kleides lässt die Tracht sehr edel wirken.«

Ein älterer, etwas kräftiger Herr mit Glatze kommt auf mich zu und stellt sich neben mich.

»Das ist meine Großmutter«, sage ich stolz. »Da bin ich mir ganz sicher.«

»Ach, dann sind Sie Ische Nickels Enkeltochter?«

»Ja.« Überrascht sehe ich in die lachenden braunen Augen des Mannes, der vorhin an der Kasse saß.

»Schön, dass Ische wieder da ist. Ich habe mich wahnsinnig darüber gefreut, als sie plötzlich hier im Museum auftauchte. Sie stand genau dort, wo Sie gerade stehen, und hat sich das alte Foto angesehen. Richten Sie ihr bitte aus, ich würde mich wirklich sehr freuen, wenn sie ein paar Tage in der Woche bei uns aushilft. Entschuldigen Sie, ich habe mich noch gar nicht vorgestellt.« Er streckt mir die Hand hin, die ich nun ergreife. »Mein Name ist Klaas, Klaas Jansen. Früher war ich gut mit Ihrer Großmutter befreundet.«

Mir fehlen die Worte. Fassungslos starre ich Klaas Jansen an, dann fällt mein Blick wieder auf das Foto.

»Sie war schon immer ein hübsches Ding.« Er lacht. »Und

hat den Jungs ordentlich den Kopf verdreht, wenn ich das mal so sagen darf. Aber sie hatte nur Augen für Ocke.«

Ocke? Der Name sagt mir was … Joos hat ihn gestern Abend erwähnt. Aber meinte er nicht, das sei der Mann von Omas Freundin? Wie hieß sie noch gleich … Agata!

»Sie sagten, sie war hier?«, frage ich. »Wann war denn das?«

»Vorgestern, gleich nachdem ich das Museum aufgeschlossen hatte. Sie war in Begleitung einer Freundin.«

»Hatten die beiden Gepäck dabei?« Vielleicht haben sie ja auf dem Weg zur Fähre noch einen kurzen Zwischenstopp hier eingelegt.

Klaas Jansen kratzt sich am Kopf. »Nicht, dass ich wüsste.«

»Es ist nur so, dass wir uns knapp verpasst haben«, erkläre ich. »Anscheinend ist Oma genau an dem Tag abgereist, an dem ich ankam.«

»Hm … soweit ich weiß, wollte sie rüber nach Föhr.«

»Ins Krankenhaus, zu Ocke«, überlege ich laut. Also sind die beiden doch nicht zurück nach Oberhausen …

Klaas Jansen nickt. »Krebs. Es sieht nicht gut aus.«

Ich versuche, meine Gedanken zu sortieren, betrachte noch einmal Omas Foto. Sie mochte darauf ungefähr 18 Jahre alt gewesen sein. »Ich weiß. Das tut mir sehr leid. Und Sie sagen, Sie waren damals gut befreundet?«

»Ja, wir sind gemeinsam in die Realschule gegangen. Ische war in meiner Klasse. Ich habe es sehr bedauert, als sie damals die Insel verlassen hat.« Er lächelt wehmütig. »Aber irgendwann zieht es uns eben doch wieder zurück in die Heimat. Es ist schön, dass sie nun überlegt, wieder zurück nach Amrum zu kommen.«

Eine Gruppe Touristen betritt das Museum.

»Ich muss mich mal eben um die Besucher kümmern«, sagt Klaas Jansen und lässt mich alleine zurück.

Ich bin baff, das kann man nicht anders sagen. Sie überlegt, wieder zurück nach Amrum zu kommen? Oma würde nie so eine Aussage ohne Grund aussprechen. Ob sie wegen Ocke nach Amrum gekommen ist und nun festgestellt hat, dass ihr die Insel immer noch am Herzen liegt? Mit Opa hat sie Stress, so viel ist klar. Und Amrum ist bei Weitem schöner als Oberhausen. Da kann ich verstehen, wenn Oma solche Gedanken hätte.

Ich krame in meiner Handtasche nach dem Bierdeckel, auf den Joos mir Agatas Adresse geschrieben hat. Ob ich nicht doch gleich mal bei ihr vorbeischaue?

Dass Oma den Jungs früher den Kopf verdreht hat, wundert mich nicht. Sie war bildschön, und sie ist es heute immer noch. Ich mache ein Foto von Oma in der Tracht und sehe mich noch ein wenig im Museum um. Ein paar historische Bilder der Mühle betrachte ich genauer.

»Ein Brauch, der auch heute noch gepflegt wird«, sagt Klaas Jansen plötzlich wieder hinter mir und deutet auf ein Foto. »Wenn die Flügel auf Kreuz stehen, nehmen wir Abschied von einem Toten.« Er schweigt einen Moment. »Bald wird es wohl wieder so weit sein.«

Eine Gänsehaut kriecht über meine Arme. Ich weiß gar nicht, wieso, aber plötzlich fühle ich mich ergriffen. Klaas Jansen redet von Ocke, eindeutig. Ich kenne den Mann zwar nicht, weiß aber, dass er früher gut mit Oma befreundet war. Wenn sie tatsächlich nach Amrum gekommen ist, um sich von ihm zu verabschieden, scheint er ihr sehr viel bedeutet zu haben. Denn eigentlich wollte sie die Insel ja nie wieder betreten …

Klaas Jansen legt kurz seine Hand auf meine Schulter. »Sie sehen Ihrer Großmutter sehr ähnlich. Ich freue mich, Sie kennengelernt zu haben.«

»Danke, gleichfalls. Ich finde das Museum sehr schön. Es ist spannend, Dinge über Amrums Vergangenheit zu erfahren. Ich komme ihr auch irgendwie so näher ...«

Er schmunzelt. »Ische war eine herausragende Strandgutsammlerin. Als könnte sie riechen, wenn das Meer etwas an Land spülen würde. Sie machte immer die große Beute. Mal hatte sie kiloweise Orangen entdeckt, die von Bord gegangen waren und angespült wurden, ein anderes Mal Kisten voll mit Rasierklingen. Noch Jahre danach ist auf Amrum keine einzige Klinge über den Ladentisch gegangen. Alle Insulaner waren erst mal versorgt. Das mit den Orangen war natürlich ein Highlight, die gab es nicht zu der Zeit. Besonders als nach dem Krieg die Flüchtlinge auf die Insel kamen, wurden auch Lebensmittel knapp. Aber Ische war ein wahres Organisationstalent. Ich frage mich heute noch, wo sie damals den Kaffee herbekam ...«

Klaas Jansens Erzählungen lassen Oma vor meinem inneren Auge lebendig werden. Ich sehe sie mit zerzausten Haaren fieberhaft den Strand nach Schätzen absuchen. Und fast wünsche ich mir, ich hätte damals dabei sein können, wenn sie wieder mal auf Entdeckungstour ging.

»Das hört sich alles sehr romantisch an«, sage ich, doch Klaas Jansen schüttelt den Kopf.

»Es war sehr hart. Viele kämpften ums nackte Überleben, konnten ihre Familien nicht mehr ernähren. Eine Menge Amrumer hat sich Anfang der Fünfzigerjahre auf den Weg ins gelobte Land gemacht. Ich bin mit meiner Frau Mitte der Sechziger auch rüber. Wir haben einen Delikatessenladen eröffnet, der nach kurzer Zeit schon sehr gut lief, aber wir haben auch viel gearbeitet. Morgens um sieben fing der Tag an, und abends um elf endete er. Nun sind wir wieder hergekommen und genießen die Ruhe. Heimat vergisst man nicht. Unsere Kinder sind drüben geblieben, aber sie kommen, so oft sie können.«

»Das ist ja interessant. Die Nickels-Brüder hatten wohl auch ein Delikatessengeschäft.«

»Ja, ich weiß, in Manhattan, wie wir. Ist schon verrückt. Hier auf der Insel leben heute zweitausend Menschen, in Amerika so um die zwanzigtausend Friesen, wahrscheinlich sogar mehr.« Klaas Jansen lacht. »Und doch kann es dir in bestimmten Gegenden passieren, dass du auf Menschen triffst, die Friesisch sprechen, öömrang oder auch fehring. Dort im Exil wird die Kultur noch richtig gepflegt.«

»Oma hat meines Wissens keinen Kontakt mehr zu ihren Brüdern.«

»Ja, einige von uns haben ihre Wurzeln nun dort und das Interesse an der Insel verloren …« Er schaut in den Eingangsbereich des Museums. »Es tut mir leid, ich würde mich liebend gerne noch länger mit Ihnen unterhalten, aber ich muss mal wieder was tun … Bestimmt sehen wir uns noch mal wieder, bevor Sie abreisen. Hier auf der Insel sieht man sich immer mindestens ein zweites Mal.«

»Das stimmt allerdings, die Erfahrung habe ich auch schon gemacht. Danke, dass Sie sich so viel Zeit für mich genommen haben. Könnten Sie mir noch erklären, wie ich zur Polizeistation komme? Mein Fahrrad wurde gestern Nacht vor der *Blauen Maus* geklaut.«

»Sie gehen einfach ein Stück die Straße hoch und biegen dann links in den Strunwai ab, dann wieder links in den

Sanghughwai … Länger als zehn Minuten brauchen Sie nicht.« Er sieht mich listig an. »Auf Amrum klaut man keine Räder, man leiht sie sich allenfalls volltrunken aus und stellt sie an einem anderen Ort wieder ab.«

»Na dann …« Ich verabschiede mich von ihm und mache mich auf den Weg.

Die Polizeistation liegt versteckt und von vielen Bäumen umgeben etwas abgelegen von der Straße, sie sieht auf den ersten Blick wie ein Ferienhaus in Klinkerbauweise aus. Ich will gerade anklopfen, als die Tür abrupt aufgestoßen wird, und mache einen Satz nach hinten.

»Oh, Entschuldigung …« Ein sehr junger Polizist, vielleicht zwanzig Jahre alt, steht vor mir. »Ich habe Sie nicht gesehen.«

»Nicht so schlimm, ist ja nichts passiert. Mein Name ist Meike Ritter. Ich wollte einen Diebstahl melden. Mein Fahrrad ist heute Nacht vor der *Blauen Maus* gestohlen worden.«

»Abgeschlossen?« Der Polizist geht mit mir zurück in die Station.

»Ja, natürlich!« In dem Moment, in dem ich es ausspreche, weiß ich, dass ich mich irre. »Mist! Nein, ich hatte es aufgeschlossen, weil ich eigentlich zurück nach Norddorf wollte, aber ich war dazu nicht mehr in der Lage …«

Der Polizist grinst. »Sehr vernünftig, sofern Sie stattdessen nicht ins Auto gestiegen sind.«

»Nein, natürlich nicht! Zumindest saß ich auf dem Beifahrersitz …«

»Okay, dann nehmen wir mal die Daten auf …«

Ich bin gerade dabei, die Adresse meiner Unterkunft durchzugeben, da höre ich, wie die Tür geht und eine weibliche Stimme ertönt.

»Hallo, ist da jemand?«

Der Polizist schaut auf, als eine schlanke Frau mit raspelkurz geschnittenen blonden Haaren das Dienstzimmer betritt. Ich erkenne sie sofort, aber sie bemerkt mich gar nicht. Es ist die Frau von der Fähre.

»Ich möchte eine Vermisstenmeldung abgeben«, sagt sie mit zittriger Stimme. »Mein Verlobter ist verschwunden, seit gestern Abend.«

»Einen kleinen Moment bitte«, sagt der Polizist. »Wir sind hier gleich fertig.«

Ich hatte gestern zwar einiges an Schnaps intus, aber ich weiß noch ganz genau, dass mir ihr Verlobter in Kneipennähe über den Weg gelaufen ist.

»Entschuldigung«, sage ich. »Ich mische mich nur ungern ein, aber wir kennen uns von der Fähre. Ich weiß nicht, ob Sie sich an mich erinnern.«

»Doch, natürlich. Sie haben uns erzählt, warum die Nordsee so schmutzig ist.«

»Trüb, nicht schmutzig«, sage ich. »Aber das ist jetzt nicht wichtig. Gestern Abend habe ich Ihren Verlobten gesehen. Er war auf dem Weg in die *Blaue Maus*.«

»*Blaue Maus*?« Die Frau fährt sich durch das zentimeterkurze Haar. »Ist das eine Kneipe?«

»Ja, eine Whiskybar in Wittdün.«

Sie schüttelt den Kopf. »Er war die ganze Nacht weg, das hat er noch nie gemacht.«

»Moin!« Ein weiterer, älterer Polizist betritt das Dienstzimmer. »Kann ich helfen?«, fragt er den jungen Kollegen.

Der nickt, kann sein Grinsen aber nicht verbergen. »Die

eine Dame vermisst ihr Rad, die andere ihren Ehemann. Beide wurden zuletzt vor der *Blauen Maus* gesehen.«

Der Polizist mustert uns. »Und wer von Ihnen vermisst jetzt wen oder was?«

»Ich das Rad«, sage ich schnell. »Aber der Mann ist wichtiger, ich kann ruhig warten.«

»Soso …« Der Polizist kratzt sich am Kopf, dann wendet er sich an die Frau. »Hatten Sie vielleicht Streit oder so was in der Art? Ich meine, was man halt ab und zu mal hat, wenn man in einer Beziehung ist.«

»Ja, hatten wir.« Die Arme läuft an wie eine Tomate.

»Aber das bedeutet doch noch lange nicht, dass man einfach wegbleibt«, werfe ich ein.

»Genau«, sagt die Frau schniefend. »Deswegen möchte ich ihn ja auch als vermisst melden.«

Der ältere Polizist seufzt. »Eine Vermisstenanzeige können wir nicht aufnehmen. Das geht nur bei begründetem Verdacht auf ein Verbrechen …« Er legt eine kurze Pause ein. »Oder der Gefahr eines Suizids.«

Einen Spruch dieser Art habe ich vor Kurzem auch gehört, als ich Oma vermisst melden wollte. Jemanden zu suchen ist gar nicht so einfach, sofern es sich um eine erwachsene Person handelt.

Die Frau reißt die Augen auf. »Marc ist ein Idiot, aber ansonsten geht's ihm gut, denke ich mal. Er würde sich nie umbringen.«

»Ich schlage vor, wir fahren eine Runde über die Insel und schauen uns um. Sie warten noch eine Weile, ob er nicht vielleicht doch bald bei Ihnen aufschlägt, wenn er seinen Rausch ausgeschlafen hat. Und wenn einer von uns was von ihm hört oder ihn sieht, telefonieren wir. Was halten Sie davon?«

»Gut! Ich gebe Ihnen meine Handynummer.«

»Eine kurze Beschreibung des Vermissten wäre auch nicht schlecht …«

»Ich heiße übrigens Nicole.« Die Blonde gibt mir die Hand. »Ohne dich wäre ich mir da drin wahrscheinlich wie ein Volltrottel vorgekommen. Die nehmen einen echt nicht ernst.«

»Ich bin Meike.«

»Bist du dir wirklich sicher, Meike, dass es Marc war, den du gestern Abend gesehen hast?«

»Ja, ganz sicher. Viel gesagt hat er allerdings nicht. Nur dass er sich an mich erinnert, sonst nichts.«

Eine Frau mit braunem, kurzem Haar geht an uns vorbei in die Polizeistation. Ohne ihre orangefarbene Signalweste hätte ich sie fast nicht wiedererkannt. Es ist die Tierärztin aus Föhr.

Sie dreht sich noch mal um und wirft mir einen kurzen Blick zu. Wahrscheinlich überlegt sie auch, wo sie mich schon mal gesehen hat.

»Sag mal, Meike …« Nicole verzieht das Gesicht. »Wie geht es da eigentlich ab in dieser Whiskykneipe? Ich meine, waren da viele Frauen alleine da? Du verstehst schon … Könnte es vielleicht sein, dass er mit einer anderen mitgegangen ist? Geht man da alleine rein, aber zu zweit wieder raus?«

Eine leichte Röte zieht über mein Gesicht, weil mir prompt einfällt, in wessen Armen ich gestern Nacht gelandet bin. Aber das bemerkt Nicole nicht. Sie ist viel zu sehr mit sich beschäftigt.

»Nein, es ist eine gemütliche, alte Bar, in der auch viele

Insulaner verkehren. Er ist alleine reingegangen, das habe ich gesehen. Wann er gegangen ist, weiß ich nicht. Ich war, wie gesagt, auf dem … Heimweg. Aber ich kenne ein paar Leute, die länger dageblieben sind als ich. Wenn du möchtest, können wir sie fragen, ob sie was mitbekommen haben.«

»Oh ja, das ist eine gute Idee!«

»Wo wohnt ihr denn?«

»In Norddorf, in einem Hotel in der Ortsmitte.«

»Da muss ich auch hin«, sage ich. »Ich bin mit dem Bus unterwegs.«

»Ich mit dem Taxi. Ich kenn mich hier noch gar nicht aus.«

»Wolltet ihr nicht in Föhr absteigen?«, frage ich.

Wir gehen in Richtung Bushaltestelle, und Nicole erzählt mir, warum die beiden sich schließlich ein Hotel in Amrum gesucht haben. Ihr hat die Unterkunft auf Föhr absolut nicht gefallen, und da hat sie Marc überredet, gleich am nächsten Morgen schon nach Amrum weiterzufahren. Der wäre lieber noch geblieben, hat sich dann aber breitschlagen lassen. Auf Amrum war das gebuchte Zimmer noch nicht frei, und sie mussten in ein kleineres ziehen – mit einer fürchterlich unbequemen Matratze, wie Marc fand. Die Stimmung war den ganzen Tag über mies, und am Abend ergab dann ein Wort das andere, und sie haben fürchterlich gestritten …

Wieder hält die nette Busfahrerin am Straßenrand.

»Du schon wieder«, sagt sie, als sie die Tür öffnet und wir einsteigen.

Ich lächle sie an und löse zwei Tickets für uns. Dann wende ich mich an Nicole: »Sag mal, hast du nicht ein Foto von Marc? Vielleicht ist er mit dem Bus gefahren.«

»Ja, das ist gut!« Sie zieht ihr Handy aus der Tasche, klickt darin herum – und hält es kurz darauf der Busfahrerin unter die Nase. »Er war gestern Abend in der *Blauen Maus* und ist nicht zurück ins Hotel gekommen.«

Die Busfahrerin schüttelt den Kopf, dann grinst sie. »Das berühmt-berüchtigte Bermudadreieck. Der taucht schon wieder auf, wenn er nüchtern ist.«

»Wenn das wirklich so ist, überlebt er meinen Wutausbruch nicht.« Nicole kramt in ihrer Handtasche und legt eine Visitenkarte in das Wechselgeldschälchen. »Kannst du mich anrufen, wenn er doch noch mal einsteigt?«

Die Fahrerin nickt und startet den Bus.

Ich schiele auf Nicoles Karte. *Die Hochzeitsfee* steht darauf. Na, mit ihrer Hochzeit scheint es ja schon mal Probleme zu geben, denke ich.

»Was machst du eigentlich hier alleine auf der Insel?«, fragt sie, als wir durch den Bus gehen und uns auf die hinterste Bank fallen lassen.

»Stell dir vor, ich hab auch erst jemanden vermisst gemeldet …« Ich erzähle ihr von Oma. Ein wenig Ablenkung tut Nicole gut, das merke ich. Sie leidet und macht sich große Sorgen um ihren Verlobten. Aufmerksam hört sie mir zu, zwischendurch stellt sie mal eine Frage.

Ich bin gerade dabei, von der Seehundrettungsaktion zu erzählen, als der Bus hält. Ich schaue aus dem Fenster – und sehe zwei olivgrüne Jeeps nebeneinander. Aber das ist noch nicht alles. Vor der Tür des wunderschönen Reetdachhauses stehen Elfe und Kobold, innig in einer Umarmung vereint. Ich traue meinen Augen kaum und rutsche unwillkürlich auf dem Sitz nach unten. Barne steht zwar mit dem Rücken zu mir, er kann mich gar nicht sehen. Und Tatje bekommt sowieso nichts mit.

»War ja klar«, sage ich und zwinge mich wegzuschauen.

»Was, was meinst du?« Nicole reckt den Hals und sieht raus auf die Straße.

»Ich entscheide mich immer für den Falschen«, sage ich, als der Bus wieder anfährt. »Aber wenigstens hatte ich meinen ersten One-Night-Stand heute Nacht.«

»Mit dem?«, fragt sie lachend und schaut hinten aus dem Bus raus. »Und jetzt erzähl mir bloß nicht, du hast ihn in der *Blauen Maus* abgeschleppt!«

»Doch, habe ich«, gebe ich kleinlaut zu.

»Na ja, immerhin ist Marc nicht in deinem Bett gelandet.« Nicole lächelt mich an. »Du bist mir sympathisch, und ich möchte meine Nebenbuhlerin gegebenenfalls gebührend verabscheuen können.«

»Ich glaube nicht, dass Marc dich betrogen hat«, sage ich und setze mich wieder normal hin. »Das meine ich jetzt wirklich total ernst, Nicole. So, wie der dich auf der Fähre angeschmachtet hat, hat er doch nie im Leben Interesse an anderen Frauen. Er liebt dich. Und er himmelt dich an. Ich hab dich in dem Moment richtig beneidet um ihn oder, besser gesagt, um das, was ihr da habt. Ich wette mit dir, dass die Busfahrerin recht hat. Er wird irgendwo seinen Rausch ausschlafen und dann reumütig im Hotel auftauchen.«

»Meinst du wirklich?«

»Ja, das meine ich. Ich bin mir sicher, dass es auch gute Kerle gibt. Und mein Bauch sagt mir, dass deiner einer davon ist.«

22.

»Das gibt es doch nicht!«, ruft Nicole. »Da ist er ja!«

In dem Moment sehe ich ihn auch. Wir brausen im Bus an ihm vorbei und drehen uns beide um, um nach hinten aus dem Fenster zu schauen. Marc fährt seelenruhig mit einem roten Hollandrad in Richtung Norddorf die Straße entlang.

»Moment mal!«, rufe ich. »Das ist ja mein Rad!«

Nicole schnauft laut auf. »Er war der Dieb! Er hat dein Rad geklaut! Der kann was erleben …«

Marc wird immer kleiner, aber mein Grinsen immer breiter. »Er hat es nicht geklaut, Nicole, nur ausgeliehen. Und die Hauptsache ist doch erst einmal, dass er noch lebt, oder?«

»Noch«, sagt Nicole und zieht beide Augenbrauen hoch. »*Noch* lebt er.«

Aber ich sehe ihr die Erleichterung an. »Hab Nachsicht mit ihm, wenn du kannst.«

»Was hast du denn jetzt vor?«, fragt Nicole.

»Eigentlich wollte ich bei der Jugendfreundin meiner Oma vorbeischauen. Sie wohnt auch in Norddorf.«

»Stört es dich, wenn ich mitkomme?«

»Nein, gar nicht, aber willst du nicht lieber ins Hotel, um dort auf Marc zu warten?«

»Das würde ihm so passen! Nein, der soll sich ruhig fragen, wo ich bin. Ich hab die ganze Nacht kein Auge wegen dem Mistkerl zugemacht. Ich wette mit dir, dass er anruft, sobald sein Handy an der Aufladestation hängt. Dann hört er die Mailbox ab, und Panik wird ihn überfallen. Ich war nämlich echt wütend, als ich ihn im Minutentakt heute Nacht angerufen und Nachrichten auf Band hinterlassen habe.«

»Na gut, aber ich wollte vorher noch mal in meiner Pension vorbei. Ich würde mich gerne umziehen. Dass ich heute Nacht auswärts schlafe, war so nicht geplant.«

»War es wenigstens gut?«, fragt Nicole.

Ich setze ein fröhliches Gesicht auf. »Ja, das war es.«

»Dann solltest du es so in Erinnerung behalten. Vielleicht gibt es dafür eine ganz banale Erklärung, warum er am nächsten Tag eine andere Frau in den Armen hält. Denk an die tollen Stunden, die du mit ihm hattest.«

»Ja, du hast recht. Ich denke, ich werde immer gerne daran zurückdenken.«

»Na, siehst du. Außerdem haben wir beide uns kennengelernt, das ist doch auch schön! Wo kommst du eigentlich her? Du klingst so nach Ruhrpott. Marc und ich, wir wohnen seit einem halben Jahr in Köln.«

»Ach, da habe ich auch bis vor Kurzem gewohnt. Aber momentan stecke ich in Oberhausen fest.«

»Das ist ja sozusagen gleich um die Ecke. Dann können wir uns ja mal nach dem Urlaub treffen. Wie lange bleibst du denn hier?«

»Noch ein paar Tage … Hier ist es, wir müssen aussteigen.«

Wir gehen zur Pension *Üüs Eilun*, und als wir durch das

Tor in den Garten treten, sitzt Walter im Schneidersitz und mit geschlossenen Augen auf der Wiese. Obwohl er kein Hirschgeweih aufhat, sieht er doch beeindruckend aus.

»Wer ist das denn?«, flüstert Nicole.

»Kajika, der Feuerschamane«, erkläre ich. »Pst, er meditiert gerade.«

Leise gehen wir an ihm vorbei. Ich will gerade die Tür aufschließen, da ertönt ein lautes Brummen, das aus der Tiefe von Walters Bauch zu erklingen scheint.

»Ich hab Gänsehaut«, sagt Nicole leise.

Walter öffnet die Augen. »Guten Tag, die Damen.«

»Hallo, tut mir leid, wir wollten dich nicht stören«, sage ich.

»Ihr habt mich nicht gestört. Ich habe schon auf dich gewartet, Meike. Das mit der Robbenmutter hat ja gut geklappt. Ich habe ihr gesagt, wo sie ihr Baby findet, und sie hat es geholt.«

»Ah ja, also … das ist schön, danke.« Glaubt er wirklich, dass er dafür verantwortlich ist? Warum auch nicht? Bestimmt gibt es Dinge, die über unsere Vorstellungskraft hinausgehen, und Menschen, die einfach mehr spüren als andere. Dazu kommt, dass der Glaube ja gewissermaßen schon immer Berge versetzt hat.

»Sag mal, Meike, hattest du Besuch von deinem Krafttier während der Trommelreise? Ich habe da so eine starke Präsenz gefühlt.«

»Ja, ein Kaninchen«, sage ich und bemerke, wie Nicole neben mir sich über unsere Unterhaltung wundert. »Ich hatte das Gefühl, es würde mich beobachten. Es ist mir übrigens auch danach noch mal über den Weg gehoppelt.«

Walter winkt uns zu sich. »Setzt euch doch einen Moment, wenn ihr Zeit habt.«

Wir lassen uns auf der Wiese nieder, und ich stelle Walter kurz Nicole vor.

»Eine neue Freundin, das ist schön«, sagt er.

Nicole strahlt. »Können Sie auch mein Krafttier rufen?«, fragt sie.

»Das hängt von dir ab, nicht von mir. Leider reise ich morgen schon wieder ab, aber wenn wir uns nächstes Jahr hier wiedertreffen, können wir es versuchen.«

»Nächstes Jahr?« Nicole macht große Augen.

»Ja, um die gleiche Zeit, hier auf Amrum«, sagt Walter lächelnd.

Sie kichert. »Marc wird sich freuen, wenn er erfährt, dass wir noch mal hier Urlaub machen.«

Nicole hat ihm also schon verziehen, denke ich. Und sie glaubt nicht, dass er sie betrogen hat, sonst würde sie nicht schon gedanklich den nächsten Urlaub mit ihm planen.

»Ein Kaninchen also …« Walter sieht mich an.

»Ich dachte eigentlich, ein Krafttier sei ein starkes Tier, ein Löwe zum Beispiel oder ein Adler, aber bei mir schaut ein kleines Pelzknäuel vorbei«, sage ich.

»Der ängstliche Bote der Liebe«, sagt Walter. »Es bringt dich mit deiner Weiblichkeit in Kontakt, hilft dir aber auch, in anderen Bereichen des Lebens fruchtbar und offen zu sein. Vielleicht will es dir sagen, dass es an der Zeit ist, eigene Pläne zu verwirklichen. Das rammelnde Kaninchen verausgabt sich, um sein Ziel zu erreichen. Es fordert dich auf, deines zu fokussieren und deine Energie zielgerichtet dafür einzusetzen.«

»Mein Kaninchen hat aber nicht gerammelt!«, werfe ich

ein und stupse die kichernde Nicole in die Seite. »Es hat mich einfach nur interessiert angesehen.«

»Dann wollte es dich vielleicht dazu auffordern, dich mit deinen Ängsten zu beschäftigen, damit du verstehst, wovon sie dich abhalten.«

»Hm … Das Kaninchen scheint ja ziemlich flexibel zu sein. Liebe, Pläne, Angst …«

»Du sagst es, irgendwie hängt das alles zusammen.« Er öffnet seine Hand und hält sie mir hin. Ein flacher grauer Stein mit einem schwarzen Schriftzeichen liegt darin. »Nimm, er ist für dich.«

»Danke!« Ich nehme den Stein. Das aufgemalte Zeichen sieht aus wie ein Ypsilon, allerdings mit einem dritten, etwas kürzeren Strich im oberen mittleren Teil. »Was bedeutet es?«

»Das ist ein Runenzeichen. Es steht für Eolx, er soll dich begleiten. Der Stein symbolisiert das Geweih eines mächtigen Schutztieres. Es hilft dir, in schwierigen Zeiten einen sicheren Weg zu finden.« Walter schmunzelt. »Dein Kaninchen bekommt Gesellschaft von einem Elch.«

»Ein interessantes Gespann«, sage ich. »Die Leute würden Augen machen, wenn ich tatsächlich mit den beiden Tieren über die Insel spazieren würde.«

»Musst du morgen wirklich schon abreisen?«, fragt Nicole. »Ich hätte mich gern noch mit dir unterhalten.«

Walter mustert sie aufmerksam. »Du wirkst müde.«

»Ja, das bin ich auch. Marc, mein Verlobter, ist heute Nacht …«

Ich lege kurz meine Hand auf Nicoles Arm, um sie zu unterbrechen. »Während ihr hier redet, gehe ich eben kurz nach oben, okay?«

Walter nickt mir zu. »Mach ruhig.«

Ich lasse die beiden alleine und gehe die knarrenden Treppenstufen hinauf in mein Prinzessinnengemach. Einen Moment lang setze ich mich aufs Bett und schaue die rosafarbene Wand an. Was für ein Tag, was für eine Nacht! Dann lasse ich mich nach hinten fallen und betrachte noch einmal Walters Geschenk. Ein Elch! Der Stein fühlt sich glatt und warm an in meiner Hand. Er ist zu groß, um ihn als Anhänger an einer Kette zu tragen.

Als ich klein war, habe ich immer gedacht, dass Rentier nur eine andere Bezeichnung für Elch ist. Oma hat mir oft die Geschichte von *Rudolph mit der roten Nase* vorgelesen. Wie habe ich es geliebt, wenn der kleine Kerl endlich zum Einsatz kam, weil seine Nase so wunderbar leuchten konnte. Irgendwann hat sie eine Originalausgabe von Robert L. May hervorgezaubert und mir zu Weihnachten geschenkt. Ich komme hier auf der Insel gar nicht dazu, die Einträge meines Blogs zu checken beziehungsweise was Neues zu schreiben …

Mein Körper fühlt sich schwer an, ich habe Kopfschmerzen und merke auf einmal, wie müde ich bin. Wenn Nicole jetzt nicht unten warten würde, würde ich spontan ein Mittagsschläfchen machen.

Da klingelt mein Handy. Mein Vater.

»Hallo Meike, mein Schatz.«

»Hallo Papa.« Ich unterdrücke ein Gähnen.

»Oma ist nicht aufgetaucht, aber gestern Abend war wieder die Amrumer Nummer auf dem Display«, sagt er. »Heute Morgen bin ich bei Uschi vorbeigefahren. Da war alles dunkel, die Rollos waren runtergelassen. Es sieht nicht danach aus, als wären die beiden wieder zurückgekommen. Bist du sicher, dass sie nicht doch noch auf der Insel sind?«

»Nein, bin ich nicht. Ich habe heute erfahren, dass Oma nach Föhr wollte, um dort im Krankenhaus einen Besuch zu machen.« Ich setze mich auf. »Sagt dir der Name Ocke was?«

»Ist das ein Vorname?«

»Ja.«

»Nie gehört. Ich hab die Nummer übrigens zurückgerufen, es nimmt niemand ab.«

»Wie bei mir … Und Opa? Wie geht es ihm?«

»Ich denke gut.«

»Ich hab die Adresse einer alten Schulfreundin von Oma bekommen, Agata Tammen. Vielleicht weiß die was.«

»Der Name sagt mir nichts … Und dir, Meike? Wie geht es dir? Du hörst dich irgendwie betrübt an.«

»Ich bin einfach nur hundemüde. Gestern Abend war ich mit ein paar Insulanern unterwegs und habe zu viel Schnaps getrunken. *Strandhafer* hieß einer davon. Es sind wirklich gesellige Menschen hier und …«

»Es ist schön, dass du nicht alleine bist und Spaß hast. Ich hab noch mal überlegt, vielleicht wäre es doch schön, alles hier zu verkaufen, um an einem anderen Ort einen entspannten Lebensabend zu genießen. Es muss ja nicht unbedingt Amrum sein …«

»Also, ich fände das cool! Ich muss jetzt auch gleich wieder los, Papa, man wartet schon auf mich …«

»Ist gut, mein Schatz, wir hören uns wieder.« Er räuspert sich. »Ich hab dich lieb.«

Plötzlich habe ich einen Kloß im Hals. »Ich dich auch«, sage ich schnell und bin froh, als er auflegt.

Was war denn mit dem auf einmal los? Spricht von Lebensabend und äußert seine Gefühle? Ob er einsam ist?

Mama ist auf Mallorca, Oma ist weg, ich bin auf Amrum – und Opa scheint sich nur noch für die Nachbarin zu interessieren. Ich kann mich nicht daran erinnern, dass mein Vater mir jemals so was gesagt hat. Wenn, dann muss es verdammt lange her sein. Es fühlt sich jedenfalls gut an.

Pfeifend gehe ich die Treppe nach unten und hinaus in den Garten. Nicole sitzt im Schneidersitz auf der Wiese, den Kopf der Sonne zugewandt, die Augen geschlossen. Walter ist nicht mehr da. Sie ist wirklich bildhübsch, denke ich, als ich auf sie zugehe, die kurzen Haare betonen ihre ebenmäßigen Gesichtszüge.

Da öffnet sie die Augen und blinzelt mich an. »Meike … Wie schön, dass wir uns kennengelernt haben.«

Ich lächle sie an und halte ihr die Hand hin, um ihr aufzuhelfen. »Wir haben uns wiedergefunden, da wir beide auf der Suche waren.«

»Da sagst du was!« Sie holt ihr Handy aus der Tasche. »Der hat sich immer noch nicht gemeldet!«

»Vielleicht traut er sich nicht? Oder er hat sein Handy verloren.«

»Dann könnte er mich doch von der Rezeption aus anrufen.« Sie seufzt. »Männer!«

Ich zucke nur mit der Schulter. »Komm, wir machen uns auf den Weg zu der Schulfreundin.«

»Hü koon ik di halep?«

Eine sehr alte Frau mit vielen Falten und hochgestecktem grauem Haar steht vor uns und sieht uns aus wässrig grünen Augen an. Sie trägt eine hellblaue Kittelschürze, dunkelbraune Stützstrümpfe und feste Schuhe. Ich schätze sie auf Mitte neunzig.

»Guten Tag«, sage ich aufgeregt. Ich habe ihre Stimme erkannt, sie war es am Telefon! »Mein Name ist Meike Ritter, ich bin Elisabeth Nickels Enkeltochter. Das ist meine Freundin Nicole.« Ich zeige auf meine neue Freundin. »Ich würde gerne mit Agata Tammen sprechen, wenn das möglich ist.«

Die Alte sieht mich eine Weile schweigend an, dann tritt sie einen Schritt zurück. »Kem' am iin!« Schlurfend geht sie in den Hausflur hinein.

Nicole sieht mich fragend an.

»Das ist öömrang«, erkläre ich leise. »Sie spricht Amrumer Friesisch.«

»Ach so … Und du verstehst das?«

Ich grinse sie an. »Nein, gar nicht. Reine Mutmaßung.«

Wir folgen der Frau in eine geräumige Küche, die ganz im friesischen Landhausstil eingerichtet ist. Sie stützt sich am Büfett ab, ihre Hand ist über und über mit dunklen Altersflecken übersät, die gekrümmten Finger sind geschwollen. »Wollt ihr Tee?«, fragt sie. »Setzt euch.«

Erleichtert atme ich auf. Ich habe befürchtet, sie würde am Friesischen festhalten, aber sie hat ins Hochdeutsche gewechselt.

»Wir haben schon mal telefoniert, nicht wahr?«, frage ich. »Erinnern Sie sich?«

Die Frau antwortet nicht. Sie geht langsam zur Spüle, um Wasser in den Kocher laufen zu lassen, und stellt drei blauweiße Tassen auf den Tisch. Als sie mit zittrigen Händen das Milchkännchen füllt, springe ich auf, um ihr zu helfen.

Da drückt sie meine Hand mit überraschender Kraft, ihre Finger fühlen sich kalt an.

»Ich habe es gewusst«, sagt sie und fixiert mich mit ihren wässrigen Augen. »Du bist ein gutes Mädchen.«

»Danke.« Ich stelle das Kännchen auf den Tisch und setze mich zu Nicole.

»*Ocke as uun 't Kraankehûs.*« Plötzlich verfällt sie wieder in öömrang. »*Flat di*!«

»Es tut mir leid, ich verstehe Sie nicht. Ich weiß, dass Ocke im Krankenhaus ist, aber was bedeutet *flat di?*«

»Du musst dich beeilen.« Sie schüttet das kochende Wasser in die geschwungene Teekanne. »*Dat ik det noch belewe …*«

»Sind Sie Ockes Mutter – oder Agatas?« Ich springe auf, um die Kanne auf den Tisch zu stellen.

Die Frau setzt sich zu uns. »Agata? *Uuha nee! Det ual heks.*«

Ich lasse mich wieder nieder und werfe Nicole einen Blick zu. Hat sie Agata gerade eine alte Hexe genannt? Es scheint fast so. »Also sind Sie Ockes Mutter?«, frage ich.

Die Frau nickt. »*Din ualoome.*«

»Das habe ich leider auch nicht verstanden«, sage ich. »Es tut mir leid, dass es Ihrem Sohn …«

Da beugt sie sich plötzlich nach vorne und streicht mir mit ihrer kalten Hand über die Wange. »Ich bin deine Urgroßmutter, mein Mädchen.«

Nicole hustet, ich sehe die faltige alte Frau an, die mir mittlerweile die Hand tätschelt.

Auf einmal fließen die Tränen, ich kann nichts dagegen machen. Ich weiß nicht, ob an der Behauptung etwas dran ist oder ob sie verwirrt ist und sich das alles nur einbildet. Aber ich weiß, dass sie wirklich glaubt, was sie da gerade gesagt hat. Ich kann es ihr ansehen, ihr Blick ist voller Liebe und Zuneigung. Sie denkt wirklich, ich sei ihre Urenkelin.

»Na, na, alles ist gut«, sagt sie und steht auf. »Wartet hier.« Langsam geht sie hinaus.

Nicole reicht mir ein Taschentuch und legt mir den Arm über die Schulter. »Meike, alles okay mit dir?«

»Ja, damit habe ich nur überhaupt nicht gerechnet.« Ich schnäuze mich. »Die Mutter meiner Oma ist längst verstorben, sie kann also gar nicht meine Urgroßmutter sein. Vielleicht ist sie dement, was meinst du?«

»Nein, ich glaube nicht, dass sie unter Demenz leidet«, sagt Nicole. »Agata war die beste Freundin deiner Oma, nicht wahr?«

»Ja. Wieso?«

»Na ja, Agata und Ocke haben geheiratet. Vielleicht hat deine Oma ja ein Kind von ihm bekommen? Zumindest die alte Dame denkt so etwas.«

»Was? Das würde ja bedeuten, dass mein Vater Ockes Sohn ist. Aber er sieht meinem Opa total ähnlich. Man erkennt sofort, dass es sich bei den beiden um Vater und Sohn handelt.«

»Ich meine ja auch nur, dass sie das denkt.«

»Ja, da könntest du allerdings recht haben.«

Die Frau kommt zurück in die Küche. Lächelnd hält sie ein Foto hoch und wedelt damit herum. Da wird die Haustür geöffnet und mit einem lauten Rumms wieder zugezogen.

Sie lässt das Foto umgehend in der Tasche ihrer Küchenschürze verschwinden und verzieht das Gesicht. »*Det heeks*!«

Kurz darauf steht eine Frau in Omas Alter in der Küchentür. Sie ist kräftig, hat ein rundliches Gesicht und rotbraun gefärbtes Haar, in dem sich deutlich ein grauer Haaransatz abzeichnet.

Ich stehe auf und gehe einen Schritt auf die Frau zu.

»Guten Tag, Frau Tammen, mein Name ist Meike Ritter. Ich bin die Enkeltochter von Elisabeth Nickels, Ische ...« Weiter komme ich nicht, denn ein Schlüsselbund landet laut krachend auf der Arbeitsplatte.

»Sie sollten sich schämen!« Unfreundlich sieht sie mich an. »Er ist noch nicht von uns gegangen, und Sie strecken schon Ihre Finger nach unserem Hab und Gut aus. Ich werde dafür sorgen, dass Sie keinen Cent erhalten. Und jetzt verlassen Sie sofort mein Haus!«

»Was? Ich ...« Fassungslos sehe ich sie an.

»Komm, Meike, das hast du nicht nötig!« Nicole greift nach meiner Hand. »Die hat sie ja nicht mehr alle.« Sie wendet sich an Agata. »Sie sind diejenige, die sich hier schämen sollte, und zwar gewaltig.«

Ockes Mutter hat die Küche mittlerweile verlassen.

»Wissen Sie ...«, sage ich ruhig und schaue Agata in die Augen. »Ich habe hier auf der Insel erfahren, dass Sie damals gut mit meiner Oma befreundet waren, deswegen wollte ich Sie gerne kennenlernen. Ich muss mich geirrt haben – oder meine Oma. Sie sind nicht sehr sympathisch, und ich möchte nichts mehr mit Ihnen zu tun haben.« Zu Nicole sage ich: »So, jetzt können wir gehen.«

Ockes Mutter wartet an der Tür auf uns. Sie zwinkert mir verschwörerisch zu und drückt mir das Foto in die Hand. Wir geben uns die Hand und verlassen das Haus.

»Was war das denn?«, sage ich und sehe mir das Schwarzweiß-Foto an.

Es zeigt ein junges Paar: Die bildschöne Frau lehnt sich an den großen Mann an ihrer Seite, der liebevoll den Arm um sie gelegt hat.

»Das ist ja meine Oma!« Ich reiche das Foto an Nicole

weiter. »Ein Bild von ihr aus der gleichen Zeit hängt im Museum der Mühle von Nebel. Der Mann sieht aus wie mein Opa in jungen Jahren …«

Nicole dreht das Foto um. »Schau mal, was hier geschrieben steht …«

»*Elisabeth und Ocke*«, lese ich.

23.

»Die beiden sehen sich wirklich total ähnlich.«

Wir sitzen im Strandkorb hinter der Bushaltestelle, und ich halte noch immer das Foto in den Händen.

»Sie sind aber nicht irgendwie verwandt, oder?«, fragt Nicole. »Ocke und dein Opa?«

»Nein, auf keinen Fall. Meine Großeltern haben sich in Hamburg kennengelernt. Er kommt aus dem Ruhrgebiet und war meines Wissens noch nicht mal hier.«

»Deine Oma war nie hier mit ihm?«, fragt Nicole.

»Ich glaube nicht, sie wollte nicht mehr hierher zurück.«

»Ist dein Vater blond?«

»Ja, dunkelblond.«

»Und dein Opa?«

»Braun, zumindest früher. Jetzt sind seine Haare grau.«

»Hm …«, macht Nicole. »Ich würde sagen, dass zumindest die Möglichkeit besteht, dass deine Oma mal ernsthaft was mit Ocke hatte – und dass dein Vater das Ergebnis ist.«

»Die Haarfarbe sagt doch gar nichts aus. Okay, mein Vater ist dunkelblond, Oma hatte aber braunes Haar.«

»Ich mein ja auch nur, dass die Möglichkeit besteht. Zumindest scheint es die alte Dame zu glauben und die Hexe auch. Sonst hätte sie dir nämlich nicht vorgeworfen, du wärst scharf auf das Erbe. Die Frau ist wirklich eine Hexe. Der stand die Verbitterung doch ins Gesicht geschrieben.«

»Ja, sie war richtig feindselig.«

»Weil sie die Geschichte kennt und denkt, du wärst die Enkeltochter. Vielleicht haben sie keine eigenen Kinder. Auf jeden Fall steht deinem Vater zumindest ein Pflichtanteil zu, wenn er tatsächlich Ockes Sohn ist.«

»Ich finde das alles sehr geschmacklos. Ocke ist im Krankenhaus, offenbar liegt er im Sterben. Und letztendlich sind das alles nur Vermutungen.«

»Was willst du jetzt machen?«, fragt Nicole.

»Am liebsten würde ich mal mit Oma über die ganze Sache reden. Sie ist die Einzige, die weiß, was wirklich passiert ist. Ob ich nach Föhr fahren sollte? Vielleicht finde ich sie im Krankenhaus bei Ocke.« Bei dem Gedanken daran fängt mein Bauch an zu grummeln. Unbedingt erpicht bin ich nicht darauf. Weder auf Föhr noch auf das Krankenhaus.

Ich schaue auf die Uhr. Es ist halb vier, ich kenne den Zeitplan der Fähren zwischen den Inseln nicht.

»Rüber schaffst du es noch«, sagt Nicole da, »aber zurück eher nicht mehr. Ich glaube, die letzte Fähre fährt am frühen Abend nach Amrum. Und du brauchst bestimmt ein bisschen Zeit im Krankenhaus.«

»Übernachten wollte ich eigentlich nicht«, sage ich.

»Ich könnte dich begleiten! Dann bist du nicht alleine. Was hältst du davon?« Sie lächelt mich an.

»Das ist sehr nett von dir. Aber möchtest du dich nicht doch erst einmal um Marc kümmern?«

»Mist, den hätte ich fast vergessen.« Sie zieht ihr Handy heraus. »Er hat sich noch immer nicht gemeldet. Das ist wirklich unverschämt.«

»Ich denke, ich fahr erst morgen früh. Dann kannst du spontan entscheiden, ob du mich begleiten möchtest – je nachdem, was ihr heute noch klären könnt.«

»Ist das dein Rad?« Nicole zeigt auf das knallrote Hollandrad mit Korb, das vor dem Hotel an einen Baum gelehnt steht.

»Ja, sieht so aus.« Ich hole den kleinen Schlüssel aus meiner Geldbörse und stecke ihn ins Speichenschloss. »Passt!«

»Er ist bestimmt oben«, sagt Nicole.

»Was hältst du davon, wenn ich hier unten warte?« Ich zeige auf eine Bank. »Ich bin ganz in der Nähe, wenn etwas ist.«

»Ja, gut.« Sie atmet tief ein. »Der kann was erleben …«

In dem Moment geht die Tür des Hotels auf, und ein massiger schwarzhaariger Mann kommt heraus.

Als er uns sieht, bleibt er wie angewurzelt stehen und stammelt: »Nicole, Hase … Endlich!« Er klingt überrascht – und erleichtert.

Doch meine neue Freundin stemmt die Hände in ihre Hüften und sieht ihn unnachgiebig an.

»Es tut mir so leid, ehrlich«, sagt er und kommt auf sie zu. »Ich hab zu viel in der Bar getrunken und wollte mit dem Fahrrad zurück zum Hotel fahren. Und dann …« Er fährt sich durchs dichte Haar und zieht eine Schnute wie ein Schuljunge. »Auf einmal war ich wahnsinnig müde. Es kam eine Bank, da wollte ich mich ausruhen … und dann bin ich eingeschlafen.«

»Du bist auf einer Bank eingeschlafen?« Nicole funkelt ihn wütend an. »Das kann ja nicht bequem gewesen sein. Ich mein ja nur, weil die Matratzen im Hotelzimmer auch nicht gut genug waren.«

Er verzieht das Gesicht, klingt wehleidig. »Mir tut auch alles weh. Außerdem war es kalt.«

»Und jetzt soll ich dich bemitleiden?«, fragt Nicole.

»Nein, natürlich nicht. Es war ja meine Schuld.«

»Und die Leute, die vorbeigekommen sind … Das hat dich nicht gestört?« Skeptisch sieht sie ihn an.

»Doch, deswegen bin ich auch irgendwann weitergefahren und habe in den Dünen eine kleine Strandhütte entdeckt. Sie war unverschlossen.« Er lächelt. »Das Ding hat mich an die Hütten erinnert, die wir früher gebaut haben, als wir Kinder waren, alles krumm und schief, aber urgemütlich.«

»Du bist also volltrunken in den Dünen eingepennt, okay. Aber warum hast du mich nicht angerufen, als du aufgewacht bist? Du hättest dir doch denken können, dass ich mir Sorgen mache.«

Er kratzt sich am Kopf. »Ich habe mein Handy verloren.«

Schmunzelnd werfe ich Nicole einen Blick zu.

»Dann hättest du von der Hotelrezeption aus anrufen können«, sagt sie.

Er senkt den Kopf. »Ich kenne deine Nummer nicht auswendig.«

»Was?« Nicole reißt die Augen auf. »Du weißt nicht, wie du mich im Notfall erreichen kannst?«

Marc schüttelt den Kopf, dann zuckt er mit den Schultern. »Es tut mir leid, ehrlich.«

»Meike hat dich übrigens angezeigt.« Nicole deutet auf mich. »Du hast ihr Fahrrad geklaut. Und ich hab dich bei der Polizei als vermisst gemeldet. Ganz Amrum ist schon auf der Suche nach dir. Ich hoffe mal, dass die Seenotrettung noch nicht eingeschaltet ist, sonst wird es nämlich teuer für dich. Die Kosten dafür musst dann bestimmt du tragen.«

Wow!, denke ich. Nicole ist ja richtig in Rage.

Marc steht da wie ein begossener Pudel. Sein schlechtes Gewissen steht ihm ins Gesicht geschrieben.

»Es tut mir wirklich leid«, beteuert er noch einmal. »Ich hab da so ein Zeug getrunken, das war total scharf – und stark.«

»Strandhafer! Der haut ordentlich rein«, sage ich und beiße mir im nächsten Moment auf die Zunge, denn Marc fühlt sich sofort bestätigt.

»Ja, genau. Ich wollte mich nicht so dermaßen abschießen, ehrlich. Ich lieb dich doch, Häschen.«

»Das sagst du nur so«, zetert Nicole, doch ich habe das kurze Aufleuchten in ihren Augen gesehen.

»Ach, Nicole, jetzt sei doch nicht so …«

»Pass auf, du gehst jetzt erst mal zur Polizei und klärst das alles«, sagt Nicole. »Und wir treffen uns dann in zwei Stunden wieder im Hotel und reden noch mal über die Sache – in Ruhe.« Sie zeigt auf die Bushaltestelle. »Am besten, du fährst mit dem Bus – bis nach Nebel.«

Marc nickt und sieht mich an. »Kannst du ein gutes Wort für mich einlegen?«

»Bei der Polizei?« Ich kann mir das Lachen kaum verkneifen.

»Nein«, sagt er, »bei Nicole.«

Ich werfe ihr einen Blick von der Seite zu. »Sie sieht ziemlich wütend aus. Aber ich versuche es.«

»Strafe muss sein«, sagt Nicole, als wir Marc hinterhersehen, wie er in Richtung Bushaltestelle trottet. »Jetzt mal ganz ehrlich, Meike. Kann ein Mann so blöd sein?«

»Anscheinend doch.«

»Was machen wir jetzt?«

Ich deute auf mein Rad. »Wir fahren runter zum Strand und gehen eine Runde spazieren. Ich nehme dich hintendrauf mit.«

Freudig schwingt sich Nicole auf den Gepäckträger, und ich schwinge mich auf den Sattel und trete fest in die Pedale. Auf der kleinen Einkaufsstraße sind relativ viele Menschen unterwegs, deswegen kommen wir nur langsam voran. Außerdem ist es anstrengend, eine Person hintendrauf zu transportieren, obwohl Nicole so zierlich ist. Zu Fuß wären wir wahrscheinlich genauso schnell unterwegs, aber es würde bei Weitem nicht so viel Spaß machen.

»Wie früher«, ruft sie und kichert.

Als wir an der kleinen Buchhandlung mit der hübschen Schaufensterauslage vorbeikommen, halte ich spontan an.

»Ich will mir für heute Abend noch ein schönes Buch kaufen«, sage ich. »Etwas, das ich schon lange mal lesen wollte.«

»Wir können auch was gemeinsam unternehmen, wenn du möchtest. Es ist doch bestimmt langweilig so alleine«, sagt Nicole.

»Danke, aber ich glaube, ein bisschen Zeit für mich tut mir ganz gut. Außerdem … ihr habt heute Abend ganz sicher etwas Besseres vor.«

»Das hoffe ich.« Sie lächelt versonnen. »Ach, das wird schön, er wird sich mächtig ins Zeug legen, damit ich ihm das verzeihe.«

»Siehst du! Und dabei will ich euch ganz bestimmt nicht stören.«

Ich sperre das Rad ab, und wir betreten den Laden.

Er ist nicht sehr groß, aber liebevoll eingerichtet. Niemand ist da, weder ein Kunde noch ein Mitarbeiter. Im Nebenraum kramt jemand herum. Es hört sich an, als würden da gerade Kisten ausgepackt werden.

»Was liest du denn gerne?«, fragt Nicole und sieht über den Büchertisch. »Suchst du was Bestimmtes?«

»Ach, ganz breit gefächert«, sage ich. »Nur mit Thriller und Horror habe ich es nicht so.«

»Ich mag Geschichten mit Happy End«, sagt Nicole. »Da darf es auch ruhig kitschig sein.«

»Hast du *Stolz und Vorurteil* schon gelesen?«, frage ich.

»Nein, aber ich habe davon gehört.«

Flink suche ich das Literaturregal ab, ziehe das Buch heraus und gebe es Nicole. »Wusste ich es doch. Jane Austen fehlt in keiner Buchhandlung.«

Während Nicole den Klappentext liest und im Buch blättert, schaue ich mich weiter um. Bei den Kinderbüchern, die mir letztens auch schon im Schaufenster aufgefallen sind, bleibe ich stehen. Ich greife nach einem, dessen Cover besonders schön gestaltet ist. Es ist eine Geschichte, die mir Oma früher erzählt hat:

Die Zaubermühle – oder Wie das Salz in die Nordsee kam. Ein friesisches Märchen auf öömrang und Deutsch.

A troolmaln – of Hü at saalt uun a nuurdsia kaam.

En fresk teel üüb Öömrang an sjiisk.

Die Illustration auf dem Cover zeigt einen Jungen auf einer Wiese am Meer, unter den Arm geklemmt hält er eine hölzerne Kaffeemühle. Ein großes rundes Schaf beobachtet ihn. In der Ferne steht ein rot-weiß gestreifter Leuchtturm, es könnte der von Amrum sein.

Dihiram dring as letj noch weesen, iar hi mam an aatj ferleesen, lese ich und schaue mir dann die Übersetzung an. *Dieser Junge, seht nur her, hat keinen Vater und keine Mutter mehr …* Vom öömrang hatte ich tatsächlich kein Wort verstanden. Aber ich mag seinen Klang. Und die Geschichte mochte ich auch schon immer. Das ist das erste Buch für heute, denke ich. Ich muss es auf jeden Fall mitnehmen.

Als die Eingangstür aufgeht und Kinderstimmen ertönen, schaue ich auf. Die Frau mit ihren beiden Kindern betritt den Laden.

»Max und Lisa!«, sage ich erfreut und begrüße auch die Mutter. »Wir kennen uns doch.«

»Wie geht es Neptun?«, fragt Max.

Sofort bekomme ich ein schlechtes Gewissen. Ich hatte den beiden zwar ein Foto von der Rettungsaktion geschickt, aber vergessen, ihnen mitzuteilen, wie das Ganze ausgegangen ist.

»Stellt euch vor, die Robbenmutter hat den Kleinen abgeholt. Sie schwimmen jetzt wieder zusammen durch die Nordsee«, erzähle ich schnell.

»Das ist schön!«, sagt Lisa. »Stell dir vor, ich darf mir ein Buch aussuchen, weil ich so tapfer war bei der Untersuchung.«

»Guck mal …« Ich gehe in die Knie und zeige ihr *Die Zaubermühle.* »Das habe ich mir gerade ausgesucht.«

»Hast du auch Kinder?«, fragt Max.

»Max, sei doch nicht so neugierig«, tadelt ihn die Mutter.

»Das macht doch nichts. Ich habe keine Kinder, Max, aber ich lese trotzdem für mein Leben gerne Kinderbücher. Und dieses hier ist etwas ganz Besonderes. Es erzählt, wie das Salz in die Nordsee kam.«

»Das Regenwasser spült das Salz aus der Erde und dann fließt es ins Meer«, sagt Max. »Das hat mein Opa mir erklärt.«

»Ja, das stimmt«, sage ich schmunzelnd. »Aber in diesem Buch gibt es eine andere Erklärung.«

Max stupst seine kleine Schwester an und flüstert ihr etwas ins Ohr.

Daraufhin sagt Lisa zu ihrer Mutter: »Das Buch hier möchte ich. *Die Zaubermühle.*«

»Es ist auch hübsch illustriert.« Ich halte es der Frau hin. »Und außerdem ist es zweisprachig.«

Sie lächelt. »Ich hätte es auch gekauft, wenn die Kinder sich für ein anderes entschieden hätten. Sie haben mich vom ersten Moment an überzeugt.«

Plötzlich sehe ich ein anderes bekanntes Gesicht. Joos ist aus dem Nebenraum aufgetaucht.

»Wenn du mal einen Job brauchst, stell ich dich sofort ein«, sagt er. »Guten Tag, zusammen. Entschuldigen Sie, mit der ganzen Auspackerei habe ich gar nicht gehört, dass sich Kundschaft eingefunden hat.« Er lächelt in die Runde und drückt mir ein dickes Buch in die Hand. »Hier, ich hab mir schon gedacht, dass du irgendwann vorbeikommst.«

»*Der Graf von Monte Christo* … Das ist eine gute Idee, Joos. Ist das etwa deine Buchhandlung?«

»Ja.« Er zwinkert mir zu. »Ich habe dir doch gesagt, dass ich Bücher liebe.« Er wendet sich an die Mutter mit den Kindern. »Sie haben sich entschieden?«

Sie nickt. »Aber wir schauen uns noch ein bisschen um. Wir finden bestimmt noch etwas, nicht wahr?« Sie sieht Max und Lisa an, die beiden nicken und begeben sich sofort auf Streifzug durch die Kinderbuchabteilung.

»Gerne«, sagt Joos. »Und wenn Sie Hilfe brauchen,

melden Sie sich einfach.« Dann wendet er sich an Nicole. »Sie kommen zurecht?«

»Wir sind zusammen da«, sage ich. »Das ist Nicole.«

Joos nickt ihr zu. »Und du, Meike, hast du dein Fahrrad wieder zurückbekommen? Als Kristin und ich gestern Abend gegangen sind, stand es noch da. Wir haben uns kurz nach euch auf den Heimweg gemacht.«

»Marc, mein Verlobter, hat es sich ausgeliehen«, wirft Nicole ein, und Joos schmunzelt.

»Woher weißt du das mit dem Rad?«, frage ich ihn.

»Die Insel ist klein«, sagt er geheimnisvoll. »Und ich habe da so meine Informanten.«

Als Nicoles Telefon klingelt, verschwindet sie nach draußen.

»Apropos Informanten. Ich habe vorhin die Tierärztin auf der Polizeistation gesehen«, sage ich. »Du hattest doch überlegt, von wem sie das mit Neptun erfahren hat. Vielleicht hat sie einen ganz guten Draht zu den Polizisten.«

Joos schüttelt den Kopf. »Von Frerk weiß sie es auf keinen Fall. Den guten Draht zu ihm habe nämlich ich.«

»Aha. Also ist er dein Informant?«

»Er ist mein Freund«, sagt Joos. »Aber momentan haben wir einen zusätzlichen Bäderpolizisten aus Hamburg, der für die Saison hier abgeordnet ist, ein junger Kerl. Er hat sich wohl verplappert, unbeabsichtigt.«

»Dann war sie wohl aus einem anderen Grund dort.«

Joos zuckt mit den Schultern. »Wer weiß, was sie im Schilde führt.«

»Ich war übrigens heute Morgen bei Agata.« Ich trete von einem Bein auf das andere, bin auf einmal unsicher, wie viel ich von Omas Geschichte preisgeben soll.

»Vielleicht hätte ich dich vorwarnen sollen.« Joos blickt schuldbewusst drein. »Sie hat Haare auf den Zähnen. Aber als ich dir von ihr erzählt habe, wusste ich auch noch nicht …«

»Was?«

»Na ja, ich hab mich ein bisschen umgehört. Die beiden, also deine Oma und Agata, sie hatten sich damals zerstritten. Es ging wohl um Ocke.«

»Das habe ich mir schon gedacht. Agata hat mich rausgeworfen.«

»Das tut mir leid.«

»Ach, halb so schlimm. Aber da war noch eine andere sehr nette Frau, Ockes Mutter.«

»Enna. Sie ist ein Urgestein, weiß alles von der Insel. Auch die Halligen kennt sie wie ihre Westentasche, besonders Hooge. Aber im Ausland war sie noch nie.« Er macht ein vielsagendes Gesicht. »Damit meine ich, sie hat das Festland noch nie betreten.«

»Das kann man sich heutzutage gar nicht mehr vorstellen«, sage ich. »Jedenfalls war Enna sehr nett zu uns. Sie denkt …« Es liegt mir auf der Zunge, Joos davon zu erzählen, dass sie sich für meine *ualoome* hält, doch ich lasse es lieber. »Ach, schon gut. Wie gesagt, ich fand sie sehr sympathisch.«

»Das ist sie, zweifelsohne. Hoffen wir mal, dass Agata Herz zeigt und sie nicht ins Pflegeheim abschiebt, wenn Ocke von uns gegangen ist.«

In dem Moment kommt Nicole wieder rein. »Das war Caro. Sie hat Marc an Bord«, sagt sie strahlend.

»Caro?«, frage ich.

»Na, die nette Busfahrerin. Ich hatte ihr doch meine

Nummer gegeben und sie gebeten, mich anzurufen, wenn Marc bei ihr einsteigt.«

»Ich sag doch, die Insel ist klein.« Joos lächelt und geht zur Kasse, wo Max und Lisa mit zwei weiteren Büchern stehen.

»Irgendwie gefällt es mir hier«, sage ich zu Nicole. »Schade, dass die Insel für einen Wochenendtrip zu weit weg ist. Was ist? Fahren wir jetzt runter ans Meer?«

»Unbedingt. Es ist noch richtig schön warm draußen. Vielleicht können wir es uns in einem Strandkorb gemütlich machen.«

»Gute Idee.« Ich hole mir ein Exemplar der *Zaubermühle* und gehe zum Verkaufstresen. Eine interessante Ausbeute halte ich da in Händen: Zu dem Kinderbuch kommt *Der Graf von Monte Christo* – und Nicole werde ich *Stolz und Vorurteil* schenken.

»Eine gute Wahl«, sagt Joos. »Sag mir, wie dir das Buch von Dumas gefallen hat.«

»Das mach ich. Ich bin mir allerdings nicht sicher, ob ich das hier zu Ende bringe, so dick, wie es ist … Vielleicht rezensiere ich es auch in meinem Blog, dann erfährst du es dort.«

»Du schreibst einen Blog, wie heißt er denn?«

Ich schreibe Joost meine Internetadresse auf, dann verabschieden wir uns und machen uns auf den Weg runter ans Meer. Dabei kommen wir am Naturzentrum vorbei. Merle hält gerade einen Vortrag vor einer Gruppe Kinder. Ich winke ihr zu, sie winkt mir zurück. Hier läuft man sich wirklich immer wieder über den Weg, denke ich.

Als wir nur wenig später durch die Dünen gehen, hoppeln zu beiden Seiten des Bohlenwegs immer wieder Kaninchen durch den Strandhafer.

Nicole grinst und sieht mich vielsagend an.

»Sag jetzt bloß nichts Falsches«, sage ich mahnend, und wir lachen lauthals auf.

24.

Am Abend habe es mir auf meinem Zimmer im Schlafanzug gemütlich gemacht. Ich trinke den Wein, dazu habe ich mir aus dem leckeren Nussbrot, dem Käse und dem Schinken ein paar Häppchen zubereitet. Oma hat sie früher immer *Schiffchen* genannt, in Streifen geschnittene mundgerechte Brotschnitten.

Ich blättere in dem Bilderbuch und versuche dabei, mir einzelne Worte und auch ganze Sätze auf Öömrang einzuprägen. »*Jü ual sait an griinet slau.* Die Alte spricht zum Enkelkind«, lese ich laut. Dabei fällt mir Ockes Mutter, Enna, wieder ein. Übersetzt heißt *ualoome* so viel wie »alte Großmutter«. Ob an der Sache was dran ist und ich tatsächlich ihre Urenkelin bin?

Ich beschäftige mich eine gute halbe Stunde lang mit der *Zaubermühle* – am Ende bin ich ganz entzückt von den hübschen Illustrationen und dem Text auf Amrumer Friesisch. Darüber habe ich sogar das Dreiergespann Ocke, Agata und Oma vergessen. Und auch an Barne habe ich bis jetzt keinen weiteren Gedanken mehr verschwendet. Aber plötzlich macht sich dieses Ziehen in meinem Bauch bemerkbar, weil mir prompt einfällt, wie er sich nach oben geküsst hat … Oh Mann, daran könnte ich mich glatt gewöhnen.

»Barne Meents, Seenotretter«, sage ich und greife zum *Grafen von Monte Christo.* »Auf in den Rachefeldzug …«

Als Stunden später der Graf gerade das Leben und die Ehre seines alten Freundes Morrel gerettet hat mit den Worten; »Lebt wohl, Güte, Menschenliebe, Dankbarkeit; lebt wohl all ihr Gefühle, die ihr das Herz beglückt! Jetzt stehe mir der Rachegott bei, die Bösen zu strafen«, klingelt mein Telefon. Erschrocken zucke ich zusammen. *Papa* leuchtet im Display auf.

Ein mulmiges Gefühl breitet sich in mir aus, so spät ruft er nicht ohne Grund an.

»Hallo Meike, hier ist dein Vater …«

Ich horche auf. Er hört sich angespannt an.

»Was ist passiert?«, frage ich.

»Nichts Schlimmes, keine Sorge … Es ist nur so … Opa war vorhin bei mir. Stell dir vor, ein Mitarbeiter der Bank hat ihn heute Nachmittag angerufen, um einen Termin mit ihm zu vereinbaren. Er wollte den Wert der Eigentumswohnung schätzen. Opa ist aus allen Wolken gefallen.«

»Das gibt es doch nicht!«, entfährt es mir. »Die Wohnung ist doch komplett bezahlt, oder?«

»Ja, natürlich, ein Teil des Geldes aus dem Hausverkauf floss damals in die Finanzierung. Den Rest haben die beiden auf ein Tagesgeldkonto gepackt, damit sie jederzeit ran können, wenn sie sich mal was leisten wollen.«

»Und Oma steht mit im Grundbuch. Die Hälfte der Wohnung gehört ihr, oder?«

»Ja, genau. Beim Haus war es anders, da war nur Opa eingetragen. Oma bestand darauf, dass es bei der Wohnung anders läuft.«

»Ich weiß, ich kann mich sogar noch an die Diskussion erinnern.« Opa hatte tatsächlich vorgehabt, die Wohnung ganz auf seinen Namen schreiben zu lassen und Oma ein lebenslanges Wohnrecht einzuräumen. Aber da hat sie nicht mitgespielt. Sie hat sich stur gestellt und darauf bestanden, hat einfach nicht mehr mit Opa gesprochen, bis er nachgegeben hat. Und jetzt hat sie offensichtlich einen Gutachter beauftragt, den Wert der Wohnung zu schätzen.

»Ich frage mich, was zwischen den beiden geschehen ist.« Mein Blick fällt auf den Dumas. Ob Oma sich vielleicht auf einer Art Rachefeldzug befindet? Oder sie braucht schlicht das Geld, weil sie ihr Elternhaus auf Amrum zurückerwerben will? Das könnte durchaus im Rahmen der Möglichkeit sein.

»Na ja«, sagt mein Vater trocken, »irgendwas ist auf jeden Fall im Busch. Es würde mich nicht wundern, wenn morgen die ersten Kaufinteressenten vor der Tür stehen. Opa ist auf jeden Fall stinksauer.«

»Er kann sich ja von seiner Nachbarin trösten lassen«, antworte ich bissig.

»Ach, Meike!«

»Ja, schon gut … Ich sollte nicht gemein werden, aber Opa hat einen kleinen Denkzettel bestimmt verdient. Oma würde so etwas ganz sicher nicht ohne Grund machen. Ich kann mir allerdings nicht vorstellen, dass sie ihm die Wohnung wegnehmen will … Omas Elternhaus in Norddorf ist wunderschön, aber es kostet locker eine Million. Da kommt sie mit der Hälfte der Eigentumswohnung nicht weit.«

Mein Vater räuspert sich, sagt aber nichts.

»Was ist?«

»Sie hat damals was geerbt, als ihre Mutter starb. Opa weiß anscheinend nichts davon.«

»Wirklich?«

»Sieht ganz danach aus. Ich habe es allerdings auch heute erst erfahren. Deine Mutter war eingeweiht. Und als ich ihr vorhin am Telefon erzählt habe, dass du Oma knapp in ihrem Elternhaus verpasst hast und vermutest, sie würde es kaufen wollen, wenn es nicht so teuer wäre, rückte sie mit der Sprache raus. Oma hat damals was geerbt und das Geld angelegt. Das war kurz nachdem Opa die Affäre mit Anita hatte. Deswegen hat sie ihm nichts erzählt.«

»Das ist ja ein Ding. Dann hat Oma all die Jahre über einen Notgroschen gehabt.« Plötzlich muss ich kichern. Ihre Sicherheitsplanung gefällt mir.

»Ja, das war ja klar, ihr Frauen haltet natürlich zusammen.«

»Komm, du musst doch ehrlich zugeben, dass das ziemlich gewieft ist. Meinst du, dass sie tatsächlich vorhat, die Eigentumswohnung zu verkaufen?«

»Nein, das kann sie auch gar nicht. Aber vielleicht möchte sie sich auszahlen lassen.« Mein Vater seufzt. »Ach, was weiß ich. Ich hätte nie gedacht, dass ich mir mal Sorgen dieser Art um meine Eltern machen muss. Beziehungsprobleme bei dir, meinetwegen, du bist noch jung, aber die beiden hochbetagten Herrschaften … Ich dachte eigentlich, über solche Probleme sei man in ihrem Alter hinweg.«

»Sieht nicht danach aus. Sag mal …« Wenn Oma es verheimlicht hat, wird sie einen guten Grund dafür haben, aber ich bin einfach zu neugierig, deswegen frage ich: »Weißt du denn, wie viel Oma damals geerbt hat? Doch bestimmt nicht genug, um das Haus zu kaufen, oder?«

»Keine Ahnung, aber es muss ein ganz nettes Sümmchen gewesen sein. Das Elternhaus wurde verkauft, und so viel ich weiß, gab es da auch noch ein Haus in Manhattan, außerdem den Delikatessenladen. Ihre Brüder haben Oma wohl ausbezahlt. Mama kennt die Summe aber auch nicht.«

»Es geht uns ja eigentlich auch nichts an«, sage ich, doch mein Vater sieht es anders.

»Hm«, macht er, »immerhin sind es meine Eltern. Ich fände es schön zu wissen, was meine Mutter vorhat. Wenn sie ihren Lebensabend auf Amrum verbringen möchte, schön und gut, aber ich verstehe nicht, was die ganze Geheimniskrämerei soll.«

»Das wüsste ich auch gerne«, sage ich und muss an Enna und ihre Behauptung denken. »Ich höre mich morgen noch mal um.« Dass ich nach Föhr will, sage ich ihm auch nicht.

»Liegst du schon im Bett?«, fragt er.

»Ja, ich lese noch ein bisschen, dann schlafe ich. Die Seeluft macht müde.«

»Das liegt am höheren Ozonwert. An der See ist die Luft sauberer.«

Prompt muss ich gähnen. »Lass uns morgen noch mal telefonieren, ja?«

»Okay, mein Schatz, schlaf gut …«

»Du auch.«

Ich strecke mich, atme tief durch, dann strecke ich mich behaglich in meinem Bett aus. Die halbe Flasche Wein ist leer, ich merke plötzlich, wie müde ich bin. Gestern Nacht habe ich so gut wie gar nicht geschlafen. Aber es hat sich so verdammt gut angefühlt, Barne hat sich gut angefühlt … Dafür dass ich ihn erst überhaupt nicht ausstehen konnte, spukt er mir jetzt verdammt oft im Kopf herum. Gut, dass ich seine Handynummer nicht habe, sonst würde ich ihm jetzt wahrscheinlich eine Nachricht schicken – und wäre dann zu Tode betrübt, wenn er nicht antworten würde. Es ist gut, denn ich bin ja eh bald wieder weg von der Insel.

Ich rolle mich zur Seite und wickle mich in die Bettdecke. Da piept mein Handy. Doro, denke ich, sie hat bestimmt Dienstschluss. Ich greife zum Telefon und öffne die Nachricht. Sie ist von Nicole.

Er hat sich sehr viel Mühe gegeben. Ich liebe Versöhnungssex! Was ist morgen mit Föhr? Wann fahren wir? Oder gehen wir über das Watt?

Ich freu mich für dich, antworte ich. *Aber nicht übers Watt. Lass uns die Fähre um 9.30 Uhr nehmen. Der Bus geht von Norddorf um 9.10 Uhr. Treffen wir uns kurz davor? Toll, dass du mitkommst!*

Super, bis morgen. Schlaf gut, Nicole

Ich gehe ins Bad, putze mir die Zähne, nur um kurz darauf wieder ins Bett zu fallen und sofort einzuschlafen.

Um halb acht werde ich von meinem Handy und leisen Klaviertönen sanft aus dem Schlaf gespielt. Ich fühle mich erholt und ausgeruht. Einen Moment bleibe ich noch im kuschelig warmen Bett liegen, den Blick aus dem Fenster gerichtet. Es regnet nicht, das deute ich mal als gutes Zeichen für den geplanten Ausflug.

Eine halbe Stunde später sitze ich im Frühstücksraum, der Platz ist wie immer liebevoll gedeckt. Heute bin ich nicht alleine, eine dreiköpfige Familie ist dazugekommen und sitzt mir gegenüber. Auf ihrem Tisch stapeln sich Teller und Essensreste.

Die Frau steht auf und häuft Obstsalat auf für ihren Sohn, den ich auf etwa fünf Jahre schätze. Doch der schüttelt trotzig den Kopf, und als er den Teller vorgesetzt bekommt, pickt er nur die großen Himbeeren heraus, den Rest schiebt er zur Seite.

»Kannst du noch ein paar Himbeeren für Jonas holen?«, fragt die Frau, und ihr Mann springt sofort auf und macht sich am Buffet zu schaffen.

Der Kleine stellt sich zu seinem Vater und kontrolliert, ob der auch alles richtig macht.

»Möchtest du vielleicht noch etwas Banane oder Birne? Schau mal, die sehen lecker aus.«

»Bah!« Der Kleine dreht sich um und entdeckt Utz, die Tonplastik. »Guck mal, Papa, die komische Kuh …« Er greift nach dem Einhorn und dreht es in seinen Händen. Die Eltern scheinen sich dafür überhaupt nicht zu interessieren, der Vater hat sich wieder hingesetzt.

Ich stehe auf und gehe zu dem Jungen. »Du heißt Jonas, nicht wahr?«

Er nickt.

»Das ist Utz.« Ich zeige auf die Plastik in seinen Händen. »Es ist ein Einhorn. Siehst du, mit einem Horn. Es ist sehr zerbrechlich, deswegen solltest du es besser zurückstellen.«

»Ich pass schon auf!«, sagt Jonas, macht aber keine Anstalten, auf mich zu hören.

Suzanna kommt zur Tür herein und zieht eine Augenbraue nach oben.«Hinstellen!«, sagt sie streng.

Jetzt mischt sich der Vater ein: »Also, ein bisschen freundlicher geht auch.«

»Anscheinend nicht«, sagt Suzanna ruhig, dann wendet sie sich wieder an Jonas: »Also?«

Er setzt das Einhorn mit einem Rumms wieder ab, dann rennt er zu seiner Mutter zurück an den Tisch.

»Wenn wir gewusst hätten, dass Sie was gegen Kinder

haben, hätten wir uns eine andere Unterkunft gesucht«, sagt sie.

»Gute Idee, das wollte ich auch gerade vorschlagen.« Suzanna lässt ihren Blick über das Buffet und den Tisch schweifen, dann schüttelt sie den Kopf.

»Also, wenn das so ist ...« Die Frau packt ihren Sohn an der Hand und sagt zu ihrem Mann: »Komm, Thomas, wir suchen uns eine andere Pension.«

»Das ist schön«, sagt Suzanna höflich.

Als der Vater die Tür krachend hinter sich zufallen lässt, lächelt sie mich an. »Die sind wir los.« Dann wirft sie einen Blick in die Schüssel. »Den Obstsalat kann ich wohl vergessen. Er sieht unappetitlich aus, so wie darin herumgewühlt wurde.«

»Der Junge mochte nicht alle Obstsorten«, erkläre ich.

»Ich wusste gleich, dass mit ihnen was nicht stimmt«, sagt Suzanna. »Der Nachbarhund hat wie verrückt gebellt, als sie gestern Abend angekommen sind.«

»Ja, die Eltern waren unsympathisch.«

Suzanna seufzt. »Und der Kleine auch, jetzt schon.« Sie greift nach der Schüssel mit dem Obstsalat. »Als ich die Pension eröffnet habe, wusste ich nicht, wie viel Arbeit man investieren muss, wenn man vermietet. Aber noch viel schlimmer ist, dass ich mich manchmal mit wirklich schwierigen Gästen auseinandersetzen muss. Du kannst dir nicht vorstellen, was ich hier schon erlebt habe.« Sie lächelt. »Aber die meisten sind sehr sympathische und nette Menschen, und außerdem macht mir die Arbeit Spaß. Und die unguten Gäste werde ich ja auch ganz schnell wieder los, wie du siehst.«

»Stimmt.« Ich deute auf den Obstsalat in ihren Händen.

»Mich stört es übrigens nicht, wie er aussieht. Ich nehme noch eine Portion. Ein paar Vitamine tun mir gut.«

»Gerne, bediene dich.« Sie stellt mir die Schüssel auf den Tisch. »Ich soll dir übrigens noch ganz liebe Grüße von Walter ausrichten. Er ist heute schon mit der ersten Fähre zurück ans Festland gefahren.«

»Ja, Walter … Das war eine gute Begegnung.«

Sie sieht mich nachdenklich an. »Ich habe das Gefühl, dass du hierher gehörst, Meike. Dich und die Insel, euch verbindet irgendetwas.«

»Ja, meine Oma.«

»Nein, da ist noch mehr …«

Suzanna sagt nicht, was sie damit meint, also löffele ich nachdenklich meinen Obstsalat und mache mich dann auf den Weg zur Bushaltestelle.

Nicole kommt nicht alleine, sie hat Marc im Schlepptau. Die beiden kommen aus der entgegengesetzten Richtung, ich winke ihnen zu. Da klingelt mein Telefon. Eine Oberhausener Nummer erscheint auf dem Display, die ich nicht sofort zuordnen kann.

»Hallo Frau Ritter, hier ist Kramer.« Die etwas keifende, hohe Stimme dröhnt mir im Ohr. Die Buchhandlung, das Vorstellungsgespräch! Das hätte ich ja fast vergessen. Ich halte den Atem an, als Frau Kramer sagt: »Ich wollte Ihnen nur mitteilen, dass wir uns für Sie entschieden haben. Sie können im Juni bei uns anfangen … Frau Ritter?«

»Ja … ja, danke«, stottere ich.

»Ich wollte Sie fragen, wann Sie noch mal vorbeikommen können, um das weitere Prozedere zu besprechen.«

Mit einer Zusage habe ich nicht gerechnet. So wie es aussieht, werden gerade die Weichen für meine Zukunft gestellt.

»Haben Sie sich etwa anders entschieden?«, fragt Frau Kramer.

»Nein, aber ich bin gerade ein paar Tage verreist. Eine Familienangelegenheit«, sage ich schnell. »Kann ich mich am Montag noch mal in Ruhe bei Ihnen melden?«

»Ach so, ja, machen Sie das. Aber Sie wollen die Stelle doch, oder?«

»Ja, selbstverständlich. Ich freue mich.«

»Na, dann ist ja gut. Melden Sie sich, dann machen wir einen neuen Termin aus.«

»Das machen wir, vielen Dank für den Anruf.«

Meine Freude hält sich eigenartigerweise in Grenzen, aber es ist trotzdem ein beruhigendes Gefühl, einen Job in Aussicht zu haben. Und vielleicht wird es ja auch ganz nett, wenn ich erst einmal angefangen habe.

Nicole fällt mir um den Hals, auch Marc drückt mich herzlich.

»Kommst du mit nach Föhr?«, frage ich ihn.

»Nein, ich wollte mich nur bei dir bedanken, dass du dich gestern um Nicole gekümmert hast. Ohne dich wäre sie wahrscheinlich durchgedreht.« Er drückt mir eine Einkaufstüte in die Hand. »Für dich.«

»Quatsch, das ist doch nicht nötig«, sage ich.

»Doch, doch, pack aus!« Marc strahlt mich an.

Ich drehe mich zu Nicole. »Dem Charme dieses Mannes kann man ja kaum widerstehen.«

»Ich weiß.« Sie deutet auf die Tüte. »Schau rein.«

Es ist eine hellgraue Fleecejacke mit Kapuze, auf dem Rücken befindet sich ein Aufdruck. Es sieht aus wie ein schwarzer Tintenfleck, aber ich erkenne den Umriss der Insel Amrum.

»Die ist aber schön, danke!« Ich schlüpfe in die Jacke. Noch vor ein paar Monaten hätte sie perfekt gepasst, jetzt sitzt sie eher locker. »Gefällt mir. Sie ist total gemütlich und sieht warm aus.«

»Nicht zu groß?«, fragt Nicole.

»Nein, gar nicht.« Ich ziehe sie aus und binde sie mir um die Taille. »Was haben die Polizisten denn gestern noch gesagt?«

Marc winkt ab. »Hör bloß auf. Die hatten Spaß ohne Ende, besonders als ich erzählt habe, dass ich mir das Rad nur von dir ausgeliehen habe.« Er grinst. »Eigentlich hatte ich vor, dir eine Flasche Strandhafer zu kaufen, aber Nicole war dagegen.«

Ich schüttele mich. »Brrrr … Da ist mir die Jacke lieber.«

»So schlecht war der nicht«, sagt Marc.

Nicole zieht die Augenbrauen nach oben. »Untersteh dich!«

Wir verabschieden uns von Marc, als der Bus sich pünktlich der Haltestelle nähert. Diesmal ist es nicht Caro, die nette Busfahrerin, es ist ein älterer dicklicher Mann, der so gar nicht den rasanten Fahrstil seiner Kollegin draufhat. Er fährt uns gemütlich über die Insel bis zum Hafen. Die Fähre steht schon an der Mole.

Ich löse zwei Tickets, und schon kurz darauf sind wir auf dem offenen Meer.

»Die trübe Nordsee«, sagt Nicole und lächelt mich von der Seite an.

Wir haben zwei der gemütlichen Liegestühle in Fahrtrichtung ergattert.

»Vor drei Tagen erst habe ich euch das erste Mal hier

gesehen. Ihr wart so innig miteinander, und ich musste an meinen Ex denken, der sich als absoluter Idiot entpuppt hat. Aber das hat sich ja nun endgültig erledigt …« Ich grinse, weil ich an Barne denken muss. »Egal, was die Suche nach meiner Oma auch ergibt, mir hat sie auf jeden Fall jetzt schon geholfen. Zumindest verschwende ich keinen Gedanken mehr an diesen Schwachkopf.« Ich strecke mich und stehe auf. »Möchtest du auch einen Kaffee?«

»Ja, gerne einen Milchkaffee«, sagt Nicole.

Ich mach mich auf den Weg und erkenne ihn sofort, kaum dass ich das Bordrestaurant betreten habe. Allein seine Rückenansicht reicht schon aus, um ihn auf den ersten Blick zu identifizieren. Barne steht am Tresen, mit einer blonden Frau im Arm. Ich bleibe wie erstarrt stehen und beobachte, wie er ihr mit der anderen Hand eine Haarsträhne hinter das Ohr schiebt, die sich aus ihrer Hochsteckfrisur gelöst hat.

Ich drehe auf dem Absatz um und gehe zurück zu Nicole.

»Da bist du ja schon wieder«, sagt sie. »Gibt es keinen Kaffee mehr?«

»Doch schon, aber …« Ich lasse mich auf den Liegestuhl fallen. »Barne steht am Tresen, Arm in Arm mit einer Blondine.«

»Wieder eine andere …« Nicole sieht mich von der Seite an. »Und da bist du abgehauen.«

»Ja. Ich habe absolut keine Lust auf ein peinliches Zusammentreffen.«

Nicole springt auf. »Mich kennt er nicht. Ich hol uns Kaffee.«

Ich nicke ihr zu, und sie verschwindet ins Bordrestaurant. Auf der Hinfahrt ist Barne auch in Föhr zugestiegen. Er scheint also öfter mal von Insel zu Insel zu fahren – wenn er nicht gerade auf seinem Rettungsboot unterwegs ist oder sich mit Tatje trifft. Ich schließe für einen Moment die Augen. Jetzt bloß nicht biestig werden, denke ich. Ich möchte die Nacht mit ihm als schönes Erlebnis in Erinnerung behalten. Ich habe schließlich keinen Anspruch auf ihn. Und wenn er dauernd die Frauen wechselt wie …

Nicole ist zurückgekommen und drückt mir einen Pappbecher in die Hand. »Du bist hübscher«, sagt sie und lächelt mich an. »Von hinten sieht sie ja ganz gut aus, tolle Haare, lange Beine, aber sie hat ganz schmale, verbissene Lippen und eine schiefe Nase. Außerdem wirkt sie total angespannt.«

Ich muss lachen. »Danke, ist schon okay, Nicole. Ich kann damit leben, auch wenn sie gut aussieht. Schließlich bin ich nicht mit ihm verheiratet. Aber über den Weg laufen möchte ich ihm auch nicht unbedingt. Am besten warten wir nachher, bis sie vom Schiff runter sind und gehen dann nach ihnen.«

»Okay, ich check dann die Lage, wenn es soweit ist.« Nicole trinkt von ihrem Kaffee. »Er sieht übrigens gut aus, auch aus der Nähe betrachtet. Nicht mein Typ, ich steh eher auf dunkelhaarige, südländische Männer, aber er hat was, zweifelsohne. Ich hab übrigens versucht, sie zu belauschen, doch sie haben leise geredet, und ich habe kein Wort verstanden.«

Eine knappe Stunde gehen wir von Bord, als Nicole mir das erlösende Zeichen gibt. Was mache ich hier eigentlich?, denke ich. Ich muss mich doch nicht verstecken!

25.

Es ist jetzt fünfzehn Jahre her. Ich war damals siebzehn. Als ich den ersten Schritt auf festen Inselboden setze, atme ich erst einmal tief durch.

»Eigentlich wollte ich nie wieder nach Föhr«, sagt Nicole, und ich wundere mich, dass sie in dem Moment ähnliche Gedanken hat wie ich. »Ich habe mich noch nie so mit Marc gefetzt wie hier. Ich weiß gar nicht mehr genau, warum.« Sie sieht sich am Hafen um. »Die Insel gefällt mir einfach nicht. Ganz im Gegensatz zu Amrum, da habe ich mich sofort wohlgefühlt.«

»Dann lass uns zusehen, dass wir die Mission schnell erledigen und wieder zurückfahren.« Ich hake mich bei ihr unter. »Ich überlege schon die ganze Zeit, was ich zu Ocke sagen soll. Ich kann ihn ja schlecht damit konfrontieren, ob er mal was mit meiner Oma hatte. Davon mal abgesehen, vielleicht hat er auch gar keine Ahnung von der Geschichte um die Vaterschaft. Vielleicht hat sie ihn ja auch gar nicht besucht. Bisher sind das alles doch nur Vermutungen. Was, wenn ich ihn damit zu sehr aufwühle? Er ist immerhin schwerkrank.«

»Entscheide aus dem Bauch heraus. Du hast genug Feingefühl, um die Situation richtig einschätzen zu können.

Aber auf deine Oma könntest du ihn schon ansprechen. Du bist immerhin auf der Suche nach ihr.«

Wir fragen nach dem Weg zum Krankenhaus und stehen schon eine Viertelstunde später vor dem geklinkerten Gebäude. Es kommt mir so vor, als wäre ich noch nie hier gewesen. Wahrscheinlich habe ich die Erinnerungen verdrängt, denke ich und frage an der Patientenaufnahme nach der Zimmernummer von Ocke Tammen.

»Tut mir leid«, sagt die Mitarbeiterin. »Er ist nicht mehr da.«

Ich muss schlucken. »Was … was heißt das, er ist nicht mehr da? Ist er …«

»Sind Sie verwandt?«

»Ich bin seine Enkeltochter«, sage ich spontan. Die kleine Notlüge ist berechtigt, da ich es ja zumindest sein könnte.

»Dann sprechen Sie am besten mit dem Arzt. Ich darf Ihnen da leider keine Auskunft geben.« Sie schaut in Richtung Station. »Sie haben Glück, da kommt der Doktor gerade.«

Ein großer dunkelhaariger Mann kommt mit langen Schritten den Gang entlang. Sein volles Haar ist gewellt, das Gesicht leicht gebräunt, die Züge sehr markant.

Mein Herz fängt an zu klopfen, und ich kann kein Wort mehr sagen. Die Mitarbeiterin winkt ihn zu uns.

»Ja, bitte?« Fragend sieht er in unsere Gesichter.

Mir wird schlecht, und ich muss mich am Tresen abstützen.

»Die junge Frau sucht ihren Großvater, Ocke Tammen«, erklärt sie ihm.

Der Arzt lächelt mich aufmunternd an. »Er ist heute Morgen von seiner Frau abgeholt worden. Es tut mir leid, aber wir können hier nichts mehr für ihn tun. Herr Tammen ist wieder zu Hause, Sie können dort in Ruhe Abschied von ihm nehmen.«

Die Hitze steigt mir ins Gesicht, und ich starre ihn einfach nur an.

»Geht es Ihnen nicht gut?«, fragt er und berührt meine Schulter. »Kann ich etwas für Sie tun?«

Ich entwinde mich seiner Hand und finde endlich meine Sprache wieder. Meine Stimme klingt kratzig, als ich sage: »Wir kennen uns … vor fünfzehn Jahren … ein Ausflug. Wir waren zusammen auf einem Boot …« Plötzlich schießen mir die Tränen ins Gesicht. Ich drehe mich um und renne zum Ausgang.

Nach ein paar Metern bleibe ich stehen und hole tief Luft.

»Meike!« Nicole kommt hinter mir hergelaufen. »Meike, was hast du?«

Ich atme heftig, und bevor ich ihr antworten kann, kommt auch der Arzt herausgestürmt. Er verlangsamt seine Schritte, als er mich so dastehen sieht.

»Jetzt sagen Sie bloß, Sie können sich nicht daran erinnern!«, fahre ich ihn an.

»Was haben Sie ihr angetan?« Nicole baut sich vor dem Mann auf, doch er sieht über sie hinweg.

»Er war dabei, als ich damals fast vergewaltigt wäre«, sage ich heiser. »Um ein Haar wäre ich ertrunken, als ich voller Panik ins Wasser gesprungen bin.«

»Sie Schwein!«, ruft Nicole.

Mein Gehirn leistet Höchstarbeit. Ich bin keine vierzehn mehr, und trotzdem fühle ich auf einmal wieder so, hilflos – und ausgeliefert.

Zu allem Überfluss kommt nun auch noch Barne mit der

Blondine im Schlepptau auf das Krankenhaus zu. Das wird ja immer besser! Hat sich denn auf einmal die ganze Welt gegen mich verschworen?

»Meike?« Barne bleibt neben mir stehen und sieht mich erstaunt an. »Was ist denn los, um Himmels willen?«

Wortlos schüttele ich den Kopf, die Tränen vernebeln mir die Sicht.

Auf einmal sind die Erinnerungen wieder da, ganz deutlich, all die schlimmen Momente, die ich bisher so gut in mir verschließen konnte. Ich bin mir ganz sicher, er war damals mit an Bord, aber er war es nicht, der seine Hand zwischen meine Beine gesteckt hat. »Ach, komm schon« flüstert eine Stimme in meinem Kopf, »zier dich nicht so! So fett wie du bist, musst du doch froh sein, wenn dich mal einer nimmt. Du kriegst doch sonst keinen ab …«

Ich horche auf, als ich auf einmal seine Stimme vernehme.

»Ich … ich habe nichts gemacht«, sagt er und sieht trotz seiner gebräunten Haut auf einmal blass aus. »Es waren zwei ehemalige Freunde von mir. Sie haben sie bedrängt, und ich hatte nicht den Mut, sie davon abzuhalten … Es ist sehr lange her.«

Barne macht einen Satz nach vorne und packt den Mann im weißen Kittel am Kragen. Ganz nah an seinem Gesicht sagt er: »Stehen bleiben, und zwar genau dort. Sonst gibt es Ärger.« Dann kommt er zu mir zurück und schließt mich in die Arme. »Alles ist gut«, sagt er mit beruhigender Stimme. »Alles ist gut.«

Ich sehe an Barne vorbei auf die blonde Frau. Sie hat eisblaue Augen, so wie Barne – und seine Mutter. Seine Schwester, denke ich und fange an seinem Hals an zu schluchzen.

Barne hält mich ganz fest und streichelt mir über das Haar, bis ich mich wieder beruhigt habe.

Ich wische mir die Tränen aus dem Gesicht. »Ich möchte mit ihm reden,« sage ich und versuche, meine Stimme möglichst fest klingen zu lassen.

»In Ordnung, aber wir bleiben in Sichtweite.« Barne schiebt mir eine Haarsträhne hinter das Ohr. »Ich habe dich übrigens vermisst«, sagt er lächelnd.

»Das stimmt.« Die blonde Frau rollt mit den Augen. »Er hat total genervt. Die ganze Fahrt über hat er nur von dir geredet. Ich bin übrigens Birthe.«

»Du bist Ylvies Mama«, sage ich zu ihr. »Ein hübsches Mädchen.«

»In einem schlimmen Alter«, sagt Birthe und lächelt mich an.

Schniefend lächle ich zurück und sage dann leise zu Nicole: »Sie hat ja gar keine schiefe Nase.«

Langsam spüre ich, wie meine Kräfte wieder zurückkehren.

Wir sitzen auf einer Bank im Krankenhauspark.

»Es tut mir wirklich sehr, sehr leid. Ich habe damals einen großen Fehler gemacht und schäme mich dafür. Ich hatte Angst mich einzumischen, die beiden Jungs waren älter und kräftiger. Aber das ist wohl keine Entschuldigung …«

Ich sehe an der geklinkerten Fassade entlang. »Ich habe hier zur Beobachtung im Krankenhaus gelegen«, sage ich. »Ein Surfer hat mich aus dem Wasser gezogen.«

»Hier?« Er sieht mich von der Seite an. »Das wusste ich nicht. So ein Zufall …«

»Zufälle gibt es nicht. Du bist schließlich Arzt geworden.« Ich setze ein schiefes Lächeln auf. »Dann kannst du ja jetzt wenigstens anderen helfen.«

Er fährt sich durch das wellige Haar. »Es hat mich lange Zeit verfolgt, und irgendwann habe ich es vergessen oder verdrängt. »Es tut mir wirklich sehr, sehr leid, das musst du mir glauben.«

Ich nicke langsam. »Okay, ich glaube dir. Hast du die beiden anderen noch mal getroffen?«

»Nein, ich habe sie nie wiedergesehen, zum Glück. Sie haben damals Urlaub hier gemacht. Soweit ich weiß, waren sie aus dem Süden.«

»Ja, ich kann mich an ihren Dialekt erinnern. Die Namen kennst du also nicht?«

»Nein.«

»Ist vielleicht auch besser so.« Ich atme tief durch. »Du hast Ocke Tammen behandelt ...«

»Deinen Großvater? Ja. Wir können leider nichts mehr für ihn tun. Der Krebs hat stark gestreut.«

»Wie lange hat er noch?«

»Das kann man schlecht sagen. Ein paar Tage? Es können aber auch ein paar Wochen sein.« Er greift in die Tasche seines Kittels und zieht einen Stift und einen kleinen Notizblock hervor. »Ich heiße übrigens Martin. Martin Schütz. Und wenn du noch mal darüber reden möchtest ... oder sonst irgendwie Hilfe brauchst, dann ruf mich an, ja?«

»Ja, mach ich.« Ich nehme den Zettel. »Es ist gut zu wissen, dass aus dir anscheinend ein ganz netter Kerl geworden ist.«

Martin steht auf und reicht mir lächelnd die Hand. »Ich wusste nicht, dass du Verwandte hier auf Föhr hast.«

»Auf Amrum.« Ich ergreife seine Hand.

»Auch eine schöne Insel, aber Föhr ist schöner … Weißt du, manchmal wünschte ich, ich könnte die Zeit zurückdrehen.« Martin steht auf und deutet mit dem Finger auf das Krankenhaus. »Ich muss dann mal wieder los. Es hat mich wirklich gefreut, dass wir uns noch einmal begegnet sind.«

Ich nicke ihm zu und bleibe noch einen Moment lang auf der Bank sitzen, um mich zu sortieren. Würde ich auch gerne die Zeit zurückdrehen wollen? Nein, ich glaube nicht. Denn dann hätte ich mich niemals im Schwimmkurs angemeldet und hätte Doro nicht kennengelernt. Ich hätte den Selbstverteidigungskurs nicht gemacht und wäre überhaupt eine andere geworden. Und das wäre schade, denn ich mag mich so, wie ich bin. Ich straffe die Schultern, stehe auf und gehe hinüber zu meinen Freunden. Es hat eben doch alles seinen Sinn, auch wenn es manchmal wehtut, denke ich.

»Alles in Ordnung?« Barne sieht mir besorgt entgegen.

»Ja. Es war hart, dem noch einmal ins Auge zu sehen, aber letztendlich war es heilsam für mich. Es wird Zeit, damit abzuschließen.«

Barne legt seine Hand auf meine Wange. »Ich kann es nicht gut ertragen, dich so traurig zu sehen, aber ich muss dich jetzt alleine lassen. Birthe hat einen Termin in der Klinik, und ich möchte sie begleiten. Es kann länger dauern.«

»Ja, natürlich, mach das.« Mir fällt wieder ein, dass Merle von seiner kranken Schwester gesprochen hat.

»Bist du morgen noch auf Amrum?«, fragt Barne. »Ich würde dich unheimlich gerne noch mal sehen.«

»Ja, das wäre schön.«

»Nicole hat meine Handynummer.« Barne grinst. »Ruf mich an, dann machen wir was aus.«

»Ich stör euch nur ungern«, sagt Birthe, »aber wir müssen jetzt echt los. Ich hoffe, wir sehen uns noch mal, Meike. Es war auf jeden Fall schön, dich kennenzulernen.«

»Ja, mich hat es auch gefreut.«

Die beiden sind schon fast durch die Tür, da rufe ich ihnen nach: »Und alles Gute für dich, Birthe!«

Sie winkt zurück, dann ist sie mit Barne im Krankenhaus verschwunden.

»Sie hatte Krebs«, sagt Nicole. »Brustkrebs. Aber momentan sieht es so aus, als wäre alles okay. Sie hat es wohl geschafft.«

»Zum Glück.« Ich atme erleichtert auf, ein Stein fällt mir vom Herzen.

»Willst du was essen?«, fragt Nicole. »Die Fähre geht erst um vier.«

»Mir knurrt schon der Magen«, sage ich und hake mich bei ihr unter.

Wir gehen in Richtung Strandpromenade, da fängt Nicole plötzlich an zu singen. »Verliebt, verlobt, verheiratet, so heißt das Spiel zu zweit. Verliebt verlobt, verheiratet …«

Ich stupse sie in die Seite, da fängt sie an zu kichern. »Du weißt schon, dass ich *die* Hochzeitsfee bin, oder? Wenn ihr beiden heiratet, komme ich zum Planen auf die Insel, unbedingt. Das musst du mir versprechen.«

»Ja, ja, schon klar!«

»Der steht auf jeden Fall auf dich, das sieht man total!«

»Föhr ist eigentlich doch ganz schön.« Nicole steht an der Reling und hält ihr Gesicht in den Wind.

»Wunderschön sogar. Irgendwann werde ich mir die Insel noch mal genauer anschauen.«

Wir haben am Sandwall mittaggegessen, danach sind wir runter an den Strand, und zum Abschluss haben wir uns noch ein riesiges Stück Friesentorte gegönnt. Zwischendurch habe ich mit Doro telefoniert, die sofort alles stehen und liegen lassen wollte, um zu mir zu kommen, als sie erfahren hat, was sich hier alles ereignet hat. Sie hat sich dann Nicole geben lassen, und die musste Doro versprechen, weiterhin gut auf mich aufzupassen.

Wir lösen uns von der Insel Föhr und fahren langsam auf Wittdün zu. Ich ziehe mir die neue Fleecejacke an und stecke mir die Haare fest. Oben an Deck ist es recht kühl, obwohl die Sonne scheint.

»Kommst du nächstes Jahr wieder, um die gleiche Zeit?«, fragt Nicole. »Dann könnten wir uns treffen.«

»Eine schöne Idee. Ich frage Doro, ob sie auch mitkommt. Ihr beiden würdet euch bestimmt gut verstehen.«

»Oh ja, das wäre toll. Aber Marc lasse ich dann zu Hause, der würde nur stören.«

»Sag ma, wie gibt es denn das, du bist Hochzeitsfee, und ihr beiden seid noch verlobt. Wann findet denn eure Hochzeit statt?«

Nicole winkt ab. »Ach, hör bloß auf. Eigentlich wollten wir nächstes Jahr heiraten. Wir sind uns aber nicht einig: Er möchte lieber eine kleine Feier, ich ein große.« Sie grinst mich an. »Vielleicht wäre jetzt eine gute Gelegenheit, meine Forderungen durchzusetzen, bei dem schlechten Gewissen, das er hat …«

»Stimmt, da hast du bestimmt gute Chancen. Ich drück dir die Daumen. Aber die Idee mit dem Treffen auf Amrum klingt trotzdem verlockend. Nur wir Mädels, das hört sich gut an …« Ich denke einen Moment nach, dann sage ich: »Wenn ich eine Pension auf Amrum eröffnen würde, dann würde ich meine Zimmer nur an Frauen vermieten. Ich würde Aktivitäten anbieten, an denen man teilnehmen kann oder auch nicht, wenn man lieber für sich sein möchte.«

»Ich würde sofort bei dir buchen.« Nicole sieht mich nachdenklich an. »In das Projekt könnt ich glatt mit einsteigen, das klingt gut. Dann bräuchten wir aber einen schönen klangvollen Namen, am besten was auf Öömrang.«

»Und vor allen Dingen bräuchten wir jede Menge Kapital.«

»Stimmt.« Nicole rümpft die Nase. »Immer das blöde Geld. Aber träumen darf man ja mal.«

»Das darf man nicht nur, das sollte man auch.«

»Genau, hör auf deinen Feuerschamanen. Hat er dir nicht gesagt, das Kaninchen will dir zeigen, dass du dich für deine Ziele einsetzen sollst?« Sie grinst. »Oder war es doch nur der ängstliche Bote der Liebe?«

»Haha, sehr witzig!«

»Irgendwas dran ist aber schon. Ich würde zu gerne wissen, was mein Krafttier ist. Ich träume manchmal von Schlangen.«

»Bah«, mache ich und schüttele mich. »Dann doch lieber das Kaninchen. Schlangen mochte ich noch nie, die sind eklig.«

»Aber meine Schlange nicht, sie ist wunderschön. Manchmal liegt sie in meinem Traum mitten im Weg, den unteren Teil ihres Körpers aufgerollt, den oberen weit in die Höhe gestreckt. So wie eine Schlangen, die von Flötenklängen aus einem Korb gelockt werden.«

»Vielleicht warst du im früheren Leben eine Schlangenbeschwörerin?«

»Ja, wer weiß? Auf jeden Fall finde ich das alles total spannend, obwohl ich eigentlich gar nicht daran glaube. Na ja, ein bisschen vielleicht doch. Wer kann schon von sich behaupten, mal mit einem echten Feuerschamanen geredet zu haben?«

»Du hättest ihn mal in voller Montur und mit seinem Hirschgeweih auf dem Kopf erleben müssen, das war eine wahre Augenweide.«

»Da wäre ich zu gerne dabei gewesen. Vielleicht gibt er uns ja nächstes Jahr noch mal die Ehre. Aber sag mal, wie machen wir das gleich mit der Hexe?«

»Was meinst du?«

»Naja, legen wir uns auf die Lauer und warten, bis sie das Haus verlässt, oder locken wir sie irgendwie raus? Die *ualoome* lässt dich ganz sicher rein, aber Agata wird dich niemals in die Nähe von ihrem Ocke lassen. Wahrscheinlich denkt sie, du würdest sie beklauen.«

»Hm, ich weiß nicht.« Alles in mir sträubt sich dagegen, mich ins Haus schleichen zu müssen. »Vielleicht kann ich doch noch mal mit ihr reden.«

»Vergiss es! Mit der kannst du nicht reden.«

»Wahrscheinlich hast du recht. Vielleicht haben wir ja auch Glück und sie ist gar nicht da. Aber vorher muss ich noch mal in die Pension. Ich möchte Suzanna fragen, ob ich ein paar Fotos ausdrucken kann. Sollte sich herausstellen, dass Enna wirklich meine *ualoome* ist, möchte ich ihr gerne ein paar Bilder zeigen … Oder meinst du, es ist taktlos, da einfach noch mal aufzutauchen? Martin hat immerhin gesagt, Ocke ist nach Hause, um Abschied zu nehmen. Was, wenn an der ganzen Sache gar nichts dran ist und Oma und er nie wirklich ein Paar waren?«

»Was sagt denn dein Bauch?«

»Dass ich eine Verbindung zu Enna habe«, sage ich. »Irgendwas war da zwischen uns ...«

»Siehst du, das meine ich auch. Der Tonfall in ihrer Stimme war ehrlich. Und sie hat dich mit einem Blick angesehen, der war echt herzerweichend.«

»Ja, das stimmt allerdings. Das ist mir auch aufgefallen. Aber es heißt nicht, dass sie sich nicht auch täuschen könnte.«

»Was ist denn da los?«, frage ich und nicke mit dem Kopf in Richtung Pension. »Das ist doch der Inselpolizist.«

»Mit der Hexe!«, sagt Nicole und hält mich am Arm fest.

Die beiden stehen vor dem Gartentor und reden mit Suzanna, die die Arme vor der Brust verkreuzt hat.

»Da ist sie!« Agata stemmt die Hände in die rundlichen Hüften und reckt das Kinn in die Höhe.

»Na, das kann ja was werden«, sagt Nicole und zieht mich mit. »Auf in den Kampf.«

In mir macht sich das ungute Gefühl breit, dass etwas passiert sein könnte. Doch als Suzanna mich anlächelt, entspanne ich mich wieder ein bisschen. Wirklich schlimm kann es also nicht sein.

»Wo ist er?«, ruft Agata mit schriller Stimme.

»Wer?« Irritiert sehe ich sie an.

Der Polizist räuspert sich. »Frau Tammen hat heute ihren Mann Ocke als vermisst gemeldet. Sie geht davon aus, dass er aus dem Krankenhaus entführt wurde.«

»Was?«, rufen Nicole und ich gleichzeitig.

Der Polizist kratzt sich am Kinn. »Ziemlich viele Vermisstenmeldungen in der letzten Zeit.«

Nicole findet zuerst ihre Sprache wieder. »Sie glauben doch wohl nicht ernsthaft, dass *wir* ihn entführt haben, oder?«

Agata mustert uns von oben bis unten. »Die Personenbeschreibung stimmt, das liegt dann ja wohl auf der Hand.«

»Der zuständige Arzt war gerade nicht zu erreichen, aber eine Mitarbeiterin hat Sie beschrieben«, sagt der Polizist. »Waren Sie heute Vormittag im Krankenhaus auf Föhr?«

»Ja«, sage ich, und Nicole nickt.

»Nun, Ocke Tammen ist aus der Station verschwunden. Seine Frau hat ihn angeblich abgeholt, aber Frau Tammen war es nicht.«

Oma!, denke ich.

»Wir wollten ihn heute besuchen«, sagt Nicole, »aber da war er schon entlassen.«

»Das muss sich doch beweisen lassen«, sage ich.

»Ja, das schon«, lenkt der Polizist ein und wendet sich an mich, »aber Frau Tammen denkt, dass Ihre Großmutter dahintersteckt und Sie uns sagen können, wo wir die beiden finden können.«

»Ische hat ihn, ganz sicher.« Agatas rundes Gesicht läuft rot an.

»Am Ende kommt eben doch zusammen, was zusammengehört«, sagt Suzanna und lächelt in die Runde. »Ich bin mir sicher, dass Herr Tammen nicht gegen seinen Willen mitgekommen ist. Oder wurde er ans Bett gefesselt aus der Klinik gebracht?«

»Herr Tammen hat das Krankenhaus freiwillig verlassen«, sagt der Polizist. »Er hat die Entlassungspapiere unterschrieben.«

»Und warum gehen Sie dann davon aus, dass er entführt wurde?«, frage ich.

»Tue ich nicht. Es ist nur so, wenn der Verdacht besteht, dann muss ich dem nachgehen.«

»Ganz ehrlich, ich habe mit der ganzen Sache nichts zu tun. Ich habe weder Herrn Tammen gesehen noch meine Großmutter. Und ich habe absolut keine Ahnung, ob er gerade bei ihr ist. Und wenn, dann weiß ich auch gar nicht, an welchem Ort.«

»Ich glaube Ihnen kein Wort.« Agata sieht mich giftig an.

»Und ich kann nicht glauben, dass Oma mal mit Ihnen befreundet war«, sage ich, dann wende ich mich an den Polizisten. »Fragen Sie doch Joos, er weiß Bescheid.«

Auf einmal überzieht ein Lächeln sein Gesicht. Meine Strategie hat funktioniert, immerhin sind die beiden befreundet.

»Soso«, sagt er, »der gute Joos hat also auch seine Finger mit im Spiel.«

»Sie wissen doch, die Insel ist klein«, sage ich. »Brauchen Sie uns noch? Wir haben nämlich noch was vor.«

Er schüttelt den Kopf. »Sie können gehen.« Und zu Agata sagt er: »Kommst du mit auf die Station? Ich muss die Daten noch aufnehmen.«

»Wenn es sein muss.« Widerwillig geht sie mit ihm.

Als wir außer Hörweite sind, ziehe ich mein Handy aus der Tasche.

»Was hast du vor?«, fragt Nicole.

»Zuerst einmal schreibe ich Martin eine SMS. Er meldet

sich bestimmt sofort, bei dem schlechten Gewissen, das er hat.« Ich tippe:

Martin, BITTE melde dich. Es ist sehr wichtig! Meike

»Und jetzt gehen wir zur *ualoome*«, sage ich. »Die Katze ist ja aus dem Haus.«

Wir sind keine hundert Meter weit gekommen, da klingelt auch schon mein Telefon.

»Sicher Martin …«, murmele ich.

»Meike, was ist los? Packen dich alte Erinnerungen? Möchtest du reden? Ich war den ganzen Tag im OP, bin gerade erst raus. Aber ich könnte dich gleich in Ruhe zurückrufen.«

»Nein, nein, darum geht es nicht. Sag mal, du hast vorhin gesagt, dass mein Großvater von seiner Frau abgeholt wurde, oder?«

»Ja, gleich heute Morgen, ganz früh.«

»Und du bist sicher, dass es seine Frau war?«

»Zumindest hat er gesagt, dass sie es ist. Wieso fragst du das?«

»Das kann ich dir jetzt nicht erklären. Es ist kompliziert.«

»Auf jeden Fall hat er sich richtig gefreut, dass es nun nach Hause geht. Er ist richtig aufgeblüht und sogar wieder aufgestanden, wenn auch auf wackeligen Beinen.«

»Wie sah die Frau denn aus?«

»Graues, kurzes Haar, gepflegte Erscheinung, sympathisch. Ich habe sie heute zum ersten Mal gesehen, davor hatte ich Urlaub.«

»Oma«, entfährt es mir.

»Dann ist ja alles in Ordnung, oder?«

Ich muss lachen. »Ja, so kann man es auch sehen … Ist er denn freiwillig mitgegangen?«

»Natürlich, die beiden gingen sehr vertraut miteinander um. Und seine Pflegerin war auch mit dabei, eine kleine, etwas mollige Frau mit kurzem blondem Haar.«

»Was hat er gesagt?«, fragt Nicole, nachdem ich aufgelegt habe.

»Oma und Uschi sind mit Ocke durchgebrannt.«

26.

»*Dan ualaatj as üüb a Huug.*« Enna sieht mich mit glänzenden Augen an. »*Huug, Hooge!*«

»Ah, Hooge, die Hallig hier ganz in der Nähe.« Joos hat davon gesprochen, Enna würde sich dort gut auskennen. »Aber was heißt *ualaatj*?«, frage ich sie.

Enna tätschelt meine Hand. »Ja, dein Großvater, er ist auf Hooge.« Sie strahlt über das ganze Gesicht. »*Wel mä*, willst du mit?«

»Nach Hooge?«

Sie nickt. »*Maaren ääder mä Eilun.*«

»Enna, du musst Hochdeutsch mit mir sprechen«, sage ich. »Was meinst du mit *Eilun*? Ist das nicht die Pension, in der ich wohne?«

Sie seufzt. »Na gut, dann eben in der Fremdsprache. Die *Eilun*, das ist ein Schiff. Morgen früh um acht Uhr, am Tonnenhafen.«

»Und das Schiff bringt uns dann auf die Hallig Hooge, wo wir Ocke finden.«

»Und Ische.«

Mein Handy klingelt. Es ist Nicole. Sie hat sich als Wache etwas weiter unten an die Straße gestellt, um mich zu informieren, wenn Agata in Anmarsch ist.

»Entschuldige, Enna … Ja, Nicole?«

»Sie ist auf dem Weg, der Polizist ist bei ihr.«

Dass es so schnell geht, damit habe ich nicht gerechnet. »Okay …«, sage ich nur und springe auf.

»*Det heks*?«, fragt Enna.

»Ich muss gehen.«

»Du kannst hinten durch den Garten raus«, sagt sie und weist mir den Weg. »Das Tor ist offen, du musst es nur anheben, damit es nicht quietscht.«

Ich drücke die alte Dame herzlich. »Bis morgen.«

Ich verschwinde durch den Garten und schleiche mich um das Haus herum.

Nicole wartet schon auf mich. »Das ist ja der reinste Krimi.«

»Wir müssen noch ganz schnell in die Buchhandlung«, sage ich und mache mich schon auf den Weg. »Wenn wir Glück haben, ist Joos noch da. Ich muss unbedingt mit ihm sprechen.«

Durch das Schaufenster sehen wir, dass noch Licht brennt. Joos scheint mit den Tageseinnahmen beschäftigt.

Ich drücke die Klinke, und wir betreten den Laden.

»Da sind ja die beiden Entführerinnen«, sagt er lächelnd. »Wer hätte das gedacht? Da wird Ocke auf seine alten Tage noch romantisch und brennt mit seiner großen Liebe durch.«

»Ich muss dich gar nicht erst fragen, woher du das weißt, oder?«, sage ich. »Die Insel ist klein.«

»Agata ist ein Schwatzweib, das nichts Besseres zu tun hat, als böse Gerüchte zu verbreiten. Aber das wisst ihr ja schon.«

»Ich kenne Ocke nicht«, sagt Nicole. »Aber ich frage mich, wie er es all die Jahre mit ihr ausgehalten hat.«

Joos zuckt mit den Schultern. »Die Liebe geht seltsame Wege. Und manchmal verläuft sie sich dabei. Aber helfen kann ich euch leider nicht. Ich weiß nicht, wo die beiden sind.«

Ich nehme ein Buch vom Stapel an der Kasse und drehe es in den Händen. »Und wenn ich es dir sage, erfährt es doch nicht sofort die ganze Insel, oder?«

Joos schüttelt den Kopf. »Sehe ich so aus? Ein echtes Geheimnis kann ich für mich behalten, besonders wenn es um Ocke geht. Er ist ein guter Mann.«

»Sie sind auf Hooge. Enna hat es mir erzählt.«

»Sie hat Hochdeutsch mit dir gesprochen?« Joos pfeift durch die Zähne. »Darauf kannst du dir was einbilden.«

»Nun, sie denkt, dass ich ihre Enkeltochter bin.«

Die Überraschung ist Joos anzumerken. Er sieht mich ungläubig an, dann lächelt er. »Deswegen warst du mir gleich so sympathisch, denn dann bist du ja ein echtes Öömrang-Mädchen.«

»Ganz glauben kann ich es noch nicht, aber ich werde die Wahrheit schon noch herausfinden.« Ich lege das Buch zurück. »Enna will morgen früh mit mir rüber nach Hooge, mit der *Eilun*.«

»Hm, die legt normalerweise von Föhr ab, aber Enna kennt den Kapitän.«

»Ich fahre mit ihr, Joos, und ich wollte nur, dass du es weißt. Nur falls irgendwas passieren sollte oder plötzlich jemand Fragen hat. Morgen um acht, am Tonnenhafen. Hast du vielleicht Zeit, dorthin zu kommen? Sozusagen als Zeuge von der Insel. Nicht, dass es noch heißt, ich hätte die alte Dame entführt.«

»Ich bin auf jeden Fall dabei.« Joos reibt sich die Hände. »Das wird ein Spaß!«

Die *Eilun* liegt vertäut im Hafen. Ich hatte mit einem kleineren Schiff gerechnet, immerhin sind wir die einzigen Fahrgäste. In unmittelbarer Nähe liegt die *Hebbe.* Sie ist ungefähr genauso groß, nur wesentlich schnittiger. Ich blicke auf mein Handy. Gestern Abend habe ich Barne noch eine Nachricht geschickt und ihn über meine Pläne informiert, doch er hat sich bisher noch nicht gemeldet. Nervös suche ich den Hafen ab – von Enna ist weit und breit keine Spur zu sehen.

»Schon zehn nach acht«, sage ich zu Nicole, die die Augenbrauen anhebt. Marc steht an ihrer Seite. Auch Joos ist wie vereinbart am Hafen eingetroffen.

Ein großer Mann in blauer Uniform und weißer Kapitänsmütze erscheint oben an Deck und ruft uns etwas zu. Wieder mal verstehe ich kein Wort. Joos antwortet ihm, sie unterhalten sich auf Friesisch, entweder öömrang oder fehring.

»Lange kann er nicht mehr warten«, sagt Joos anschließend. »Sonst kommt er mit seiner Route durcheinander.«

Wie auf Kommando kommt ein weißer Lieferwagen angebraust und hält mit quietschenden Reifen vor dem Boot.

»Den kenn ich doch!«, sage ich, als ich den Mann hinterm Steuer erblicke. »Das ist der Konditor! Bringt er Brötchen oder Kuchen für die Hallig?«

Joos schüttelt den Kopf. »Wohl eher die *ualoome.*«

Sie ist es tatsächlich. Die Konditor läuft um das Auto herum und öffnet ihr die Tür. Dann stellt er vier große Koffer und eine Reisetasche am Pier ab.

»Das sieht nach einem längeren Aufenthalt aus«, sagt Marc.

»Vielleicht auch nach einem Umzug«, sagt Joos.

»Meinst du echt?« Ungläubig sehe ich ihn an.

Doch er sagt nur: »Kommt, wir gehen helfen.«

Enna Tammen sieht aus wie eine Königin, sie trägt ihre Amrumer Tracht mit dem langen weißen Rock, dem üppigen Silberschmuck und der schwarzen Haube.

Ich gehe zu ihr und reiche ihr den Arm. Stolz und aufrecht geht sie in langsamen Schritten über die Mole neben mir her bis zum Landungssteg. Joos, Marc und der Konditor schleppen das Gepäck an Bord.

Schon kurz darauf legt die *Eilun* ab, zum Abschied ertönt dumpf die Schiffssirene. Ich stehe mit Enna oben an Deck und beobachte, wie die wenigen Menschen am Hafen immer kleiner werden und schließlich ganz aus unserem Sichtfeld verschwinden.

Die Nordsee kam mir noch nie so schön vor wie heute. Sie glitzert in der Morgensonne und hat nichts, aber auch gar nichts Bedrohliches an sich. Alles ist friedlich.

Ich sehe Enna von der Seite an. »Sag mal, wieso denkst du eigentlich, dass ich deine Enkeltochter bin?«

»Weil du aussiehst wie ich früher«, sagt sie.

»Und ich dachte immer, ich sehe Oma ähnlich.«

»Natürlich, aber auch mir.« Sie schmunzelt und verzieht dabei ihr faltiges Gesicht. »Wenn Söhne gute Mütter haben, verlieben sie sich eben in Frauen, die ihren Müttern ähnlich sind.«

»Aber ganz sicher weißt du es nicht, oder?«

»Ische hat es mir gesagt. Ocke ist der Vater ihres Sohnes. Somit bist du meine Urenkelin.«

Das soll sie gesagt haben? Ob das wirklich stimmt? Immerhin würde das ja auch bedeuten, dass Opa nicht mein Großvater ist, dass er einem Irrtum aufgesessen ist genau wie mein Vater. Hatte Oma wirklich zeitlebens ein so großes Geheimnis?

»Ava war eine schwierige Frau«, sagt Enna. »Aber sie hat es sich auch nicht leicht gemacht.«

»Ava? Wer soll das sein?«, frage ich.

»Isches Mutter hieß Ava. Sie hätte nach dem Sturm mit ihren Kindern auf Amrum bleiben sollen. Ische war bildschön, sie hätte jeden haben können. Aber sie hatte nur Augen für Ocke.«

Den Spruch habe ich schon mal gehört, von Klaas Jansen im Museum. »Und was ist dann passiert?«

»*Det heks*, Agata. Sie war ein Flüchtlingskind, kam als Kleinkind nach dem Krieg auf die Insel. Ische und sie waren von früh an beste Freundinnen. Aber dann wurden sie älter … und Agata hat Ische die Liebe nicht gegönnt. Das soll sie dir am besten selbst erzählen.«

»Wenn das alles tatsächlich stimmt, dann wäre ich ja genau genommen Friesin.« Ich kann es zwar nicht glauben, aber der Gedanke gefällt mir.

»Meine Familie kommt ursprünglich von Föhr, später siedelten wir über nach Hooge«, sagt Enna. »Und ich zog der Liebe wegen nach Amrum. In dir fließt viel Inselblut.«

Hooge liegt still und friedlich vor uns im Sonnenlicht. Ich habe die Hallig noch nicht betreten, weiß aber jetzt schon, dass ich sie lieben werde. Eine Pferdekutsche steht unten am Anleger, ein Mann winkt zu uns herauf. Zusammen mit Enna verlasse ich das Schiff, ihr Gepäck ist schnell aufgeladen.

Wir steigen hinauf zum Kutscher, und als es losgeht, bestaune ich das wunderschöne Eiland, auf dem ich gelandet bin. Grüne Wiesen, friedlich grasende Schafe – und ein paar Häuser auf sanften Hügeln.

Enna deutet auf das Anwesen, dem wir uns schließlich nähern. »Das Haus steht oben auf einer Warft«, sagt sie. »Hooge wird mehrmals im Jahr von der Nordsee überspült. Die Winterstürme sind hart.« Sie sieht mich von der Seite an, tätschelt mein Knie. »Es ist ein einsamer und sehr unwirtlicher Ort. Aber ich kenne keinen schöneren.«

Eine ältere Frau mit grauem Haar in Jeans und gelben Gummistiefeln hängt Wäsche auf eine lange Leine auf, die zwischen zwei Bäumen gespannt ist. Als wir näher herankommen, sehe ich, dass es Fische sind, keine Socken, wie ich zuerst dachte, genau genommen Schollen.

»Oma!« Freudig winke ich ihr zu.

Sie dreht sich zu mir und stutzt. Dann ruft sie: »Meike!«, und läuft auf die Kutsche zu.

Ich springe hinunter und fliege in ihre ausgebreiteten Arme. »Oma! Endlich ...« Ich muss weinen. Sie riecht nach Meersalz und Fisch, auch noch ein bisschen nach Rosenseife, so wie früher.

»Was machst du denn hier?«, fragt sie mit ihrer warmen Stimme, und auch ihr laufen die Tränen über das Gesicht.

»Ich habe Uroma mitgebracht«, sage ich, als ich mich wieder ein bisschen gefangen habe, und beobachte ihre Reaktion.

Oma wirkt erstaunt. »Du weißt es also?«

Der Kutscher hält Enna die Hand hin, und sie steigt vorsichtig herunter.

»Ja, sie hat es mir erzählt«, sage ich und zeige auf Ennas

Koffer und die Reisetasche. »Sie ist übrigens mit vollem Gepäck angereist.«

»Das ist schön. Dann hat sie sich dazu entschieden, hier bei uns zu bleiben.« Oma geht um die Kutsche herum und begrüßt Enna auf das Herzlichste. Dann reicht sie ihr den Arm und zeigt hinauf zum Haus. »Kommt, wir setzen uns erst mal auf die Bank.«

»Und ich dachte immer, du wolltest dein Elternhaus zurückkaufen«, sage ich, während der Kutscher die Koffer zum Haus trägt und wir den kurzen Weg hinaufgehen.

»Uschi und ich haben Enna das Haus hier abgekauft, zu einem fairen Preis. Dafür hat sie lebenslanges Wohnrecht bei uns.« Sie wirft mir einen Blick zu. »Aber es stimmt schon. Zuerst dachte ich an das Haus in Norddorf. Aber manchmal entwickeln sich die Dinge eben anders als geplant. Uschi und ich, wir haben uns ganz spontan dazu entschieden. Wir bleiben hier. Uschi verkauft ihr Haus in Oberhausen, ich habe auch etwas Geld. Gemeinsam haben wir genug, um für den Rest unseres Lebens sorgenfrei leben zu können«, sagt Oma munter. »Außerdem befinden sich zwei kleine Ferienwohnungen im Haus, das wird eine nette kleine Nebeneinnahme – und später mal eine Unterkunft für eine Pflegerin. Wir haben uns alles ganz genau überlegt und ausgerechnet.«

»Ah, deswegen hast du die Wohnung schätzen lassen.«

Oma schmunzelt. »Nein, das war eine kleine Rache. Opa hat sich in der letzten Zeit aufgeführt wie ein Tyrann. Nachdem er mir den Laptop weggenommen hat und ihn einfach nicht mehr herausrücken wollte, wusste ich, dass die Zeit zu gehen gekommen war …«

Wir setzen uns auf die Hausbank in die Sonne, Enna bezahlt den Kutscher und verschwindet ins Haus.

»Hast du dein Weggehen schon länger geplant, oder war es eine spontane Entscheidung? Erst backst du Opa noch einen Butterkuchen, dann machst du dich auf, ein Haus auf Amrum zu kaufen?«

»Der Butterkuchen … Das ist eine alte Geschichte. Opa hatte mal …« Sie zögert einen Moment. »Ach, lassen wir das lieber.«

»Sprichst du von Anita?«, frage ich.

Oma sieht mich verwundert an, dann nickt sie. »Er wollte es mit mir noch mal versuchen, weil sie einfach nicht kochen konnte, und backen schon gar nicht. Opa hat den Butterkuchen vermisst, nicht mich.«

»Charmant! Und warum bist du überhaupt zu ihm zurückgegangen?«

»Weil jeder mal Fehler macht, Liebes. Und auf eine Art habe ich ihn ja doch geliebt. Aber als er plötzlich anfing, wie wild mit der Nachbarin herumzuflirten, und sich benahm wie ein alterskranker Gockel auf Freiersfüßen, da fing der Ärger wieder an. Eines führte zum anderen … und ich habe mich entschieden, etwas zu verändern.«

»Windmühlen zu bauen«, sage ich.

»Genau.« Omas Blick geht in die Leere. »Ich war in meinem Leben nicht immer aufrecht, Meike, und das habe ich mir selbst nicht verziehen.«

»Ich nehme mal an, Opa weiß nicht, dass er nicht Papas Vater ist, oder?«

»Ja, das stimmt. Aber nicht nur das …«

»Weiß Ocke es?«

»Ja, jetzt schon. Damals war die Situation schwierig. Als ich die Insel verlassen habe, wusste ich nicht, dass ich schwanger bin. Ich habe mich geschämt und wollte unbedingt weg.«

»Geschämt, weil du dich mit Ocke eingelassen hast?«, frage ich.

Oma lacht. »Nein, dafür nicht. Ich hatte ja große Gefühle für ihn. Aber meine Freundin Agata kam nicht damit klar, dass Ocke und ich uns liebten. Sie wollte ihn mir abspenstig machen, hat ihm heftige Avancen gemacht, und ich war eifersüchtig. Einmal wollte sie mit ihm nach Hooge fahren, und ich habe ihnen unser Boot angeboten, obwohl ich wusste, dass es einen Motorschaden hatte und unzuverlässig war. Es war gefährlich, und schon damals hatte ich ein gutes Gefühl für das Wetter, konnte spüren, dass es einen ganz schlimmen Sturm geben würde, aber ich habe den beiden nichts gesagt und sie rausfahren lassen …«

»Aber es ist doch nichts passiert, oder?«

»Nein, sie haben Glück gehabt, aber Agata hat herausgefunden, dass ich sie um ein Haar ins Verderben geschickt habe …«

»Und dann?«

»Agata hat mich erpresst. Sie hat mir die Freundschaft gekündigt und mir vorgeworfen, dass ich sie habe umbringen wollen. Überall wollte sie es herumerzählen, wenn ich nicht meine Finger von Ocke lassen würde. Ich habe mich gefügt und mich geschämt.« Sie setzt sich etwas aufrechter hin. »Es war ein Jahrhundertsturm, er war sehr heftig und hat viel zerstört. Meine Mutter war am Ende, sie konnte nicht mehr, das Leben ohne meinen Vater war hart. Wir packten von einem Tag auf den anderen unsere Sachen und verließen die Insel. Den Rest kennst du … Meine Mutter ging mit meinen Brüdern Hinrich und Volkert nach Amerika, ich traf Opa in Hamburg und habe mich spontan entschieden, nicht mit ihnen zu gehen. Er erinnerte mich sehr an Ocke …«

»Und dann hast du irgendwann gemerkt, dass du schwanger bist?«

Oma nickt. »Dein Vater kam etwa drei Wochen zu früh auf die Welt. Ich habe es vielleicht geahnt, aber ab dem Moment wusste ich es.«

»Wirst du es Papa erzählen?«

»Ich glaube nicht.« Sie sieht mich an. »Was meinst du?«

»Ich weiß es nicht. Vielleicht solltest du es tun … Ich glaube, ich würde es wissen wollen, wenn ich einen anderen Vater hätte. Was sagt denn Ocke dazu?«

»Dass er es dienem Opa auf seine alten Tage hin nicht antun würde … Aber er wird ganz sicher sehr glücklich sein, wenn er dich gleich kennenlernt.«

»Agata weiß auch Bescheid, nicht wahr?«

Oma nickt.

»So wie ich Agata kennengelernt habe, schreckt sie nicht davor zurück, es gegen euch zu verwenden. Sie hat übrigens ein paarmal in Oberhausen angerufen, als du schon weg warst. Ihre Nummer war auf dem Display, und nur deswegen habe ich dich hier gefunden.«

Oma runzelt die Stirn. »Das kann nicht Agata gewesen sein, denn sie wusste ja, dass ich schon auf Amrum bin. Es muss Enna gewesen sein. Sie hat in den letzten Tagen mehrmals nach ihrem Enkelsohn gefragt.«

»Du meinst, dass sie mit Papa sprechen wollte?«

»Könnte ich mir vorstellen. Das muss ich ihr unbedingt ausreden. Wenn überhaupt, dann sollte ich es ihm selbst sagen.«

»Hast du nicht Sorge, dass Agata es ausplaudern könnte?«

»Nein, warum sollte sie? Dazu ist sie viel zu clever. Deinem Vater würde irgendwann zumindest der Pflichtanteil zustehen.«

»Sie ist echt eine Hexe«, sage ich.

Oma lacht auf. »Früher war sie meine beste Freundin, ich konnte mich immer auf sie verlassen. Aber wir haben beide Fehler gemacht, und es ist auseinandergegangen. Ich würde sagen, wir sind quitt. Ocke bleibt aber auf jeden Fall hier bei uns. Er möchte es so. Und Enna auch. Das wird auf der Insel die Runde machen, dafür wird sie schon sorgen.«

»Agata hat übrigens behauptet, du hättest Ocke entführt.«

»Niemand wird ihr auch nur ein Wort glauben. Das muss schlimm für sie sein.« Sie steht auf. »Komm, wir gehen rein. Enna hat Ocke bestimmt schon von dir erzählt.«

Ich begrüße Uschi, die gerötete Wangen hat und richtig glücklich aussieht, und sehe dann meinen neuen Opa. Er sitzt in einem großen, gepolsterten Sessel am Fenster. Ich habe mit einem gebrechlichen, bettlägerigen Mann gerechnet, immerhin hat ihm Martin nur noch wenig Lebenszeit prophezeit. Aber Ocke hat schneeweißes Haar, ein sonnengebräuntes Gesicht wie Oma und einen weißen Rauschebart. Er sieht auch glücklich aus, stelle ich fest, und zufrieden.

Langsam steht er auf und hält sich an der Tischkante fest.

»Bleib doch bitte sitzen.« Ich werfe Enna, die am Tisch mit gefalteten Händen sitzt und uns beobachtet, einen Blick zu.

»Ich möchte aber meine Enkeltochter im Stehen begrüßen«, sagt er und sieht mich mit liebevollem Blick aus hellen Augen an. Mein Herz läuft über, als er die Arme ausbreitet und ich mit einem Satz bei ihm bin und mich an ihn schmiege. Da spüre ich, wie knöchern sein Brustkorb ist.

»Na, na«, sagt Ocke und schiebt mich etwas von sich weg, um mich genauer zu betrachten. »Du siehst aus wie deine Oma, als sie jung war.«

»Und wie ich!«, sagt Enna und strahlt in die Runde. »Sie ist eindeutig eine Tammen!«

»Was hast du jetzt vor?«, fragt Oma, als wir nach dem Mittagessen wieder draußen auf der Bank sitzen. »Du könntest hier bei uns bleiben, Platz im Haus ist genug. Jemand müsste sich um die Vermietung der Ferienwohnungen kümmern, was meinst du?«

»Nein, das wäre nichts für mich«, sage ich. »Es ist wirklich wunderschön hier, aber auf Dauer wäre es mir zu einsam. Mir würden die Bücher und meine Arbeit fehlen. Weißt du, ich habe das Angebot einer großen Buchhandlung in Oberhausen.«

»Das freut mich für dich.«

»Es ist nicht der Job meines Lebens, aber es ist immerhin ein Anfang.«

»Aber du bleibst doch noch ein paar Tage hier?«

»Ja, aber ich muss noch meine Sachen in der Pension in Norddorf holen.«

»Wir könnten dort anrufen, sie zusammenpacken und bringen lassen. Das kriegen wir schon hin.«

Ich zögere einen Moment, dann sage ich: »Nein, ich möchte mich dort verabschieden. Ich habe so viele nette Menschen kennengelernt. Suzanna, die Vermieterin, Nicole, die dich mit mir gesucht hat, Joos – und Barne. Kennst du die Familie Meents?«

Oma sieht mich prüfend an. »Du und der kleine Meents? Das ist ja ein Ding.«

»Klein ist er aber nicht gerade.«

Sie lacht. »Das stimmt. Am Nachmittag fährt die *MS Adler* die Tagestouristen zurück nach Amrum.«

»Dann fahre ich mit und komme morgen wieder«, sage ich. »Hast du was dagegen, wenn ich Papa und Opa sage, dass ich dich gefunden habe? Sie machen sich Sorgen.«

»Ich werde es ihnen selbst sagen.«

Wie gestern steht Joos hinter dem Tresen, als ich den Laden betrete.

»Du bist schon wieder zurück?«, fragt er.

»Ja, aber nur, um meine Sachen zu holen und mich zu verabschieden. Morgen fahre ich wieder nach Hooge, und dort bleibe ich noch ein paar Tage.«

»Und dann geht es wieder zurück nach Hause?«

»Ja, ich habe ein Jobangebot in einer großen Buchhandlung, meine beste Freundin lebt da, meine Eltern …«

»Bist du dir sicher? Mein Angebot steht. Ich stell dich sofort ein.«

»Das ist echt großartig, aber ich kann das nicht einfach machen.«

»Warum denn nicht?« Joos kommt um den Tresen herum und drückt mich. »Sag mal, Meike, in dir fließt doch Ockes Blut, nicht wahr?«

Ich nicke stumm.

»Ich wusste es.« Joos lächelt mich an. »Überleg es dir noch mal. Eine Insulanerin stelle ich liebend gerne ein.«

»Ich bin immer noch dieselbe«, sage ich lachend, aber so ganz sicher bin ich mir da nicht mehr.

Ich verabschiede mich von Joos und winke ihm noch mal durch die Scheibe zu. Dann gehe ich ein paar Schritte und rufe Doro an. »Du kannst dir nicht vorstellen, was alles mittlerweile passiert ist«, sage ich und erzähle ihr die Neuigkeiten.

»Du solltest dableiben!«, sagt sie, als ich mit meinem Bericht fertig bin. »So eine Chance bekommst du so schnell nicht wieder. Deine Wurzeln liegen auf Amrum, worauf wartest du noch? Die Insel gefällt dir, der Laden ist hübsch, du hast nette Menschen kennengelernt, gut gebaute Kerle … Ich bitte dich, Meike, du musst einfach Ja sagen.«

»Aber … aber du würdest mir fehlen.«

»Wieso? Ich werde natürlich auch kommen. So wie ich das sehe, finde ich ganz sicher einen Job. Du könntest deine Kontakte für mich spielen lassen im Krankenhaus auf Föhr. Martin legt bestimmt ein gutes Wort für mich ein. Oder du fragst Barne, was man machen muss, um Seenotretterin zu werden. Das würde mir eigentlich noch besser gefallen.«

»Bist du dir ganz sicher, was du da sagst?«

»Ich meine das absolut ernst, Meike. Ich lasse alles hier stehen und liegen und komme zu dir auf die Insel. Mit Jan läuft es doch schon länger nicht mehr rund …«

»Aber du kennst Amrum doch gar nicht.«

»Na und? Sei doch mal spontan! Du wolltest doch einen Ncuanfang.«

Ich atme tief durch, schiebe alle Einwände zur Seite und versuche, mich auf meinen Bauch zu konzentrieren.

»Meike? Bist du noch dran?«

»Okay, wir machen das!« Ich muss das Telefon vom Ohr nehmen, weil Doro so laut kreischt.

Barne steht am Strandkorb, unserem vereinbarten Treffpunkt, die Hände tief in den Taschen vergraben. Er sieht mir entgegen, und als ich vor ihm stehe, nimmt er mich fest in die Arme. Es fühlt sich gut an, verdammt gut.

»Schön, dass wir uns noch mal sehen«, sagt er.

»Ja, das finde ich auch.«

Wir lösen uns voneinander und gehen Arm in Arm die Straße entlang. Er ist so groß, dass mein Kopf fast unter seine Achsel passt.

Als ich bei ihm übernachtet habe, war für mich von vornherein klar, dass es nichts Dauerhaftes mit uns werden wird. Auf einmal habe ich Zweifel daran.

Wir kommen an der Buchhandlung vorbei. »Joos hat mir einen Job angeboten«, sage ich und vermeide es, ihn dabei anzusehen.

Barne bleibt stehen. »Und?«

»Ich denke, ich werde das Angebot annehmen und hier herziehen.«

»Meike, das ist …«

»Hör zu, ich möchte nicht, dass du dich mir gegenüber irgendwie verpflichtet fühlst …« Es fällt mir nicht leicht, das Thema anzusprechen, aber es ist mir wichtig. »Ich bin für klare Verhältnisse, Barne. Das Tattoo auf deinem Arm … Ich weiß, dass du Tatje mal sehr geliebt hast, und ich habe dich mit ihr zusammen gesehen. Du weißt schon, nachdem ich bei dir übernachtet habe. Da musstest du so plötzlich weg.«

»Tatje hat eine kleine Tochter, Leefke«, sagt Barne. »Sie war krank, nichts Ernstes, nur eine fiebrige Erkältung, aber Tatje musste weg und hat mich gefragt, ob ich spontan einspringen kann.«

»Ach so …« Das ist natürlich eine Erklärung, aber irgendetwas nagt trotzdem an meinem Selbstwertgefühl. »Sie ist sehr schön, Tatje meine ich.«

Barne streicht eine Haarsträhne hinter mein Ohr. »Das ist sie. Aber du bist es auch, Meike. Und außerdem bist du entwaffnend ehrlich und hast ein gutes Herz, das spüre ich. Und das ist mir sehr wichtig. Ich brauche jemanden, auf den ich mich verlassen kann. Ich empfinde nichts mehr für Tatje, das ist schon lange vorbei.«

»Dann freust du dich darüber, dass ich komme?«

Er lächelt mich an. »Meike, du kannst dir gar nicht vorstellen, wie glücklich mich das macht.«

Viele kleine Lachfältchen bilden sich um seine Augen herum. Mein Blick fällt auf die kleine Narbe unter seinem linken Auge. Und als er mein Gesicht in die Hände nimmt und mich lange und zärtlich küsst, macht mein Herz gleich mehrere Hüpfer hintereinander.

Dass dabei plötzlich ein freches Kaninchen durch meine Gedanken hoppelt, behalte ich für mich.

Das Amrum-Lied

Dü min tüs min öömrang lun,
leewen mei din aard bestun!
Wat a feedern üs ferareft,
läät's dach sä, dat det ei stareft!
Jääw wi't ap, det wiar en skun,
leew haa'k di, min öömrang lun,
leew haa'k di, min öömrang lun.

Du mein Zuhause, mein Amrumer Land,
immer soll deine Art bestehen!
Was die Väter uns vererbt,
lasst uns doch sehen, dass das nicht stirbt!
Gäben wir es auf, das wäre eine Schande,
Lieb hab' ich dich, mein Amrumer Land,
Lieb hab' ich dich, mein Amrumer Land.

Dü min tüs, min öömrang lun,
rikdum as hir ei tu fun,
skraal san ääker lun an fäänen,
man diar wene dö bekäänden,
diar min hart am naisten stun,
leew haa'k di, min öömrang lun,
leew haa'k di, min öömrang lun,

Du mein Zuhause, mein Amrumer Land,
Reichtum ist hier nicht zu finden,
ärmlich sind Ackerland und Weiden,
doch dort wohnen die Bekannten,
die meinem Herz am nächsten stehen,
Lieb hab' ich dich, mein Amrumer Land,
Lieb hab' ich dich, mein Amrumer Land,

Dü min tüs, min öömrang lun,
iarelk san diar hart an hun,
trauhaid luket ütj ark wönang,
riker feelst di üs en könang,
arken koon di diar ferstun,
leew haa'k di, min öömrang lun,
leew haa'k di, min öömrang lun,

Du mein Zuhause, mein Amrumer Land,
ehrlich sind dort Herz und Hand,
Treue schaut aus jedem Fenster,
reicher fühlst dich als ein König,
jeder kann dich dort verstehen,
lieb hab' ich dich, mein Amrumer Land,
lieb hab' ich dich, mein Amrumer Land,

Dü min tüs, min öömrang lun,
huar so huuch a düner stun,
huar bi kniip a braanang bromet,
huar a waastwinj ei ferstomet,
iiwag spelet mä det sun,
leew haa'k di, min öömrang lun,
leew haa'k di, min öömrang lun,

Du mein Zuhause, mein Amrumer Land,
wo so hoch die Dünen stehen,
wo am Kniep die Brandung brummt,
wo der Westwind nicht verstummt,
ewig spielt mit dem Sand,
lieb hab' ich dich, mein Amrumer Land,
lieb hab' ich dich, mein Amrumer Land,

Danksagung

Mein Dank gilt jenen Menschen, die mich bei der Entstehung des Buches unterstützt haben:

Jens Quedens, der mir viel über die Insel erzählt und mich nicht nur bei den Recherchen unterstützt hat. Strandhafer schmeckt fürchterlich, aber an Köm könnte ich mich gewöhnen. Ich denke sehr gerne an den tollen Abend mit dir und Kerstin zurück.

Susanna Christen, in deren Pension ich mich sehr wohl gefühlt habe. Dein Frühstück war Weltklasse!

Karsten Schult, der mir den Tipp für guten Butterkuchen verraten hat. Hast du das perfekte Brötchen mittlerweile gebacken?

Traudel, die mir ihre Geschichte erzählt hat. Worauf wartest du noch? Pack deine Koffer, ab auf die Insel!

Bastian Schlück, der mich nicht nur in Vertragsangelegenheiten immer gut berät. Was wäre ich ohne meine Literaturagentur?

Michelle Stöger vom Heyne Verlag, die das inhaltliche Lektorat übernommen hat. Danke für die Extraportion Geduld!

Eva Philippon, die sich um den Feinschliff gekümmert hat, damit der Text schön rund wird.